Ellin Carsta

Die heimliche Heilerin und die Toten

TINTE & FEDER

Das Buch

Köln 1402: Eines Abends klopft es an der Tür des Stadthauses der Familie Goldmann. Es ist ein Bote des Erzbischofs mit einer dringenden Anweisung: Madlen, die »heimliche Heilerin«, muss zu einer Frau kommen, die in den Wehen liegt. Die Umstände sind dabei höchst merkwürdig: Madlen soll sich die Augen verbinden, damit sie nicht weiß, in welchem Haus die Geburt stattfindet, und wird außerdem dazu verpflichtet, absolutes Stillschweigen zu bewahren.

Ihr gelingt es, das Kind unversehrt auf die Welt zu bringen, doch nach dem ersten Schrei des kleinen Mädchens stürzen ohne Vorwarnung Wachmänner herein und entreißen Madlen das Neugeborene.

Hat wirklich der Erzbischof den Auftrag hierzu gegeben? Madlen bleibt keine Zeit zum Nachdenken. Die Männer kommen zurück und sie realisiert, dass nicht nur das Leben des Säuglings, sondern auch das der Mutter und ihr eigenes ernsthaft in Gefahr sind.

Die Autorin

Ellin Carsta ist das Pseudonym der deutschen Autorin Petra Mattfeldt, die zusammen mit ihrem Mann und ihren drei Kindern in der Nähe von Bremen lebt. Alle Fans ihrer Bestsellerreihe um die »heimliche Heilerin« können sich mit der Veröffentlichung von »Die heimliche Heilerin und die Toten« über neuen Lesestoff freuen.

Weitere Informationen zur Autorin finden Sie unter www.petra-mattfeldt.de

ELLIN CARSTA

DIE HEIMLICHE HEILERIN UND DIE TOTEN

HISTORISCHER ROMAN

TINTE & FEDER

Deutsche Erstveröffentlichung bei
Tinte & Feder, Amazon Media EU S.à r.l.
5 Rue Plaetis, L-2338 Luxembourg
März 2017

Umschlaggestaltung: bürosüd° München, www.buerosued.de
Umschlagmotiv: © Annmarie Young /Shutterstock; © www.buerosued.de;
© Peter Horree /Alamy
Lektorat: Renate Novak
Korrektorat: Gisela Wunderskirchner/DRSVS
Printed in Germany
By Amazon Distribution GmbH
Amazonstraße 1
04347 Leipzig, Germany

ISBN: 978-1-477-82443-6

www.amazon.de/tinteundfeder

Für Bianca und Thomas

Wenn Leser zu Freunden werden,
ist das einfach wunderbar!

Prolog

Das Kind durfte nicht leben! Ganz gleich, wie er es verhinderte. Dieser kleine Bastard würde durch sein bloßes Atmen alles zerstören können, wofür er sich jahrelang abgerackert hatte. Dass es letzte Woche schiefgegangen war und eine andere von dem schwer beladenen Karren zerquetscht wurde, hatte er nicht beabsichtigt. Weshalb hatte sie sich auch dazwischengeworfen, um der Frau zu helfen? Es hatte sie das Leben gekostet, und seine Sorgen waren noch immer dieselben. Zu dumm so etwas.

Er ging unruhig im Zimmer auf und ab, verschränkte die Hände hinter dem Rücken. Der Herr machte es ihm nicht leicht, seiner wahren Bestimmung zu folgen. Doch so war es nun einmal, und er hatte keine Wahl, als sich den Herausforderungen zu stellen. Er war entschlossen und bereit dazu, selbst wenn es noch mehr unschuldige Menschen das Leben kosten würde.

Es klopfte an der Tür. »Ja?«

Sein Kundschafter trat ein. »Ich denke, es ist so weit, Herr. Sie hat nach der Wehmutter schicken lassen.«

»Ihre Magd?«

»Ja.«

»Hast du sie abgefangen?«

»Ja, Herr.«

»Und wo ist sie jetzt?«

Der andere schüttelte den Kopf. »Sie wollte nicht aufhören zu schreien, als ich sie gepackt hatte.«

»Ich verstehe.« Er straffte den Rücken. »Du hast nichts Falsches gemacht«, urteilte er. »Tu nun, was wir besprochen haben, und komme sofort zu mir, wenn alles vorbei ist.«

»Ja, Herr. Ihr könnt Euch auf mich verlassen.« Der Kundschafter verbeugte sich und schloss die Tür von außen.

Sein Herr verweilte einen Moment, dann verschränkte er abermals die Hände und schritt weiter unruhig auf und ab, sah noch einmal auf die Tür. Schon jetzt tat es ihm leid, dass der Kundschafter seinen Auftrag ebenso wenig überleben würde wie das Kind selbst. Er war ein fähiger Bursche und könnte ihm zweifelsohne noch gute Dienste leisten. Aber nun ja, es musste eben sein. Es durfte keine Zeugen geben. Nicht einen einzigen.

Köln im Jahre des Herrn 1402

1. Kapitel

»Ist es dir auch manchmal zu ruhig im Haus, seit die Kinder fort sind?« Madlen goss ihrem Mann ein wenig Würzwein nach, während er sich genüsslich ein Stück Fleisch in den Mund schob.

Sie saßen zusammen im Esszimmer, in Madlens liebstem Raum im ganzen Haus. Es war schön, dass Johannes sich bemühte, die Tage im Hause seines Arbeitgebers, des Erzbischofs von Köln, nicht gar zu lang werden zu lassen. So konnten sie wenigstens zusammen speisen. Auch wenn es sich für eine Ehefrau nicht gehörte, musste Madlen doch eingestehen, sich oftmals zu langweilen, wenn sie entweder ganz allein oder nur mit dem Gesinde ihre Tage verbrachte.

Von Zeit zu Zeit kam noch jemand an ihre Tür, um ihren Rat einzuholen, wenn es einem Angehörigen gar zu schlecht ging und die Verzweiflung überhandnahm. Doch es war immer seltener geworden, ganz abgesehen davon, dass es Johannes nicht gefiel, wenn seine Ehefrau heilte, ganz gleich, ob sie hierbei selbst Hand anlegte oder nur einen Rat bezüglich der geeigneten Kräuter gab. Er hatte ihr mehr als einmal gesagt, dass er es sich in seiner Stellung als Erster Advocatus des Erzbischofs nicht leisten konnte, angreifbar zu sein. Und schon gar nicht, weil sein eigenes Eheweib sich gleich einem Medicus der Leiden der Menschen annahm.

Johannes' Meinung nach hatte Madlen genug damit zu tun, das Gesinde in den täglichen Arbeiten zu unterweisen, und er hätte es lieber gesehen, wenn sie häufiger Umgang mit den Gattinnen hochgestellter Persönlichkeiten pflegen würde. Doch hiermit, so schien es Madlen, verlangte er mehr von ihr, als sie zu leisten bereit oder in der Lage war. Allein beim Gedanken daran, ihre Nachmittage bei süßen Früchten in der Gesellschaft der größten Lästermäuler Kölns zu verbringen, graute ihr. Madlen schien es, als gebe es unter den reichen Patrizierinnen nicht eine, die sich für etwas anderes als ihren Stand, ihr Aussehen und den Reichtum ihres Gatten interessierte. Selbst die Kinder schienen ihnen eher lästig zu sein.

Bei einem heftigen Streit, den Madlen und Johannes vor einigen Wochen gehabt hatten, weil ihr Mann von ihr verlangt hatte, an den regelmäßigen Treffen der hochgestellten Damen teilzunehmen, hatte Madlen ihn voller Wut angeschrien, dass ihr sogar der Umgang mit Pestkranken lieber wäre. Denen könnte man wenigstens noch in irgendeiner Form helfen oder ihnen zumindest das Sterben erleichtern. Kaum dass sie es ausgesprochen hatte, war sie selbst erschrocken über ihre Worte gewesen, jedoch auch zu aufgebracht, um in dem Moment einzulenken. Zwei Tage hatte Johannes hiernach nicht mit ihr gesprochen, bis sie kleinlaut zu ihm gegangen war und sich entschuldigt hatte. Sie ärgerte sich über sich selbst, dass sie es so weit hatte kommen lassen. Warum nur, so fragte sie sich immer wieder, konnte sie nicht sein wie andere Frauen – einfach glücklich darüber, versorgt zu sein?

»Es war an der Zeit«, sagte Johannes und holte Madlen damit in die Gegenwart zurück. »Veit hätte sogar schon vor zwei Jahren gehen sollen. Und auch für Cecilia ist es das Richtige.«

»Ja, das stimmt. Und dennoch fehlen sie mir.«

»So kannst du dich wieder in Ruhe um deine anderen Aufgaben kümmern und hast mehr Zeit für dich. Ich beneide dich manchmal, wenn ich vor lauter Arbeit für den Erzbischof nicht weiß, wie ich alles schaffen soll.«

»Ich würde gern mit dir tauschen«, wagte Madlen zu erwidern.

»Was sagst du da?« Johannes legte sein Besteck beiseite und sah seine Frau streng an.

Madlen öffnete den Mund und schloss ihn wieder. Ein Gefühl mahnte sie, zu schweigen und es auf sich beruhen zu lassen. »Ach, nichts«, sagte sie dann und sah auf ihren Teller. Johannes' Blick ruhte noch einen Moment auf ihr, dann nahm er wieder sein Besteck auf, und sie aßen schweigend weiter, bis sie durch ein heftiges Klopfen an der Tür unterbrochen wurden.

Karl, einer der Knechte, öffnete und trat kurz darauf ins Esszimmer. »Bitte verzeiht, Herr. Ein Bote des Erzbischofs wünscht Euch zu sprechen.«

»Ich komme.« Johannes stand auf und ging hinaus.

Der Bote, ein schlaksiger Bursche, der noch keine zwanzig Jahre alt sein mochte, erwartete ihn im Flur. Johannes hatte ihn schon einige Male im Palast des Erzbischofs gesehen, seinen Namen wusste er jedoch nicht.

Madlen konnte nicht hören, was die beiden sprachen. Doch nur einen Wimpernschlag später kam Johannes wieder herein und bat sie, ihm zu folgen.

»Wieso? Was ist geschehen?«

»Ich weiß es nicht genau. Du wirst gebraucht.«

»Weshalb?«

»Jemand ist krank«, antwortete Johannes knapp, »und der Erzbischof möchte, dass du hilfst. Komm jetzt.«

Madlen stand auf und folgte eilig ihrem Mann und dem jungen Burschen, der geschickt worden war. Sie hatte nicht einmal mehr Zeit, sich einen Mantel überzuwerfen, was sie bereits in dem Moment bedauerte, als sie auf die Gasse trat. Nicht mehr lange, und der Winter würde in Köln Einzug halten. Madlen fröstelte. »Wohin gehen wir?«

Johannes warf ihr einen unruhigen Blick zu. War er besorgt? »Ich weiß es nicht«, gestand er ein. »Aber es scheint etwas Ernstes zu sein, sonst hätte der Erzbischof nicht so spät nach uns schicken lassen.«

Madlen erwiderte nichts und mühte sich, den beiden Männern zu folgen. Sie liefen durch die Gassen Kölns, der Bursche immer vorneweg.

»Zum Bischofspalast geht es da lang«, rief Johannes und blieb stehen. Der Bote drehte sich um und winkte mit dem Arm. »Wir müssen nicht zum Palast. Bitte, folgt mir. Hier entlang. Hier entlang«, bekräftigte er.

Johannes bewegte sich nicht und hielt Madlen am Arm, sodass auch sie nicht weiterlaufen konnte.

Der Bursche verlangsamte seinen Schritt, machte dann kehrt und ging zu den beiden zurück. »Bitte, Herr. Es ist keine Zeit.«

»Um wen geht es hier? Der Erzbischof ist im Palast, das weiß ich.«

»Ja, Herr, das stimmt. Doch es ist sein ausdrücklicher Wunsch, dass Ihr, besser gesagt Euer Weib der Gebärenden hilft.«

»Der Gebärenden?«, echote Johannes und hob fragend die Augenbrauen.

»Ja, Herr. Bitte verzeiht, doch mehr weiß ich auch nicht. Aber ich werde große Schwierigkeiten bekommen, wenn ich Euch nicht dorthin bringe.«

»Und weshalb soll mein Weib kommen und nicht eine der Wehmütter Kölns?«

»Bitte, Herr«, flehte der Bursche. »Ich weiß es wirklich nicht. Ich werde bestraft, ich werde fürchterlich bestraft, wenn ich nicht dafür sorge, dass Ihr kommt. Ich weiß es.«

»In Ordnung. Wir folgen dir. Doch glaub mir, ich werde wachsam sein. Und wenn nur irgendetwas darauf hindeutet, dass du nicht im Auftrag des Erzbischofs gekommen bist und ein falsches Spiel treibst, dann nützt dir auch dein Jammern und Flehen nichts mehr.«

»Ich sage die Wahrheit, Herr. Bitte, bitte, folgt mir. Bitte.« Er machte eine auffordernde Handbewegung, verbeugte sich wieder und wieder.

»Lass uns mit ihm gehen«, bat nun Madlen. »Wenn eine Gebärende meine Hilfe braucht, kann es nicht warten.«

Johannes willigte mit einem Kopfnicken ein, hielt aber Madlen fest an der Hand und immer ein Stück hinter sich. Die Situation mahnte ihn zur Vorsicht. Er hatte den Erzbischof am Nachmittag zuletzt gesprochen. Und dieser hatte nicht mit einem Wort erwähnt, dass er womöglich noch nach ihm schicken lassen würde. Nur dass ihm nicht ganz wohl gewesen war. Aus diesem Grund hatte Johannes auch sofort geglaubt, dass der Bursche geschickt worden war, damit Madlen dem Erzbischof helfen möge. Schließlich wusste er, dass der Bursche im Dienst des Erzbischofs stand, sodass die Schlussfolgerung naheliegend gewesen war. Andernfalls wäre er gewiss nicht mit ihm gegangen und hätte auch noch Madlen einer möglichen Gefahr ausgesetzt.

Die ganze Situation schien ihm bedrohlich, er wusste nur noch nicht genau, weshalb. Doch ein Gefühl mahnte ihn, die Augen offen zu halten. Madlen und Johannes folgten dem Burschen weiter durch die Gassen Kölns. Immer wieder blickte dieser zurück, um zu sehen, ob die beiden auch wirklich noch hinter ihm waren. Erst als sie eine schmale Gasse nahe der Stadtmauer erreicht hatten, verlangsamte der Bursche seinen Schritt. Er deutete auf ein Haus. »Hier ist es, Herr. Bitte.«

Das Gebäude war alles andere als klein. Die Leute, die hier wohnten, verfügten über gewisse Mittel, das sah man auf den ersten Blick.

Madlen wollte einen Schritt auf die Eingangstür zu machen, doch Johannes hielt sie zurück. »Geh du zuerst hinein«, wies er den Boten an, worauf dieser sich verbeugte und, ohne zu zögern, der Aufforderung folgte. Kaum dass er die Tür geöffnet hatte, hörte Madlen eine Frau einen gequälten Schrei unterdrücken. Madlen hatte bei genügend Geburten geholfen, um zu wissen, dass der Bote mit seiner Behauptung nicht gelogen hatte: Hier lag eine Frau in den Wehen.

»Lass mich zu ihr gehen«, bat sie ihren Mann, löste ihre Hand aus seiner und ging hinein. Sie folgte den unterdrückten Schreien und lief eilig die Stufen hinauf. Die Geräusche kamen aus einer Kammer am Ende des Flurs. Niemand sonst schien im Haus zu sein. Eilig ging Madlen zu der Kammer, öffnete die Tür und trat sofort an die Lagerstatt der Gebärenden heran, die sich vor Schmerzen krümmte.

»Ich helfe Euch.«

Die Frau zuckte zusammen, als sie Madlens Stimme hörte, und sah sie erschrocken an. »Bitte, tut mir nichts«, flehte sie voller Angst in der Stimme. Sie lag auf der Seite, versuchte, den Kopf zu heben.

»Ruhig, ganz ruhig. Ich bin hier, um zu helfen.« Madlen mühte sich, ihrer Stimme einen sicheren Klang zu geben. Sanft strich sie der Frau eine Haarsträhne aus der Stirn, die nass an der Haut klebte.

Vollkommen erschöpft sah die Gebärende sie an, schloss entkräftet die Augen. »Ihr seid eine andere Wehmutter. Wer schickt Euch?«

»Der Erzbischof«, antwortete Madlen knapp.

Die Gebärende warf ihr einen Blick zu, den Madlen nicht zu deuten wusste. Dann krampfte die Frau so heftig, dass sie einen schmerzerfüllten Schrei ausstieß. Madlen beugte sich vor, versuchte sie zu beruhigen. »Ich weiß, es tut weh. Wir müssen Euch anders hinlegen, damit ich nachsehen kann, wie weit die

Geburt vorangeschritten ist«, erklärte sie.

Wieder schrie die Frau auf.

»Ganz ruhig, versucht ganz ruhig zu atmen. Scht, scht.« Zärtlich strich sie ihr über die Stirn. »Ja, so ist es gut. Ihr müsst gleichmäßig atmen.«

»Es geht nicht weiter«, brachte die Frau gequält hervor, als der Krampf im Unterleib nachließ.

»Wie lange geht es schon so?«

Die Frau wollte antworten, doch in diesem Moment bahnte sich eine neue Wehe ihren Weg und ließ die Gebärende laut aufschreien.

Johannes betrat die Kammer. »Kann ich helfen?«

»Such die Magd.«

»Ist sie nicht mit Euch gekommen?«

Madlen warf Johannes einen fragenden Blick zu, hatte dann jedoch keine Zeit mehr, weil die Gebärende sich vor Schmerzen krümmte.

»Such Tücher zusammen und füll die Waschschale mit Wasser«, wies Madlen ihren Mann an, der nur kurz nickte, den Krug neben der Waschschale griff und sofort ging. Sie selbst nahm alle Kissen, die sie finden konnte, und stapelte sie an der Stirnseite des Bettes auf. »Kommt. Lehnt Euch hier an. So ist es gut. Ich helfe Euch.« Sanft hob sie die Frau an, so gut sie konnte, fasste sie unter und half ihr, sich in eine fast sitzende Position zu begeben. Die Gebärende atmete tief aus, als sie sich gegen den Kissenstapel sinken ließ. Offenbar war die Veränderung der Position eine Wohltat für sie.

»Wie heißt Ihr?«, fragte Madlen.

»Jonata«, presste sie durch die Lippen.

»Gut, Jonata, ich werde Euch jetzt berühren, um festzustellen, warum das Kind nicht kommt«, kündigte Madlen an, hielt jedoch inne, da Johannes in diesem Moment die Kammer mit den Tüchern und dem Krug Wasser betrat.

»Füll es in die Schale und stell sie hier neben das Lager«, sagte Madlen, und ihr Mann folgte der Aufforderung sogleich.

Er reichte ihr die Tücher, von denen sie sich eines nahm und die anderen auf den Boden legte, direkt neben die Waschschale, die Johannes dort abgestellt hatte.

»Kann ich sonst noch etwas tun?«

Madlen überlegte kurz, während sie auf die ebenso erschöpfte wie verzweifelte Frau vor sich sah. Diese war vollkommen aufgelöst und überreizt. Ganz abgesehen von den Schmerzen, die sie schier zu zerreißen schienen. Dabei würde sie noch all ihre Kraft bündeln müssen, um das Kind auf die Welt zu bringen. Es musste Madlen gelingen, sie zu beruhigen, damit ein wenig Kraft in ihren Körper zurückfließen konnte. In Erinnerung daran, dass sie früher die Gebärenden durch das langsame Schwenken einer Kerze und ruhig gesprochene Psalmen hatte beruhigen können, sagte sie zu ihrem Mann: »Entzünde eine Kerze und stell sie neben die Waschschale.«

Johannes, der sich verbot, sich auch nur ansatzweise auszumalen, wofür man eine brennende Kerze bei einer Geburt benötigen könnte, verließ kurz die Kammer, um die Kerze vom Flur zu holen, die er dort hatte stehen sehen. Er entzündete sie an der Talgleuchte, ging wieder hinein und stellte sie neben die Waschschale.

»Danke. Und nun geh hinaus und bleib in der Nähe, damit ich dich rufen kann, wenn ich dich brauche. Ist der Bursche noch da?«

»Er wartet unten«, antwortete Johannes.

Jonata stöhnte auf. Sie zitterte am ganzen Körper. Madlen befühlte ihre Stirn. Sie war glühend heiß.

»Geh«, befahl Madlen ihrem Mann, der ihr zunickte und sofort darauf die Kammer verließ.

»Jonata«, sagte Madlen in einem ruhigen, beinahe zärtlichen Tonfall. »Es ist wichtig, dass Ihr jetzt nur meiner Stimme lauscht.« Sie bückte sich herab und nahm die Kerze zur Hand. »Hört nur auf meine Stimme und seht in das Licht dieser Kerze.« Sie schloss kurz die Augen, erinnerte sich an früher, als Clara noch gelebt und sie dieser bei den Geburten in Heidelberg geholfen hatte. Wie von selbst kamen die Worte aus ihrem Mund: »Das Licht ist warm und friedvoll, die Nonnen im Kloster haben die Kerzen gefertigt und zu Gott gebetet, dass die Flamme Euch Licht bringen und Euch beruhigen möge. Ihr seid ruhig und entspannt, und auch Eure Beine sind entspannt. Gegrüßet seist du, Maria, voll der Gnade, der Herr ist mit dir. Du bist gebenedeit unter den Frauen, und gebenedeit ist die Frucht deines Leibes, Jesus.« Sie machte eine kurze Pause und beobachtete, wie Jonatas Lider flackerten. »So ist es gut. Ihr entspannt Euch ebenso, wie Euer Kind sich entspannt. Der allmächtige Gott erbarme sich unser.« Sie schwenkte die Kerze langsam hin und her und sah, wie Jonata der Flamme mit den Augen folgte. »Ihr hört nur meine Stimme und spürt, wie Ihr ruhiger werdet und gleichmäßig atmet. Die Anstrengungen lassen nach. Jeder Atemzug schenkt Eurem Körper neue Kraft.«

Jonata folgte dem Kerzenlicht mit ihrem Blick. Madlen sah ihr an, dass ihre Worte Wirkung zeigten. Langsam stand sie auf, ging mit der Kerze zu dem kleinen Schränkchen hinüber, das Jonata aus ihrer Position gut sehen konnte, und stellte die Kerze hierauf ab. »Wenn Ihr spürt, dass Euer Körper wieder zu krampfen beginnt, seht Ihr hinüber zu der Kerze und gebt auf nichts anderes als eine ruhige, gleichmäßige Atmung acht. Ihr atmet ein und wieder aus, und es geht Euch besser, Ihr werdet ruhig.« Sie ging mit langsamen Schritten wieder zur Lagerstatt zurück.

»Ich werde jetzt Euer Kind ertasten, Jonata. Haltet Eure Beine ganz entspannt. Alles wird gut werden.« Madlen schob das Nachthemd ein wenig höher und ertastete, wie weit die

Geburt bereits vorangeschritten war. Jonata spannte erneut an, als sie die Berührung wahrnahm. »Ihr macht das sehr gut, Jonata. Seht wieder zu der Kerze.«

Wieder bahnte sich eine Wehe ihren Weg. Jonata bäumte sich auf. Madlen ertastete den Kopf des Kindes. »Ihr müsst wieder etwas lockern, Jonata, sonst gelingt es mir nicht, weit genug vorzudringen.«

»Es tut so weh«, jammerte Jonata.

Madlen konnte spüren, dass das Kind nicht in der richtigen Stellung lag, um auf die Welt zu kommen. Sie zog ihre Hand zurück. »Ihr müsst jetzt sehr stark sein, Jonata. Euer Kind liegt nicht richtig und kann deshalb nicht herauskommen.«

»Helft mir. Ich bitte Euch. Ich will nicht sterben.«

»Ich kann Euch helfen, doch Ihr müsst es zulassen.« Madlen griff sich eines der Tücher. »Faltet es und beißt darauf. Ich werde das Kind jetzt drehen, doch das wird schmerzen. Ihr könnt es schaffen, Jonata. Nur noch wenige Momente, dann ist Euer Kind da.«

»Tut es!«, brachte Jonata hervor, als sich ihr Körper bereits wieder vor Schmerzen zusammenzog.

Madlen fasste erneut zwischen ihre Beine, drang so vorsichtig wie möglich ein. Sie ertastete den Kopf des Kindes, schob die Hand noch tiefer und spürte die Schulter. Jonata unterdrückte einen Schrei, biss fest auf das Tuch in ihrem Mund. Madlen wusste, dass sie nicht mehr viel Zeit hatte, das Kind noch gesund auf die Welt zu bringen. Sie konnte nur erahnen, wie lange Jonata schon mit den Wehen rang und die Geburt einfach nicht vorangehen wollte. Beherzt griff sie zu, drehte den kleinen Körper noch ein wenig mehr und zog ihre Hand rasch zurück. Jonata schrie. »Und jetzt müsst Ihr pressen, Jonata! Presst, so fest Ihr könnt. Ich drücke gegen Eure Beine. Presst es heraus.«

Jonata schrie, presste, kniff die Augen zusammen. Sie beugte sich vor. »Fester, Jonata! Es kommt. Euer Kind kommt. Fester!«

Wieder brüllte Jonata auf. Madlen sah, wie sich ein kleiner Haarschopf zwischen den Beinen abzeichnete. Sie ließ Jonatas Beine los. »Noch einmal, Jonata. Dann habt Ihr es geschafft.« Ihrer Stimme war die Erleichterung anzuhören. Jonata presste, der Kopf schob sich weiter vor. Madlen griff vorsichtig zu, umfasste ihn und zog das Kind heraus. Jonata ließ sich vollkommen erschöpft in die Kissen zurückfallen, während Madlen die Nabelschnur durchtrennte, einige Tücher nahm und das Kind darin einschlug. Ein weiteres Tuch tunkte sie in die Waschschale und säuberte damit das kleine Gesichtchen. Das Mädchen hob erst zögerlich an, dann brüllte es alles heraus, was seine kleinen Lungen hergaben. »Ihr habt eine Tochter, Jonata.« Sie beugte sich hinunter und sah, dass mit Jonata etwas nicht stimmte. »Jonata?«

»Die Schmerzen. Sie hören nicht auf«, brachte Jonata gequält hervor.

»Hier. Nehmt Eure Tochter. Haltet sie. Es wird gleich besser«, versuchte Madlen ihr Mut zuzusprechen, war sich aber keinesfalls sicher, dass es wirklich so war. Sie reichte Jonata das Kind, das diese trotz der Schmerzen mit einem glücklichen Lächeln annahm.

Ganz plötzlich wurde die Tür geöffnet, und der Bursche stürmte herein. »Ihr habt es geschafft. Gut. Ich nehme das Kind.« Er eilte mit großen Schritten auf Jonata zu und riss an den Tüchern, in die Madlen das Mädchen eingewickelt hatte.

»Nein!«, schrie Jonata.

»Lasst das!«, brüllte Madlen und versuchte, ihm das Mädchen wieder zu entreißen, das er ihrer Mutter soeben weggenommen hatte.

»Johannes! Johannes!«, rief sie verzweifelt und rang mit dem Burschen, doch von ihrem Ehemann war nichts zu sehen.

»Ich handle im Auftrag des Erzbischofs«, wehrte der Bursche sich und versuchte, Madlen abzuschütteln.

In diesem Moment tauchte Johannes in der Tür auf, und Madlens Erleichterung hätte größer nicht sein können. »Johannes, unternimm etwas! Er will ihr das Kind wegnehmen.«

»Ich war nur kurz vor die Tür getreten«, bekundete Johannes mit Bedauern. »Was soll das? Gib der Frau sogleich das Kind zurück!«

»Ich handle im Auftrag des Erzbischofs«, wiederholte der Bursche fast trotzig.

»Warum sollte der Erzbischof so etwas anordnen?« Johannes, der den Burschen um gut eine Kopflänge überragte und auch wesentlich breiter war, kam noch einige Schritte näher und baute sich vor ihm auf.

»Bitte, lasst nicht zu, dass er mir mein Kind nimmt«, wimmerte Jonata und schrie kurz darauf vor Schmerzen auf.

Madlen blickte sie besorgt an. Es war zu sehen, dass ihr Körper noch immer krampfte. »Johannes! Ihr müsst die Kammer verlassen. Aber lass ihn ja nicht mit dem Kind irgendwohin.«

»Gib mir das Kind!«, forderte Johannes.

Der Bursche schüttelte den Kopf.

Johannes funkelte ihn wütend an und machte noch einen Schritt auf ihn zu, als plötzlich zwei weitere Männer in die Kammer stürzten. Einer stieß Johannes so fest zur Seite, dass dieser mit dem Kopf gegen die Kommode, auf der die Kerze stand, knallte und zu Boden ging. Die Kerze fiel herab, die Flamme erlosch. Der zweite Mann machte einen Satz auf den Burschen zu und entriss ihm das Kind. Dieser war vollkommen überrascht. »Aber ich bringe ihm doch das Kind«, gab er noch von sich. Weiter kam er nicht, weil derjenige, der Johannes geschubst hatte, auf ihn zusprang und ihm ein Messer mehrmals in den Bauch stieß.

Jonata und Madlen schrien gleichzeitig auf. Der Bursche röchelte, ging zu Boden, während die Männer sich beeilten, wieder aus der Kammer zu kommen. Das Kind hatten sie bei sich.

»Nein!«, brüllte Madlen, doch da waren sie schon zur Tür hinaus. »Johannes!« Sie hastete zu ihrem Mann hinüber, der langsam wieder zu Bewusstsein kam. »Johannes! Sie haben das Kind. Sie haben das Kind!«

Johannes brauchte einen Moment, um die Situation zu erfassen. Der Bursche lag mit Stichwunden in einer Blutlache, die sich immer weiter ausbreitete, am Boden. Jonata kreischte und weinte.

Er sah zur Tür und rappelte sich auf. »Die schnappe ich mir!«

Madlen wusste nicht, ob es klug war, dass ihr Mann die beiden verfolgte, hatten sie doch soeben direkt vor ihren Augen den Burschen kaltblütig ermordet. Doch es war ohnehin zu spät, sich hierüber Gedanken zu machen – Johannes hatte die Verfolgung bereits aufgenommen.

Jonata krampfte und wimmerte. »Mein Kind.«

»Ihr werdet es zurückbekommen«, versuchte Madlen, die Frau zu beruhigen. Sie war jedoch genauso verwirrt wie geschockt und konnte selbst überhaupt nicht fassen, was sich soeben vor ihren Augen zugetragen hatte. Wieder krampfte Jonata, und so schwer es ihr auch fiel, Madlen musste sich jetzt um die Gebärende kümmern, ungeachtet dessen, was Johannes wohl in diesen Momenten ausstehen musste.

Behutsam legte sie ihre Hand auf Jonatas Bauch und stutzte. Sie tastete mehrmals den Bauch ab, bis sie ganz sicher war. »Jonata, die Krämpfe, die Ihr habt ... Ihr bekommt ein zweites Kind.«

Jonata sah sie fassungslos an. »Was?«

»Es stimmt. Ich kann es deutlich ertasten.« Sie nahm Jonatas Hand und legte sie ihr auf den Bauch. »Spürt Ihr es?«

Jonata war völlig durcheinander, schüttelte nur mit dem Kopf und fragte: »Wo ist mein Kind? Wo haben sie es hingebracht?«

»Ruhig, ganz ruhig. Wir müssen jetzt das zweite Kind

holen. Mein Mann wird sich darum kümmern, dass Eurem Mädchen nichts geschieht.« Madlen versuchte, ihrer Stimme einen ruhigen Klang zu geben, was ihr angesichts der Leiche, die nur ein Stück weit von ihr entfernt lag und um die sich eine große Blutlache bildete, nicht ganz leichtfiel. Alles schien ihr so unwirklich, so unfassbar. Noch vor wenigen Stunden hatte sie zusammen mit Johannes zu Abend gegessen, und jetzt war sie hier in diesem Wahnsinn. Sie schüttelte den Gedanken ab und konzentrierte sich wieder auf Jonata.

Eine Wehe bahnte sich an. Jonata verzog vor Schmerzen das Gesicht. »Bitte, ich ... bitte helft!«, stammelte sie verzweifelt.

Madlen fürchtete, dass sie kurz vor einem Zusammenbruch stand. Die Wehe bahnte sich nun mit einer gewaltigen Kraft ihren Weg. »Euer nächstes Kind kommt. Wir werden uns jetzt nur darum kümmern, nur um die Geburt, hört Ihr?«

Jonata antwortete ihr nicht, stöhnte vor Schmerz. Oder war es die Verzweiflung um die Entführung der Tochter?

»Sie sind weg«, hörte Madlen Johannes sagen, der unbemerkt wieder in die Kammer getreten war.

Madlen drehte den Kopf. »Und das Kind?«

»Es ist hier«, sagte Johannes, doch seine Stimme und der Umstand, dass er es nicht im Arm hielt, verriet ihr, dass etwas nicht stimmte.

»Behalt es für einen Moment dort«, entgegnete Madlen und verbot sich damit den Gedanken daran, was mit dem Mädchen geschehen sein mochte. »Jonata bekommt noch ein Kind.«

Johannes blickte sie erstaunt an. »Noch eines?«

»Ja.«

»Gott sei Dank!«, entfuhr es ihm.

Die drei Worte genügten Madlen, um zu ahnen, dass das Mädchen nicht mehr am Leben war.

»Jonata, Ihr habt es gehört. Es ist alles in Ordnung«, log sie und wandte sich wieder der Gebärenden zu.

Jonatas Augenlider flatterten. Ein kurzes Lächeln huschte über ihr Gesicht. Dann krampfte sie erneut.

»Ich werde zum Erzbischof gehen und ihm mitteilen, was sich hier zugetragen hat«, erklärte Johannes.

Noch einmal drehte Madlen sich zu ihrem Mann um. »Er«, sie nickte mit dem Kopf zum Leichnam hinüber, »hat gesagt, er handle im Auftrag des Erzbischofs. Bist du sicher, dass du das Richtige tust, wenn du dich nun an ihn wendest?«

»Ich kenne Friedrich seit so vielen Jahren. Was auch immer der Grund für all das hier sein mag, es geschah nicht in seinem Auftrag«, stellte Johannes klar.

»Gut. Geh. Ich werde mich um die Geburt kümmern.« Madlen schluckte die Zweifel hinunter und drehte sich wieder zu Jonata. Sie hörte Johannes' Schritte auf der Treppe und dann, wie die Eingangstür geschlossen wurde. Danach war es still im Haus.

Madlen schob ihre Hand zwischen Jonatas Beine, spürte sogleich das Köpfchen. Das Kind lag richtig. Es würde keine weiteren Schwierigkeiten geben, wenn Jonata die Kraft aufbrachte, fest zu pressen. »Jonata, es ist fast geschafft.«

»Ich kann nicht mehr.«

Madlen legte ihr die Hand auf den Bauch. Sie spürte, wie sich der Unterleib bereits wieder zusammenzog. »Gleich ist es so weit, Jonata.«

»Ich kann nicht mehr«, wiederholte Jonata und brach in Tränen aus. Die Wehe wurde stärker. Sie schrie auf.

»Gut so.« Madlen sah, wie sich das Köpfchen weiter vorschob.

»Holt es raus! Holt es raus!«

»Noch einmal. Ihr müsst all Eure Kraft zusammennehmen, Jonata. Das Kind kommt. Ihr müsst pressen!«

Jonata brüllte wie am Spieß. Beherzt fasste Madlen das Köpfchen und zog den kleinen Körper heraus.

»Es ist geschafft!« Tränen der Erleichterung liefen nun auch über Madlens Wangen. »Ihr habt einen Sohn, Jonata. Einen kleinen Jungen.«

Jonata ließ den Kopf in die Kissen sinken, weinte, lachte, streckte die Hände aus, damit Madlen ihr den Sohn geben mochte. Rasch durchtrennte diese die Nabelschnur und legte den nackten kleinen Jungen auf die Brust seiner Mutter.

Ein Gefühlsschwall überkam Jonata, sie lachte immer wieder auf, küsste den Kleinen ein ums andere Mal. Sie hatte Tränen in den Augen. »Ich danke Euch«, sagte sie und sah Madlen an. »Wo ist mein Mädchen?«

Madlen presste die Lippen aufeinander. »Ich weiß es nicht. Ich denke, dass mein Mann sie mitgenommen hat, damit ihr nichts geschieht.«

Jonata sah sie erschrocken an.

Bevor sie etwas sagen konnte, beschwichtigte Madlen: »Gewiss gibt er gut acht auf die Kleine. Sorgt Euch nicht. Kümmert Euch um Euren Sohn.« Madlen stand von dem Lager auf und musste über den Leichnam hinwegsteigen, um an die Waschschale heranzukommen. Sie wusste kaum, wo sie hinsehen sollte beim Anblick des toten Mannes.

»Sagt, Jonata, gibt es im Haus noch eine weitere Kammer mit einer Lagerstatt? Es wäre besser für Euch, dieses Zimmer zu verlassen.« Sie deutete auf die Leiche. »Gewiss wird mein Gatte bald mit einigen Männern zurück sein, die den Toten fortschaffen. Ihr solltet nicht dabei sein müssen.«

»Es gibt unten noch ein Lager in der Kammer, in der die Magd schläft. Die Zimmer hier oben sind alle kahl.«

Madlen wunderte sich, weshalb jemand in einem Haus mit mehreren Kammern lebte, die jedoch offenbar nicht bewohnt wurden. Doch das sagte sie nicht. »Wo ist die Magd?«, fragte sie stattdessen.

Jonata schüttelte mit dem Kopf. »Ich weiß es nicht. Hat sie

Euch denn nicht Bescheid gegeben?«

»Nein, das war der dort«, erklärte Madlen.

»Aber Martha, meine Magd, lief vorhin los, um die Wehmutter zu holen.«

Madlen schüttelte bedauernd den Kopf. Sie konnte sich wirklich keinen Reim auf all das machen, was an diesem Abend geschehen war. »Bei mir war sie nicht. Und ich glaube auch nicht, dass sie zu mir gekommen wäre. Ich bin keine Wehmutter.«

»Nicht? Aber Ihr habt mir doch geholfen.« Jonata war vollends verwirrt.

»Ja, aber eigentlich mache ich so etwas nicht. Früher einmal, ja. Doch woher sollte der Bursche das wissen, wenn nicht tatsächlich der Erzbischof selbst ihn geschickt hätte?«, überlegte Madlen laut. »Was habt Ihr mit dem Erzbischof zu tun, Jonata?«

Statt zu antworten, schüttelte diese nur mit dem Kopf. »Ihr müsst es mir nicht sagen«, entschied Madlen dann. »Kommt. Ich bringe Euch in die Kammer der Magd. Dies hier ist kein Ort für eine junge Mutter und ihr Kind.« Sie prüfte, ob Jonata noch blutete. Als sie sah, dass dies nicht der Fall war, atmete sie erleichtert auf.

Jonata lag offenbar eine Frage auf den Lippen, doch sie schluckte sie hinunter.

Madlen half ihr, nahm den Säugling und wickelte ihn in eine der Decken ein, da der Leichnam des Mannes auf den Tüchern lag, die Johannes geholt hatte. »Könnt Ihr gehen?«

»Ich schaffe es schon«, sagte Jonata und bemühte sich aufzustehen.

Madlen legte den Säugling auf das Lager und half seiner Mutter auf. Kurz wartete sie, ob Jonata sich selbst auf den Beinen halten konnte. Als sie sicher war, nahm sie das Kind auf den Arm. »Stützt Euch auf meine Schulter«, sagte sie zu Jonata, die das Angebot dankend annahm. Vorsichtig gingen die beiden

Frauen mit dem Säugling Schritt für Schritt zur Tür hinüber. Am Rahmen stützte Jonata sich ab. »Geht es?«, fragte Madlen besorgt.

Jonata nickte mit dem Kopf, war jedoch so bleich, dass Madlen erschrak. »Wo genau ist die Kammer?«

»Die Treppe hinunter, im Flur, der zum Hof führt, ist es dann die zweite Tür.«

»Gut. Ihr wartet hier und haltet Euch am Rahmen fest. Ich werde Euren Sohn nach unten bringen und dann wieder herkommen, um Euch zu helfen.«

Jonata brachte kein Wort heraus, nickte nur und schloss entkräftet die Augen. Madlen lief, so schnell und doch so vorsichtig sie konnte, um den Kleinen sicher in den Armen zu halten, die Stufen hinab und zu der Kammer, die Jonata ihr beschrieben hatte. Sie trat ein und legte den Säugling, ohne zu zögern, in die Mitte der dortigen Lagerstatt. Dann lief sie wieder zurück, eilte die Treppenstufen hinauf und war erleichtert, als sie sah, dass Jonata noch genau dort stand, wo sie sie zurückgelassen hatte.

»Kommt«, sagte Madlen und fasste sie unter.

Ganz langsam gingen sie zu der Treppe, nahmen Stufe für Stufe, bis sie endlich den Flur erreichten. Madlen kam es wie eine kleine Ewigkeit vor. Sie begleitete Jonata zu der Lagerstatt, nahm das Kind hoch und wartete, bis Jonata unter die Decken gekrochen war. Dann gab sie ihr den Säugling. »Ich hole Euch etwas zu trinken«, kündigte sie an und wollte eben die Kammer wieder verlassen, als sie Stimmen hörte. In der Annahme, dass es vermutlich Johannes war, der die Wachen des Erzbischofs oder auch die Büttel geholt hatte, wollte sie gerade rufen, wo sie sich befanden. Doch ein ungutes Gefühl hielt sie zurück.

»Was machen wir mit der Frau des Advocatus?«, fragte nun einer.

»Wir sind nur hier, um dieses verfluchte zweite Kind zu holen. Wir haben unsere Befehle. Da hat sich diese Kebse von einem Weib nicht einzumischen.«

»Und wenn sie's doch tut?«

»Wir werden ja wohl mit einem Weib fertigwerden«, gab der andere schroff zurück.

Madlen war wie erstarrt. So vorsichtig sie konnte, schloss sie die Tür zu der Kammer wieder. Sie legte ihren Finger an die Lippen. »Seid ganz still«, sagte sie warnend.

Jonatas Augen wurden groß. »Was ist?«, fragte sie bang.

»Es sind zwei Männer im Haus. Ich hörte, wie sie sagten, dass sie Euch das Kind nehmen wollen.«

Jonata unterdrückte einen Schrei, indem sie sich die Hand vor den Mund schlug.

»Wir müssen fort von hier. Wenn sie uns oben nicht finden, werden sie das Haus durchsuchen.«

»Wo sollen wir hin?«

»Erst einmal nur raus. Wohin führt der Gang dort draußen?«

»In den Hof.«

»Gibt es von da eine Möglichkeit, auf die Gasse zu gelangen?«

»Ja.«

»Gut. Dann kommt. Nehmt Euch eine Decke über die Schultern, ich trage Euren Sohn.«

Jonata war die Angst ins Gesicht geschrieben. »Sie werden uns töten.«

»Kommt jetzt«, sagte Madlen nur. Sie nahm den Säugling, der friedlich schlief. Wenn er jetzt bloß keinen Laut von sich gab. Vorsichtig wickelte sie ihn noch ein wenig fester ein und ließ gerade mal einen kleinen Teil des Gesichts frei, damit er atmen konnte.

Mühsam kam Jonata in den Stand. Madlen wusste, dass sie möglichst rasch einen Unterschlupf finden mussten, in dem sie sich verstecken und auf Hilfe warten konnten. Ihr eigenes Haus würden sie auf keinen Fall erreichen, das wäre viel zu weit für

Jonata. Und Madlen wusste auch nicht, ob es klug war, jetzt mit ihr dort hinzugehen, selbst wenn sie es schaffen würde. Die Frauen traten zur Tür und öffneten sie einen Spalt. Sie hörten die beiden Männer oben miteinander sprechen, ihre raschen Schritte gaben dumpfe Geräusche nach unten hin ab. Offenbar durchsuchten sie die oberen Räume.

»Kommt!«, flüsterte Madlen und ging mit dem Kind voraus. Jonata folgte dicht hinter ihr. Wie zwei Schatten huschten sie über den Flur, erreichten die Tür zum Innenhof und schlichen hinaus.

»Dort entlang«, flüsterte Jonata und deutete nach links, wo ein schmaler Weg, durch den ein vernünftig gebauter Ochsenkarren geradeso passen mochte, zu der Gasse führte, an der das Haus lag.

»Werdet Ihr es schaffen?«, fragte Madlen und prüfte Jonatas Blick. Sie war barfuß, nur mit einem dünnen Nachthemd bekleidet und hatte sich die Decke übergeworfen. Zwar würde der Winter noch etwas auf sich warten lassen. Doch es war kühl, und weit würden sie so nicht kommen.

Jonata nickte. »Ja.« Mehr sagte sie nicht.

»Gut. Dann kommt.« Madlen lief, immer dicht an die Hauswand gedrückt, mit dem Kind voraus zu dem kleinen Weg und dann weiter bis zur Gasse. Dort blieb sie stehen, bis Jonata wieder direkt hinter ihr war. Prüfend suchte sie die Gasse nach irgendeiner Bewegung ab. Niemand war zu sehen. »Kommt!«, sagte sie abermals.

Sie überquerten die Gasse, liefen um die Ecke und bogen dort sofort wieder ab. Die Stadtmauer Kölns lag nun direkt vor ihnen. Wenn sie sich gebückt hielten, waren sie hier nur schwer zu erkennen. Sie liefen weiter und weiter, bis sie einen der Bögen erreichten, die in das Mauerwerk eingelassen waren. »Kriecht dort hinein«, sagte Madlen.

Jonata tat es ohne jeden Widerspruch. Als sie saß und

so weit zurückgekrochen war, dass sie sich anlehnen konnte, reichte Madlen ihr den Jungen. »Haltet ihn und gebt acht, dass er nicht weint. Ich werde eine Unterkunft suchen, in der Ihr sicher seid.«

»Habt Dank, dass Ihr das alles für mich tut.«

Madlen sah sie an, wenngleich sie ihr Gesicht jetzt, wo sie in der Dunkelheit fast mit dem Mauerwerk zu verschmelzen schien, kaum noch ausmachen konnte.

»Warum will man Euch die Kinder wegnehmen?«

Jonata schüttelte den Kopf. »Ich weiß es wirklich nicht.«

»Wer ist der Vater?«

Jonata zögerte. »Das, das darf ich nicht sagen. Bitte verzeiht mir.«

Madlen wollte etwas erwidern, ließ es dann aber doch. Es war jetzt nicht die Zeit dafür. »Ich komme zurück, so schnell ich kann«, kündigte sie an, stieß sich von der Mauer ab und lief davon. Sie sah sich immer wieder um, ob ihr auch niemand folgte. Seit sie mit Johannes in die Domstadt gezogen war, waren viele Jahre vergangen, und sie kannte jede noch so kleine Gasse. Doch was ihr fehlte, war ein Einfall, wohin sie Jonata bringen konnte. Wem konnte sie bedingungslos vertrauen? Wer war ihr so treu ergeben, dass sie sich auf sie oder ihn verlassen konnte? Ihr wollte und wollte einfach niemand einfallen.

Dann plötzlich blieb sie stehen und sah zu dem Haus hinüber, über dessen frühere Bewohner Johannes und sie erst vor wenigen Tagen gesprochen hatten. Der Vater, ein Zimmermann, war während der Arbeit schwer gestürzt und hatte sich den Hals gebrochen. Seiner Frau, mit der er über viele Jahrzehnte dort gelebt hatte, war nichts anderes übrig geblieben, als ihre Habseligkeiten zu nehmen und zu ihrem Sohn und dessen Frau nach Würzburg zu gehen. Johannes hatte gehofft, etwas für sie tun zu können, und die Zunft um Unterstützung der Witwe gebeten. Doch Hans, so hatte der Mann geheißen, war unter den anderen Zimmermannsleuten alles andere als beliebt gewesen und hatte sich stets aus den Entscheidungen der Zunft herausgehalten. Deshalb vertrat man dort nun die Auffassung, dass sie ihm nichts schuldig waren, und auch Johannes hatte ihre Einstellung hierzu nicht ändern können. Seither stand das Haus leer, weil sich noch kein Käufer gefunden hatte. Johannes hatte der Witwe versprochen, sich darum zu kümmern, dass der Verkauf und die Abwicklung reibungslos vonstatten gingen.

Als sie sich schließlich auf den Weg nach Würzburg gemacht hatte, waren Madlen und Johannes gekommen, um sie zu verabschieden. Sie waren mit drei Nachbarn die Einzigen gewesen, was Madlen im Hinblick darauf, dass die Witwe zusammen mit ihrem Mann Jahrzehnte in Köln gelebt hatte, ein mehr als trauriges Ergebnis fand. Bei der Verabschiedung hatte die Frau Johannes gezeigt, wo sie den Schlüssel stets versteckt hatte, wenn sie fort war: in einer kleinen Ausbuchtung hinter einem lockeren Stein ganz unten nahe der Eingangstür. Madlen konnte nur hoffen, dass Johannes den Schlüssel nicht sicherheitshalber an sich genommen hatte aus Sorge, dass noch jemand von dem Versteck gewusst haben könnte und die lange Abwesenheit der Hausbewohner nutzte. Schließlich oblag es ihm, das Gebäude mit allem, was sich darin befand, für möglichst viel Geld zu verkaufen.

Madlen lief zu dem Haus hinüber, blickte rechts und links die Gasse entlang. Niemand war zu sehen. Außer ihr war keine Seele hier. Rasch bückte sie sich und tastete mit den Fingern. Wo war nur dieser lose Stein? Ihre Hände zitterten. Sie prüfte jeden einzelnen, konnte jedoch den richtigen nicht finden. Plötzlich hörte sie ein Geräusch. Sofort presste sie sich an die Hauswand, so nah sie nur konnte. Zwar konnte man sie von Weitem in der Dunkelheit nicht erkennen, doch wenn jemand näher kam, würde sie sofort entdeckt. Da – wieder ein Geräusch! Es war jemand dort, dessen war sie sich jetzt ganz sicher. Panik stieg in ihr auf. Wohin? Das Nächste, was sie hörte, war ein Fauchen, dann rannten plötzlich wie aus dem Nichts zwei Katzen an ihr vorbei, die eine jagte die andere. So schnell sie aufgetaucht waren, verschwanden sie auch wieder und waren schon im nächsten Moment nicht mehr zu sehen. Dann war alles wieder ruhig.

Madlen schloss kurz die Augen und versuchte, ihre Atmung zu beruhigen. Sie schluckte. Ihr Hals war furchtbar trocken. Wie mochte es wohl erst Jonata gehen, die zwei Geburten hatte ertragen müssen und seitdem noch nicht einen einzigen Schluck zu trinken bekommen hatte? Der Gedanke an die junge Mutter ließ ihre Entschlossenheit zurückkehren. Mit einem Ruck drehte sie sich wieder um und tastete hastig an den Steinen entlang. Erst tat sich nichts, dann endlich fand sie den richtigen Stein. Er war ein Stück weiter rechts, als sie es in Erinnerung hatte. Sie zog ihn hervor und war erleichtert, dahinter sogleich den Schlüssel zu erfühlen. Schnell nahm sie ihn an sich und schob den Stein zurück. Sie lief zur Tür und prüfte, ob der Schlüssel auch wirklich passte, obwohl sie wusste, dass das Unsinn war. Weshalb hätte er nicht passen sollen? Aber sie wollte auf keinen Fall riskieren, Jonata zu holen und dann womöglich vor verschlossener Türe zu stehen. Sie drehte den Schlüssel herum, und die Tür ging auf. Sofort verschloss sie sie wieder, hielt den Schlüssel fest in der Hand und rannte, so schnell sie konnte, zurück zu der Stelle an der Stadtmauer, wo sie Jonata zurückgelassen hatte.

Ihr Herz pochte wie wild, nicht nur wegen des Laufens, sondern weil der Mauerbogen leer zu sein schien. »Jonata?«, flüsterte sie im Näherkommen.

»Ja. Ich bin hier.« Die Angesprochene beugte sich etwas vor und gab so die Sicht auf sich und das Kind frei. Sie hielt den Säugling an ihrer Brust, der zufrieden daran nuckelte.

»Ich habe etwas gefunden, wo Ihr vorerst bleiben könnt.«

Jonata löste den Kleinen sanft von ihrer Brust und gab ihn Madlen. Dann rutschte sie weiter vor und kroch schließlich heraus. Als sie wieder stand, nahm sie Madlen sogleich den Säugling wieder ab und legte ihn erneut an, da er zu quengeln begann. »Wenn wir nicht so rasch laufen, wird es gehen. So ist er ruhig.«

»Ich glaube nicht, dass uns jemand gefolgt ist. Sonst wären sie längst hier gewesen.« Sie beeilten sich lediglich, das ungeschützte Stück bis zu der nächsten Häuserfront zurückzulegen. Dann gingen sie langsam, und Jonata achtete behutsam darauf, dass der Junge beim Trinken nicht unterbrochen wurde.

»Wohin bringt Ihr mich?«

»In ein leer stehendes Haus. Die Besitzerin musste es aufgeben. Es soll verkauft werden, doch noch haben wir ein paar Tage Zeit. Bis dahin sollte geklärt sein, wer für den Überfall in Eurem Haus verantwortlich ist, sodass ihr sicher dorthin zurückkehren könnt.«

»Danke.« Jonata schluckte. »Bitte sagt mir, was mit meinem Mädchen geschehen ist.«

»Ich weiß es wirklich nicht. Vorhin, als mein Gatte kam, sah er betrübt aus. Doch ich wollte ihn nicht danach fragen, weil Ihr gerade Euren Sohn auf die Welt bringen musstet.«

»Glaubt Ihr, dass mein Mädchen noch am Leben ist?«

»Ich weiß es nicht, Jonata, es tut mir leid.« Sie gingen weiter im Schutze der Dunkelheit, immer nah genug an den Häusern entlang, sodass sie nicht gleich zu erkennen waren. Madlen fürchtete, dass die Kerle, die sich das Kind holen wollten, keinesfalls die Suche nach ihnen aufgegeben hatten und sie ihnen jederzeit in die Arme laufen konnten. Doch daran wollte sie jetzt nicht denken.

»Sagt, Jonata, weshalb, glaubt Ihr, sollten Euch die Kinder gestohlen werden?«

»Der Vater«, antwortete sie zögerlich, »ist eine hochgestellte Persönlichkeit. Womöglich wünscht er, dass die Kinder bei ihm aufwachsen.«

»Hat er Euch das gesagt?«

Sie schüttelte den Kopf. »Nein. Wir haben seit dem Sommer nicht mehr miteinander gesprochen.«

»Ihr seid nicht seine Ehefrau, oder?«

Sie schüttelte den Kopf.

»Wird er sich dazu bekennen, der Vater zu sein?«

»Anfangs hat er es gesagt. Doch wer weiß, ob das jetzt noch zählt. Das Haus, in dem ich lebe, und auch sonst alles hat er bezahlt. Er sagte, ich müsse mir darum keine Sorgen machen.«

»Ich verstehe.« Madlen bedauerte die junge Mutter aufrichtig. Und sosehr sie es ihr auch wünschte, bezweifelte sie doch, dass der Vater sich tatsächlich auch weiter um sie und die Kinder kümmern würde. Madlen wagte nicht zu fragen, ob sie mit ihrer Vermutung, dass der Erzbischof selbst der Vater der Kinder war, richtiglag.

»Wir sind da«, sagte sie nun, trat auf die Eingangstür zu und schloss auf. »Fürs Erste seid Ihr in Sicherheit.«

2. Kapitel

»Mein Gott, Madlen, ich war halb wahnsinnig vor Sorge.« Johannes breitete die Arme aus und zog seine Frau an sich.

»Johannes.« Sie drückte sich an ihn. »Es tut so gut, dich zu sehen.«

»Wo warst du nur?« Er schob sie ein wenig von sich, um ihr in die Augen sehen zu können.

»Jonata und ich mussten fliehen. Es kamen zwei Männer in das Haus, kurze Zeit nachdem du fort warst. Sie wollten das zweite Kind holen.«

»Was?«

»Es stimmt. Und außer Jonata und mir warst du der Einzige, der von dem zweiten Kind gewusst hat. Also können diejenigen, die uns überfallen wollten, nur deshalb davon erfahren haben, weil sie entweder dabei waren, als du mit dem Erzbischof gesprochen hast, oder …«, sie zögerte, »durch diesen selbst den Auftrag erhalten haben.«

»Was redest du da?« Johannes sah sie zornig an.

»Ich weiß, wie du über unseren Erzbischof denkst. Und ich will dich nicht erzürnen. Aber es gibt keine andere Möglichkeit.«

Johannes überlegte, zog nachdenklich die Stirn in Falten.

»Mit wem außer dem Erzbischof hast du über das gesprochen, was geschehen ist?«, fragte Madlen.

»Ich habe nicht mit dem Erzbischof gesprochen, weil ich gar nicht zu ihm konnte«, stellte Johannes klar. »Er hat sich offenbar den Magen verdorben. Schon heute Nachmittag, als ich ihn zuletzt sah, erzählte er mir, dass er sich nicht wohlfühlte. Kurze Zeit darauf kam dann auch noch Erbrechen hinzu, wie der Diakon mir später sagte. Der Erzbischof hat seit dem späten Nachmittag gelegen und konnte niemanden empfangen. Deshalb habe ich den Stadtvogt kommen lassen, um auch ihm vorzutragen, was sich im Hause Jonatas ereignet hatte. Neben ihm waren auch die Vertreter des Erzbischofs anwesend.« Wieder dachte er nach. »Es waren außer mir insgesamt acht Männer in dem Raum, als ich erklärte, was geschehen war. Und eines wurde rasch klar: Der Bursche, der uns geholt hat, war keinesfalls vom Erzbischof geschickt worden.«

»Von wem dann?«

»Das wüsste ich auch gern.«

Madlen sah ihren Mann ernst an. Sie fürchtete sich vor der Antwort auf ihre nächste Frage. »Sag mir, was ist mit dem Mädchen geschehen?«

Johannes seufzte schwer, umfasste die Schultern seiner Frau. »Die Kleine ist tot. Ich fand sie, als ich hinter den Kerlen her bin. Sie hatten ihr mitten ins Herz gestochen und sie einfach auf dem Flur liegen lassen. Ich nahm den kleinen Körper mit, als ich zum Erzbischof ging, um dort Meldung zu machen. Ich wollte nicht, dass du oder die Mutter das Kind so sehen.«

Madlen schluckte schwer. Ihr wurde ganz übel bei den Bildern, die sich durch Johannes' Schilderung in ihrem Kopf abspielten. »Was sind das nur für Menschen?«, brachte sie fassungslos hervor.

»Ich kann es auch kaum begreifen. Und doch muss einer der Männer, die im Palast dabei waren, genau dieses Geschehen in Auftrag gegeben haben.«

»Ich habe den Verdacht, dass der Vater der Kinder dahintersteckt«, mutmaßte Madlen.

»Wer ist der Vater?«

»Das wollte mir Jonata nicht verraten. Ich glaube, sie hat nicht nur Angst um ihre Kinder, sondern auch um ihr eigenes Leben. Sie ist nicht das Eheweib dieses Mannes, und er verfügt über großen Einfluss. Deshalb dachte ich ...« Madlen brach ab.

»Dass der Erzbischof der Vater ist. Das ist es, was du sagen wolltest, nicht wahr?«

Madlen antwortete nicht. Die Ergebenheit ihres Mannes dem Erzbischof gegenüber war schon manches Mal ein Streitpunkt gewesen. Gewiss, er war der Dienstherr ihres Gatten, und Treue und Loyalität waren keine verhandelbaren Güter. Doch was Erzbischof Friedrich anging, übersah Johannes ihrer Meinung nach oftmals, dass auch dieser nur ein Mensch und damit fehlbar war.

Johannes wartete, ob noch eine Antwort von Madlen kam. Er musste seinen Ärger hinunterschlucken. »Lass uns jetzt nicht darüber streiten«, sagte er versöhnlich. »Wo hast du Jonata hingebracht?«

Madlen zögerte. »Wem wirst du es sagen?«

»Wie bitte?«

Madlen hob den Kopf, wirkte trotzig. »Wenn ich dir anvertraue, wo sie ist, muss ich sichergehen, sie hiermit nicht in Gefahr zu bringen. Ich vertraue dir, doch von wem können wir innerhalb des Bischofspalastes das Gleiche behaupten?«

Kurz schien Johannes verärgert, dann veränderte sich seine Miene. »Du hast recht«, erkannte er. »Wir können niemandem trauen.«

Madlen atmete erleichtert aus. »Was werden wir jetzt tun?«

Johannes nahm seine Frau erneut in die Arme und hielt sie eine Weile an sich gedrückt. »Ich werde alles in meiner Macht Stehende tun, um das Verbrechen, das begangen wurde, aufzuklären. Es wird nicht viele Menschen geben, die einen Nutzen davon haben, die Kinder dieser Frau tot zu sehen.« Er löste die Umarmung. »Ist sie dort, wohin du sie gebracht hast, in Sicherheit?«

»Vorerst ja.«

»Gut. Sag mir nicht, wo es ist«, entschied Johannes. »Dann kann ich nicht in die Verlegenheit kommen, den Ort preiszugeben.«

»Du bist ein wunderbarer Mann.« Sie stellte sich auf die Zehenspitzen und küsste ihn.

»Ich nehme an, dass du dafür sorgst, dass sie Essen und Trinken bekommt?«

»Ja.«

»Gut. Aber vergewissere dich, dass dir niemand folgt. Wer so kaltblütig erst den Boten umbringt und sogar einem neugeborenen Kind ein Messer ins Herz rammt, ist zu allem fähig. Und vor allem glaube ich nicht, dass er aufgibt, bis sein Auftrag erledigt ist.«

»Ich werde wachsam sein.« Madlen spürte, wie die Anspannung von ihr abfiel und sie nichts als Erleichterung empfand. Jonata war fürs Erste versorgt, wenngleich Madlen ihr nur Wasser vom Brunnen hatte geben können. Gleich morgen früh würde sie ihr Essen bringen. Doch jetzt wollte sie sich nur noch für wenigstens zwei oder drei Stunden schlafen legen. Sie war vollkommen erschöpft und es würde nicht mehr lange dauern, bis der Tag anbrach. »Können wir uns etwas schlafen legen?«, bat sie ihren Mann. »Ich habe das Gefühl, mich nicht mehr lange auf den Beinen halten zu können.«

»Ja, lass uns in unsere Kammer gehen. Morgen früh werden wir uns um alles kümmern. Du musst auch dringend aus diesen Kleidern heraus.«

Madlen sah an sich herab. Erst jetzt nahm sie wahr, dass ihr Kleid voller Blut von den Geburten war. Sie nickte nur, nahm die Hand ihres Mannes und stieg zusammen mit ihm die Stufen zu ihrer Kammer hinauf. Kaum dass sie die Kleider abgestreift, sich gewaschen und hingelegt hatte, schlief sie ein. Doch die Bilder der Geburten und von toten Kindern verfolgten sie in ihren Träumen.

Am nächsten Morgen waren zwar weder Madlen noch Johannes auch nur ansatzweise ausgeschlafen, doch hatten die knapp drei Stunden sie etwas Kraft sammeln lassen.

»Ich werde nach unten gehen und Ursel sagen, dass du dich nicht wohlfühlst und dein Morgenmahl hier oben einnehmen möchtest. Dann werde ich selbst etwas vorbereiten und damit wieder nach oben kommen, dir etwas geben und aus dem Rest ein Bündel schnüren. Es ist besser, wenn Ursel nicht erfährt, dass ich noch Jonata mitversorge.«

»Du hast an alles gedacht«, lobte Johannes und setzte sich wieder auf das Lager. »Dann bleibt mir wohl nichts, als hier auf dich zu warten. Doch was ist mit dir? Du musst auch etwas essen, damit du bei Kräften bleibst.«

»Das werde ich später tun. Doch Jonata hat zwei Geburten zu überstehen gehabt und seither nicht einen Bissen zwischen die Zähne bekommen. Sie ist jetzt wichtiger. Wie soll sie das Kind stillen, wenn ihr Körper nichts mehr hergibt, das sie teilen könnte?«

Johannes lächelte. »Du bist ein guter Mensch, Madlen Goldmann.«

Sie gab das Lächeln zurück, dann huschte sie aus der Kammer. Aus dem verschmutzten Kleid hatte sie ein Bündel geschnürt und nahm es mit sich. Als sie nach unten in die Küche kam, stand Ursel an der Feuerstelle.

»Guten Morgen, Herrin. Ihr seid früh auf.«

»Guten Morgen, Ursel.« Sie legte das Kleiderbündel auf dem Boden ab. »Es ist zu verschmutzt, um es wieder rein zu bekommen. Bitte verbrenn es, ja?«

»Was? Das gute Gewand? Soll ich nicht wenigstens versuchen …?«

»Nein, Ursel. Hab Dank. Ich möchte, dass es verbrannt wird.«

»Wie Ihr wünscht, Herrin.«

»Meinem Gatten ist nicht wohl. Er möchte das Morgenmahl in unserer Kammer einnehmen. Ich werde mich selbst darum kümmern.«

»Herrje, doch hoffentlich nichts Ernstes? Gerade gestern habe ich mit der Magd der Wolferodes gesprochen, und sie sagte mir, dass in Köln etwas umgeht. Gebe Gott, dass es unseren Herrn nicht befallen hat.«

»Nein, keine Sorge. Es ist nichts Ernstes.«

»Soll ich nicht doch besser den Medicus holen?«

»Es ist nichts weiter. Der Medicus wird nicht gebraucht.«

»Das Beste wird sein, ich koche ihm etwas Gutes.«

»Nein, Ursel, ich bereite ihm etwas zu und werde es ihm auch bringen.«

»Aber das kann ich doch tun, Herrin. Ich werde gewiss …«

»Ursel. Danke. Es ist genug. Ich kümmere mich darum und damit Schluss.«

Die Haushälterin wirkte beleidigt. »Nun gut, wenn Ihr es denn wünscht.«

»Danke, Ursel. Geh du jetzt und verbrenn das Kleid.«

Ursel lag offenbar eine Erwiderung auf den Lippen, doch sie schluckte sie hinunter. Fast trotzig bückte sie sich nach dem Bündel. »Bitte richtet dem Herrn meine Besserungswünsche aus.« Damit verließ sie die Küche.

Madlen verdrehte die Augen. Diese Haushälterin war geradezu übertrieben um ihrer beider Wohl oder besser gesagt um Johannes' Wohl besorgt. Madlen glaubte, dass Ursel ein wenig für ihren Ehemann schwärmte. Und sonst hatte sie hierfür lediglich ein Lächeln übrig. Doch in einem Moment wie diesem nervte es sie, dass Ursel einfach keine Ruhe geben wollte.

Rasch holte sie einen Laib Brot, Schinken und Schmalz aus der Vorratskammer. Dazu noch etwas von dem Gemüse, das Ursel erst gestern geholt hatte. Am Ende stellte sie Johannes ein Morgenmahl zusammen und verließ mit allem die Küche. Gewiss würde es der Haushälterin auffallen, welche Mengen sie geholt hatte. Doch, so hoffte Madlen, würde sie nicht weiter fragen und eher glauben, dass Madlen ihrem Gatten Gutes hatte tun wollen.

Eilig lief sie die Stufen hinauf und trat einige Male mit dem Fuß gegen die Tür, weil sie die Hände voll hatte. Nur einen Wimpernschlag später öffnete Johannes von innen.

»Meine Güte. Das ist ja ein kleiner Berg.« Er schloss die Tür, als seine Frau eingetreten war.

Madlen legte alles auf der Lagerstatt ab. »Wer weiß, wie oft ich zu ihr gehen kann. Sie muss genug essen, sonst schadet es am Ende nicht nur ihr, sondern auch dem Kind.« Madlen ging zu der Truhe hinüber und griff sich ein Tuch, das ihr von der Größe ausreichend erschien. Dann ging sie wieder zum Lager, legte Schinken, Brot und Gemüse in das Tuch und schnürte alles zum Bündel.

»Kann ich dich begleiten?«

Madlen zögerte.

»Ich meine, nur so weit, wie es geht, ohne dass du ihr Versteck preisgeben musst.«

Sie überlegte, schüttelte dann aber mit dem Kopf. Ihr Mann war alles andere als dumm. Und wenn sie die Richtung zu dem eigentlich leer stehenden Haus einschlug, würde er sich seinen Teil denken können. »Nein, lass nur. Ich beeile mich und werde aufpassen, dass mir niemand folgt.«

»Wie du willst. Aber gib gut auf dich acht. Und wenn du glaubst, dass da noch jemand außer dir ist, dann kommst du augenblicklich zurück. Hast du verstanden?«

Sie schenkte ihm ein Lächeln. »Es ist schön, zu sehen, wie besorgt du um mich bist.«

»Scherze nicht darüber.«

»Das tue ich nicht.« Sie stellte sich auf die Zehenspitzen und küsste ihn. »Schwieriger wird es sein, unbemerkt aus diesem Haus zu kommen. Ursel hat ihre Augen überall, und auch die Knechte könnten mich sehen. Ich habe ihr zwar das Kleid mit dem Blut zum Verbrennen gegeben, doch womöglich hat sie es bereits erledigt und ist wieder im Haus.«

»Warte.« Johannes ging zum Lager hinüber und nahm das, was Madlen ihm als Morgenmahl bereitet hatte. »Ich gehe voraus bis zum Esszimmer. Sollte Ursel dort unten sein, werde ich sie ablenken, sodass du unbemerkt hinausgehen kannst.«

»Ich danke dir.«

Wie besprochen, ging Johannes voraus die Stufen hinab. Madlen wartete auf dem oberen Flur, hielt sich nahe der Kammer, sodass sie von unten aus nicht gesehen werden konnte. Sie spähte hinunter, ihre Blicke trafen sich. Johannes bedeutete ihr mit der Hand, nach unten zu kommen. Eilig raffte sie die Röcke und lief die Stufen hinab. Johannes öffnete die Haustür. »Pass auf dich auf!«, sagte er rasch, als sie an ihm vorbeihuschte und nach draußen trat. Dann schloss er die Tür.

»Und Euch hat wirklich niemand gesehen?« Jonata schob sich gierig etwas von dem Brot in den Mund, das Madlen ihr gegeben hatte. Kurz hatte diese überlegt, noch einmal umzukehren und ein Messer zu holen für den Fall, dass sich in dem alten Haus nichts mehr befand. Doch das schien ihr zu riskant. Zu ihrer Erleichterung hatte sie in der Küche des Hauses, in dem sie Jonata untergebracht hatte, dann auch gleich mehrere Messer gefunden, sodass sie der jungen Mutter Brot, Schinken und Gemüse abschneiden und in mundgerechten Portionen geben konnte.

»Nein, ganz sicher nicht. Ich bin auch noch einmal hier am Haus vorbeigegangen bis um die nächste Ecke, um ganz sicher zu sein. Es war niemand zu sehen.«

»Gut.« Jonata war erleichtert. Zärtlich blickte sie auf den Säugling in ihrem Arm. »Er hat schon gut getrunken und ist, kurz bevor Ihr kamt, eingeschlafen. Ich muss ihn immer wieder ansehen.« Sie gab ihm einen zärtlichen Kuss auf die Stirn.

»Lasst uns die förmliche Anrede aufgeben«, schlug Madlen vor. »Nach allem, was wir seit gestern zusammen erlebt haben, erscheint es mir albern.«

»Mir auch«, sagte Jonata und nahm einen Bissen von dem Schinken. »Das Essen tut so gut. Ich hatte überhaupt keine Kraft mehr.«

»Eine Geburt ist schon anstrengend genug. Und dann noch alles, was drumherum geschehen ist. Kein Wunder, dass du vollkommen entkräftet warst.« Madlen fuhr sich mit der Zunge über die Lippen. »Ich muss dir etwas sagen, Jonata.«

Diese blickte sie kurz an, sah dann aber wieder auf ihren Jungen. »Mein Mädchen ist nicht mehr am Leben, nicht wahr?«

»Nein, das ist es nicht«, stimmte Madlen zu.

»Wie ist es geschehen?«

Madlen schluckte schwer. Sollte sie ihr wirklich die Wahrheit sagen? »Die Männer, die das Kind an sich rissen, haben es getötet.«

»Wie?«

»Sie haben es erstochen.«

Jonata riss die Augen auf und schlug erschrocken die Hand vor den Mund. Sofort stiegen Tränen in ihre Augen, und ihr Kinn begann zu zittern. »Weshalb?«

»Ich hatte gehofft, dass du eine Antwort hierauf wüsstest. Offenbar wollten sie unbedingt verhindern, dass das Kind lebt. Und ihm«, Madlen nickte zu dem Jungen, der friedlich im Arm seiner Mutter schlief, »würde das Gleiche geschehen, wenn sie wüssten, wo er ist.«

Jonata hob den Arm und drückte das Kind so noch näher an sich heran. »Wer weiß außer dir, dass ich hier bin?«

»Niemand. Keine Seele«, bekräftigte Madlen. »Ich habe es nicht einmal meinem Gatten verraten, damit er nicht in die Verlegenheit kommt, etwas darüber sagen zu müssen, wenn man ihn fragt.«

Jonata schien erleichtert. »Wie soll es jetzt weitergehen?«

»Mein Gatte kümmert sich darum. Er wird alles tun, um herauszufinden, wer deinen Kindern nach dem Leben trachtet.« Sie sah Jonata ernst an. »Weshalb willst du den Namen des Vaters nicht nennen? Es würde helfen.«

Jonata senkte den Blick, kaute auf ihrer Unterlippe. »Ich kann es nicht sagen. Er war immer gut zu mir. Und wer soll für mich und meinen Sohn sorgen, wenn ich es mir mit ihm verderbe?«

»Was, wenn er selbst dafür verantwortlich ist? Deine Tochter ist schon tot. Womöglich hat er sie umbringen lassen.«

Jonata schüttelte heftig den Kopf. »Was auch immer gestern geschehen sein mag, er hat nichts damit zu tun. Er ist ein Mann von Ehre.«

»Wäre er ein Ehrenmann, hätte er dich zum Weib genommen.«

»Das geht nicht.«

»Weshalb?«

Jonata schwieg zunächst, dann sagte sie: »Bitte, Madlen, es tut mir leid. Du hast so viel für mich getan, und ich weiß, ich kann dir vertrauen. Doch bitte verlange nicht von mir, dass ich seinen Namen nenne. Ich würde ihm zu sehr schaden.«

Madlen seufzte. Sie wusste, dass es nichts nützen würde, weiter auf Jonata einzureden, und lenkte daher ein. »Ist schon gut.«

»Wirst du mir jetzt nicht mehr helfen?«, fragte Jonata ängstlich.

»Ich lasse dich nicht im Stich«, stellte Madlen klar.

»Danke. Auch wenn ich deine Hilfe nicht verdient habe.«

»Ist schon gut. Ich werde so häufig vorbeikommen, wie es mir möglich ist. Und jetzt iss noch etwas und ruh dich dann aus. Als ich meinen Sohn damals auf die Welt brachte, hat er mir nur wenig Zeit zum Schlafen gelassen.«

»Wie lange ist das her?«

»Dreizehn, fast vierzehn Jahre. Er ist jetzt zur Lehre fort, genau wie seine Schwester. Sie ist zwei Jahre jünger.«

Jonata sah ihren Sohn an. »Ich glaube, ich gebe ihn nie wieder her. Auch wenn er das Alter deines Sohnes hat.«

»Es fiel mir auch nicht leicht. Aber nun ja, es muss eben sein.«

Jonata sah an Madlens Gesicht, dass sie einen wunden Punkt bei ihr getroffen hatte. »Oh, bitte verzeih. Ich wollte nur einen Scherz machen.«

»Ist schon gut«, sagte Madlen rasch. »Er ist in Augsburg bei den Fuggern, um dort das Handelsgeschäft zu erlernen und danach ins Studium der Rechtswissenschaften zu gehen. Er ist ein kluger Junge und wird seinen Weg machen.«

»Und deine Tochter?«

»Ist seit wenigen Wochen in der Klosterschule.«

»Du musst sehr stolz auf deine Kinder sein.«

»Ja, das bin ich.« Madlen streichelte dem Jungen zärtlich über die Wange. »Es kommt mir vor, als wäre es noch gar nicht lange her, dass sie genauso klein waren.« Als sie spürte, dass ihr die Tränen in die Augen traten, zog sie die Hand weg und stand von der Bettkante auf. »Ich muss jetzt gehen. Sobald ich kann, werde ich wiederkommen.«

»Danke«, sagte Jonata noch, doch da war Madlen bereits an der Tür.

»Bis bald. Gib gut auf den Kleinen acht.« Sie machte einen Schritt aus der Kammer, kam dann aber wieder zurück. »Wie willst du ihn nennen?«

»Ich weiß noch nicht. Ich muss noch darüber nachdenken.«
»Gut. Gehab dich wohl, Jonata.«
»Gott schütze dich, Madlen.«

»Warum will sie denn nur den Namen des Vaters nicht nennen?«, fragte Johannes ungehalten. »Das wäre doch wohl das Mindeste nach allem, was du für sie getan hast.«

Madlen zuckte mit den Schultern. »Sie sagt, dass sie ihm nicht schaden möchte.«

»Pah! Womöglich steckt er hinter dem Plan, die Kinder umzubringen. Bei einem ist es ja schon geschehen. Es ist doch dumm, zu glauben, dass er nicht dafür verantwortlich ist oder zumindest weiß, wer dahinterstecken könnte. Immerhin werden es ja nicht allzu viele Menschen in Köln gewesen sein, die überhaupt von der Schwangerschaft gewusst haben.«

Madlen zuckte abermals mit den Schultern. Was sollte sie hierauf erwidern?

»Wie soll ich herausfinden, wer hinter all dem steckt, wenn ich den Namen desjenigen, der Interesse daran haben könnte, dieses Kind lieber tot statt lebendig zu sehen, nicht kenne?«

»Sie hat Angst, Johannes. Und sie weiß nicht, was sie glauben soll. Gib ihr ein paar Tage Zeit.« Madlen, die Johannes im Esszimmer am Tisch gegenübergesessen hatte, stand von ihrem Stuhl auf, trat hinter den ihres Mannes, beugte sich hinunter und umarmte Johannes von hinten. »Erst einmal ist nur wichtig, dass ihr nichts geschieht.«

»Sie kann dennoch nicht in ihr Haus zurück, solange wir nicht wissen, wer hinter all dem steckt.«

Madlen löste die Umarmung und setzte sich auf den Stuhl, der neben ihm stand. Zärtlich nahm sie seine Hände. »Weißt du schon mehr darüber, für wen der Bursche gearbeitet haben könnte? Immerhin ging er im Palast ein und aus.«

»Er stand im Dienst des Erzbischofs. Doch es muss noch jemanden gegeben haben, für den er Befehle ausführte.«

»Du weißt aber nicht, wer das gewesen sein könnte?«

»Leider nicht. Alle, die ich gefragt habe, sagten das Gleiche: Er war ein zuverlässiger junger Kerl, der es gewohnt war, die Befehle auszuführen, die er erhielt. Das ist alles. Er war weder vor Kurzem zu Geld gekommen, noch hat irgendetwas anderes darauf hingedeutet, dass er für noch jemanden tätig war außer für den Erzbischof.«

»Nur einmal angenommen, und ich bitte dich, lass nur den Gedanken zu, der Bursche hätte den Auftrag doch vom Erzbischof bekommen, weil dieser selbst der Vater ist. Er könnte ihn geschickt haben, bevor er selbst durch das Erbrechen gepeinigt wurde. Und als Jonata die ersten Schmerzen bekam, hat der Bursche uns geholt.«

»Was ist mit der Magd? Du selbst sagtest, dass Jonata sich wunderte, hatte sie doch die Magd losgeschickt, um die Wehmutter zu holen.«

»Womöglich hat der Bursche die Magd abgefangen und ihr gesagt, dass er selbst sich um Hilfe bemühen würde.«

»Und die Magd? Warum ist sie dann nicht ins Haus Jonatas zurückgekehrt, wenn der Bursche ihr den Weg abgenommen hat?«, gab Johannes zu bedenken.

Madlen überlegte. »Was, denkst du, ist mit der Magd geschehen?«

»Ich weiß es nicht, doch ich ahne nichts Gutes. Und genau deshalb kann und will ich nicht glauben, dass der Erzbischof dem Burschen den Auftrag erteilt hat. Ganz abgesehen davon, dass ich gleich vorhin, als du bei Jonata warst, zu Friedrich gegangen bin und ihn gefragt habe. Und er sagte mir, überhaupt nicht zu wissen, wovon ich da sprach. Der Bursche muss meiner Meinung nach von Anfang an im Sinn gehabt haben, dass du und keine andere Wehmutter zu Jonata geht.«

»Weshalb ich?«

»Er sagte, im Auftrag des Erzbischofs zu handeln, in dessen Dienst auch ich stehe. Er war während der Geburt im Haus und hat vermutlich nur auf den ersten Schrei des Kindes gewartet. Sein Auftrag muss von Anfang an der gewesen sein, das Kind direkt nach der Geburt zu holen und demjenigen zu überbringen, in dessen Dienst er stand. Er musste verhindern, dass die Magd eine Wehmutter holt. Vermutlich hat er sie getötet.«

»Aber weshalb hat er dann mich geholt? Und mir hat er nichts getan.«

»Ich glaube, weil die Magd wusste, wer der Vater des Kindes ist. Du wusstest es nicht. Jonata war dir bis zu dem Abend vollkommen unbekannt.«

»Doch wenn der Vater die Kinder, oder wie er meinte, das Kind, töten wollte, warum hat er dann nicht einfach Jonata umgebracht? Damit hätte alles sofort ein Ende gefunden, und einer Wehmutter hätte es nicht mehr bedurft.«

Johannes legte die Stirn in Falten. »Der Bursche wollte das Kind. Die beiden anderen hatten eindeutig den Auftrag, den Burschen und auch das Kind zu töten«, resümierte er. »Was, wenn der Bursche wirklich nur das Kind holen wollte, aber keinesfalls vorhatte, ihm etwas anzutun?«

Madlen schüttelte den Kopf. »Ich verstehe überhaupt nichts mehr.«

»Ich muss gerade daran denken, wie der Bursche auf die beiden anderen geblickt hat, als sie hereingestürmt kamen. Zwar weiß ich nicht mehr viel, weil ich so rasch zu Boden gegangen bin. Doch ich würde wirklich behaupten, der Bursche hat die anderen gekannt.«

»›Aber ich bringe ihm doch das Kind‹«, murmelte Madlen.

»Was sagst du?«

Madlen sah ihren Mann an. »›Aber ich bringe ihm doch das Kind‹«, wiederholte sie. »Das hat der Bursche gesagt, bevor er niedergestochen wurde. Du hast recht, Johannes. Er hat die Angreifer gekannt. Und vermutlich wusste er auch, wer sie geschickt hatte.«

»Dann hat sein Auftraggeber ihn ebenfalls getäuscht«, erkannte Johannes. »Doch weshalb?«

»Du kanntest den Burschen aus dem Palast, nicht wahr?«

»Ganz recht.«

»Und die anderen beiden?«

»Nein, die habe ich nie zuvor gesehen«, antwortete er.

»Dann haben wir die Antwort. Keiner von uns wäre mitgegangen, wenn zwei vollkommen Fremde vor unserer Tür gestanden hätten. Es musste jemand sein, der dir vom Ansehen her bekannt war.«

»Das stimmt. So könnte es gewesen sein. Der Bursche wurde beauftragt, die Magd als Zeugin aus dem Weg zu räumen und dann das Kind zu entführen. Davon, dass es sterben sollte, wusste er vermutlich gar nichts.«

»Ebenso wenig, wie dass er selbst als Zeuge wegmusste«, führte Madlen den Gedanken zu Ende.

»Doch damit wissen wir immer noch nicht, wer dahintersteckt.«

»Womöglich würde es helfen, wenn du dich noch einmal im Palast umhörst«, schlug Madlen vor. »Wer hatte den meisten Kontakt zu dem Burschen, für wen erledigte er Aufträge? Gab es etwas Auffälliges, beispielsweise ein besonders zuvorkommendes Verhalten einem bestimmten Mann gegenüber oder mehr Eifer als bei den anderen?«

»Komm mit mir«, schlug Johannes vor. »Du warst bei all dem dabei, und es könnte helfen, wenn du dir die Antworten derer, mit denen ich spreche, ebenfalls anhörst und sie dabei beobachtest.«

»Ich? Weshalb?«

»Weil du die Menschen zu lesen verstehst, Madlen. Gott

schenkte dir nicht nur die Gabe des Heilens, sondern auch die, Menschen zu durchschauen. Manchmal wünschte ich, auch ich könnte es so wie du.« Er lächelte. »Das würde mir in meiner Stellung als Advocatus manch guten Dienst leisten.«

»Du hast mir nie zuvor gesagt, dass du das Heilen als Gabe ansiehst.« Madlen sah ihren Mann überrascht an.

»Aus einem einzigen Grund: um dich zu schützen. Du rufst keine göttlichen Mächte an, um Wunder zu vollbringen, wie es die Scharlatane tun. Und doch scheint es, als sei der Herr direkt an deiner Seite, wenn du dich einem kranken Menschen widmest. Dass du ein großes Wissen über heilende Kräuter besitzt, würde jemand, der dich nicht kennt, kaum noch wahrnehmen. Es scheint wie ein Wunder, was du bewirken kannst. Und Wunder bringen einen Menschen gar zu rasch in Schwierigkeiten.«

»Du verbietest es mir also nur, um mich zu schützen?«

»Es gab nie einen anderen Grund. Ich dachte, das wüsstest du.«

Sie schmunzelte und schüttelte den Kopf. »Nein. Das habe ich nicht gewusst, noch nicht einmal geahnt.«

»Du warst damals dadurch, dass du geholfen hast, in großen Schwierigkeiten, und die Angst, dich womöglich nicht von der Anklage freisprechen lassen zu können, ging so tief, dass ich noch heute erschaudere, wenn ich daran zurückdenke. Ich könnte es nicht ertragen, dich zu verlieren, und genau das hätte damals geschehen können. Deshalb bin ich so schroff, sobald jemand deine Hilfe will. Hast du das wirklich nicht gewusst?«

»Nein.« Wieder schüttelte sie den Kopf. »Nein, das habe ich tatsächlich nicht.«

»Ich war nie gut darin, meine Gefühle auszusprechen. Vermutlich, weil ich als Advocatus oftmals Dinge tun oder sagen muss, die andere verletzen. Doch ich weiß jetzt, dass es ein Fehler war, dich im Unklaren zu lassen, weshalb ich dir das Heilen oder auch nur das Helfen verbot.«

Sie lehnte ihren Kopf an seine Schulter. »Ich danke dir, dass du es mir jetzt gesagt hast.«

»Also kommst du mit mir in den Palast? Erzbischof Friedrich hat für später eine Zusammenkunft seiner Dienstleute und der Adligen einberufen, zu der auch ich kommen soll. Es wäre eine gute Gelegenheit für dich, sie dir genauer ansehen zu können.«

Sie richtete sich wieder auf. »Ja, das werde ich.« Sie kniff verschwörerisch die Augen zusammen. »Und dann werde ich mir die Kerle einen nach dem anderen ansehen und herausfinden, wer die Wahrheit sagt und wer nicht.«

»Das ist meine Madlen.« Er lachte gutmütig auf. »Ich bin ein glücklicher Mann, dich an meiner Seite zu wissen.«

Sie küsste ihn zärtlich. »Ja, ich denke, damit hast du recht.«

3. Kapitel

»Advocatus!« Der Vikar eilte hinter ihnen her, als Johannes und Madlen den Bischofspalast betreten hatten.

Die beiden blieben stehen und warteten, bis der kleine, hager wirkende Mann sie erreicht hatte.

»Gott zum Gruße, Vikar Prius.«

»Möge der Herr Euch beide schützen, Advocatus.« Er deutete eine Verbeugung an. »Bitte sagt mir, habt Ihr etwas in dieser …«, er sah sich um, ob ihn auch niemand hören konnte, »in dieser gar schrecklichen Sache gehört, die Ihr uns am gestrigen Abend vorgetragen habt?«

»Ich war heute in der Früh beim Erzbischof«, erklärte Johannes. »Er weiß nun über alles Bescheid und wird sich selbst der Sache annehmen.«

»Das ist gut«, erklärte der Vikar und wirkte erleichtert. »Unser Erzbischof ist ein Mann der Tat. So wird das Verbrechen nicht ungesühnt bleiben.«

»So wird es sein«, gab Johannes verbindlich von sich. »Sagt mir, Vikar Prius, kanntet Ihr diesen Burschen womöglich näher, und könnt mir etwas über ihn sagen? Ich weiß inzwischen, dass sein Name Berchtold war. Was wisst Ihr über ihn?«

Der Vikar überlegte kurz. »Ich dachte mir schon, dass Ihr

ihn meint, als Ihr ihn gestern beschrieben habt. Nun, eigentlich hatte ich kaum etwas mit ihm zu tun. Berchtold stand seit mehreren Monaten im Dienst des Erzbischofs, womöglich auch schon ein Jahr. Soweit ich weiß, stammt er nicht von hier.«

»Sondern woher?«

Der Vikar zuckte mit den Schultern. »Es gibt so viele Wachmänner und Diensthabende im Palast. Nur die, die schon seit vielen Jahren hier sind, kenne ich näher. Doch was diesen Berchtold angeht, kann ich wirklich nichts Genaueres sagen.«

»Wisst Ihr, wer womöglich mehr mit ihm zu tun hatte, Vikar Prius?«

Er schüttelte den Kopf. »Nein, da ist mir niemand aufgefallen. Das Beste wird sein, Ihr befragt einmal den Dekan hierzu. Er weiß mehr als jeder andere, was im Palast vor sich geht.«

»Das werde ich tun. Habt Dank, Vikar Prius.«

Der Vikar wandte sich zum Gehen.

»Werdet Ihr denn bei der Zusammenkunft nicht dabei sein?«, fragte Johannes überrascht, als der Vikar sich in die entgegengesetzte Richtung aufmachen wollte.

»Meine Aufgaben erlauben es mir nicht. Ich bedaure. Der Erzbischof befand meine Anwesenheit als entbehrlich.«

»Nun, so sei Gott mit Euch, Vikar!«

»Und Euch schenke der Herr Frieden und Zuversicht.« Damit ging der Kirchenmann durch die Arkadenbögen davon.

»Und? Was hältst du von ihm?«, fragte Johannes seine Frau.

»Schwer zu sagen. Einerseits wollte er wohl Näheres erfahren, andererseits hatte ich nicht den Eindruck, dass er besorgt war, womöglich entdeckt zu werden, wie er es vermutlich wäre, würde er etwas damit zu tun haben. Ich denke, er ist einfach nur neugierig zu erfahren, was dahintersteckt.«

»Ja, er ist wie ein Wiesel, huscht überall entlang und weiß gern über alles Bescheid. Doch dass er den Auftrag zu so etwas gegeben haben könnte? Traust du ihm das zu?«

Madlen schüttelte den Kopf. »Weder das, noch dass er der Vater sein könnte. Ich glaube, er würde zurückschrecken, sollte eine Frau sich ihm nähern wollen.«

Johannes grinste. »Genau so sehe ich ihn auch.«

Sie gingen weiter, bis sie den großen Saal erreichten, in dem sich sowohl der Erzbischof als auch der Dekan, zwei Diakone und weitere Gefolgsleute, vor allem Barone und Adlige, aufhielten. Außerdem war der Stadtvogt anwesend.

»Gott zum Gruße«, sagte Johannes laut vernehmlich beim Eintreten, und die Blicke der gut drei Dutzend Männer richteten sich auf Madlen und ihn. »Ich habe mein Weib gebeten, mich zu begleiten, da sie selbst während des schändlichen Treibens, von dem ich Euch berichtete, anwesend war.«

»Gott mit Euch, Advocatus«, antwortete Friedrich und nickte dann Madlen zu. »Es ist lange her, dass mein Advocatus es zuließ, Euch zu Gesicht zu bekommen, Madlen. Es ist mir eine Freude, Euch zu sehen, wenngleich ich mir bessere Umstände gewünscht hätte.«

Madlen knickste. »Gott schütze Euch, mein Erzbischof.« Sie sah sich in der Runde um, knickste abermals. »Ihr edlen Herren.«

»Bitte, Madlen. Erweist mir die Ehre und setzt Euch neben mich«, bat Erzbischof Friedrich III. von Saarwerden. »Ich habe diese Männer hier zusammenkommen lassen, weil wir den Angriff durch einen unserer Wachleute auf eine unschuldige Frau keineswegs dulden werden«, erklärte er. Er nickte zu einem der Männer hinüber. »Aus diesem Grund begrüße ich besonders auch den Stadtvogt, um schon jetzt die Gerichtsbarkeit mit einzubeziehen, ganz gleich, wer diese am Ende ausführen sollte.«

Der Stadtvogt nickte dem Erzbischof zu. Johannes hatte diesen als fähigen, ehrlichen Mann kennengelernt, der ihm vor sieben Jahren, als sich mehrere Morde in Köln ereignet hatten und es am Ende einer aus dem engsten Umfeld des Erzbischofs gewesen war, beigestanden und bei der Aufklärung geholfen hatte. Johannes wusste um die Streitereien und Konflikte, die es immer mal wieder zwischen dem Rat der Stadt nebst Schöffen und dem Erzbischof um die Ausübung der Hochgerichtsbarkeit gab. Doch Johannes hatte es stets verstanden, auch in schwierigen Fällen zu vermitteln und Lösungen zu finden, die allen Seiten gerecht wurden und darüber hinaus halfen, niemanden das Gesicht verlieren zu lassen.

Der Erzbischof wartete noch, bis Madlen den Platz neben ihm eingenommen hatte. »Nun, Madlen, zunächst möchte ich Euch mein Bedauern darüber aussprechen, was Ihr durch einen unserer Wachmänner an Grauen erfahren und mit ansehen musstet. Seid Euch unseres Mitgefühls gewiss. Ich bitte Euch nun, mit Euren eigenen Worten zu schildern, was sich am gestrigen Abend zugetragen hat.«

Madlen nickte, beugte sich dann dicht an den Erzbischof heran und flüsterte ihm zu: »Sagt mir zunächst und ohne die Ohren der anderen, geht es Euch wieder gut? Mein Gatte und ich waren in Sorge um Eure Gesundheit.« Sie setzte sich wieder gerade hin und sah ihn prüfend an.

Der Erzbischof beugte sich vor und flüsterte zurück: »Ich weiß Eure Sorge ebenso zu schätzen wie Eure Umsicht, meine Unpässlichkeit nicht hier vor aller Ohren anzusprechen.« Tatsächlich zwinkerte er ihr zu. »Mir geht es wieder gut. Sonst hätte ich schon nach Euch schicken lassen. Ich weiß, Ihr eignet Euch besser als jeder Medicus.«

Madlen nickte lächelnd. »Dann ist es gut.«

»Was gibt es denn zu flüstern?«, fragte Martin, einer der Neffen des Erzbischofs, ungehalten. Madlen sah zu dem rothaarigen Mann mit den hellblauen Augen hinüber, über den gemunkelt wurde, dass er von Friedrich als dessen Nachfolger aufgebaut wurde, sollte diesen eines Tages die Kraft verlassen, das Amt des Erzbischofs weiter auszufüllen.

»Eine Sache zwischen des Advocatus Weib und mir«, stellte

Friedrich laut fest. »Nun jedoch, Madlen, sagt den hier Anwesenden, was sich am gestrigen Abend ereignet hat.«

Madlen nickte, sah dann in die Runde. »Es war furchtbar«, begann sie und erzählte dann – so genau sie sich erinnern konnte – jede Kleinigkeit. Sie ließ auch eine genaue Beschreibung der Lage des Hauses Jonatas nicht unerwähnt und versuchte, in den Gesichtern der Männer ein Erkennen oder eine aufkommende Unruhe zu entdecken. Doch zu ihrem Bedauern war nichts, was ihren Verdacht auf einen der Männer hätte lenken können. »Der Junge ist wohlauf«, endete sie. »Doch für das Mädchen kam jede Hilfe zu spät.«

»Wo ist die Frau jetzt?«, fragte Martin, der Neffe des Erzbischofs.

»An einem Ort, den nur ich kenne.« Madlen hob das Kinn.

»Mit Verlaub, doch gewiss seid Ihr nicht in der Lage, die Frau zu schützen. Teilt uns den Ort mit, und ich selbst werde mich dafür verbürgen, dass ihr kein Haar gekrümmt wird. Meine Männer sind eiserne Kämpfer.«

»Hab Dank, Martin. Doch auch wenn einer meiner eigenen Leute dafür verantwortlich war, heißt dies nicht, dass ich nicht selbst genug Männer habe, für die Sicherheit zu sorgen«, stellte der Erzbischof fest.

»Verzeiht mir, mein Oheim, ich wollte damit nicht ausdrücken, dass Ihr hierzu nicht in der Lage wärt.«

Der Erzbischof nickte ihm wohlwollend zu. »Das weiß ich, Martin.«

»Und doch gebe ich ihm recht«, sagte nun der Stadtvogt. »Es wird für einen fähigen Kerl, dem es an Entschlossenheit nicht fehlt, ein Leichtes sein, das Versteck der Frau ausfindig zu machen. Köln mag eine große Stadt sein, und doch ist sie wieder klein, wenn es darum geht, jemanden dauerhaft zu verstecken.« Er sah Madlen an. »Und Ihr bringt Euch nur selbst in Gefahr, wenn Ihr versucht, der Frau allein beizustehen.«

»Ich weiß Eure Sorge zu schätzen«, erklärte Madlen. »Doch lasst mich ganz offen sprechen: Es war ein Wachmann des Palastes, der meinen Gatten und mich holte. Und er tat es nicht im Auftrag seines Dienstherrn, des Erzbischofs.« Sie nickte dem Erzbischof ergeben zu.

»Soll das heißen, Ihr glaubt, den Verräter hier in dieser Runde zu finden?« Engelhard, der Bruder Martins, funkelte sie gereizt an. Er hatte nicht das gleiche auffällige Äußere seines Bruders. Seine Haare waren dunkel. Doch die stechenden blauen Augen hatte auch er von seinen Eltern geerbt.

»Ich vertraue jedem hier, genau wie mein Gatte es gestern Abend tat. Und kurze Zeit darauf wurden Männer geschickt, um zu Ende zu bringen, was sie angefangen hatten«, erwiderte Madlen mit fester Stimme. »Also sagt mir, Engelhard von Moers, ist es klug, dass ich vertraue, oder doch eine Torheit?«

»Tja, Engelhard, Madlen hat recht«, urteilte der Erzbischof. »Wer war gestern Abend dabei, als der Advocatus Meldung machte?«

Insgesamt acht Männer hoben die Hand. Der Stadtvogt, der Dekan, die beiden Neffen des Erzbischofs, der Diakon und drei Barone, von denen Madlen nur zwei mit Namen kannte. Sie waren schon seit vielen Jahren Vertraute und Berater des Erzbischofs, hatten Familie hier in Köln.

»Bitte verzeiht mir meine Unwissenheit«, sprach Madlen nun den an, den sie nie zuvor gesehen hatte. »Darf ich Euch nach Eurem Namen fragen?«

»Wilhelm von Berg«, antwortete dieser sogleich.

Madlen nickte ihm zu. »Es ist mir eine Freude, Wilhelm von Berg.« Sie musterte ihn. Er war auffallend groß, und sein Bauch verriet, dass er dem Essen wie dem übermäßigen Trinken gleichermaßen zugewandt war. Seine schwarzen Haare waren ein wenig zu lang, als dass es so gepflegt wirkte wie bei den anderen Herren. Er hatte etwas an sich, das Madlen beunruhigte. Doch hätte sie nicht sagen können, was genau es war.

»Ich werde nicht mehr lange in Köln bleiben. Meine Pflichten erfordern es, alsbald nach Münster zurückzukehren. Doch ich bin zu oft hier zu Besuch, als dass es mir einerlei wäre, was in Eurer schönen Stadt vorgeht«, hob Wilhelm von Berg an. »Wenn ich etwas tun kann, um den Verräter ausfindig zu machen, so lasst es mich wissen.«

»Womöglich gehen wir auch von falschen Voraussetzungen aus«, sagte nun Johannes. »Die Tür des Arbeitszimmers mag gestern Abend verschlossen gewesen sein. Doch wer sagt uns, dass nicht noch jemand außer uns, die wir hier waren, gehört hat, was gesprochen wurde? Ich kann und will nicht glauben, dass es einer von uns war, der den Auftrag zu solch einer schändlichen Tat gab.«

»Es ist gut, diese Worte aus Eurem Mund zu hören, Advocatus«, sagte Engelhard. »Offen gesagt, ist mir nicht ganz wohl bei dem Gedanken, einen Verräter unter uns zu wissen.«

»Deshalb sollten wir auch keine voreiligen Schlüsse ziehen«, pflichtete der Erzbischof ihm bei. »Advocatus, Euer Geist hat uns schon manchen Dienst erwiesen. Was, denkt Ihr, steckt hinter all dem?«

»Ich denke, dass es mit dem Vater der Kinder zu tun hat«, erklärte Johannes. »Doch Jonata, so heißt die Frau, über die wir hier sprechen, will seinen Namen nicht nennen. Noch nicht.«

»Wenn das Weib Hilfe will, soll sie den Namen des Kerls nennen und darauf vertrauen, dass wir wissen, was zu tun ist«, urteilte Engelhard.

»Er hat recht«, bekräftigte der Stadtvogt. Er wirkte müde, fast schon ermattet auf Madlen. Was war mit dem Mann, der sonst vor Kraft nur so strotzte?

»Ich werde es ihr ausrichten, habe aber nur wenig Hoffnung, dass meine Worte etwas nützen werden«, gab Madlen unverbindlich von sich. Noch immer sah sie den Stadtvogt nachdenklich an, wollte aber vor den Anwesenden nicht ansprechen, dass er ihrer Meinung nach kränklich wirkte.

»Wenn wir nicht auf die Aussage der Frau hoffen können, wie wollen wir dann weiter vorgehen?«, fragte der Erzbischof.

»Wer hatte mit dem Wachmann, diesem Berchtold zu tun?«, fragte Johannes in die Runde.

»Ich«, sagte Martin sogleich. »Und Engelhard ebenfalls. Doch den Auftrag habe ich ihm nicht erteilt, das schwöre ich.« Er blickte sich um. »Habe ich Euch, Wilhelm von Berg, nicht vor einigen Tagen gesehen, wie Ihr mit ihm spracht?«

Der Angesprochene schüttelte den Kopf. »Daran erinnere ich mich nicht. Möglich, dass ich einige Worte mit ihm gewechselt oder ihm eine Weisung gegeben habe, was die Versorgung meiner Pferde betrifft. Aber mehr gewiss nicht. Ich entsinne mich, dass ich ihn traf, als er die Kammer des Diakons verließ«, fuhr Wilhelm fort.

Sofort richteten sich die Blicke der Anwesenden auf den Diakon. Dieser hob die Arme. »Ja, ich habe mit ihm gesprochen. So viel und auch so wenig wie mit allen anderen. Er kam zu mir, weil sein Wams zerrissen war und er sich ein neues kaufen und deswegen zum Schneider gehen wollte. Deshalb fragte er, ob er seinen Dienst tauschen könnte, was ich ihm erlaubte.«

»Und habt Ihr ihm auch Geld für das neue Wams gegeben?«, fragte Johannes, und der Argwohn in seiner Stimme war deutlich herauszuhören.

Der Diakon schüttelte heftig den Kopf. »Ich habe ihm kein Geld gegeben, nur seinen Dienst mit Knut getauscht.« Er stand auf und ging zur Tür. Dort sagte er etwas zu dem Wachmann und kam dann wieder zurück. »Bitte geduldet Euch einen Moment«, bat er.

Kurz danach klopfte es, und die Tür wurde geöffnet. »Ah, Knut. Komm etwas näher«, forderte der Diakon, und der Wachmann tat, wie ihm geheißen. »Vor einigen Tagen habe ich dich um etwas gebeten, Knut. Was war das?«

»Ich weiß nicht, Herr.« Dem Wachmann war anzusehen, dass er sich nicht besonders wohl in seiner Haut fühlte.

»Es war, nachdem Berchtold bei mir vorgesprochen hat«, versuchte der Diakon, die Erinnerung des Mannes aufzufrischen.

Nun schien dieser zu verstehen. »Ach, das. Jetzt weiß ich, was Ihr meint. Ihr batet mich, seinen Dienst zu übernehmen, weil er zum Schneider musste. Sein Wams war am Rücken zerrissen, und er brauchte ein neues. Also blieb ich, bis er zurück war. Meint Ihr das? Sonst weiß ich nicht ...«

Der Diakon hob die Hand. »Danke, Knut. Das ist alles.«

»Ja, Herr.« Knut deutete eine Verbeugung an, dann ging er wieder hinaus.

»Ihr habt es gehört. Das war der Grund, weshalb dieser Berchtold mich aufgesucht hat. Weiteres habe ich nicht mit ihm besprochen.«

»Und kurz danach traf ich ihn«, erklärte Wilhelm, »trug ihm mein Anliegen vor, und er versprach, sich darum zu kümmern. Das war alles.«

Der Erzbischof hob beschwichtigend die Hände. »Niemand hat behauptet, dass einer von uns diesen schändlichen Auftrag gegeben hat.«

»Und wenn es einer aus dieser Runde gewesen wäre«, gab Engelhard zu bedenken, »wäre er doch wohl kaum so dumm gewesen, den Burschen hier im Palast vor aller Augen und Ohren zu unterweisen.«

»Da stimme ich Euch zu«, sagte Johannes. »Doch die Wahrscheinlichkeit, dass einem von uns wieder etwas einfällt, was er gesehen hat, ist größer, wenn wir sogleich darüber sprechen. Außerdem«, er deutete auf den Diakon, »lassen sich so auch vollkommen harmlos Geschehnisse rascher aufklären.«

»Und doch sind wir noch keinen Schritt weiter«, sagte der Erzbischof.

Madlen sah, wie er das Gesicht verzog. »Ist Euch nicht

wohl?«, flüsterte sie dem Erzbischof zu.

Der Erzbischof kniff die Augen zusammen. »Ich habe tatsächlich Krämpfe«, sagte er. »Schon seit einigen Tagen. Gestern war es besonders schlimm.«

»Da scheint etwas umzugehen«, bestätigte der Stadtvogt. »Auch ich habe solche Beschwerden. Allerdings erst seit gestern.«

Madlen warf Johannes einen Blick zu. Es beunruhigte sie, sollte wirklich eine Krankheit in Köln Einzug halten. »Wenn Ihr erlaubt, werde ich Euch einen Sud bereiten, mein Erzbischof, der die Krämpfe und Schmerzen mildert.«

»Ich wäre Euch dankbar«, sagte der Erzbischof. »Und macht gleich mehr, damit der Stadtvogt auch etwas bekommen kann.«

»Für mich auch«, sagte Martin und fasste sich an den Bauch. »Ich dachte, es liege daran, dass ich in den letzten Tagen hier im Palast zu viel gegessen hätte. Doch da Euch, mein Oheim, und auch Euch, Stadtvogt, die gleichen Schmerzen plagen, könnte es etwas Ansteckendes sein.«

Madlen stand auf. »Johannes, zeigst du mir den Weg?«

»Gewiss.« Er erhob sich ebenfalls. Gemeinsam gingen sie hinaus, und Johannes führte seine Frau zur Küche, in der drei Köche ihrem Tagwerk nachgingen. Madlen ließ sich von ihnen Kamille und Beifuß geben, legte die Kräuter in ein Tuch und übergoss es mit kochend heißem Wasser. Sie wartete eine Weile, bis ihr der sich immer weiter ausbreitende Duft verriet, dass die Kräuter ihre Wirkstoffe an das Wasser abgegeben hatten. Dann nahm sie den Krug mit dem Sud sowie einige Becher und ging zusammen mit Johannes zurück.

»Ihr müsst es in kleinen Schlucken so heiß wie nur möglich trinken«, erklärte Madlen und schenkte dem Erzbischof, dessen Neffen Martin und dem Stadtvogt ein.

Alle drei tranken, wie sie gesagt hatte. Der Erzbischof verzog das Gesicht. »Gut schmeckt es nicht.«

»Dafür hilft es«, versicherte Madlen. »Wenn noch jemand

hier die gleichen Beschwerden hat, mag er sich ebenfalls etwas nehmen.« Sie sah in die Runde, doch keiner der Männer machte Anstalten.

»Habt Dank, Madlen«, sagte der Erzbischof, nachdem er ausgetrunken hatte.

»Ihr solltet ein wenig ruhen, Ihr ebenfalls.« Sie nickte zu Martin und auch zum Stadtvogt hinüber.

»Ich denke, im Moment kommen wir ohnehin nicht weiter«, stellte Johannes fest. »Meine Frau wird noch einmal mit dieser Jonata sprechen. Womöglich wird sie doch bereit sein, den Vater zu nennen.«

»Es wäre das Beste, wenn sie es täte«, sagte der Stadtvogt. »Es wird einen Grund geben, weshalb jemand den Kindern nach dem Leben trachtet. Und wenn wir den Vater kennen, wird sich der Grund offenbaren, dessen bin ich gewiss.«

»Sprecht mit ihr«, sagte nun auch der Erzbischof eindringlich zu Madlen. »Wir können sie und ihr Kind beschützen. Bringt sie in den Palast, hier wird ihr nichts geschehen. Sichert ihr dies zu.«

»Das werde ich«, erwiderte Madlen. »Gehabt Euch wohl, Erzbischof. Ich wünsche Euch baldige Genesung.« Sie nickte ihm, dann Martin und auch dem Stadtvogt zu. »Auch für Euch.« Sie verabschiedete sich von den Männern im Saal und ließ sich von Johannes nach draußen begleiten.

Schweigend gingen sie durch die Gänge des Palasts. Keiner von ihnen sagte ein Wort, bis sie außerhalb der Palastmauern waren und somit sicher sein konnten, dass niemand sie belauschte.

»Und?«, fragte Johannes. »Welchen Eindruck hattest du?«

»Schwierig. Ich könnte nicht sagen, dass einer der Männer unaufrichtig auf mich gewirkt hätte.«

»Mir ging es genauso. Doch einer von ihnen muss etwas wissen.«

»Was hältst du von Wilhelm von Berg? Ich habe ihn nie zuvor im Kreise der Vertrauten des Erzbischofs gesehen.«

Johannes überlegte kurz. »Er war schon mehrere Male in Köln. Seit einigen Wochen regiert er als Fürstbischof das Fürstbistum Paderborn. Er stammt aus dem Herzogtum Jülich, soweit ich weiß.«

»Und was macht er dann immer einmal wieder hier in Köln?«

»Es mag nur Gerede sein, doch manch einer sagt, dass er seine Macht ausbauen will. Er hat manche Anhänger, und wenn man den Stimmen glauben darf, so hat er höhere Ziele.«

»Welche?«

»Nun, sollte Erzbischof Friedrich eines Tages einen Nachfolger bestimmen oder, wenn es Gott will, durch den Tod aus dem Amt scheiden, so hat Wilhelm von Berg vor, gegen Martin, den Neffen des Erzbischofs, anzutreten.«

Madlens Augen wurden groß. »Weiß Friedrich davon?«

»Nun, der Erzbischof ist ein Mann, der stets sehr gut informiert ist.« Er schmunzelte. »Ja, ich denke, er weiß es.«

»Und hat er vor, etwas dagegen zu tun?«

Johannes zuckte mit den Schultern. »Ich bin nicht einmal sicher, ob er vorhat, sich gegen Wilhelm zu stellen.«

»Aber Martin ist sein Neffe.«

»Ja, aber Martin ist nicht der Mann, den Friedrich sich als Nachfolger wünscht. Noch nicht. Friedrich hält ihn für einen guten Mann, doch noch ist er nicht so weit. Und unser Erzbischof fürchtet, dass ihm die Zeit knapp werden könnte. Er ist bereits über fünfzig Jahre alt.«

»Aber er ist so gesund wie ein wesentlich jüngerer Mann«, wandte Madlen ein.

»Das schon, aber auch er spürt die Sterblichkeit in seinen Gliedern. Als er damals das Erzbistum übernahm, war es hoch verschuldet und hatte kaum noch Macht. Doch in den mehr als drei Jahrzehnten, die Friedrich das Amt nun innehat, hat er ein überaus reiches und wohlgeordnetes Bistum daraus gemacht. Die Verantwortung, beizeiten den richtigen Nachfolger zu finden, lastet schwer auf seinen Schultern.«

»Wenn Wilhelm von Berg der Vater des Kindes sein sollte, hätte dies Auswirkungen auf seine Aussichten, die Nachfolge des Erzbischofs anzutreten?«, fragte Madlen ihren Mann.

Dieser überlegte kurz. »Nein«, erklärte er dann. »Das wäre nichts, was Friedrichs Entscheidung beeinflussen würde.«

»Gleiches würde also auch für Martin gelten?«

»Für ihn noch mehr. Immerhin ist er der Sohn von Friedrichs Schwester.«

»Hm«, machte Madlen. »Dann hätte Martin also ebenfalls keinen Grund.«

»Zumindest nicht, wenn es um die Nachfolge des Erzbischofs geht. Ich glaube nicht, dass das, was Jonata geschehen ist, hiermit in Verbindung steht.«

»Welcher der Männer hat eine Ehefrau?«

»Sämtliche Adligen, die anwesend waren, und der Stadtvogt«, antwortete Johannes.

»Glaubst du, dass dies ein Grund sein könnte, sollte einer der Männer der Vater sein?«

»Weil er eine andere geschwängert hat? Womöglich würde es eine Missstimmung geben, doch nicht viel mehr. Jedenfalls wäre das wohl kaum ein Grund, die Kinder töten zu lassen.«

Madlen schwieg. Die Gedanken kreisten in ihrem Kopf. Sie konnte einfach nicht erkennen, welchen Grund es geben konnte, ein derart schändliches Verbrechen zu begehen. Oder hatte es womöglich gar nichts mit dem Vater der Kinder zu tun, sondern ging es von vornherein nur um Jonata?

Ein eigenartiges Gefühl beschlich sie. Abrupt blieb Madlen stehen und sah sich um.

»Was ist?«, fragte Johannes und hielt ebenfalls inne.

»Spürst du das auch?«

»Was meinst du?«

»Ich glaube, wir werden beobachtet.« Madlen sah sich nach allen Seiten um, konnte jedoch niemanden entdecken.

Johannes tat es ihr gleich. »Bist du sicher?« Wieder und wieder blickte er sich um. »Ich kann keinen Menschen sehen.«

»Ich auch nicht. Doch ein Gefühl sagt mir, dass da jemand ist.«

»Dann sollten wir darauf vertrauen. Komm. Gehen wir nach Hause. Sollte uns jemand folgen, wird er nur feststellen, dass wir in unser eigenes Haus gehen.«

»Ich habe Angst, Johannes.«

Er tat noch einen Schritt auf seine Frau zu und legte ihr den Arm auf die Schultern, als sie weitergingen. »Ich bin hier, Madlen. Dir wird nichts geschehen.«

»Was, wenn auch später noch jemand da ist und ich nicht zu Jonata gehen kann?«

»Wie lange reicht das Essen, das du ihr gebracht hast?«

»Einige Tage.«

»Gut. Dann werden wir uns bis dahin etwas einfallen lassen. Es wird alles gut werden, glaube mir.« Ein Schmunzeln umspielte Johannes' Lippen.

»Was ist?«, fragte Madlen.

»Nun, wenn uns tatsächlich jemand auflauern sollte, bedeutet dies doch, dass wir mit unseren Worten jemanden aufgeschreckt haben. Und dann wird derjenige irgendwann einen Fehler machen. Wir müssen also nur noch abwarten.« Er zog Madlen kurz an sich. »Es wird alles gut. Vertrau mir.«

»Das tue ich«, versicherte sie und lehnte sich im Gehen an ihren Mann. Doch das beunruhigende Gefühl, dass jeder ihrer Schritte beobachtet wurde, saß ihr im Nacken und ließ sie schaudern.

4. Kapitel

Der Rest des Tages verging und auch die Nacht, ohne dass Madlen oder Johannes ihr Stadthaus noch einmal verlassen hätten. Madlen war unruhig, glaubte sie doch zu spüren, dass jemand dort draußen war und ihr Haus nicht aus den Augen ließ.

»Was, wenn er sich Zutritt verschafft und mich zwingen will, Jonatas Versteck zu verraten?«, brachte sie ihre Befürchtung Johannes gegenüber zum Ausdruck, als sie sich bereits auf ihrer Lagerstatt niedergelassen hatten.

»Hab keine Furcht«, sagte er beruhigend. »Ich bin hier und beschütze dich. Und auch an Hans und Ottokar müsste er erst einmal vorbeikommen.« Er strich ihr zärtlich über den Arm.

»Hoffentlich findest du bald denjenigen, der für all das verantwortlich ist«, sagte Madlen. »Ich möchte nicht ständig in Angst leben müssen.«

»Das wirst du auch nicht«, versicherte Johannes. »Es wird alles gut werden, und wir beide werden wieder unser gewohntes Leben führen können.«

»Wie es Jonata wohl gehen mag? Sie ist ganz allein mit dem kleinen Jungen, hat niemanden, mit dem sie sprechen kann.«

»Sie könnte das ändern, wenn sie den Namen des Vaters

sagen würde. Der Erzbischof würde sein Versprechen halten, sie im Palast zu beschützen.«

»Ich werde versuchen, sie zu überreden.« Madlen kuschelte sich an ihren Mann.

»Lass uns versuchen, ein wenig Schlaf zu bekommen.« Johannes küsste Madlen auf die Stirn.

»Ich glaube nicht, dass ich einschlafen kann. Ich bin einfach zu aufgewühlt.« Madlen seufzte.

»Wirklich?« Johannes' Stimme wurde rau. »Womöglich kann ich etwas tun, um dich auf andere Gedanken zu bringen.« Er begann, zunächst ihre Stirn, dann die Wangen mit Küssen zu bedecken.

Erst fiel es Madlen schwer, es zuzulassen. Je mehr ihr Mann sie jedoch liebkoste, desto größer wurde ihr Wunsch, sich ihm hinzugeben. Sie genoss die Berührungen, die Zärtlichkeit, streckte sich ihm entgegen, als seine Finger ihren Hals hinabwanderten und den Weg über ihre Brüste und den Bauch bis zu ihrer Scham fanden. Madlen stöhnte leise auf. Ihre Finger suchten sein Glied, strichen zärtlich daran entlang. Johannes küsste sie auf den Mund, dann die Brüste und wieder auf den Mund. Er wurde fordernder, presste sein steifes Glied an sie. Er spürte die Feuchte zwischen ihren Beinen, legte sich auf sie und drang in sie ein. Madlen drückte ihren Kopf in die Kissen, genoss seine Stöße, zog ihn noch enger an sich heran, immer tiefer in sich hinein. Er bewegte sich langsam, innig und leidenschaftlich. So fordernd er war, so zärtlich war er auch, drückte sich wieder und wieder in sie. Madlen stöhnte, hob ihr Becken, nahm ihn gierig tiefer in sich auf. Johannes' Bewegungen wurden schneller, heftiger, er keuchte, bis er schließlich aufstöhnte und sich in sie ergoss. Erschöpft atmete er aus, küsste sie auf den Mund. Dann ließ er sich auf sie niedersinken, stützte sich aber weiter mit den Armen ab, um sie mit seinem Gewicht nicht schier zu erdrücken. Madlen umarmte ihn, streichelte ihm zärtlich über den schweißnassen Rücken. Sie lächelte. Wie sehr sie es genoss, bei ihrem Gatten zu liegen! Für sie war es ein Geschenk, hatte sie doch schon oft gehört, wie andere Frauen sich geradezu abfällig darüber ausgetauscht hatten, welch störende Pflicht es war, ihren Männern zu Willen zu sein.

Nach einer Weile rollte Johannes sich von ihr herunter und legte sich auf den Rücken. Madlen rückte an ihn heran, legte ihren Kopf auf seine Brust und seufzte glücklich. Johannes streichelte ihren Arm entlang, sein Atem wurde gleichmäßiger und immer ruhiger. Madlen genoss es, zu spüren, wie sein Brustkorb sich hob und wieder senkte. Zufrieden lauschte sie seinem Atem, spürte, dass er eingeschlafen war. Nicht lange danach fiel auch sie in einen tiefen Schlaf. Und das erste Mal seit der Niederkunft Jonatas wurden ihre Albträume durch schöne von Johannes ersetzt.

Als Madlen am nächsten Morgen aufwachte, lag Johannes auf der Seite mit dem Rücken zu ihr. Sie kuschelte sich von hinten an ihn, gab ihm einen Kuss in den Nacken. Tief sog sie seinen Duft ein. In ihrem ganzen Leben war sie keinem weiteren Menschen begegnet, der so gut roch wie ihr eigener Ehemann. Johannes regte sich, atmete laut vernehmlich aus. Dann schlief er wieder ein. Madlen dachte an den vergangenen Abend und lächelte. Dann schlummerte auch sie wieder ein, und die beiden erwachten erst, als bereits das erste Licht des Tages durch die Ritzen der Fensterläden drang.

Als sie später beim Morgenmahl saßen, lächelte Madlen ihren Mann glückselig an. Johannes bemerkte es und fragte: »Was ist?«

»Gar nichts«, gab sie mit einem Schmunzeln zurück. »Außer dass ich eine sehr glückliche Frau bin.«

Ursel kam mit einem Tablett herein und legte ihnen reichlich vor. Sie musterte Johannes. »Womöglich bilde ich es mir nur ein, Herr, doch ich finde, Ihr seht noch immer nicht wieder ganz gesund aus. Womöglich wäre es besser gewesen, Ihr wärt gleich gestern im Bett geblieben.«

Madlen musste sich zusammennehmen, um nicht mit den Augen zu rollen. »Es geht ihm gut«, erklärte sie, genervt von der übertriebenen Sorge der Haushälterin. Schließlich wusste Madlen nur zu gut, dass Johannes nicht einen Augenblick lang krank gewesen war und die gute Ursel wieder einmal etwas sah, das es gar nicht gab.

»Hab Dank für deine Fürsorge, Ursel. Doch ich fühle mich ausgezeichnet.«

Die Haushälterin zuckte mit den Schultern. »Nun gut, wenn Ihr meint. Aber es geht etwas um, und am Ende heißt es dann, ich hätte mich nicht genug um Euch gekümmert.«

»Niemand würde so etwas sagen«, beruhigte er sie.

Sie erwiderte nichts, sondern machte einen etwas unbeholfen wirkenden Knicks und ging hinaus.

»Erstaunlich, dass ich schlecht aussehe nach diesem Abend«, raunte er seiner Frau zu und zog die rechte Augenbraue hoch.

Madlen lachte auf, griff über den Tisch und strich ihm mit dem Handrücken über die Wange. Johannes nahm ihre Hand und küsste sie. Dann zog sie die Hand zurück, zwinkerte ihm zu und aß schließlich weiter.

»Wir müssen uns etwas einfallen lassen, wie ich unbemerkt aus dem Haus verschwinden kann«, sagte Madlen nach einer Weile. »Zwar werden die Essensvorräte ein paar Tage reichen, doch ich möchte nach Jonata und dem Kind sehen. Gewiss wird es ihr guttun, ein wenig Gesellschaft zu haben.«

»Sie kann sich nicht ewig verstecken«, sagte Johannes. »Und wer weiß, wie lange es dauert, bis wir den finden, der dafür verantwortlich ist, wenn sie uns nicht ein klein wenig dabei hilft.«

»Ich werde wirklich versuchen …« Sie wurde durch ein Klopfen an der Eingangstür unterbrochen.

»Was ist jetzt wieder?« Johannes stand auf und ging in den Flur. Ottokar hatte bereits die Haustür geöffnet und sprach mit einem Boten des Erzbischofs.

»Was ist?«, fragte Johannes.

»Der Palast schickt mich«, antwortete der Bote und verbeugte sich. »Der Erzbischof hat noch immer Schmerzen und wünscht, dass Ihr und Euer Weib kommen möget.«

»Wir werden gleich da sein.«

Der Bote verbeugte sich, verabschiedete sich von Ottokar und ging. Madlen trat hinter Johannes aus dem Esszimmer. »Ich habe es gehört«, erklärte sie. »Ich finde das eigenartig. Eine Magenverstimmung, die über Tage hinweg immer einmal wieder besser und dann wieder schlechter wird?«

»Hast du Kräuter da, die du ihm geben kannst?«, fragte Johannes.

»Ja«, erklärte sie sogleich. »Doch auch mir scheint es besser, einen Medicus hinzuzuziehen.«

»Das werden wir. Doch der Erzbischof scheint dir zu vertrauen, und wir sollten ihn nicht warten lassen.«

»Ich beeile mich.« Madlen ging zur Küche hinüber, nahm mehrere irdene Gefäße, die mit Deckeln verschlossen waren, und kam wieder heraus. »Hieraus kann ich ihm einen Sud bereiten, der die Schmerzen und auch die Krämpfe lindern wird.«

»Gut.« Johannes nahm ihr zwei der Gefäße ab und reichte ihr einen Mantel. »Es ist kühl geworden.« Dann nahm er sich ebenfalls einen Überwurf, und Ottokar öffnete den beiden die Tür.

»Einen guten Tag und Gott schütze Euch!«

»Der Herr mit dir, Ottokar«, gab Johannes zurück und trat mit seiner Frau ins Freie. Sie beeilten sich, den Palast so rasch wie möglich zu erreichen. Madlen fragte sich, was wohl der Grund für die immer wieder auftretenden Schmerzen des Erzbischofs sein mochten. Ein Gedanke kam ihr in den Sinn, den sie jedoch nicht zu Ende denken wollte. War es möglich, dass der Erzbischof von Köln vergiftet worden war? Madlen wusste, dass ein falsches Kraut, in kleinen Mengen verabreicht, eine solche Wirkung haben konnte wie die, die sich beim Erzbischof zeigte. Doch war das wirklich denkbar? Wer sollte dem Erzbischof nach dem Leben trachten? Gewiss war die Machtposition, die er innehatte, ein lohnendes Ziel für manch einen. Aber hierfür den Erzbischof töten? Nein, das konnte Madlen sich beim besten Willen nicht vorstellen.

Und das hatte gewiss nichts damit zu tun, dass sie die Kirchenmänner für besonders ehrenwert hielt. Sie waren Machtmenschen wie jeder Patrizier oder Pfeffersack, nicht mehr und nicht weniger. Doch was man auch von Friedrich III. halten mochte, er hatte das Amt unbestritten aus dem Morast heraus zu überragendem Wohlstand geführt. Außerdem hatte er es stets verstanden, Adlige und Reichsfürsten durch das Aushandeln von Kompromissen auf seine Seite zu ziehen und zu Verbündeten zu machen. Madlen konnte sich kaum vorstellen, dass irgendjemand es wagen würde, die Hand oder gar das Schwert gegen den Erzbischof zu erheben. Doch mit Gift? Das war schon etwas anderes. Feige, gewiss. Aber eben auch verschlagen genug, um keinen Verdacht zu erregen. Der Gedanke ließ sie schaudern. Hoffentlich lag sie mit ihrer Einschätzung falsch. Fast wäre sie am Palast vorbeigegangen, so sehr war sie in ihre Gedanken versunken.

»Madlen? Was ist mit dir?« Johannes zog die Stirn in Falten. Er hatte sie am Arm gefasst, weil sie einfach weitergegangen war.

»Ach, nichts. Bitte entschuldige, ich war ganz in Gedanken.« Sie sah zu ihrem Mann auf. »Ich frage mich, was der Grund für die Beschwerden des Erzbischofs sein kann. Sag Johannes, glaubst du, dass es möglich wäre, dass ihn jemand vergiften will?«

Johannes hob die Augenbrauen. »Was sagst du da? Unseren Erzbischof?«

Madlen zuckte mit den Schultern. »Du weißt besser als jeder andere, was im Palast vor sich geht. Mich wundert einfach, dass die Beschwerden besser und dann wieder schlimmer werden. Hätte er sich den Magen verdorben, würde dies die Schmerzen und auch das Erbrechen erklären. Doch dann hätte es abklingen müssen. Dass es mal schlimmer, mal besser wird, passt nicht zusammen.«

Johannes wirkte besorgt. »Komm, lass uns zu ihm gehen. Denkst du, du würdest eine Vergiftung erkennen, wenn es so wäre?«

»Ich weiß es nicht«, gestand Madlen.

»Sollte es so sein, hättest du dann etwas hier drin«, er deutete auf die irdenen Töpfchen, »das ihm helfen könnte?«

»Ja, wenn die Menge des Giftes nicht groß genug war, um ihn sogleich dahinzustrecken. Doch das glaube ich nicht.«

»Weshalb?«

»Da es stärker und schwächer wird, glaube ich eher, dass ihm jemand etwas in kleinen Mengen beimischt, um keinen Verdacht zu erregen.« Sie schüttelte den Kopf. »Doch womöglich irre ich mich auch, und es ist etwas ganz anderes. Komm, sehen wir nach ihm.«

Johannes nickte, und gemeinsam gingen sie auf den Eingang zu, der rechts und links von Wachmännern flankiert wurde. Als die Büttel die beiden kommen sahen, klopfte sogleich einer von ihnen an, und die Tür wurde geöffnet, noch ehe Madlen und Johannes sie erreichten. Die Wachmänner grüßten und gaben den Eingang frei. Johannes ließ Madlen den Vortritt. Sonst hatte sie stets über die wunderbar reiche Einrichtung des Palasts gestaunt, heute hatte sie jedoch keinen Blick dafür.

»Er ist vermutlich in seinen Gemächern«, sagte Johannes. »Komm.«

Madlen folgte ihrem Mann durch den großen Saal, an dessen Ende sich eine Wendeltreppe befand. Hier stand ebenfalls ein Wachmann, der den beiden zunickte, jedoch keinerlei Anstalten machte, sich ihnen in den Weg zu stellen. Offenbar erwartete man sie, da der Wachmann nicht einmal Meldung machte, dass der Advocatus und dessen Weib eingetroffen waren.

Johannes stieg die Treppe hinauf, und Madlen hatte etwas Mühe, ihre Röcke trotz der Töpfchen hoch genug zu heben, um nicht darüberzustolpern. Stufe für Stufe wurde ihr etwas mulmiger zumute. Was, wenn wirklich jemand dem Erzbischof nach dem Leben trachtete? Ihr Mann war einer seiner treuesten Ergebenen. War damit nicht auch Johannes in Gefahr? Sie versuchte, den Gedanken so gut es ging beiseitezuschieben. Es stand ja noch nicht einmal fest, dass der Erzbischof wirklich vergiftet worden war. Hätte sie ihrem Ehemann in diesem Moment ihre Sorgen mitgeteilt, hätte dieser ihr gewiss wieder einmal gesagt, dass sie viel zu weit dachte. Doch so war es bei ihr schon immer gewesen, und seit sie selbst Mutter geworden war, hatte sich dieses Gefühl noch mal verstärkt. Es lag wohl einfach in ihrer Natur, sich Sorgen zu machen und sich oftmals die schlimmsten Dinge auszumalen, von denen dann meistens gar nichts eintrat.

Sie erreichten den oberen Flur, der nur ein wenig schmaler war als der großzügige Korridor im unteren Bereich. Von hier gingen insgesamt zehn Kammern ab. Wofür diese letztendlich genutzt wurden, wusste Madlen nicht. Nur, dass all diese Räume zur ausschließlichen Benutzung durch den Erzbischof dienten. Auch hier im Flur standen Wachleute. Zwei hatten ihren Posten direkt an der Treppe, sodass sie gegebenenfalls diejenigen, die sich hierüber unbefugt Zutritt zu verschaffen versuchten, aufhalten konnten, und zwei weitere Männer vor der letzten Tür auf der rechten Seite.

»Ist der Erzbischof in seiner Kammer?«, fragte Johannes einen der Wachleute.

»Ganz recht. Er selbst, seine Neffen, Graf Merklein von Rhenus, Wilhelm von Berg und der Diakon.«

»Der Erzbischof erwartet uns«, erwiderte Johannes.

»Ich weiß nichts davon, doch gewiss wird es in Ordnung sein. Ihr kennt Euch ja aus. Geht nur hinein, Advocatus.« Er warf Madlen einen Blick zu, sagte aber nichts, als Johannes seine Frau aufforderte, ihm zur Kammer des Erzbischofs zu folgen.

Die Wachmänner, die vor der Tür standen, klopften an, als Johannes und Madlen näher kamen, und öffneten gleich darauf die Tür, um den beiden Einlass zu gewähren. Madlen zögerte, über die Schwelle zu treten, als sie sah, dass der Erzbischof zwar aufrecht saß, sich aber auf seiner Lagerstatt niedergelassen hatte.

»Kommt nur näher«, sagte der Erzbischof, als er sah, dass sie in der Tür stehen geblieben war.

Madlen fasste sich ein Herz und ging hinein. »Ihr edlen Herren«, grüßte sie. »Mein Erzbischof.« Sie knickste und ging zu ihm hinüber, während auch Johannes die Anwesenden begrüßte.

»Sagt mir, welche Beschwerden habt Ihr?«

Er rieb sich mit der Hand über den Bauch. »Die Krämpfe, die meinen Leib peinigen, sind mal stärker, mal schwächer.«

»Wie lange geht das schon so?«

»Einige Tage.« Er überlegte. »Wochen fast, wenn ich es recht bedenke. Doch es war noch nie so stark wie jetzt.«

Madlen presste die Lippen aufeinander.

»Was vermutet Ihr?«, fragte der Erzbischof.

Madlen sah Johannes an. Sollte sie ihren Verdacht aussprechen? War es klug, brachte sie damit doch die engsten Vertrauten des Erzbischofs in Erklärungsnot? Und was, wenn sie sich irrte?

»Habt Ihr den Medicus kommen lassen?«

»Ja, vor Tagen schon. Doch er konnte mir nicht helfen. Gab mir ein Kraut und sagte, dass es gewiss bald besser würde. Doch das ist nicht der Fall.« Der Erzbischof krampfte, und sofort war Martin, sein Neffe, an seiner Seite, griff dessen Hand.

»Was ist Euch, mein Oheim?«

»Mein Bauch. Er droht zu zerreißen.«

»Madlen, kannst du ihm helfen?«, fragte Johannes.

»Ich kann es versuchen, doch ich bin kein Medicus.« Sie eilte zur Tür, öffnete sie und sagte zu einem der Wachmänner: »Holt einen Krug mit heißem Wasser, einen Becher und Tücher. Eilt Euch!«

»Was hast du vor?«, fragte Johannes.

»Ich werde die Tücher heiß übergießen und ihm auf den Bauch legen. Das löst die Krämpfe. Und dann werde ich ihm einen Sud bereiten, der seine Schmerzen lindern und ihn beruhigen wird.«

»Wisst Ihr auch, was Ihr da tut, Weib?« Wilhelm von Berg sah sie skeptisch an.

»Vermögt Ihr, ihm zu helfen?«, gab sie zurück. »Nur zu. Ich bin nur um das Wohl unseres Erzbischofs bemüht.«

»Ihr habt ein großes Mundwerk für ein Weib.«

»Gebt acht, wie Ihr mit meiner Ehefrau sprecht!«, mahnte Johannes.

»Ich wollte Euch damit nicht beleidigen, Advocatus«, entschuldigte dieser sich.

»Und doch ist es Euch vortrefflich gelungen«, erwiderte Johannes. »Sprecht grob mit meinem Weibe, und Ihr trefft genau in mein Gesicht damit.«

Wilhelm von Berg deutete eine Verbeugung an. »Ich wusste nicht, dass eine einfache Frau hier in Köln eine solche Stellung erfüllt. Verzeiht meine Unwissenheit.«

Johannes nickte ihm zu.

»Ich gebe Euch insoweit recht, dass auch mir wohler wäre, würde der Medicus ein weiteres Mal kommen«, erklärte Madlen. Dann fasste sie sich ein Herz. »Ich will Euch sagen, was ich vermute.« Sie sah dem Erzbischof in die Augen. »Ich fürchte, dass Ihr vergiftet wurdet.«

»So ein Unsinn!«, polterte nun Engelhard, Friedrichs zweiter Neffe. »Wer sollte so etwas tun? Ich glaube, Ihr versucht mit Eurem Verdacht nur davon abzulenken, keineswegs über ausreichend Wissen zu verfügen, um ihm bei seinem Leiden helfen zu können.« Er funkelte Madlen wütend an.

Sie zuckte mit den Schultern. »Weshalb erzürnt Ihr Euch derart? Ich habe nie behauptet, ihm helfen zu können. Nur, dass ich alles versuchen werde. Ich bin kein Medicus«, wiederholte sie ihre Aussage.

»Und doch scheint Ihr den Eindruck erwecken zu wollen, einem Medicus gleich heilen zu können«, warf ihr Engelhard nun vor.

»Ich verstehe, dass die Sorge um unseren Erzbischof Euch zornig werden lässt. Doch richtet diesen Zorn nicht gegen mich.« Madlen wandte sich dem Erzbischof zu. »Wünscht Ihr, dass ich gehe, mein Erzbischof? Dann werde ich es umgehend tun.«

»Nein, bleibt, Madlen, ich bitte Euch.« Er sah Engelhard wütend an. »Und auch alle anderen hier haben ruhig zu sein. Die Frau des Advocatus ist auf meinen ausdrücklichen Wunsch hier, und ich erwarte ihr gegenüber den gleichen Respekt wie bei jedem Kerl hier im Raum.«

»Aber, mein Erzbischof, sie ist ein Weib«, wandte Martin ein.

»Und du verlässt jetzt als Erster meine Kammer. Mach, dass du hinauskommst!«

»Aber ...«

»Wachen!«, brüllte der Erzbischof aus voller Kehle.

Sofort wurde die Tür aufgestoßen, und der Wachmann, der zusammen mit dem, den Madlen losgeschickt hatte, vor der Tür seinen Posten hielt, stürmte herein. Nur einen Wimpernschlag später eilten auch die beiden heran, die an der Treppe Wache gehalten hatten. Gehetzt blickten sie hin und her, um zu sehen, von wem eine Gefahr gegen ihren Dienstherrn ausgehen mochte.

»Mein Neffe Martin mag hinausgeführt werden«, ordnete der Erzbischof an und verzog vor Schmerzen das Gesicht.

Martin funkelte Madlen wütend an, ging dann aber ohne Widerstand hinaus.

»Noch jemand?«, fragte der Erzbischof, doch keiner der Anwesenden sagte etwas.

Kurz darauf kam der Wachmann, den Madlen losgeschickt hatte, mit heißem Wasser, einem Becher und Tüchern zurück.

»Stellt alles dort auf den Tisch«, bat Madlen ihn, ging dann hinüber und durchtränkte zunächst die Tücher mit dem kochend heißen Wasser. Sie nahm die Tücher, legte zwei trockene darunter und wartete, bis sie ein klein wenig abgekühlt waren, sodass sie die Haut des Erzbischofs nicht verbrannten, wenn sie sie auflegte. Damit ging sie hinüber zu seiner Lagerstatt.

»Habe ich Eure Erlaubnis, Euch zu berühren, mein Erzbischof?«

»Ja.« Es klang gequält.

Madlen hoffte inständig, dass die warmen Tücher ihm Linderung verschaffen würden. Vorsichtig schlug sie die Decke beiseite, die ihm über Beine und Bauch gelegt worden war. »Es muss direkt auf die Haut.«

»Ich helfe dir«, sagte Johannes, der ahnte, wie peinlich Madlen die Situation war. Diese schenkte ihm ein dankbares Lächeln. »Dann werde ich in der Zeit den Sud aufgießen.« Sie gab ihrem Mann die heißen, feuchten Tücher, der sich nun seinerseits daranmachte, diese dem Erzbischof aufzulegen. Madlen mischte aus den Töpfchen Kräuter zusammen, legte sie in ein sauberes Tuch und tunkte dieses wieder und wieder in das heiße Wasser. Der Duft der Kräuter erfüllte schon bald den ganzen Raum. Die anwesenden Männer beobachteten Madlens und Johannes' Bemühungen, dem Erzbischof zu helfen. Als Madlen den Sud schließlich fertig hatte, deckte Johannes den Kranken gerade wieder zu.

»Wenn die Decke durch die Tücher nass wird, müssen wir sie austauschen«, erklärte Madlen und beugte sich mit dem Becher in der Hand zum Erzbischof hinunter. »Bitte trinkt dies in kleinen Schlucken. Es spült die Gifte aus Eurem Körper, wenn dort welche sein sollten. Außerdem wirkt es schmerzlindernd und beruhigend.«

»Habt Dank!« Die Hand des Erzbischofs zitterte. Madlen half ihm, den Becher wieder und wieder an seinen Mund zu führen. Als er ausgetrunken hatte, nahm Madlen ihm das Gefäß ab, und er ließ sich erschöpft in die Kissen zurücksinken. Sie ging zu dem Tischchen hinüber, füllte den Becher abermals mit dem Sud und ging wieder zurück. Dies tat sie, bis der Krug leer war und der Erzbischof alles ausgetrunken hatte.

»Ruht Euch ein wenig aus«, riet Madlen ihm. »Wir werden nun alle Eure Kammer verlassen, damit Ihr ein wenig schlafen könnt.«

»Holt mir den Diener«, sagte der Erzbischof. »Der Sud zeigt Wirkung.«

»Das ist gut. Dann wird es Euch rasch besser gehen.« Sie legte Zuversicht in ihre Stimme. Dann bedeutete sie den Männern im Raum, die schweigend alles beobachtet hatten, die Kammer nun zu verlassen. Johannes gab einem Wachmann Bescheid, den Kammerdiener kommen zu lassen. So standen letztendlich alle auf dem Flur und warteten unruhig darauf, was als Nächstes geschah. Madlen erinnerten die Männer an werdende Väter, die den ersten Schrei ihrer Kinder erwarteten.

Der Kammerdiener huschte an ihnen vorbei, betrat das Zimmer und schloss die Tür hinter sich. Nach einer Weile kam er mit einem gefüllten Nachttopf wieder heraus.

»Wartet«, sagte Madlen und warf einen Blick in den Nachttopf.

»Was tut Ihr denn?«, empörte sich der Diener.

»Ich habe genug gesehen. Ihr könnt gehen«, stellte Madlen

fest und sagte dann laut genug, dass es jeder der Männer hören konnte. »Es wird dem Erzbischof bald besser gehen. Ich werde ihm nun wieder Gesellschaft leisten. Johannes, begleitest du mich?« Sie blickte prüfend jeden der Männer einzeln an. »Und Ihr edlen Herren habt alle Hände voll zu tun, das Verbrechen, das am Erzbischof begangen werden sollte, aufzuklären. Denn er wurde vergiftet, vermutlich in kleinen Mengen und über eine längere Zeit. Tauscht den Koch aus und jeden, der dem Erzbischof Essen oder Trinken gebracht hat. Und besorgt einen Vorkoster. Er darf nichts mehr zu sich nehmen, was nicht ein anderer vor ihm für gut befunden hat. Jemand trachtet Eurem Dienstherrn nach dem Leben. Ich bin kein Mann, doch wenn ich einer wäre, wüsste ich, was jetzt meine Aufgaben sind.« Damit gab sie Johannes einen Wink und ging mit ihm in die Kammer des Erzbischofs. Dieser schlief tief und fest.

Erst am Nachmittag schlug er zum ersten Mal die Augen auf. Immer wieder hatte Madlen seine Stirn gefühlt und mit Besorgnis festgestellt, dass er glühte. Andererseits wusste sie, dass genau diese Reaktion des Körpers etwas Gutes war, wehrte dieser sich doch so gegen das, was ihm zu schaden versucht hatte.

»Wird er es schaffen?«, fragte Johannes, nachdem sie Stunden schweigend dagesessen und den Schlaf des Mannes bewacht hatten.

»Er hat hohes Fieber, und sein Körper hat einen schweren Kampf zu überstehen. Wir können nur ahnen, wie lange man ihm immer wieder etwas Gift untergemischt hat.«

»Kannst du das Fieber nicht senken?«

Madlen fühlte seine Stirn. »Besser wäre es, wenn es von selbst wieder aufhört. Dann läge die größte Gefahr hinter ihm.«

»Und wenn es nicht von selbst aufhört?«

»Wir warten noch ein wenig ab. Er ist ein starker Mann.«

»Doch nicht mehr der Jüngste.«

»Aber kräftig«, wandte Madlen ein. »Lass uns noch etwas warten. Du musst darauf vertrauen, dass die Heilung in ihm selbst steckt.«

Johannes mochte es nicht, wenn seine Frau so sprach. Doch er wollte sie jetzt nicht zurechtweisen und dadurch einen Streit provozieren. »Ich gehe kurz vor die Tür.«

Sie nickte. »Ich werde hier bei ihm bleiben. Weise einen der Wachmänner an, einen Krug Wasser zu bringen. Warte«, sagte sie plötzlich und hielt Johannes, der sich schon zum Gehen gewandt hatte, zurück.

»Was ist?«

»Welchem Wachmann vertraust du vollkommen? Wem würdest du dein eigenes oder auch mein Leben anvertrauen?«

Johannes überlegte kurz. Er erinnerte sich an die Zeit vor sieben Jahren, als es mehrere Morde gegeben hatte, die er damals aufgeklärt hatte. Dabei hatten ihm einige Wachmänner des Erzbischofs geholfen. Mit manchen verband ihn bis heute eine Art Freundschaft. »Anderlin und Georg.«

»Wem mehr?«

»Beiden gleich und uneingeschränkt.«

»Gut. Gib Weisung, dass Anderlin und kein anderer dem Erzbischof Essen und Trinken bringen darf. Außerdem haben er und Georg stets danebenzustehen, wenn die Speisen zubereitet werden. Sie werden zur Verantwortung gezogen, sollte dem Erzbischof abermals etwas gegeben werden, das ihm schaden könnte.« Madlens Stimme klang streng.

»Ich werde mich darum kümmern«, erklärte Johannes und ging hinaus. Er war nicht sicher, ob er Anderlin und Georg damit einen Vertrauensbeweis entgegengebracht oder eine felsenschwere Last auf die Schultern gelegt hatte.

Der Erzbischof stöhnte auf. Seine Augenlider flatterten.

»Ich bin hier, mein Erzbischof.« Madlen nahm seine Hand in die ihren.

»Ich habe Durst«, sagte er mit dünner Stimme.

»Es wird Euch gleich etwas gebracht werden, mein Erzbischof. Wie geht es Eurem Leib?«

Es dauerte etwas, bis er antwortete. »Die Krämpfe sind gemildert«, urteilte er. Dann schloss er erschöpft wieder die Augen. »War es das, was Ihr vermutet habt? Hat jemand versucht, mich zu vergiften?«

»Ich nehme es an, mein Erzbischof. Doch verstehe ich zu wenig davon.«

»Werde ich wieder gesund werden?«

»Die nächsten Stunden werden es zeigen. Kehren die Krämpfe nicht zurück, dürftet Ihr es geschafft haben. Wenn sie jedoch wiederkommen, kann es andere Gründe für Euren Zustand geben. Ich möchte Euch noch einmal ersuchen, einen Medicus beizuziehen.«

»Ich vertraue keinem Medicus. Aber ich vertraue Euch.«

»Ich kann in große Schwierigkeiten kommen«, gab Madlen ihre Bedenken preis, »wenn ich Euch zu helfen versuche und es mir womöglich nicht gelingt.«

»So sorgt dafür, dass es gelingt, und ich werde auf ewig in Eurer Schuld stehen.« Es lag etwas Forderndes in seiner Stimme.

»Ja, mein Erzbischof, ich werde alles tun, was ich kann.« So krank der Mann auch war, so deutlich wurde noch jetzt an seinem Lager, dass er es gewohnt war, Befehle zu erteilen und nicht zu dulden, dass sich ihm jemand widersetzte. Sein Tonfall hatte nicht bedrohlich auf Madlen gewirkt, aber doch so, dass sie verstand, wie ernst es ihm war. Und das nicht nur seiner Gesundheit wegen.

Einen Moment später klopfte es, und Madlen rief, dass man eintreten möge. Dann wurde die Tür geöffnet, und Anderlin, der Wachmann, der schon einige Male bei ihnen zu Hause gewesen war und dem Johannes zuvor sein uneingeschränktes Vertrauen ausgesprochen hatte, betrat mit einem Krug Wasser die Kammer.

»Mein Erzbischof.« Er verneigte sich.

Madlen stand auf und ging zu ihm hinüber, nahm den Krug und füllte einen Becher mit Wasser. Sie wollte soeben hiermit zum Erzbischof gehen, als Anderlin sie zurückhielt. »Wenn Ihr erlaubt?« Er nahm den Becher und trank einen Schluck, wartete einen Moment, dann trank er abermals. Offenbar verspürte er keine Wirkung, denn er reichte den Becher an Madlen und nickte ihr zu. »Wenn etwas nicht damit stimmen sollte, werden wir es bald wissen.«

»Wart Ihr anwesend, als der Krug gefüllt wurde?«

»Ja, ich stand daneben und habe genau zugesehen«, antwortete Anderlin. »Und Georg beaufsichtigt gerade, wie das Essen für den Erzbischof zubereitet wird. Er wird es noch unten abschmecken und nicht aus den Augen lassen. Sollte etwas damit sein, entfaltet es vermutlich seine Wirkung, ehe es auch nur diese Kammer erreicht.«

»Gebe der Herr, dass alles in Ordnung ist und ein jeder im Palast sich bester Gesundheit erfreuen mag«, sagte Madlen. Dann half sie dem Erzbischof, etwas von dem Wasser zu trinken. In kurzer Zeit hatte er den Krug bis auf den letzten Becher geleert, und Madlen schickte Anderlin erneut, um Wasser zu holen.

»Es ist gut für Euch, reichlich zu trinken«, lobte sie den Erzbischof. »Wenn Ihr erlaubt?« Sie streckte die Hand aus und fühlte seine Stirn. »Vorhin glühtet Ihr geradezu. Jetzt ist es besser. Ich glaube, Ihr habt das Schlimmste überstanden.« Sie lächelte ihn an. Tiefe Erleichterung machte sich in ihr breit.

»Das habe ich Euch zu verdanken«, lobte er. »Euer Gatte pries des Öfteren Eure besonderen Fähigkeiten. Zwar hatte ich nie vor, mich hiervon am eigenen Leibe zu überzeugen. Doch ich bin umso glücklicher, dass er mit seinen Lobpreisungen auf Euch recht behalten hat.«

Madlen nahm das Kompliment mit einem leichten Kopfnicken und einem Lächeln entgegen.

Es klopfte abermals, und zusammen mit Anderlin, der einen frisch gefüllten Wasserkrug mitbrachte, betrat Johannes die Kammer.

»Ihr seht viel besser aus, mein Erzbischof.« Erleichterung lag in seiner Stimme.

»Dank Eurem Weibe, mein Advocatus. Ich danke dem Herrn, dass er mir nicht nur einen klugen Advocatus, sondern auch noch dessen heilendes Weib an die Seite gestellt hat. Ich bin ein gesegneter Mann.«

Nachdem Anderlin abermals als Erster von dem Wasser getrunken hatte, trank der Erzbischof zwei Becher hintereinander weg. Dann klopfte es erneut, und Georg betrat mit einem Tablett voll Essen die Kammer.

»Womöglich ist Euch nicht danach, doch es ist wichtig, dass Ihr etwas zu Euch nehmt, mein Erzbischof«, sagte Madlen.

Dieser schien von Moment zu Moment an Kraft zu gewinnen. »Ihr irrt, meine Liebe. Mir ist sogar sehr danach, etwas zu essen. Ein ganzes Schwein könnte ich verschlingen.« Mit der Kraft kam auch seine Heiterkeit zurück.

»Ihr solltet nur etwas essen und Euch dann ausruhen«, riet Madlen. »Wir werden nun gehen. Ich komme morgen wieder, um nach Euch zu sehen.«

Der Erzbischof streckte die Hand aus. »Ich denke, Ihr habt mir das Leben gerettet, Madlen Goldmann. Dafür werde ich auf ewig in Eurer Schuld stehen.«

»Vergesst die Schuld und sorgt lieber dafür, dass Euer Leben noch viele Jahre währt«, entgegnete Madlen, griff die ihr gereichte Hand und drückte sie.

Dann verabschiedeten sich Johannes und Madlen, gaben Anderlin und Georg auf, gut auf den Erzbischof zu achten, und gingen hinaus. Keiner von ihnen ahnte, dass ihr Leben schon in wenigen Stunden nie wieder so sein würde, wie es zuvor war.

5. Kapitel

Die Stimmung war ausgelassen, als Madlen und Johannes den Palast verließen. Madlen hatte es geradezu genossen, an den noch immer wartenden Edelmännern vorbeizuschreiten und ihnen von der Genesung des Erzbischofs zu berichten. Außerdem teilte sie ihnen mit, dass die Wachmänner dort drinnen dafür Sorge tragen würden, dem Erzbischof nur noch Speisen und Getränke zu bringen, die über jeden Zweifel erhaben waren. Hierbei beobachtete sie die Regung jedes Einzelnen, um zu erkennen, wer womöglich keine guten Absichten gegenüber dem Erzbischof hegte. Doch, so musste Madlen sich eingestehen, fiel ihr an keinem der Männer etwas Besonderes auf. Schließlich wusste sie auch nicht, ob derjenige, der dem Erzbischof nach dem Leben trachtete, überhaupt in diesem Kreis zu finden war. In ihrem Kopf pochte es heftig.

»Geht es dir nicht gut?«, fragte Johannes, als er sah, dass sie die Stirn in Falten zog, als sie aus dem Palast auf die Gasse traten.

»Ich frage mich nur, wer wohl dafür verantwortlich ist.«

»Ich ebenso. Wir können von Glück sagen, dass du ihm helfen konntest und Anderlin und Georg dafür sorgen werden, ihm nur noch einwandfreie Speisen vorzusetzen.«

»Hoffentlich kommt keiner der beiden bei dem Versuch, den Erzbischof zu beschützen, zu Schaden.«

Der Gedanke war Johannes auch schon gekommen, jedoch wollte er ihn nicht recht zulassen. »Komm jetzt«, sagte er und zog Madlen an sich heran. »Gehen wir nach Hause. Ich werde heute im Palast nicht mehr gebraucht.«

»Nicht?« Madlen war überrascht. »Aber der Mörder des Kindes und des Burschen ist noch immer nicht gefasst.«

»Und wir werden auch nicht weiterkommen, wenn du Jonata nicht überzeugst, uns den Namen des Vaters zu nennen.«

Madlen nickte nachdenklich. Sie sah sich nach allen Seiten um. »Ich glaube kaum, dass es mir allein gelingen wird. Sag, wärst du bereit, später im Schutze der Dunkelheit mit mir zusammen zu ihr zu gehen?«

»Du willst ihr Versteck preisgeben?«

»Was in den letzten Tagen geschehen ist, hat mich über die Maßen beunruhigt. Und ich frage mich zudem, ob es einen Zusammenhang gibt zwischen dem, was Jonata angetan wurde, und der Vergiftung des Erzbischofs.«

»Wie kommst du darauf?«

»Der Bursche«, antwortete sie. »Er war ein Wachmann des Palasts. Der Vater des Kindes ist, wie Jonata sagte, eine hochgestellte Persönlichkeit, womöglich also auch ein Mann, der im Palast ein und aus geht. Dann der Erzbischof, dem ebenfalls nach dem Leben getrachtet wird. Es scheint zusammenzuhängen. Ich kann mir nur nicht erklären, wie.«

»Also bist du inzwischen auch davon überzeugt, dass der Erzbischof nicht der Vater ist?«

»Ich weiß es nicht.«

»Du vertraust ihm noch immer nicht.«

»Ich vertraue dir«, erwiderte sie versöhnlich. »Womöglich muss das einfach reichen.«

Er beließ es dabei. »Ich werde dich zu Jonata begleiten und

versuchen, sie zu überzeugen. Und morgen ist ein neuer Tag, an dem wir mit frischem Mut darangehen werden, die Ordnung in Köln wiederherzustellen.«

»Der Erzbischof kann von Glück sagen, einen Mann wie dich in seinen Diensten zu haben.«

»Der auch noch eine Frau wie dich mitbringt.« Er beugte sich zu ihr hinunter und küsste sie aufs Haar.

Dann gingen sie zurück in ihr Stadthaus und ließen sich von Ursel auftragen. Während der ganzen Stunden im Palast hatten sie weder gegessen noch getrunken. Dann warteten sie, bis es dunkel wurde, und schlichen gemeinsam über den Hinterhof aus dem Haus. Keiner von ihnen sagte etwas. Madlen lief voraus, und Johannes folgte ihr. Immer wieder blieben sie stehen und sahen sich um, um sicherzugehen, dass ihnen niemand hinterherging. Als sie ein gutes Stück zurückgelegt hatten und an einer Ecke innehielten, um zu prüfen, ob ihnen auch wirklich niemand folgte, sagte Johannes: »Jetzt weiß ich, wohin du sie gebracht hast. Ein kluger Gedanke. Ich hätte darauf kommen sollen.«

Der zunehmende Mond erhellte Johannes' Gesicht. Madlen sah ihren Mann an, streichelte ihm zärtlich über die Wange. Sie liebte ihn von ganzem Herzen, und die Ereignisse der letzten Tage hatten das Ehepaar noch enger miteinander verbunden. Madlen stellte sich auf die Zehenspitzen und küsste ihren Mann.

Dann drehte sie sich um, löste sich aus dem Dunkel und lief weiter. Kurz danach erreichten die beiden das Haus.

»Jonata, ich bin es. Und ich habe meinen Gatten mitgebracht. Jonata?«

»Ich bin hier«, hörte sie die Stimme der jungen Mutter. Madlen atmete erleichtert aus. Für einen Moment hatte sie befürchtet, dass dieser etwas geschehen sein könnte.

Madlen und Johannes betraten die Kammer, in der Jonata auf einem Stuhl saß und den Jungen in ihren Armen hielt.

»Ich grüße Euch«, sagte Johannes beim Eintreten.

»Gott mit Euch«, erwiderte Jonata.

Madlen trat an sie heran. »Du siehst gut aus.« Es war ernst gemeint, zumindest soweit sie es in dem schwachen Talglicht erkennen konnte.

»Ich bin wieder zu Kräften gekommen«, berichtete Jonata.

»Wir haben dir ein Bündel mit Essen mitgebracht«, sagte Madlen. »Unsere Haushälterin wundert sich schon, wo all das Gemüse bleibt.«

Jonata sah sie dankbar an. »Ich weiß wirklich nicht, wie ich je wiedergutmachen soll, was du«, sie sah zu Johannes hinüber und korrigierte sich, »was Ihr alles für mich getan habt.«

»Wir wollen nur helfen und denjenigen finden, der Eure Tochter getötet hat«, erwiderte Johannes. »Der Erzbischof weiß über alles Bescheid, was sich an dem Abend in Eurem Hause ereignet hat. Er bietet Euch seinen Schutz an. Doch Ihr müsst den Namen des Vaters nennen, damit wir das Verbrechen, das geschehen ist, aufklären können.«

Jonata sagte nichts, sondern wiegte ihren Sohn und summte eine kleine Melodie, als wollte sie das Kind beruhigen. »Johannes, nicht wahr? So nennt man Euch?«

»Ja.«

»Johannes«, wiederholte Jonata und sah dabei ihren Sohn an. »Ich werde meinen Sohn nach Euch benennen.« Sie küsste den Kleinen auf die Stirn. »Du wirst Johannes heißen und in deinem Leben stets bemüht sein, das Richtige zu tun, nicht wahr, mein Kleiner?«

»Ein schöner Gedanke«, sagte Madlen.

Johannes warf seiner Frau einen Blick zu, als wollte er sie auffordern, ihn bei seinen Bemühungen zu unterstützen, den

Namen des Vaters von Jonata zu erfahren. Fast unmerklich nickte sie ihm zu.

»Jonata, wir haben noch immer nicht herausfinden können, wer deine Tochter getötet hat. Gibt es irgendetwas, das du uns hierzu sagen kannst?« Madlen versuchte, freundlich zu klingen, konnte ihre Anspannung aber nicht ganz verbergen.

»Ihr möchtet, dass ich den Vater preisgebe, nicht wahr?« Jonata sah von Madlen zu Johannes. »Bitte glaubt mir, er hat nichts damit zu tun. Doch ich denke, es ist meine Schuldigkeit, seinen Namen zu nennen.«

Johannes war erleichtert. Plötzlich stutzte er. Er lauschte, legte den Finger an seine Lippen als Zeichen, dass die Frauen still sein mögen. Vorsichtig machte er einen Schritt in Richtung Tür. Er öffnete, lugte aus der Kammer auf den Flur hinaus. Zwar war dort niemand zu sehen, doch glaubte er mit Gewissheit, etwas gehört zu haben. Hatte eben jemand versucht, die Eingangstür zu öffnen?

»Was ist?«, fragte Madlen leise.

»Ich weiß es nicht«, gab Johannes zurück. »Aber ich glaube, dass jemand an der Eingangstür ist. Jemand muss uns unbemerkt gefolgt sein.«

Jonata und Madlen tauschten einen ängstlichen Blick. »Was sollen wir tun?«, fragte Madlen.

»Kommt leise hierher«, antwortete Johannes und bekräftigte seine Worte mit einer Handbewegung. »Aber keinen Laut«, flüsterte er. »Ich werde vorne nachsehen. Wenn dort jemand sein sollte, müsst ihr durch die Hintertür fliehen. Ich werde sie aufhalten und euch Zeit verschaffen.«

»Wohin sollen wir gehen?«, fragte Jonata.

»Zum Palast.«

»Das ist weit«, wandte Jonata bang ein. »Ich weiß nicht, ob wir das mit dem Kind schaffen werden.«

Johannes hob den Finger, um ihnen zu bedeuten, keinen Laut mehr von sich zu geben. Er war sicher, erneut ein Geräusch an der Eingangstür wahrgenommen zu haben. Dort schlich jemand herum und drückte jetzt auch noch die Klinke herunter. Madlen und er hatten die Tür wieder verschlossen, nachdem sie das Haus betreten hatten. Er fragte sich, wie viele dort vor der Tür stehen mochten. »Kommt«, zischte er den Frauen zu. »Rasch! Ihr müsst fliehen.«

Sofort stand Jonata auf, drückte den Jungen noch fester an sich heran und eilte zusammen mit Madlen zur Tür. Diese bereute, der jungen Mutter keine weitere Kleidung mitgebracht zu haben. Doch sie hatte einfach nicht damit gerechnet, abermals mit ihr fliehen zu müssen.

So leise und rasch sie konnten, schlichen sie die Stufen hinab, immer dicht hinter Johannes. Dieser deutete auf die Tür zum Hof. »Geht dort hinaus und macht, dass ihr so schnell wie möglich zum Palast kommt.«

»Was ist mit dir?« Madlen fasste ihren Mann am Arm.

»Ich halte sie auf«, flüsterte er.

»Johannes! Ich lasse dich nicht zurück.« So leise sie sprach, so schrill klang es. Panik ergriff sie bei dem Gedanken, dass ihrem geliebten Mann etwas angetan werden könnte.

»Mir wird nichts geschehen. Wir können jetzt nicht darüber streiten. Sie wollen das Kind töten, nicht mich. Also lauft jetzt.«

Jonata und Madlen eilten den Flur zum Hinterausgang entlang, öffneten die Tür. Jonata schrie entsetzt auf. Dort wartete bereits ein Mann auf sie. Sofort wollte dieser nach dem Kind greifen, doch Madlen reagierte geistesgegenwärtig und warf sich dazwischen. Johannes kam herbeigeeilt, packte den Kerl und stieß ihn zurück. Dann knallte er die Tür wieder zu und verriegelte sie von innen. »Nach oben! Rasch!«

Die Frauen liefen mit dem Jungen die Treppe hinauf. Johannes hörte, wie sich der Mann hinten gegen die Tür warf.

Stimmen vor der Eingangstür drangen herein. Offenbar rief der Angreifer im Hinterhof so laut, damit seine Kumpane ihn vorn vor dem Haus hören konnte. Hier wurde nun auch fest gegen die Tür geschlagen. Wieder und wieder warf sich jemand dagegen und versuchte, die Tür einzutreten. Johannes rannte hinter den Frauen die Treppe hinauf. Madlen eilte voran in die Kammer, in der sich Jonata mit dem Jungen zuvor aufgehalten hatte. Als Johannes ebenfalls drin war, knallten sie die Tür zu und schoben einen Stuhl unter die Klinke.

»Hier sitzen wir in der Falle«, erkannte Johannes und sah sich hektisch um. »Wir können sie eine Weile aufhalten, jedoch nicht lange. Egal wie, wir müssen aus diesem Haus raus.«

»In der Kammer am Ende des Flurs ist ein Fenster«, sagte Jonata. »Der Wind pfeift durch die Schweinehaut vor den Läden, deshalb bin ich nicht dortgeblieben.«

»Wir müssen dorthin und aus dem Fenster klettern«, sagte Johannes eilig.

»Aus dieser Höhe und mit dem Kind?« Madlen sah ihren Mann verzweifelt an. »Das schaffen wir nicht.«

»Wir müssen, wenn wir lebend entkommen wollen. Ich weiß nicht, wie viele Kerle dort unten sind. Und wir haben nicht mehr viel Zeit. Die Haustür wird nicht mehr lange standhalten.«

In diesem Moment knallte es laut.

»Kommt!« Johannes zog den Stuhl beiseite, riss die Tür auf und lief zu der Kammer am Ende des Flurs. Die Frauen folgten ihm. Gerade als er die Tür öffnete, sah er mit Erschrecken, dass zwei Männer unten durch die Eingangstür stürmten und sogleich auf die Treppe zueilten. Er nahm eine kleine Truhe, die auf dem Flur stand, und schleuderte sie ihnen entgegen. Einen der Männer traf er am Kopf. Dieser fiel rücklings die Stufen hinab. Der andere drohte ebenfalls das Gleichgewicht zu verlieren, stolperte, fing sich jedoch wieder und lief weiter herauf. Nun kam auch der, der ihnen am Hinterausgang aufgelauert hatte, durch die Eingangstür gerannt, gefolgt von einem weiteren Mann.

»Beeilt euch!«, brüllte Johannes die Frauen an, die in diesem Moment den Flur verließen und in der Kammer verschwanden. Johannes griff sich einen Stuhl und schleuderte ihn in Richtung Treppe. Diesmal verfehlte er jedoch die Angreifer. Er drehte sich um, folgte den Frauen mit eiligen Schritten, knallte die Tür hinter sich zu und schob erneut einen Stuhl unter die Klinke.

»Madlen, du zuerst«, rief Johannes seiner Frau zu, die bereits die Läden geöffnet hatte und hinaussah.

»Es ist hoch. Und ich weiß nicht, wo ich mich festhalten soll.«

»Dann spring!«

Von außen bollerten die Angreifer gegen die Tür, die bedenklich zu knarzen begann.

»Madlen, tu es!«

Sie sah ihn an, und es war ihr, als würde etwas ihr Herz zerreißen. Es war nur ein kurzer, schmerzhafter Moment voller Angst, ihren Mann womöglich nie wiederzusehen. Dann fasste sie sich ein Herz, kletterte hinaus, hängte sich von außen an das Fenster und ließ los.

Jonata sah hinunter. »Sie hat es geschafft«, brachte sie erleichtert hervor.

»Wirf den Jungen herunter! Ich fange ihn«, rief Madlen zu ihr hoch.

Das Knarzen der Tür wurde lauter. Jonata sah, dass Johannes die Angreifer nicht mehr lange würde aufhalten können. Sie lehnte sich hinaus, hielt das kleine Bündel Mensch ins Freie. Jonata schluckte schwer, sah Madlen an. »Gib Obacht!« Dann ließ sie es los und wagte kaum hinunterzublicken. Sie atmete erleichtert aus, als sie sah, dass Madlen das Kind sicher gefangen hatte.

»Jonata! Ich kann nicht mehr lange!«, ächzte Johannes und

stemmte sich weiter mit aller Kraft gegen die Tür.

»Habt Dank!« Damit kletterte sie hinaus, hielt sich mit gestreckten Armen fest und ließ schließlich los. Sie kam hart auf, und ein stechender Schmerz fuhr ihr in den Fuß. Sie jaulte auf wie ein getretener Köter.

In diesem Moment gab die Tür nach, und die Angreifer schleuderten Johannes nach vorn.

Dieser fing sich ab, drehte sich um und rannte den Kerlen sogleich wieder entgegen. Er brachte den einen zum Stolpern und versetzte ihm einen harten Schlag. Der andere erwischte ihn jedoch an der Schulter. Johannes taumelte rückwärts, fing sich erst kurz vor dem Fenster ab. »Lauft!«, rief er hinaus.

»Aus dem Weg, du verdammter Hundsfott!«, brüllte der Kerl, dem sie an der Hintertür begegnet waren.

»Sie sind aus dem Fenster raus. Wir müssen sie kriegen!«

Johannes stieß sich ab, schrie aus voller Kehle und rannte abermals auf die Kerle zu, als plötzlich der, der zuletzt ins Haus geeilt war, ein Messer zückte und es ihm direkt in den Hals stach.

»Bist du von Sinnen? Das ist der Advocatus des Erzbischofs!«, fuhr der andere ihn an und stieß ihn beiseite.

Johannes röchelte, taumelte rückwärts. Er fasste an das Messer, das aus seiner Kehle ragte. Seine Kraft schwand, er taumelte weiter rückwärts bis zum Fenster, stieß gegen die Kante und fiel hinaus. Er landete auf dem Rücken. Das Messer ragte gerade nach oben. Ein Schrei gellte durch die Nacht, und er glaubte, die Stimme seiner Frau gehört zu haben. Das war das Letzte, was er wahrnahm, bevor ihm die Sinne schwanden.

Madlen, die sich mit Jonata hinter einem Mauervorsprung versteckt hatte, rannte herbei und beugte sich über ihren Mann. Ihr wurde übel bei dem Anblick. Sie zog das Messer aus der Wunde. »Johannes! Nein!«, schrie sie verzweifelt. Sie sah ihn an, Tränen liefen über ihr Gesicht. Es konnte nicht sein, es durfte nicht sein! Er durfte nicht sterben!

»Packt sie euch!«, brüllte einer der Männer von oben. Poltern war zu hören. Sie nahmen offenbar den Weg über die Treppe.

»Komm, Madlen!« Jonata zog an Madlens Arm. »Du kannst nichts mehr für ihn tun! So komm doch!«

Madlen sah noch einmal in das Gesicht ihres Mannes. Seine Augen waren geöffnet, doch es war kein Leben mehr darin. Er sah von einem Moment auf den anderen vollkommen verändert aus. Etwas in ihr starb in diesem Moment, als sie die Hand auf seine Augen legte und die Lider schloss.

»Lauf! Ich werde bei ihm bleiben.« Sie machte keine Anstalten, sich zu erheben.

»Bitte, Madlen, sie kommen. Sie kommen! Bitte!«

Jonata zerrte an Madlens Ärmel, doch diese rührte sich nicht von der Stelle. »Er ist tot, Madlen. Du kannst nichts mehr für ihn tun.« Jonatas Stimme überschlug sich. »Wenn du nicht mitkommst, bleibe auch ich. Und dann stirbt mein Sohn.«

Madlen sah auf. Der Kleine begann zu greinen, ganz so, als hätte er verstanden, dass seine Mutter soeben sein Todesurteil gesprochen hatte. Langsam erhob Madlen sich, ließ sich von Jonata ein Stück fortziehen. Ihr Blick war weiter auf Johannes' Leichnam gerichtet. Sie konnte vor Tränen nichts mehr sehen. »Ich werde dich immer lieben«, flüsterte sie. Dann stolperte sie einige Schritte und ließ sich schließlich von Jonata fortziehen. Erst als sie hörte, wie sich rasch schwere Schritte näherten, löste sie sich aus ihrer Starre und lief. Das Messer, das sie aus Johannes' Kehle gezogen hatte und von dem noch immer sein Blut tropfte, hielt sie in der Hand.

Jonata rannte um ihr Leben, und Madlen folgte, so gut sie konnte. Doch die Männer waren bereits dicht hinter ihnen. Nicht mehr lange, dann würden sie sie eingeholt haben.

»Wir müssen uns trennen«, rief Madlen. »Du läufst zu dem

Mauerbogen, zu dem alten Versteck«, keuchte sie.

Jonata nickte und rannte weiter, wenngleich sie den Gedanken keinesfalls begrüßte. Doch sie hatte keine Zeit, sich damit aufzuhalten. Zu dicht waren die Männer hinter ihnen.

»Gib mir den Jungen!«, rief Madlen.

»Nein.«

»Gib ihn mir! Ich weiß, was ich tue.«

Jonatas Herz schlug wild. Was hatte Madlen vor? Wenn auch mit Widerwillen, so gab sie ihr doch das Kind.

»Und nun lauf und halte die Hände so, als hättest du ihn noch im Arm. Lauf!«

Jonata tat, wie ihr geheißen. Madlen drückte das kleine Bündel Mensch fest an sich.

»Sie trennen sich!«, brüllte einer der Männer hinter ihnen in die Dunkelheit hinein. »Welche hat das Kind?«

»Du holst dir die Mutter, ich die Frau des Advocatus!«

Die Schritte hallten in der Gasse. Madlen lief, so rasch sie konnte, um die nächste Ecke, dann ein Stückchen weiter, bis sie die Stelle erreichte, die sie im Sinn gehabt hatte. Dort legte sie den Jungen in einen Spalt zwischen zwei Hauswänden, der gerade breit genug war. Wenn man es nicht wusste, konnte man ihn in der Dunkelheit unmöglich erkennen. Sogleich rannte sie weiter und hoffte inständig, dass das Kind keinen Laut von sich geben würde.

Sie lief in der Mitte der Gasse, um sicherzugehen, dass der Verfolger sie wahrnahm. Kurz darauf hörte sie, dass auch er sich in der Gasse befand und nun immer mehr zu ihr aufschloss. Sie lief um die nächste Hausecke, blieb abrupt stehen. Nur kurz danach kam auch er um die Ecke gebogen. Madlen holte aus und rammte ihm das Messer mit einem fast tierischen Laut in die Brust. Er taumelte. Sie setzte ihm nach, zog das Messer heraus und stieß noch zweimal zu, bis er zu Boden ging und regungslos liegen blieb.

Sie lauschte. Waren die anderen beiden Jonata gefolgt, oder

war einer von ihnen auch ihr auf den Fersen? Und was war mit dem vierten Mann, den Johannes mit der Truhe getroffen hatte, als Madlen und Jonata in die Kammer gelaufen waren? Sie wartete noch einen Moment. Als sie keine Schritte mehr hörte, lief sie zurück, um den Jungen zu holen. Das Messer hielt sie noch immer in ihrer Hand. Sie bückte sich und nahm ihn vorsichtig hoch. Der Kleine wimmerte. »Es ist alles gut. Scht, scht«, machte sie.

»Gebt ihn mir.« Die Stimme klang eisig, und Madlen fuhr zusammen.

»Lasst Euch nichts einfallen. Euer Mann hat schon sein Leben verloren. Tut, was ich sage, wenn Ihr ihm nicht folgen wollt.«

Madlen war wie erstarrt.

»Wird's bald!«, schnauzte er.

»Ich gebe ihn Euch!« Madlen beugte sich vor, tat, als würde sie den Jungen aus der Spalte heben, legte ihn jedoch stattdessen wieder ab. Dann fuhr sie blitzschnell hoch und stach mit dem Messer zu. Er war kleiner, als sie gedacht hatte. Sie traf ihn am Auge.

Er brüllte wie am Spieß, fasste sich an die Wunde, taumelte gegen die Hauswand und sank zu Boden. Madlen griff sich den Jungen, der nun seinerseits zu brüllen anfing, und lief los. Sie rannte und rannte. Der Angreifer, dem sie die Wunde am Auge zugefügt hatte, folgte ihr nicht. Der andere war ganz sicher tot. Doch es waren immer noch zwei übrig. Sie wusste nicht, was sie tun sollte. Wohin? Wohin? Was war mit Jonata?

Eine Tür wurde geöffnet, und ein Mann mit einer Talgleuchte in der Hand trat heraus. »Was geschieht hier? Ich hole die Büttel.«

»Ja! Holt sie! Holt sie sogleich!«, brüllte Madlen zurück, lief aber weiter. Zu ungewiss war, ob die Wachen der Stadt rasch genug da wären, um ihr zu Hilfe zu kommen.

Madlen lief weiter in die Richtung zurück, aus der sie gekommen war. Sie war nun an der Stelle angelangt, wo sie sich von Jonata getrennt hatte, und machte sich auf den Weg zur Stadtmauer, wo sie sich mit Jonata treffen wollte. Hoffentlich war ihr nichts geschehen! Sie lief weiter, so schnell ihre Füße sie trugen. Kurz bevor sie die Gasse erreichte, von wo aus man über die Wiese zur Mauer gelangte, blieb sie stehen. Ein Umriss zeichnete sich dort auf dem Boden ab. Madlen ging noch ein Stück näher heran, schluckte schwer. In dem fahlen Mondlicht konnte sie es erst genau erkennen, als sie unmittelbar davorstand. Der Anblick schockierte sie fast noch mehr als vorhin der ihres toten Mannes. Jonata lag am Boden, ein Messer ragte seitlich aus ihrem Bauch. Der gesamte Leib war ihr aufgeschlitzt worden. Um sie herum hatte sich eine so große Lache gebildet, dass kein einziger Tropfen Blut mehr in ihrem Körper sein mochte.

Madlen drehte sich um, glaubte, sich übergeben zu müssen. Sie hielt das Kind in ihren Armen. Verzweiflung überkam sie. Was waren das nur für Menschen?

Sie sah sich um, ob sich noch jemand in der Nähe befand. Dann lief sie wieder los, schlug den Weg zu ihrem eigenen Haus ein. Sie würde sich dort einschließen. Und dann würde sie Ottokar losschicken, auf dass er die Büttel holte. Oder sollte sie doch lieber gleich zum Palast laufen? Was, wenn man sie dort schon erwartete und abfing, bevor sie in Sicherheit gelangte? Sie entschied sich dagegen, rannte auf direktem Weg zu ihrem Stadthaus. Ihre Knechte waren treu. Sie würden ihr helfen. Sie könnte es schaffen, musste nur noch drei Gassen entlang, dann wären sie und der Knabe in Sicherheit. Sie lief, so schnell sie konnte, wagte es nicht, sich umzusehen. Die Männer waren noch hier. Irgendwo steckten diese Mörder und lauerten auf sie, um auch ihr und vor allem dem Kind den Garaus zu machen.

Madlen spürte einen Hauch von Erleichterung, als sie in

die Gasse einbog, in der sich ihr Haus befand. Sie lief darauf zu, stockte dann. Die Eingangstür stand weit offen. Auch wenn alles in ihr schrie, nicht weiterzugehen, machte sie noch einige Schritte, bis sie von der Gasse aus in den Flur sehen konnte. Wie gebannt stieg sie die drei Stufen hinauf, lugte hinein. Nur eine einzige Talgleuchte spendete ein flackerndes Licht. Es genügte, um einen Blick auf die toten Körper Ursels und Ottokars preiszugeben, die mit verrenkten Gliedern am Boden lagen. Madlen wollte laut aufschreien, doch kein Laut kam aus ihrer Kehle. Sie taumelte rückwärts die Stufen hinab, drückte den kleinen Jungen an sich, als wollte sie sich an ihm festhalten. Dann lief sie los.

Sie lief und lief ohne jedes Ziel, wusste kaum mehr, wo sie war. Erst als sie die Stadtmauer erreichte, hielt sie kurz inne. Es war kein Wachposten zu sehen. Sie schlich zu der kleinen Pforte, die nur von innen zu öffnen war, legte den Riegel um und ging hinaus, immer an der Mauer entlang, bis sie im Schutze der Dunkelheit in den Wald huschen konnte, um eins mit der Nacht zu werden.

Sie sah sich nicht mehr um, wusste auch so eines mit Gewissheit: Das Leben, das sie geführt hatte, war für immer vorbei.

6. Kapitel

Das Schlimmste waren weder die feuchte Kälte noch die Bilder von den Toten, die sie in der Nacht hatte sehen müssen. Weit mehr quälte sie das jämmerliche Weinen des Jungen. Er hatte Hunger, sein kleiner Magen bereitete ihm Schmerzen. Doch es gab nichts, was Madlen ihm hätte geben können. Sie hielt ihm ihren kleinen Finger hin, an dem er saugte. Als er jedoch merkte, dass er nicht die Nahrung erhielt, die sein Körper so dringend forderte, weinte er umso lauter. Madlen stolperte mehr, als sie ging, am Waldrand entlang, das Kind die ganze Zeit an sich gedrückt. Wenigstens frieren sollte es nicht, wenn sie ihm schon nichts geben konnte, um seinen Hungertod zu verhindern.

Ein Gefühl der Sinnlosigkeit machte sich in ihr breit. Sie hatte keine Kraft mehr, keinen Mut, keinen Lebenswillen. Warum lief sie noch weiter, wenn es doch einfacher wäre, sich mit dem Kind auf den Boden zu setzen und an einen Baum gelehnt darauf zu warten, dass der Allmächtige sich ihrer beider Seelen annahm? Johannes war tot, grausam gemordet. Und die Mutter des Kleinen ebenfalls abgeschlachtet wie ein Stück Vieh. Madlens Leben war vorbei, und das Todesurteil des Kindes sah ebenso seiner Vollstreckung entgegen. Weshalb weitergehen? Weshalb?

Sie musste an ihre eigenen Kinder denken, Cecilia und Veit. Wie würden sie erfahren, was ihren Eltern zugestoßen war? Könnte sie darauf bauen, dass der Erzbischof selbst ihnen eine Nachricht würde zukommen lassen? Wen gab es sonst in Köln, den es kümmerte, was mit den Goldmanns geschehen war? Sie musste an die Zimmermannswitwe denken, vor deren Fenster zum Hinterhof Johannes tot am Boden lag. Niemand hatte ihr eine Träne nachgeweint, und genauso würde es jetzt vermutlich auch bei ihnen sein.

Würde der Erzbischof dafür Sorge tragen, dass Johannes ein ordentliches Begräbnis bekam? Ja, dessen war Madlen sicher. Der Erzbischof hatte Johannes über die Jahre stets geschätzt. Es beruhigte sie ein wenig, dass wenigstens Johannes in heiliger Erde begraben sein würde, während sie selbst ihre letzte Ruhe irgendwo im Dreck nahe einem Wald finden würde. Hatte es nicht so kommen müssen – sie, die Tochter eines einfachen, versoffenen Zimmermannes, und er, der Advocatus aus gutem Hause? Womöglich war einem jeden sein Leben, vor allem aber sein Sterben vorbestimmt. Und auch wenn sie stets versucht hatte, das Richtige zu tun und den Menschen zu helfen, die sie darum baten, musste sie sich nun ihr Scheitern eingestehen.

Sie würde ihre Kinder nicht wiedersehen, nicht ihre Tante, nicht ihre geliebte Schwiegermutter. Tränen traten ihr in die Augen. Und sie würde trotz all ihres Wissens um das Heilen nicht das Geringste dagegen unternehmen können, dass dieser hilflose kleine Junge in ihren Armen eines qualvollen Todes starb. Dies war das Grausamste, was ihr in ihrem ganzen Leben widerfahren war. Sie beschloss, ihn so lange in ihren Armen zu halten, bis er seinen letzten Atemzug tat. Dann erst würde sie aufhören weiterzugehen, sich an einen Baum setzen und darauf warten, dass der Herr gütig war und sie nicht mehr zu lange leiden ließ.

Der Tag brach an und vertrieb nicht nur die Dunkelheit, sondern auch die klamme Kälte, die ihre Kleider durchfeuchtet hatte. Madlen wusste nicht, wie weit sie schon gegangen war. Doch es musste ein gutes Stück gewesen sein, erkannte sie die Gegend doch nicht und glaubte, noch nie hier gewesen zu sein. Sie gab den Schutz des Waldes auf und ging direkt auf dem Pfad entlang, der breit genug war, einen Ochsenkarren hierauf treiben zu können. Sie ging weiter und weiter, blieb keinen Moment stehen. Der Junge weinte noch immer, doch wurde seine Stimme schwächer und schwächer. Auf eine gewisse Art beruhigte es Madlen, glaubte sie doch, dass es nun nicht mehr lange dauern würde, bis er es hinter sich gebracht hatte. Sie überlegte, was sie mit seinem toten Körper tun sollte. Ihn einfach so abzulegen, kam für sie nicht infrage. Allein die Vorstellung, dass Tiere sich an dem Fleisch gütlich tun konnten, ließ sie erschaudern. Sie würde ihn mit ihren eigenen Händen begraben. Tief genug, dass kein Tier ihn wieder ausgraben konnte. Und dann würde sie ein Gebet sprechen in der Hoffnung, dass der Herr gewillt war, ihr ein letztes Mal zuzuhören und sich der Seele des kleinen Johannes anzunehmen. Sie musste lächeln, als sie zum ersten Mal daran dachte, dass Jonata dem Sohn vor ihrem Tode den Namen von Madlens geliebtem Mann gegeben hatte. Johannes.

Sie war so in Gedanken versunken, dass sie die kleine Bauernkate fast übersehen hätte, die abseits des Pfads lag. Sollte sie dort um Hilfe bitten? Und Hilfe wofür? Nein, sie entschied sich dagegen. Doch genau in diesem Moment trat eine Frau vor die Tür und entleerte einen Nachttopf. Sie sah auf, und ihre Blicke trafen sich. Die Fremde sah auf das Bündel in Madlens Arm.

»Ist alles gut bei Euch?«, rief sie zu Madlen herüber.

Diese nickte nur, beschleunigte ihren Schritt. Die Frau ging zurück in die Kate, kam dann aber wieder heraus. Sie lief hinter Madlen her.

»Ihr seid durchnässt, und das Kind wird sich den Tod holen, wenn Ihr es nicht in trockene Tücher hüllt.« Es klang besorgt.

Madlen blieb stehen. »Er wird auch so sterben«, gab sie

vollkommen ruhig zurück. »Die nassen Tücher helfen ihm nur noch dabei.«

»Ihr seid wohl nicht bei Sinnen!«, empörte sich die Frau. »Gunter!«, brüllte sie plötzlich aus vollem Hals. »Hilf mir!«

Sogleich kam ein bulliger Kerl aus der Kate heraus, sah seine Frau mit der Fremden und eilte herbei. »Was ist?«

»Sie will das Kind töten. Hilf mir! Lass sie nicht gehen.«

Die Frau griff nach dem kleinen Johannes und nahm ihn der verdutzten Madlen ab. Sofort machte sie kehrt und nahm das Kind mit zur Kate. Madlen und der Mann blieben etwas ratlos zurück.

»Kommt herein und wärmt Euch auf«, sagte der Mann dann in versöhnlichem Ton. »Sie meint es nicht so.«

Madlen zögerte noch, dann ging sie aber mit. In der Kate war es wohlig warm, und Madlen überkam eine Gänsehaut, weil sie erst jetzt die Feuchtigkeit wahrnahm, die ihren ganzen Körper eingehüllt hatte.

»Er hat Hunger. Ihr müsst ihn anlegen.«

»Ich habe keine Milch, die ich ihm geben könnte«, erwiderte Madlen bedauernd.

»Ihr müsst es doch wenigstens versuchen. Wie herzlos kann eine Mutter sein, ihr Kind elendig verhungern zu lassen?«

Madlen schüttelte traurig den Kopf. »Er ist nicht mein Sohn. Seine Mutter ist tot, und ihm sollte das Gleiche geschehen. Also nahm ich ihn und floh.« In Madlens Stimme lag nichts als Trauer.

Die Frau schlug erschrocken eine Hand vor den Mund. »Beim Herrn! Verzeiht meine groben Worte.«

»Ich würde ihm alles geben, wenn ich könnte. Doch ich kann nichts tun.« Madlen zuckte mit den Schultern. Tränen füllten ihre Augen.

»Was ist mit der Ziege? Wir könnten es wenigstens versuchen«, schlug nun der Mann vor.

»Ihr habt eine Ziege?«, fragte Madlen, und Hoffnung keimte in ihr auf.

»Ja. Die Kuh mussten wir verkaufen, aber die Ziege haben wir noch«, erklärte der Mann.

Die Frau sah ihren Mann an. »Hier.« Sie griff nach einem Topf. »Geh sie melken.«

Er nahm den Topf und folgte der Aufforderung ohne ein weiteres Wort.

»Wie können wir dem Kind die Milch geben?«

»Habt ihr einen Trinkschlauch oder eine Schweineblase? Wir könnten ein kleines Loch hineinstechen«, schlug Madlen vor.

»Wir haben nur einen Trinkschlauch. Wenn ich ihn zersteche, haben wir keinen mehr.«

Madlen überlegte kurz, hob dann ihre Röcke, fasste den Saum ihres Unterkleides und riss beherzt ein Stück heraus. Sie hielt den Stoff über den hochgestreckten Finger und formte ihn so, dass er wie ein Trichter aussah. »Habt Ihr etwas, um ein kleines Loch hier hineinzustechen?«

»Ja.« Die Frau gab Madlen das Kind, ging in die Kammer nebenan und kam mit einer Nadel wieder heraus. »Damit müsste es gehen.«

»Danke.«

Madlen nahm die Nadel, reichte den Jungen noch einmal an die Frau zurück und durchstach den Stoff. Dann nahm sie das Kind wieder auf ihren Arm. Sein Greinen war nur noch ganz schwach. Lange würde er nicht mehr durchhalten. »Er muss aus den feuchten Tüchern heraus«, sagte Madlen.

»Ich habe eine kleine Decke, die ich Euch geben kann«, erwiderte die Frau sofort. Madlen folgte ihr in die Kammer, legte Johannes auf das Lager und befreite ihn von den nassen Tüchern. Dann nahm sie die Decke, die die Frau ihr reichte, und wickelte ihn darin ein.

In diesem Moment kam der Mann wieder zur Tür herein. »Ich kann noch mehr holen. Doch so kann er schon einmal etwas bekommen«, sagte er.

Madlen und die Frau verließen die Kammer. Die Bäuerin hielt ganz vorsichtig den Stofftrichter, während ihr Mann die Milch einfüllte. Dann drückte sie ihn oben zu und prüfte, ob die Flüssigkeit unten herauskam. Die Milch tropfte auf den Boden. »Hier.« Sie reichte ihn Madlen, die sich auf einen der Stühle setzte, Johannes den Trichter sanft zwischen die Lippen legte und einige Male mit der Hand presste, sodass die Milch ihm tropfenweise in den Mund lief. Das Kind war zu schwach, um die Flüssigkeit aufzunehmen, und verschluckte sich sogleich. Madlen veränderte seine Lage und legte den Stofftrichter erneut zwischen seine Lippen. Erst geschah nichts, dann jedoch begann der Kleine an dem Stoff zu saugen. Zunächst nur schwach, dann kräftiger.

»Er trinkt«, gab Madlen glücklich von sich. Dankbar sah sie das Ehepaar an.

»Ich werde noch etwas Milch holen«, erklärte der Bauer, nahm den Topf und ging wieder hinaus.

»Ich danke Euch von Herzen«, sagte Madlen glücklich. »Ich hatte ihn bereits aufgegeben.«

»Und Euch auch, nicht wahr?« Die Bäuerin sah sie eindringlich an. »Ihr müsst ebenfalls aus den nassen Sachen heraus. Ich gebe Euch eine Decke, und Ihr könnt hier warten, bis Eure Kleider getrocknet sind. Wir haben nur die eine Kammer, in der mein Mann und ich schlafen. Aber wenn Ihr wollt, kann ich Euch hier ein Lager bereiten, und Ihr geht erst morgen weiter, wenn Eure Kleider trocken sind und Ihr wieder zu Kräften gekommen seid.«

Madlen sah sie dankbar an, doch dann veränderte sich ihre Miene. »Ich habe kein Geld«, sagte sie schließlich. »Ich kann Euch nichts geben.« Ihr fiel die Perlenkette ein, die sie um den

Hals trug. »Die hier ist viel wert. Ihr könnt sie haben.«

Die Frau schüttelte mit dem Kopf. »Ich will Eure Kette nicht. Wärmt Euch auf und kommt wieder zu Kräften. Genau wie der Kleine. Wenn Ihr morgen weitergeht und dem Pfad folgt, werdet Ihr am Mittag Uckerath erreichen. Dort werdet Ihr für die Halskette etwas kaufen können, um den Kleinen und Euch durchzubringen.«

»Uckerath?«, echote Madlen. Ohne es beabsichtigt zu haben, hatte sie den Weg eingeschlagen, der nach Worms führte. Und sie war während der Nacht offenbar weiter gelaufen, als sie es für möglich gehalten hätte.

»Ja«, sagte die Bäuerin. »Wolltet Ihr nicht dorthin?«

»Ich wollte nur weg aus Köln, weg von den Mördern.«

Die Bäuerin presste die Lippen aufeinander. »Es muss furchtbar gewesen sein, was Ihr durchgemacht habt.«

Madlen antwortete nicht, nickte nur traurig mit dem Kopf und sah auf Johannes, dessen Gesicht allmählich an Farbe gewann. Immer fester saugte er an dem kleinen Stofftrichter, und die Milch darin wurde merklich weniger. Madlen hörte, wie es in seinem Magen gluckerte. »Die Milch tut ihm gut.« Sie lächelte.

»Ich kann Euch ein Bier erwärmen«, bot die Bäuerin an. »Euch wird es ebenfalls guttun, etwas in den Bauch zu bekommen.«

Madlen hatte ein schlechtes Gewissen, weil sie diesen herzlichen einfachen Menschen nichts geben konnte, um ihre Dankbarkeit zu beweisen. »Das wäre sehr freundlich von Euch«, sagte sie nur.

»Nennt mich Irmgard«, sagte die Bäuerin.

»Ich heiße Madlen.« Sie lächelte. »Und dieser kleine Mann hier ist Johannes.« Wieder stiegen Madlen die Tränen in die Augen. Sie war erschöpft, verzweifelt und doch auch glücklich, wenn sie nun sah, dass die Ziegenmilch dem Kleinen die Kraft zurückgab, die er so dringend brauchte. Womöglich gab es doch ein Leben für ihn. Zumindest hier und jetzt. Was morgen sein würde, wusste sie nicht.

Die Tür ging auf, und der Bauer kam herein.

»Gunter, Madlen und der kleine Johannes bleiben bis morgen hier«, stellte Irmgard ihren Mann vor vollendete Tatsachen. »Sie hat kein Geld, aber ich will nicht, dass sie uns ihre Kette gibt.«

Er sah seine Frau an. »Wo sollen sie schlafen?«

»Hier auf dem Boden. Wir nehmen alle Decken, die wir finden können. Besser als draußen in der feuchten Kälte ist es allemal.«

Gunter stellte den Topf auf dem Tisch ab.

»Ich hoffe, es macht Euch nichts aus?« Madlen suchte seinen Blick.

»Dass meine Frau ein so gutes Herz hat?«, schmunzelte er. »Nein, das macht mir nichts aus. Wie sonst sollte sie es mit einem wie mir aushalten?« Er lachte gutmütig. »Ich muss mich jetzt um meine Arbeit kümmern. Bleib du bei unserem Gast, Irmgard. Gewiss gibt es viel, das ihr erzählen könnt. Die Ernte ist eingebracht, und einen Tag entbehr ich dich da draußen schon.« Damit stiefelte er wieder hinaus.

»Du hast einen gütigen Mann«, sagte Madlen freundlich.

»Ja. Ich bin froh, einen solchen gefunden zu haben.« Irmgard sah zur Tür, durch die Gunter hinausgegangen war. »Aber sag ihm das nur nicht. Er kann froh sein, dass er mich hat.« Sie zwinkerte Madlen zu.

»Ich glaube, er ist satt.« Madlen zog vorsichtig den Trichter aus Johannes' Mund. Das Kind war, nachdem es gesättigt war, augenblicklich eingeschlafen.

»Leg ihn drüben auf das Lager und streif deine nassen Kleider ab. Ich werde sie neben der Kochstelle aufhängen, damit sie trocknen.«

Madlen reichte Irmgard den Trichter, stand auf und ging mit Johannes in die Kammer. Ganz behutsam legte sie den Kleinen auf das Lager. Er sah so friedlich, so wunderschön aus. Seine Wangen waren gerötet, und er seufzte zufrieden bei jedem Atemzug. Madlen konnte kaum den Blick von ihm wenden, so wunderbar friedlich war sein Anblick. Sie zog ihre feuchten Kleider aus und schlang sich die Decke um, die Irmgard ihr reichte. Diese nahm die nassen Sachen und ging hinaus. Madlen folgte ihr.

Die Bäuerin stellte einen Becher mit heißem Bier auf den Tisch. »Setz dich und trink etwas. Und wenn du willst, kannst du mir erzählen, was sich zugetragen hat.«

Madlen nahm dankbar an und trank mehrere kleine Schlucke hintereinander. Das Bier wärmte sie, und eine furchtbare Müdigkeit machte sich in ihren Gliedern breit. Am liebsten hätte sie darum gebeten, sich ebenfalls hinlegen zu können. Doch sie wollte nicht unhöflich sein und Irmgard, die so von Herzen gut zu ihr gewesen war, vor den Kopf stoßen. Also trank sie noch etwas und begann dann zu erzählen. Sie berichtete, wer sie war und wie sie gelebt hatte bis zu dem Abend, als sie von dem Burschen geholt worden war, um Jonata bei der Geburt beizustehen. Sie erzählte von dem Überfall, der Tötung des Mädchens und des Burschen, der versuchten Vergiftung des Erzbischofs. Sie schilderte, was sie gesagt und getan hatte, und schließlich, wie es dazu gekommen war, dass Johannes den Tod fand und auch Jonata den Mördern zum Opfer fiel. Irmgard war blass geworden.

»Und deshalb hatte ich aufgegeben und glaubte, dass der kleine Johannes und ich dort draußen den Tod finden würden, bis du und dein Mann uns geholfen habt«, beendete sie ihre Erzählung.

»Beim Herrn, was musstest du ertragen! Es tut mir von Herzen leid.« Irmgard überlegte. »Aber glaubst du nicht, dass es besser wäre, umzukehren und nach Köln zurückzugehen? Der Erzbischof ist ein mächtiger Mann. Bestimmt würde er dir helfen.«

»Dort wäre Johannes des Todes.« Madlen schüttelte den Kopf. »Ich glaube nicht, dass der Erzbischof uns beschützen könnte. Er selbst war ja in Gefahr, ohne es überhaupt gewusst zu haben. Nein«, urteilte Madlen, »wenn Johannes leben soll, darf ich mit ihm nicht nach Köln zurück.«

»Wohin willst du gehen?«

»Die Familie meines Mannes und auch meine Tante leben in Worms«, antwortete Madlen. »Womöglich kann ich dort unterkommen.«

Irmgard wiegte den Kopf. »Worms ist sehr weit von hier. Du solltest versuchen, ein Pferd für deine Halskette zu bekommen. Je länger es dauert, bis du sicher unterkommst, umso gefährlicher ist es für den Jungen. Für Mehlbrei und Wasser ist er noch zu klein, und es ist zu anstrengend für ihn, lange dem Wind und der Kälte ausgesetzt zu sein.« Irmgard überlegte. »Mein Gunter müsste ohnehin in den nächsten Tagen nach Uckerath, um Vorräte zu besorgen. Es wäre klüger, wenn er dich begleitet und für dich verhandelt. Er ist ein gestandener Mann, und eine verzweifelte Frau mit einem kleinen Kind würde dort nicht viel erreichen. Sie würden dir die Kette abnehmen und dich davonjagen.«

»Ich möchte euch nicht noch mehr zur Last fallen, als ich es ohnehin schon tue.«

Irmgard winkte ab. »Ach was, das ist doch Gerede. Es ist die Aufgabe eines jeden Menschen, dem anderen zu helfen. So will es der Herr, der schließlich über uns richtet.«

Madlen hatte schon lange keinen Menschen mehr getroffen, der so selbstverständlich half, ohne auch nur die geringste Gegenleistung zu erwarten. Im reichen und immer größer werdenden Köln kam es niemandem in den Sinn, seine Gedanken auf einen anderen Menschen als sich selbst zu richten und etwas zu geben, ohne auch etwas hierfür erhalten zu wollen.

»Ihr seid wirklich ganz besondere Menschen, du und dein Gunter!«

»Wenn du das glaubst, hast du den falschen Umgang«, urteilte Irmgard, stand auf und schenkte noch einmal Bier nach. Sie sah Madlen an. »Trink noch etwas und dann geh in die Kammer und leg dich eine Weile hin. Gunter und ich brauchen das Lager nicht vor dem Abend. Bis dahin kannst du dich dort mit deinem Johannes ausruhen.«

Madlen trank den Becher leer, dankte herzlich und nahm das Angebot an. Sie schlüpfte unter die Decken, zog Johannes nah an sich heran und genoss den Duft dieses kleinen Menschen. Kurz musste sie an Veit und Cecilia denken und daran, wie sie ihnen beibringen sollte, dass ihr Vater tot war. Dann schlief sie augenblicklich ein. Sie wurde erst wach, als Johannes neben ihr unruhig wurde. Also stand sie auf, nahm den Kleinen auf den Arm und verließ die Kammer. Irmgard und Gunter saßen am Tisch und unterhielten sich leise. Sie sahen auf, als die Kammertür geöffnet wurde.

»Du siehst viel besser aus«, sagte Irmgard, kaum dass sie Madlen sah.

»Er hat in die Decke gemacht und ist wohl auch schon wieder hungrig«, erklärte Madlen und deutete auf Johannes.

»Dann ist er auf dem besten Wege«, urteilte Irmgard. »Decken kann man waschen, und Gunter hat von der Ziege genug Milch bekommen, dass er reichlich trinken kann.« Sie stand auf und nahm ihr das Kind ab. »Ich werde ihn in saubere Tücher wickeln und die Decke hinausbringen. Zum Waschen ist morgen noch Zeit.«

»Danke.«

»Setz dich her, Madlen. Mein Weib hat eine Suppe gekocht. Ihr zwei habt lange geschlafen, es ist fast Abend. Iss etwas, während Irmgard den Kleinen in saubere Tücher hüllt. Du wirst Kraft brauchen, willst du dich um euch beide kümmern.«

Die Suppe roch köstlich, und Madlens Bauch knurrte laut.

»Ja doch, ich bringe die Suppe ja schon«, scherzte Gunter, als er es hörte.

»Ihr seid wirklich wunderbar zu mir. Möge der Herr es euch danken!«

Während Madlen aß, hörte sie Irmgard in der Kammer mit dem Kind sprechen. Offenbar machte es ihr Freude, sich um den Kleinen zu kümmern. Als sie wieder herauskam, hielt sie Johannes im Arm. »Er riecht wieder besser als jeder von uns«, sagte Irmgard. »Iss du nur in Ruhe. Ich werde ihm seine Milch geben.«

Madlen fand, dass Irmgard glücklich aussah, wie sie so dasaß und das Kind fütterte. Sie fragte sich, ob Irmgard und Gunter wohl auch Kinder hatten, traute sich aber nicht, hiernach zu fragen. Schon oft hatte sie hören müssen, dass Eltern ihre Kinder an den Schwarzen Tod verloren hatten und welch unsagbaren Schmerz ihnen dieser Verlust bereitet hatte. Madlen wollte auf keinen Fall eine solche Wunde aufreißen.

»Wir haben nie Kinder bekommen, der Gunter und ich«, begann Irmgard, und Madlen fühlte sich fast ertappt, weil sie gerade genau diesen Gedanken gehabt hatte. »Der Herr hat uns keine geschenkt. Aber wer weiß? Noch ist es für uns nicht zu spät.«

»Weil wir einander genug sind, hat der Herr sich so entschieden«, bemerkte Gunter.

Irmgard lächelte ihn an. »Das stimmt. Wir sind einander genug. Doch so einen Kleinen wie diesen hier könnte ich mir schon gut vorstellen.« Irmgard hielt Johannes behutsam fest, lächelte ihn an. Gunter reckte ein wenig den Hals, um das Gesichtchen des Jungen sehen zu können. Als Irmgard aufsah und ihn dabei ertappte, ging er rasch zur Feuerstelle hinüber.

»Möchtest du noch Suppe, Madlen? Es ist noch etwas da.«

»Nein, Gunter. Hab Dank!«

»Na dann.« Irmgard stand auf und gab Madlen das Kind. »So, mein Kleiner, geh zurück zu deiner Mutter.«

»Aber ich sagte doch, ich bin nicht seine Mutter.«

Irmgard sah Madlen an, als verstünde sie nicht, was diese meinte. »Er ist noch so klein, und er braucht eine Mutter. Selbstverständlich bist du es. Du magst ihn nicht geboren haben, doch du musst für ihn da sein, für ihn sorgen und ihn beschützen. Wo also ist der Unterschied zwischen dir und einer Mutter?« Sie schüttelte den Kopf.

Madlen betrachtete Johannes, bot ihm nochmals den Trichter mit der restlichen Milch darin an. Erst saugte der Kleine noch ein wenig, dann drehte er den Kopf weg. Madlen legte den Trichter auf den Tisch, beugte sich herunter und küsste Johannes zärtlich auf die Stirn. »Ja, du bist mein Sohn. Mein kleiner Johannes. Und ich werde nicht zulassen, dass dir etwas geschieht. Das verspreche ich dir.«

7. Kapitel

Obwohl sie die beiden erst einen Tag kannte, war es Madlen schrecklich schwergefallen, von Irmgard Abschied zu nehmen. Die Frauen umarmten sich und verharrten eine Weile, ehe sie sich voneinander lösten. Irmgard gab dem kleinen Johannes noch einen Kuss auf die Stirn, dann ließ sie die beiden zusammen mit Gunter, der einen Ochsenkarren bei sich führte, gehen. Das erste Stück legten Gunter und Madlen schweigend zurück, dann begannen sie eine kleine Plauderei. Sie sprachen über dies und jenes, erwähnten jedoch nicht mit einem Wort das, was Madlen widerfahren war. Dabei war sie sicher, dass Irmgard ihm anvertraut hatte, was geschehen war. Madlen war ihm dankbar dafür, nicht mehr darüber sprechen zu müssen.

Kaum dass sie Uckerath erreicht hatten, wurde Gunter von etlichen Leuten freundlich begrüßt. Die junge Frau, die mit einem Kind im Arm neben ihm herging, beachteten die wenigsten.

»Gunter, kommst du noch in der Schmiede vorbei?«, fragte ein wahrer Hüne mit breitem Kreuz, als sie mit ihm auf gleicher Höhe waren. »Ich habe eine Sense gekauft und geschliffen, die dir gute Dienste leisten würde.«

»Gott zum Gruße, Siegmund. Das kommt mir gerade

recht.« Er deutete auf das Werkzeug, das er auf dem Karren mit sich führte. »Die hier ist stumpf geworden.«

Der Schmied beugte sich vor, um sie genauer betrachten zu können, und fügte dann hinzu: »Ich muss noch zum Knochenhauer, doch das dauert nicht lange.«

»Ich habe auch noch etwas zu erledigen. Sag, Siegmund, hast du ein Pferd, das du günstig abgeben würdest?« Er deutete auf Madlen. »Die Tochter meines Cousins hier könnte eines gebrauchen.«

Es schien, als bemerke der Mann sie erst jetzt. Oder wusste er die Situation nicht recht einzuschätzen und wagte daher nicht die Frage, wer die junge Frau sei? »Gott zum Gruße, Weib.«

»Möge der Herr Euch schützen, Schmied.«

»Die Tochter deines Cousins?«

»Ganz recht. Irmgard hat mir aufgetragen, dafür zu sorgen, dass sie ein Reittier bekommt und niemand sie beim Kauf übervorteilt.«

Der Schmied hob die Augenbrauen. »Wenn deine Irmgard es sagt, musst du dich schon kümmern«, scherzte er. Siegmund kannte Gunter und dessen Frau lange genug, um zu wissen, dass der Bauer alles tat, was seine Frau ihm auftrug. Er hatte die beiden als herzensgute Menschen kennengelernt, die ihm einst geholfen hatten, als er mit der Schmiede einen schwierigen Stand gehabt hatte. »Der Fassschläger hat einen Gaul bei sich stehen, weil der Weinhändler ihn nicht bezahlen konnte, bevor der nicht selbst das Geld vom Wirt aus Altenkirchen bekommt. Ich könnte mir vorstellen, dass er ganz dankbar wäre, wenn er das Pferd vom Hof bekommt.«

»Dem nützt aber eine Perlenkette nichts«, murmelte Gunter vor sich hin.

»Was sagst du?« Der Schmied sah ihn fragend an.

»Danke, Siegmund«, sagte Gunter jetzt. »Ich werde ihn mal fragen.«

»Dann bis später, Gunter. Die Sense wird für dich bereitstehen.«

Gunter verabschiedete sich mit einer Geste und zog am Strick des Ochsen, damit dieser sich wieder in Bewegung setzte. Langsam trottete das Tier weiter.

»Der Fassschläger hat keine Frau, nicht wahr?«, fragte Madlen.

»Woher weißt du das?«

»Weil du eben sagtest, dass der keine Perlenkette gebrauchen kann.«

»Du hast gute Ohren und ein helles Köpfchen. Der Schmied wäre gewiss nicht darauf gekommen.«

»Gibt es sonst jemanden hier, bei dem ich die Kette tauschen könnte?«

»Das überlege ich auch schon die ganze Zeit.« Sie gingen weiter. Als ihnen zwei Frauen in guten Kleidern entgegenkamen, schien ihm ein Einfall zu kommen. Er fasste Madlen kurz am Arm. »Geh gleich einfach auf das ein, was ich sage, hörst du?«

»Ich verstehe nicht ...«

»Das wirst du gleich.«

Die Frauen kamen näher. »Nein«, sagte Gunter plötzlich laut zu ihr, »du wirst die Kette nicht verkaufen. Auch wenn er dir untreu wurde, ist das kein Grund, etwas so Wertvolles einfach herzugeben.«

Madlen begriff zwar sogleich, was er vorhatte, wusste jedoch nicht recht, was sie erwidern sollte. »Auch wenn sie ihn ein Vermögen gekostet hat, bedeutet sie mir nichts mehr«, gab sie etwas unbeholfen zurück. »Wenn jemand die Perlenkette kaufen möchte, kann er sie haben. Auch wenn ich nicht das Geld dafür bekomme, das sie eigentlich wert ist.« Sie spielte mit dem Schmuckstück an ihrem Hals.

Die beiden Frauen sahen sie mit unverhohlener Neugierde an.

Gunter grüßte die beiden mit einer kleinen Verbeugung, als sie vorbeigingen. »Gott zum Gruße, die Damen. Bitte richtet Euren Gatten, den Stadtoberen, meine Verbundenheit aus.«

Die beiden Damen blieben stehen. »Wenn Ihr verzeiht«, sagte die eine, »Eure Unterredung war nicht zu überhören.« Sie wandte sich Madlen zu. »Ich kann gut verstehen, dass Ihr den Schmuck nicht mehr tragen wollt, wenn Ihr so tief enttäuscht wurdet.« Ihr Blick fiel auf Johannes. »Und das so kurz nach der Geburt. Er sollte sich was schämen!«

Madlen zuckte mit den Schultern und spielte dabei weiter mit der Kette. »Ich danke Euch für Eure Anteilnahme, meine Dame. Meine Enttäuschung könnte größer nicht sein. Doch mein Cousin hier hat wohl recht. Niemand würde mir das Geld dafür bezahlen, das sie wert ist.« Madlen war nicht mehr sicher, ob Gunter sie vorhin tatsächlich als seine Cousine bezeichnet hatte. Hatte er nicht doch etwas anderes gesagt? Sie wusste es nicht.

»Wie viel ist sie denn wert?«, fragte die andere nun interessiert.

»Dieses Schmuckstück?« Madlen, die Johannes die ganze Zeit auf dem linken Arm getragen hatte, reichte ihn Gunter, der verdutzt zugriff. Dann nahm sie die Perlenkette von ihrem Hals. »Wert ist sie wohl vierzig Gulden.«

Die Dame riss erschrocken die Augen auf.

»Doch verkaufen würde ich sie für zwanzig.«

»Das wirst du nicht tun«, schimpfte Gunter. »Du würdest nur aus gekränkter Eitelkeit ein Vermögen verlieren.«

»Und wenn schon«, gab Madlen schnippisch zurück.

»Zwanzig Gulden«, murmelte die Frau, die nach dem Preis gefragt hatte.

»Ich kaufe sie Euch ab«, sagte die ältere Dame rasch.

»Aber ich habe danach gefragt, was sie kosten würde«, beschwerte sich ihre Begleiterin.

»Und ich habe angeboten, sie für zwanzig Gulden zu kaufen.«

»Ich wäre bereit, einundzwanzig Gulden zu bezahlen«, sagte die andere fast trotzig.

»Und du weißt genau, dass dein Gatte damit einverstanden wäre?«, stichelte die ältere Dame, was ihre Begleiterin zum Schweigen brachte.

»Siehst du, das dachte ich mir. Ich kaufe Euch die Kette für zwanzig Gulden ab. Wärt Ihr so freundlich, zu meinem Haus mitzukommen? Dann gebe ich Euch das Geld.«

»Mit Vergnügen«, entgegnete Madlen.

Die jüngere Frau wirkte verstimmt, was jedoch weder Madlen noch die ältere Dame zu interessieren schien.

Gunter gab den kleinen Johannes an Madlen zurück. »Wenn Ihr Frauen es unbedingt so wollt. Doch Cousine, sag mir am Ende nicht, ich hätte dir nicht davon abgeraten!« Er verdrehte die Augen.

»Das werde ich nicht. Ich verspreche es.« Sie musste sich zusammennehmen, um nicht wegen des Schauspiels, das Gunter zum Besten gab, laut loszulachen.

Gemeinsam gingen sie zu dem mehr als ansehnlichen Haus der Frau. Sie bot Madlen und Gunter an, hereinzukommen, was diese jedoch mit Blick auf den Ochsenkarren und die Eile, in der sie sich angeblich befanden, ablehnten. So zählte die Frau Madlen die zwanzig Gulden vor dem Haus in die Hand und bekam hierfür umgehend die Perlenkette überreicht. Erst jetzt kamen kurz Zweifel in Madlen auf, hatte ihr Ehemann ihr diesen Schmuck doch vor einigen Jahren geschenkt. Aber sie hatte sich nie viel aus solchen Dingen gemacht und wusste, dass Johannes nichts dagegen hätte, würde er jetzt hier sein.

»Nun bereut Ihr es doch ein wenig, nicht wahr?« Die jüngere Frau, die die Perlenkette nicht bekommen hatte, wirkte ein wenig schadenfroh.

»Nein«, log Madlen. »Es macht mir nichts aus.« Sie wandte sich an die Ältere. »Ich wünsche Euch viel Freude damit.«

»Sie ist wunderschön. Die Perlen sind außergewöhnlich.«

»Ja, das sind sie«, bekräftigte Madlen. »Mögen sie Euch stets so erfreuen wie in diesem Augenblick.«

Gunter und Madlen verabschiedeten sich und gingen ihres Weges. Als sie ein Stückchen entfernt waren, stieß Madlen Gunter an. »Auf diesen Einfall wäre ich nicht gekommen. Hab Dank für deine Hilfe.«

Gunter grinste. »Als du vierzig Gulden sagtest, habe auch ich geschluckt. Selbst zwanzig sind ein Vermögen.«

Madlen lächelte. »Auch wenn du es kaum glauben wirst, so viel hat die Kette tatsächlich gekostet. Etwas mehr sogar.«

»Wirklich? Ein paar Perlen an einer Schnur? Nur gut, dass meine Irmgard mit so etwas nichts anfangen kann.« Gunter lachte kehlig auf. »Zwanzig Gulden.« Er schüttelte den Kopf. »Dafür kann man ja drei Gäule kaufen.«

Gunter ging mit Madlen auf direktem Weg zum Fassschläger, um diesen nach dem Pferd zu fragen, das der Schmied erwähnt hatte.

»Ja, das steht noch bei mir«, bejahte dieser. »Weshalb? Könnt ihr es brauchen?« Er sah von Gunter zu Madlen und wieder zurück.

»Die Tochter meines Cousins hier«, sagte Gunter. »Wie viel willst du dafür haben?«

Der Fassschläger überlegte. »Der Gaul ist noch jung, und der Weinhändler hat ihn mir nur widerwillig überlassen.«

»Wie viel?«

»Zehn Gulden«, antwortete er dann sofort.

Gunter lachte schallend auf. »Komm, Madlen, gehen wir.«

Der Fassschläger stellte sich vor Gunter hin. »Weshalb denn

gleich gehen?«

»Weil du ein Beutelschneider bist. Behalt deinen Gaul und werd glücklich mit ihm.« Er machte eine Kopfbewegung zu Madlen hinüber. »Komm.«

Sie drehte sich um.

»Aber, aber, weshalb denn so rasch?« Der Fassschläger stellte sich abermals vor Gunter hin. »Wie viel wollt ihr bezahlen?«

»Wir haben den Gaul ja noch nicht mal gesehen«, murrte Gunter.

»Er steht gleich dort hinten im Hof. Ihr könnt ihn euch ansehen.«

»Wie viele Fässer hast du dem Weinhändler dafür gegeben?«

»Warum willst du das wissen?«, empörte sich der andere. »Sieh dir das Pferd an. Und dann sprechen wir darüber, was ihr zahlen wollt.«

Gunter brummelte etwas Unverständliches vor sich hin.

»Ich habe kein rechtes Zutrauen mehr«, sagte Madlen. »Womöglich sollten wir doch das andere Pferd kaufen, das uns angeboten wurde.«

Nun war es an Gunter, sich ein Schmunzeln zu verkneifen. »Ich glaube, du hast recht.«

Der Fassschläger stieß einen lästerlichen Fluch aus. »Aber, Gunter, wir kennen uns doch nun wirklich lange genug. Sieh dir den Gaul erst mal an. Und wenn er nichts für euch ist, dann geht ihr. Aber so viel guten Willen solltest du schon zeigen, denkst du nicht auch?«

Gunter zuckte mit den Schultern. »Komm mit, Madlen, mir zuliebe. Er hat einen Fehler gemacht, als er die zehn Gulden nannte. Er ist kein verkehrter Kerl. Sehen wir uns das Pferd an, ja?«

»Wenn du es wünschst, werde ich mitkommen«, sagte Madlen. »Doch wenn er uns erneut übervorteilen will, bedarf es keines weiteren Wortes.«

Der Fassschläger führte sie über den Hof, auf dem überall aufeinandergestapelte Fässer standen, zum hinteren Teil, wo sich die Stallungen befanden. Auf einem kleinen Stück Grün stand ein Pferd und graste.

»Seht ihr? Ich habe nicht zu viel versprochen. Das Tier ist jung und gesund.«

»Und dennoch hat der Weinhändler gewiss nicht mehr als zwanzig Fässer von dir bekommen.«

Der Fassschläger ärgerte sich, dass Gunter offenbar sehr genau wusste, welchen Preis er pro Fass verlangte.

»Es mögen ein oder zwei weniger gewesen sein«, gestand er ein.

»Ein oder zwei, ja?« Gunter hob die Augenbrauen. »Hör mir zu, Fassschläger. Die Tochter meines Cousins will ein Pferd kaufen, und als ich hörte, dass du eines abzugeben hast, habe ich sie hergebracht. Du kannst nichts mit dem Gaul anfangen, und er steht nur im Weg rum, sie nimmt ihn dir ab, und du bekommst somit das Geld, das du für deine Fässer verlangt hast. Fünf Gulden, und du bist gut weggekommen.«

»Fünf?« Die Augen des Fassschlägers wurden groß. »Der Gaul ist mindestens acht Gulden wert!«, empörte er sich.

»Möglich, doch dir grast er nur die Wiese ab, und du hast nichts davon. Und wer weiß, wann dir das nächste Mal jemand Geld dafür bietet?«

»Aber für fünf Gulden bekommt ihr nirgendwo einen so guten Gaul«, versuchte er ein letztes Mal, zu handeln.

»Sechs Gulden, damit das Gezeter ein Ende hat«, bot Madlen an. »Doch dann sogleich und ohne ein weiteres Wort.«

Der Fassschläger schien mit sich zu ringen. »Ihr beide seid die Beutelschneider«, meckerte er, streckte dann aber Gunter die Hand entgegen. »Sechs Gulden.«

Gunter ergriff die dargebotene Hand und schüttelte sie. »Sechs Gulden«, bestätigte er.

Madlen gab Gunter das Kind, um die Münzen hervorzuholen, während der Fassschläger das Pferd holte. »Hier.« Er übergab Madlen die Zügel, die ihm im Gegenzug das Geld reichte. Sie verabschiedeten sich, und Madlen führte das Pferd vom Hof. Gunter folgte ihr mit Johannes im Arm, bis sie wieder bei dem Ochsenkarren angekommen waren.

»Hier«, sagte er, reichte ihr das Kind zurück und nahm ihr stattdessen die Zügel ab. »Er ist aufgewacht.«

»Ich habe noch ein wenig von der Milch, die Irmgard mir mitgegeben hat. Kann ich ihm kurz etwas geben?«

»Wir haben keine Eile«, erwiderte Gunter. »Setz dich dort auf den Karren. Ich besorge derweil einen neuen Trinkschlauch, Tücher und Decken, damit du den Kleinen versorgen kannst.«

»Gunter, ich kann dir gar nicht genug danken.«

»Schon recht.«

Madlen zog das Beutelchen mit den vierzehn Gulden hervor, die noch übrig waren. »Hier. Damit du es nicht auslegen musst.«

Erst zögerte er, dann griff er aber zu. »Ich komme zurück, so rasch es geht.«

»Ich warte hier auf dich«, versicherte Madlen, zog das Bündel, das Irmgard ihr geschnürt hatte. hervor, griff den Stofftrichter mit Ziegenmilch und hielt ihn Johannes hin. Gunter ging und ließ Madlen mit dem Pferd und dem Ochsenkarren zurück.

Es dauerte eine Weile, bis er wiederkam. Madlen wollte fast ihren Augen nicht trauen. Der Bauer war bis an die Zähne bepackt und führte auch noch eine Ziege an einer Leine mit sich.

»Gunter, was hast du da nur alles?«

»Was du brauchst und auch das, was Irmgard mir aufgetragen hat.«

»Und die Ziege?«

»Ich konnte einen ungebrauchten Trinkschlauch besorgen.

Doch wer weiß schon, ob du immer eine Ziege für die Milch finden wirst. Also habe ich die auch gekauft.«

»Hast du noch Geld übrig?«, fragte Madlen ein wenig bang.

»Drei Gulden.«

Sie schluckte.

»Drei Gulden habe ich für alles bezahlt. Du hast noch elf Gulden. Damit solltet ihr beide eine Weile auskommen.« Er reichte ihr das Beutelchen zurück.

Madlen war in Versuchung, ihn zu umarmen, so erleichtert war sie.

»Du wirst heute Nacht in der Kate einer Witwe unterkommen. Die Übernachtung habe ich auch schon bezahlt. Ich werde dich hinbringen und mich dann alsbald auf den Rückweg machen.«

»Ich weiß nicht, was ich sagen kann.« Madlen schluckte vor Rührung.

»Du hast dich schon so oft bedankt«, erwiderte Gunter. »Wie mir scheint, hattest du bisher nicht mit den richtigen Menschen zu tun, wenn du es nicht gewohnt bist, dass man hilft, wenn jemand in Not ist.«

»Etwas Ähnliches sagte mir auch Irmgard.« Madlen lächelte. »Ich werde eure Worte im Herzen bewahren.«

Gunter nickte. »Komm jetzt. Ich bringe dich zu der Witwe. Danach bist du auf dich allein gestellt.«

Madlen erwiderte nichts, half Gunter, die Sachen zu sortieren und auf dem Pferd und dem Ochsenkarren zu verstauen. Das Seil der Ziege machte sie am Zügel des Pferdes fest, sodass sie beide mit nur einer Hand führen konnte. Als sie die Kate der Witwe erreichten, deutete Gunter mit der Hand. »Hier ist es. Leb wohl, Madlen, und beschütze den Jungen mit deinem Leben.«

»Das werde ich.« Sie zog den Beutel mit dem Geld hervor.

»Nein, das will ich nicht.«

»Ich weiß, doch es ist nur recht. Bitte nimm dies.« Sie reichte ihm zwei Gulden.

»Das ist viel zu viel.«

»Es ist noch zu wenig, doch bin ich froh, es dir geben zu können.« Sie machte einen Schritt auf ihn zu. »Darf ich?« Sie deutete eine Umarmung an. Er lächelte und nickte.

Madlen hielt Johannes auf einer Seite, streckte den anderen Arm aus und drückte sich an Gunter. »Vielen Dank für alles. Ich werde Irmgard und dich niemals vergessen. Und wir werden uns eines Tages wiedersehen, Gunter.«

»Ich würde mich freuen. Und meine Irmgard ebenso.«

Madlen lächelte tapfer, doch ihr stiegen die Tränen in die Augen. »Leb wohl«, sagte sie noch einmal, drehte sich dann abrupt um, nahm die Zügel und ging zu der Kate. Kaum dass sie geklopft hatte, öffnete eine kleine, zerbrechlich wirkende Frau die Tür und begrüßte sie freundlich. Madlen drehte sich noch einmal zu Gunter um. Er hatte den Strick des Ochsen gegriffen, hob die Hand, nickte ihr zu und ging davon.

Madlen fühlte sich so einsam wie nie zuvor.

8. Kapitel

Am nächsten Morgen brach Madlen in aller Frühe auf. Die Witwe hatte ihr geholfen, die Lebensmittel, Windeltücher und Decken in zwei Beutel zu verstauen, die sie an einen Strick band, den sie über das Pferd legte, sodass die Beutel rechts und links ihres Sitzbereichs hingen. So konnte sie Johannes sicher fassen, ohne noch etwas anderes halten zu müssen. Die Ziege lief am Zügel des Pferdes mit diesem Seite an Seite, was Madlen das eine oder andere Schmunzeln abrang. Sie bot sicherlich ein seltsames Bild: eine Frau mit einem Säugling im Arm auf einem Pferd, bepackt bis an die Ohren, und mit einer meckernden Ziege, die nebenherging.

Sie ritt an Hachenburg vorbei, dann durch Höchstenbach und Freilingen. Immer wenn ihr Leute in kleineren oder größeren Gruppen entgegenkamen, wurde ihr ein wenig mulmig zumute. Wer wusste schon, was manch einem in den Sinn kommen mochte und ob sie nicht als leichtes Angriffsziel angesehen werden könnte. In Wallmerod schloss sie sich einer Gruppe von sechs Händlern und zwei Marketenderinnen an und legte mit ihnen den gesamten Weg bis Limburg zurück. Die Händler verabschiedeten sich dort, um ihren Geschäften nachzugehen. Die Marketenderinnen reisten zusammen mit Madlen weiter bis nach Wiesbaden. Dort trennten sich die Frauen, und bei Mainz-Kastel überquerte Madlen den Rhein allein mit Johannes, ihrem Pferd und der Ziege. Auf der anderen Seite angekommen, bezog sie in einer Schenke Quartier, in der sie vor einigen Jahren schon mit ihrem Gatten Johannes und dem Gesinde untergekommen war. Dort traf sie zwei Tuchhändler und eine junge Frau, die ebenfalls auf dem Weg nach Worms waren. Gemeinsam brachen sie am nächsten Morgen auf und erreichten die Stadt noch vor dem Mittag.

Die Stadtwachen nahmen die vier auf ihren Pferden zwar wahr, beachteten sie aber nicht weiter, wenngleich sie mit der Ziege, die an einer Leine nebenherlief, ein lustiges Bild abgaben. Kurz vor dem Marktplatz verabschiedete Madlen sich von ihren Mitreisenden und schlug den Weg zum Hafen ein, wo das Haus ihrer Tante Agathe lag. Sie stieg vom Pferd und führte es das letzte Stück.

Johannes war wach geworden, gähnte mehrmals herzhaft und blickte Madlen interessiert an. Madlen rührte es, zu sehen, dass der Kleine von Tag zu Tag aufmerksamer wurde. Es schien ihr, als nehme er immer mehr von dem, was um ihn herum geschah, wahr.

Als sie vor dem Haus Agathes stand, atmete sie tief durch. Sie hatte ihre Tante schon lange nicht mehr gesehen. Zuletzt vor drei Jahren, als Agathe sie in Köln besucht und einige wunderbare Tage im Kreis ihrer Familie verbracht hatte. Davor war Madlen vor sieben Jahren in Worms gewesen, damals, als sie der Hilferuf von Johannes' Mutter Elsbeth erreicht hatte, weil Peter, deren Ehemann, durch eine Augenerkrankung fast erblindet wäre und die Geschäfte darniederlagen. Madlen seufzte. All das war lange her und schien ihr wie eine kleine Ewigkeit. Sie hoffte inständig, dass es Agathe gut ging, war die Tante mit über fünfzig doch schon in die Jahre gekommen.

Madlen band die Zügel des Pferdes an einem Holzgeländer fest, stieg die Stufen zu dem Haus hinauf und klopfte an die

Tür. Erst als sie ein zweites Mal geklopft hatte, hörte sie von drinnen die Stimme Roswithas, Agathes treuer Haushälterin.

»Herrje, ich komm ja schon!«, maulte sie, öffnete die Tür und erstarrte geradezu. »Madlen?«

Madlen lächelte. »Roswitha. Gott schütze dich!«

»Madlen!«, rief die Haushälterin nun lauter, machte zwei Schritte vor und umarmte Madlen so heftig, dass diese Angst um den kleinen Johannes bekam. Erst jetzt schien Roswitha ihn zu bemerken. Sie blickte Madlen an, hatte Tränen der Freude in den Augen. Wieder sah sie auf Johannes. »Aber was ...«, sie unterbrach sich. »Ach, um Himmels willen, komm herein, komm herein!« Sie zog Madlen ins Haus.

»Agathe! Agathe!«, brüllte Roswitha durchs ganze Haus.

»Warum schreist du denn so?«, rief Agathe verärgert zurück und sah vom oberen Flur herunter. Sie schlug die Hand vor den Mund. »Madlen«, sagte sie erst leise, dann lachte sie auf. »Madlen! Meine Madlen!« Sie lief die Stufen so rasch herunter, dass Madlen fürchtete, sie würde fallen. »Gib Obacht, Agathe!«

Agathe nahm die letzte Stufe, öffnete die Arme, stockte dann aber. »Was ist das für ein Kind?« Sie schüttelte den Kopf. »Ach, komm her. Komm erst einmal her.« Sie umarmte die Nichte und gab acht, den Säugling dabei nicht einzuengen. »Dann kann ich also wieder auspacken«, stellte Agathe fest.

Madlen sah sie fragend an. »Wie meinst du das?«

Agathe schloss kurz die Augen, atmete einmal tief durch. Sie war erleichtert, Madlen sicher in ihrem Haus zu sehen.

»Komm, gehen wir in die Stube. Und dann erzählst du mir erst einmal, was geschehen ist.« Sie deutete auf Johannes. »Und wer das ist.«

»Was meintest du mit ›dass du wieder auspacken kannst‹?«

Agathe legte den Arm um ihre Nichte. »Wir haben Nachricht aus Köln erhalten. Ich weiß bereits, was Johannes geschehen ist. Es tut mir so leid.«

Madlen spürte, dass ihr die Tante etwas verschwieg.

»Wer hat die Botschaft gebracht?«

»Zwei Wachmänner des Erzbischofs.«

»Was haben sie noch gesagt?«

»Setzen wir uns.« Agathe schob Madlen sanft zur Stube hinüber. »Roswitha, komm und begleite uns. Ich möchte, dass du bei dem Gespräch dabei bist, da die Männer auch mit dir gesprochen haben.«

Die Haushälterin nickte und folgte den beiden. »Kann ich ihn halten?«, fragte Roswitha.

Madlen gab ihr das Kind, wusste sie doch, wie sehr Roswitha sich immer eigene Kinder gewünscht hatte. Und obwohl sie körperlich vollkommen gesund und auch mehrfach guter Hoffnung gewesen war, hatte sie doch keines der Kinder so lange in ihrem Leib halten können, um es gesund zur Welt zu bringen.

Die drei Frauen setzten sich an den Tisch.

»Wann waren die Wachmänner des Erzbischofs hier?«, fragte Madlen sogleich.

»Gestern. Erst waren sie bei Elsbeth und brachten ihr die Botschaft vom Tode ihres Sohnes. Danach kamen sie zu mir.«

Madlen sah Agathe an. »Weshalb? Du bist meine Tante, nicht seine. Weshalb haben sie dich aufgesucht?«

Roswitha und Agathe tauschten einen Blick, den Madlen nicht recht zu deuten wusste.

»Agathe, sag es mir«, drängte sie.

Die Tante fasste sich ein Herz. »Sie sagten, dass es ihnen leidtäte, die Botschaft zu überbringen, doch du würdest in Köln wegen Mordes an deinem Ehemann gesucht. Und wenn du hier Schutz suchen würdest, müsste ich es umgehend den Wachmännern melden.«

»Was?« Madlen schlug sich die Hand vor den Mund, um nicht vor Entsetzen aufzuschreien.

Agathe legte ihr als beruhigende Geste die Hand auf den

Unterarm. »Reg dich nicht auf. Keine von uns hat ihnen auch nur ein Wort geglaubt.«

»Elsbeth? Was ist mit ihr? Denkt sie, dass ich Johannes ...?« Sie brach ab.

Entschieden schüttelte Agathe den Kopf. »Nicht einen Moment lang hat sie das geglaubt«, beruhigte die Tante sie. »Ich bin gestern gleich zu ihr gegangen, nachdem die Wachmänner bei mir waren. Elsbeth kennt dich genau und die Gefühle, die du für Johannes hattest. Ich erwarte sie jeden Augenblick. Wir wollten noch heute nach Köln aufbrechen, um der Beerdigung in fünf Tagen beizuwohnen und herauszubekommen, wo du geblieben bist. Sie sagten, du hättest Johannes im Streit getötet und seist anschließend aus der Stadt geflohen.«

»Ich bin geflohen, das stimmt. Doch nicht aus dem Grund, der euch genannt wurde. Haben die Männer erwähnt, dass ich ein Kind bei mir haben würde?«

Agathe schüttelte mit dem Kopf. »Nein, davon haben sie nichts gesagt. Womöglich wollten sie aber auch ihr Wissen darüber nicht preisgeben. Doch bitte sag, was ist denn nur in Köln geschehen?«

Madlen wollte eben berichten, da klopfte es an der Tür.

»Ich gehe«, sagte Roswitha, stand auf und übergab den Säugling Madlen. Sie schloss die Tür von außen, damit niemand vom Flur aus Madlen und Agathe in der Stube sitzen sehen konnte. Nur wenige Momente später öffnete sie die Tür wieder, und Elsbeth trat in den Raum.

»Elsbeth!« Madlen erhob sich.

Sofort breitete die Schwiegermutter die Arme aus. »Madlen, Gott sei Dank! Es tut mir so leid, so unendlich leid. Was ist nur geschehen? Warum musste mein Johannes sterben?« Tränen traten ihr in die Augen.

Madlen hielt ihr das Kind entgegen. »Weil er dieses Kind, seine Mutter und auch mich beschützen wollte. Er hat sich den Angreifern entgegengestellt, und sie haben ihn kaltblütig ermordet. Es war schrecklich!«

»Wessen Kind ist das?«, fragte Elsbeth, schob die Decke ein wenig beiseite und besah das kleine Gesicht. »Hast du es etwa den ganzen Weg von Köln hierher gehalten? Dann ist das da draußen also dein Pferd? Und die Ziege auch?« Sie schüttelte den Kopf. »Ein so kleines Kind diesen weiten Weg – es ist ein Wunder, dass es das unbeschadet überstanden hat!«

»Kommt, setzt euch wieder«, bat Agathe. »Roswitha, hol etwas zu trinken. Und dann soll Madlen in aller Ruhe erzählen, was sich zugetragen hat.«

Roswitha verließ die Stube.

»Es tut mir so leid, dass Johannes tot ist. Es tut mir so schrecklich leid!«, sagte Madlen zu Elsbeth.

Der Kleine fing an zu weinen.

»Das weiß ich, Madlen. Und ich weiß, dass es eine schreckliche Lüge ist, wenn sie behaupten, du hättest es getan. Auch wenn er mein Sohn war und du nur meine Schwiegertochter bist – ich habe ihnen keinen Wimpernschlag lang geglaubt.«

Roswitha kam mit einem Tablett zurück, auf dem ein Krug und vier Becher standen.

»Ich gehe rasch hinaus und hole den Trinkschlauch und meine Sachen«, kündigte Madlen an.

»Nein«, sagten Agathe und Elsbeth wie aus einem Munde.

Madlen blieb auf der Stelle stehen.

»Die Wachmänner«, erklärte Agathe, »treiben sich noch immer hier herum. Gewiss werden sie auch öfter hier am Haus vorbeigehen. Ich glaube, sie gehen fest davon aus, dass du hierherkommst.«

»Und das Pferd mit den vielen Sachen vor dem Haus ist sehr auffällig. Wir sollten es umgehend in den Hinterhof bringen und dort ...«

Weiter kam Agathe nicht, weil es in diesem Moment heftig

an der Eingangstür klopfte. »Macht auf! Im Namen des Erzbischofs von Köln! Öffnet sogleich diese Tür, sonst treten wir sie ein.«

»Rasch, lauf hinauf in meine Kammer«, zischte Agathe Madlen zu. »Nimm das Kind mit und versteck dich dort hinter der kleinen Tür.«

Madlen schlug das Herz bis zum Hals. Hoffentlich würde Johannes jetzt keinen Laut von sich geben.

»Ich komme ja! Was ist das nur für ein Gebrüll?«, schimpfte Agathe und wartete noch, bis Madlen die Treppe hinaufgestiegen war und in der Kammer verschwand. Dann öffnete sie die Eingangstür. »Was fällt Euch ein, hier so herumzubrüllen!«

Der Mann schob sich an ihr vorbei. »Wir waren gestern schon hier, erinnert Ihr Euch? Und wir sagten Euch, dass die Frau, der Ihr hier Unterschlupf gewährt, in Köln wegen Mordes gesucht wird. Also, wo ist sie?«, sagte er wütend und sah sich um.

»Was redet Ihr da? Euch ist wohl der Wormser Wein nicht bekommen, was?«

»Wem gehört das Pferd dort draußen? Das mit den Vorräten und der Ziege daran.«

»Mir«, kam sofort die Antwort von Elsbeth, die im Türrahmen zur Stube stand.

»Und das soll ich Euch glauben?«, gab der Wachmann verächtlich von sich.

»Habe ich das eben richtig verstanden«, fragte Elsbeth hochmütig und hob das Kinn. »Ihr bezweifelt meine Worte?«

»Bei allem Respekt, doch Ihr lebt hier in Worms. Weshalb solltet Ihr also mit einem Pferd einen Besuch innerhalb der Stadt machen und einen halben Hausstand mit Euch führen?«

»Weil ich mich sogleich zusammen mit Agathe nach Köln aufmachen wollte, um meinen toten Sohn zu Grabe zu tragen.« Sie funkelte ihn wütend an. »Und Ihr könnt Euch darauf verlassen, dass ich Eurem Dienstherrn, dem Erzbischof, Meldung machen werde, auf welche Weise Ihr mit der Mutter seines verstorbenen Advocatus zu sprechen gewagt habt.«

»Ich wollte nicht … Ich bitte um Verzeihung. Doch ich habe den Auftrag …«

Elsbeth machte eine Handbewegung, als wollte sie ein lästiges Insekt verscheuchen. »Ich will Eure Ausreden nicht hören.«

»So leid es mir tut, doch ich muss mich selbst davon überzeugen, dass die Frau, die wir suchen, nicht in diesem Haus ist.«

»Bitte. Ich habe nichts dagegen. Aber schafft mir ja keine Unordnung!« Agathe ging zu Elsbeth hinüber. »Komm, meine Liebe. Gehen wir wieder in die Stube und besprechen uns. Wir haben schließlich einen weiten Weg vor uns.«

Einer der Männer folgte den beiden Frauen in die Stube und schaute umher. Er sah auf die Becher auf dem Tisch. Agathe folgte seinem Blick. Einen Moment lang setzte ihr Herzschlag aus. Wenn er die vier Becher sah … Sie atmete erleichtert aus. Es standen nur noch drei Gefäße auf dem Tisch. Roswitha blickte Agathe an, und ein fast unmerkliches Schmunzeln umspielte ihre Lippen. Sie sah unauffällig zu dem Tischchen hinüber, auf dem Agathes Nähzeug lag. Der Stoff, an dem sie gearbeitet hatte, war zu einer kleinen Rolle geformt und ragte nun zusammen mit einigen Garnen aus dem Becher heraus, sodass es aussah, als würde das Gefäß nur dafür genutzt, die Sachen beisammenzuhalten.

Der Mann sah die Frauen, die sich nun alle wieder an den Tisch gesetzt hatten, der Reihe nach an. »Ihr sitzt am Mittag zusammen und trinkt Wein? Gibt es einen Grund?«

»Ich werde meine Herrin für viele Tage, womöglich Wochen nicht sehen. Gibt es denn bei Euch in Köln wirklich niemanden, von dem Ihr Euch verabschiedet habt, als Ihr Euch auf den Weg hierher machtet?«, fragte Roswitha und blickte ihn fast mitleidig an.

Der Wachmann antwortete nicht, verließ wortlos die Stube. »Wir müssen alles durchsuchen. Nach oben! Womöglich versteckt sie sich dort.«

Roswitha sprang auf und folgte den Männern die Treppe hinauf.

»Wir können das auch ohne Euch, Weib«, schnauzte der, der soeben aus der Stube gegangen war. »Oder wollt Ihr sichergehen, dass wir nicht finden, was wir suchen?«, fragte er grimmig.

Sie hatten den oberen Flur erreicht. Roswitha stieß die Tür zu Agathes Kammer auf. »Ihr könnt nicht finden, was nicht da ist«, sagte sie laut. »Doch meine Herrin und ich waren, bevor Elsbeth Goldmann kam, dabei, die Unterkleider meiner Herrin zu packen.« Sie deutete auf die Tasche, die halb geöffnet auf dem Bett stand. »Und wenn mir ein Gedanke nicht behagt, dann der, Euch in den Unterkleidern meiner Herrin wühlen zu sehen.«

»Wir durchwühlen nichts«, stellte der Büttel klar.

»Und genau dafür werde ich sorgen.« Roswitha schlug mit Schwung die Decke zurück. »Wollt Ihr nicht auch noch unter die Lagerstatt kriechen oder den Stuhl anheben? Oder wo sonst noch, denkt Ihr, könnte sich jemand hier drin verstecken?«

Madlen umklammerte den Griff der kleinen Luke. Sie wagte kaum, zu atmen. Der Boden knarzte unter dem Gewicht der Wachmänner. Sie mussten ganz nah sein, womöglich direkt vor der kleinen Tür stehen. Nur keinen Laut, keinen einzigen Laut! Sie hatte Johannes fest an sich gedrückt, spürte nun aber, wie der Junge unruhig wurde. Er reckte sich. Nein, nur das nicht! Er musste hungrig sein, hatte er doch seit dem Morgen nichts mehr bekommen. Es war erstaunlich, dass er nicht bereits zu greinen begonnen hatte. Wieder reckte er sich. Madlen wusste nicht, was sie tun sollte. Sie würden sie entdecken. Gleich würde es geschehen. Der Wachmann war ganz nah. Fast glaubte sie, seinen Atem hören zu können. Sie schob vorsichtig ihren kleinen Finger an Johannes' Mund. Sofort begann der Kleine, daran zu saugen, und wurde wieder etwas ruhiger. Doch das würde nicht lange vorhalten.

»Hier ist sie nicht«, hörte sie dann den einen Wachmann zum anderen sagen.

»Was ich Euch ja auch sagte«, giftete Roswitha zurück.

Madlen hörte, wie die Tür geschlossen wurde und die Schritte sich entfernten. Sie konnte nur hoffen, dass es nicht mehr allzu lange dauern würde, bis sie ihren Rundgang beendet hatten und das Haus wieder verließen. Es war nur eine Frage der Zeit, wann Johannes sich nicht mehr mit dem Nuckeln am Finger zufriedengeben und lauthals nach Nahrung verlangen würde.

Agathe kam, gefolgt von Elsbeth, aus der Stube in den Flur. »Ich denke, wir sollten deine Sachen doch noch ins Haus holen«, sagte Agathe laut und öffnete die Haustür. »Es wird das Beste sein, wenn wir erst morgen früh aufbrechen.« Sie hörte, dass die Wachmänner ihre Kammer offenbar verlassen hatten und nun über den oberen Flur zu den anderen Räumen gingen. »Wachmann?«, rief sie hinauf.

Dieser blickte über das Treppengeländer nach unten. »Ja?«

»Sagt mir, wann werdet Ihr nach Köln zurückkehren? Zwar könnte ich mir eine angenehmere Gesellschaft vorstellen, doch würdet Ihr als Männer des Erzbischofs zumindest die Aufgabe erfüllen, zwei allein reisenden Frauen Schutz zu bieten.«

»Wir bleiben in Worms, bis wir die Frau gefunden haben, die wir suchen.«

»Nun denn, so müssen wir eine andere Begleitung finden«, sagte Agathe.

»Seid Ihr jetzt hier oben fertig oder wie lange soll das noch dauern?«, meckerte nun Roswitha.

Der Wachmann, durch Agathes Frage ohnehin schon abgelenkt, gab seinem Kollegen ein Zeichen. »Komm. Sie ist nicht hier. Lass uns gehen.« Sie kamen die Treppenstufen heruntergestapft, während Agathe und Elsbeth die Sachen vom Pferd nahmen und ins Haus trugen.

Die Wachmänner hatten das Haus bereits verlassen und wollten davongehen, als der eine sich noch einmal umdrehte. »Eine Ziege? Wozu braucht Ihr eine Ziege?«

Elsbeth sah ihn an, als wisse sie mit der Frage nichts anzufangen. »Junger Mann«, setzte sie dann an. »Ihr mögt ja diese scheußlichen Gebräue vertragen, die in den Schenken aufgetischt werden. Doch ich bin keine junge Frau mehr und muss darauf achten, was ich zu mir nehme. Und deshalb führe ich auf Reisen stets meine Ziege mit, seit Jahren schon. Ich kann Euch das nur empfehlen, wenn Ihr Euch etwas Gutes tun wollt.«

Er sah sie ungläubig an und schüttelte mit dem Kopf. »Gott zum Gruße! Und nichts für ungut, wir erfüllen nur unsere Pflicht.«

»Gott zum Gruße! Erfüllt Eure Pflicht anderswo und belästigt uns nicht wieder«, erwiderte Agathe und schloss die Haustür. Sie warteten noch einen kleinen Moment, dann liefen Agathe und Elsbeth die Stufen hinauf.

Roswitha war gerade dabei, Madlen aus ihrem unbequemen Versteck zu befreien. »Sind sie fort?«, fragte diese ängstlich.

»Ja, komm heraus. Dem Herrn sei Dank, dass das Kind nicht geweint hat«, gab Elsbeth erleichtert von sich.

»Fürs Erste haben sie uns geglaubt, doch ich bin davon überzeugt, dass sie wiederkommen werden. Es zerreißt mir das Herz, Madlen, doch du bist hier nicht sicher«, sagte Agathe.

»Aber wohin soll ich denn?« Verzweiflung klang in ihrer Stimme mit.

Das Kind wurde immer unruhiger, streckte sich. Dann begann es erst leise, dann lauter zu weinen. »Ich muss ihm etwas geben.«

»Wir haben deine Sachen hereingeholt«, sagte Elsbeth. »Es wird das Beste sein, wir bleiben hier oben für den Fall, dass die Kerle schon bald zurückkommen. Dann können wir behaupten, noch immer mit dem Packen beschäftigt zu sein, und du kannst schnell wieder in dem Versteck verschwinden.«

»Ich hole, was der Kleine braucht«, bot Roswitha an.

»Ein Trinkschlauch, in dem Ziegenmilch ist. Und dort ist auch …«

»Ich bringe einfach alles mit hoch«, erklärte Roswitha, die das Weinen des Kindes nur schwer ertragen konnte. Es dauerte nicht lange, bis sie mit den Sachen wieder zurück war.

Madlen legte Johannes auf das Bett, zog den Trinkschlauch und den Stofftrichter hervor, füllte etwas Milch um, nahm den Jungen wieder auf den Arm und gab ihm die Milch. Kräftig saugte er und wurde wieder ruhiger.

»So ist es gut, Johannes«, sagte sie in sonorem Ton.

»Wie heißt der Kleine?«, fragte Elsbeth, weil sie glaubte, sich verhört zu haben.

»Johannes. Seine Mutter hat ihn so genannt – aus Dankbarkeit unserem Johannes gegenüber«, erklärte Madlen.

»Erzähl uns nun endlich, was sich zugetragen hat«, bat Elsbeth daraufhin. »Und schone mich nicht. Ich möchte genau wissen, wie es dazu kam, dass mein Sohn sterben musste.«

Madlen befeuchtete ihre Lippen. Ihr Blick war auf den kleinen Jungen in ihrem Arm gerichtet, als sie begann, alles zu erzählen, was geschehen war, von dem Moment an, als der Bursche am Abend zu ihnen gekommen war und sie zu der Geburt geholt hatte. Und sie ließ auch die Begegnung mit Irmgard und Gunter nicht aus, die ihr so sehr geholfen hatten. Johannes hatte längst den Trichter geleert und war wieder eingeschlafen, als Madlen endete. »Und so kam ich her in der Hoffnung, hierbleiben zu können und in Sicherheit zu sein.«

»Nach allem, was du erzählt hast, können wir ja nicht einmal sicher sein, ob die Männer, die hier waren, wirklich Wachmänner sind, und wenn ja, in wessen Auftrag sie geschickt wurden. Verdächtigt dich der Erzbischof wirklich des Mordes an Johannes und hat deswegen deine Ergreifung befohlen – oder ist dies eine weitere Lüge in diesem ganzen Lügengeflecht?« Agathe legte besorgt die Stirn in Falten. »Wie dem auch sei. Hier im Haus und in Worms kannst du nicht bleiben. Sie werden wiederkommen und dich irgendwann auch finden. Außerdem könntest du nie auf die Gasse gehen, ohne stets die Angst zu verspüren, sie könnten dich dort erwischen.«

»Aber wo soll ich denn hin? Ich habe niemanden außer euch.« Madlen versuchte gar nicht erst, die Verzweiflung zu verbergen, die sie überkam.

»Nach Heidelberg«, sprach Elsbeth ihren Gedanken aus. Sie sah von Madlen zu Agathe. »Die Menschen dort lieben dich. Du hast viel für sie getan, und der Stadtvogt ist dir wohlgesinnt. Und dein Bruder und dein Vater würden dich gewiss nicht abweisen.«

»Mein Bruder nicht, bei meinem Vater wäre ich mir nicht so sicher. Aber der Stadtvogt …«, sagte Madlen nachdenklich. »Ja, der würde mir helfen.«

Die Frauen beratschlagten, wie sie weiter vorgehen sollten. Elsbeth musste berücksichtigen, dass Leopold, der seinerzeit vom Erzbischof eingesetzte Verwalter ihres Handelsgeschäfts, ebenfalls von den Wachmännern befragt worden war. Unter keinen Umständen durfte sie ihn in ihre Gedanken einbeziehen. Er war vertrauenswürdig, ohne Frage. Doch seine unerschütterliche Ergebenheit galt seinem Dienstherrn, dem Erzbischof. Und wenn er annahm, dass die Wachmänner von ebendiesem geschickt worden waren, würde er ihnen glauben.

Eine Frage brannte Madlen auf den Lippen. »Sag, Elsbeth, hast du etwas von Peter gehört? Ich will dich nicht bedrängen, doch in all deinen Briefen hast du ihn nie auch nur mit einem

Wort erwähnt. Und ich wollte dich erst darauf ansprechen, wenn wir uns wiedersehen. Du musst mir nicht antworten, wenn du nicht willst.«

»Ganze vier Mal hat mein Gatte sich in den letzten sieben Jahren sehen lassen, und das auch nur, um in die Kasse zu greifen und wieder zu verschwinden.« Bitterkeit lag in ihrer Stimme. »Das letzte Mal habe ich ihn im Frühling gesehen. Er kam nach Hause und wollte sich Geld holen. Als wir ihm sagten, dass nichts im Haus sei, hat er einen Stuhl gegen die Wand geschleudert und einen Tisch zerschlagen. Dann hat er aus dem Kontor geholt, was er tragen konnte, und ist wieder abgehauen.« Sie seufzte. »Ich habe des Öfteren von den anderen Händlern die eine oder andere Geschichte gehört. Er scheint immer einmal wieder einige Geschäfte zu machen, vor allem aber ist er noch immer ein guter Gast in den Bordellen an Neckar und Rhein. Ich kann dir nicht einmal sagen, ob er noch lebt oder womöglich schon vor Wochen in irgendeiner Spelunke den Tod fand.« Elsbeths Blick verriet keine Regung. »Und verzeih mir, wenn ich es so sage – aber es ist mir egal.«

»Hab Dank für deine Offenheit.« Madlen tätschelte den Arm ihrer Schwiegermutter.

Einen Moment schwiegen alle. Dann fragte Madlen: »Wie soll es mir gelingen, unbemerkt die Stadt zu verlassen und mich bis Heidelberg durchzuschlagen? Wenn die Büttel sich bisher nur an euch beide gewandt hatten, werden sie inzwischen ganz Worms in Kenntnis gesetzt haben, dass ich wegen Mordes gesucht werde.«

»Wir müssen uns etwas überlegen, um sie abzulenken.« Agathes Augen blitzten. »Und ich glaube, ich habe bereits einen Einfall. Heute werden sie gewiss nicht wiederkommen, und morgen brechen wir alle auf.«

»Ihr begleitet mich?« Hoffnung schwang in Madlens Stimme mit.

»Nein, leider nicht. Wir müssen nach Köln reisen, um Johannes' Beisetzung beizuwohnen und den Schein zu wahren.«

Madlen zerriss der Gedanke daran, dass ihr Mann der Erde übergeben wurde und sie nicht dabei war, schier das Herz. Elsbeth schien ihre Gedanken zu ahnen. »Es wäre reiner Selbstmord, zu der Beisetzung zu gehen. Agathe und mir wird nichts geschehen, und wir können vielleicht auch herausfinden, ob diese Wachmänner wirklich vom Erzbischof geschickt wurden, und wenn ja, ob sie diesem gegenüber die Wahrheit über das sagen, was geschehen ist.«

»Ich weiß sehr wohl, dass ich nicht dabei sein kann. Doch das macht es mir nicht leichter.«

»Johannes würde es verstehen. Du weißt, wie klar er stets in seinen Gedanken war.«

»Das stimmt.« Madlen lächelte. »Nun gut, erzähl, Agathe, wie ich unbemerkt aus der Stadt kommen soll, während ihr nach Köln reist.«

Agathe schmunzelte. »Ich habe mir gerade etwas ausgedacht. Also, hört gut zu.«

9. Kapitel

Es war ein einziges Kommen und Gehen. Die Wachmänner, die ein Stück entfernt von dem Haus am Hafen einen sicheren Beobachtungsposten bezogen hatten, staunten über die vielen Menschen, die das Haus betraten und wieder verließen. Wie viel die beiden Frauen für ihre Reise nach Köln offenbar vorzubereiten hatten, überstieg ihre kühnsten Erwartungen. Immer wieder kamen Menschen mit Karren, auf denen sie Waren brachten, die sie dann zum Haus trugen. Kurz verschwanden sie damit im Innern, um nur wenige Momente danach mit leeren Händen wieder herauszutreten.

Eine Marktfrau brachte einen Armvoll Gemüse, ein anderer Händler lieferte mehrere prall gefüllte Trinkschläuche. Zwei Frauen zogen einen kleinen Karren hinter sich her, auf dessen Ladefläche sich aufeinandergestapelte Brotlaibe, die mit Tüchern umhüllt waren, abzeichneten. Sie griffen sich je zwei Laibe, traten damit an die Tür und klopften. Die Haushälterin öffnete und bat sie herein. Kurz darauf kam die Hausbesitzerin selbst heraus, ging zu dem Handkarren und holte ebenfalls zwei Laibe Brot, die sie mit ins Haus nahm. Es dauerte einen Moment, dann traten die beiden Bäckerinnen wieder heraus. Während die eine zu dem Handkarren ging, ein umhülltes Brot zu den anderen hineinlegte, den Griff fasste und anhob, ließ die zweite Frau sich von der Hausherrin bezahlen. Sodann ging auch diese zu dem Karren, fasste ebenfalls den Griff, und die beiden schlenderten mit den restlichen Broten in die Richtung zurück, aus der sie gekommen waren. Kurze Zeit später kam der Knochenhauer mit einem großen Schinken auf dem Arm, klopfte, übergab ihn und ging ebenfalls wieder.

»Die legen sich ja Vorräte für ein ganzes Jahr zu«, raunte der Wachmann seinem Kollegen zu.

»Dabei wollen sie nur nach Köln. Glauben die, dass man dort nichts zu essen kaufen kann?«

Ihre Beine schmerzten von der verkrampften Haltung, in der sie ausharren mussten, um nicht entdeckt zu werden. Schließlich kam noch ein Mann, der ein Pferd mit sich führte, das er am Zügel hielt, und an die Tür klopfte. Wieder erschien die Haushälterin im Türrahmen, bedeutete dem Mann etwas, worauf dieser das Reittier durch den kleinen Gang in den Hinterhof führte. Die Wachmänner ließen ihn nicht aus den Augen. Sie konnten gut sehen, dass er den Zügel des Tieres dort an einen Holzpfosten band, an dem schon das Pferd festgebunden war, das gestern zusammen mit der Ziege vor dem Haus gestanden hatte. Von der Haushälterin, die soeben durch den Hinterausgang herausgetreten war, erhielt der Mann sein Geld und kam wieder nach vorn. Dann ging er davon.

Die Wachmänner waren zufrieden. Sie konnten alles genau beobachten, nichts würde ihnen entgehen. Was auch immer diese Frauen sich einfallen lassen mochten, es würde ihnen nicht gelingen. Denn die Männer waren sicher: Madlen Goldmann befand sich in der Stadt und gewiss dort in dem Haus, das sie die ganze Nacht nicht aus den Augen gelassen hatten.

Sie hatten sich am gestrigen Abend noch mit den Bütteln am Stadttor unterhalten, sich als Gesandte des Erzbischofs von Köln vorgestellt und ihnen die Frau beschrieben, nach der sie suchten. Diese hatten zwar nicht jeden gekannt, der am Tag hindurchgegangen war und Worms betreten hatte, doch erzählten sie von einer kleinen Gruppe, die ein gar vergnügliches Bild abgegeben hatte: zwei Männer und zwei Frauen, eine davon mit einem kleinen Kind im Arm und einer Ziege, die an einer Leine neben dem Pferd herlief.

Der Wachmann hatte sich geärgert, dass er Elsbeth Goldmann nur Stunden zuvor die Geschichte abgekauft hatte, das Pferd vor dem Haus der Tante Madlens sei ihr eigenes und sie würde stets auf Reisen eine Ziege mit sich führen, um frische Milch zu haben. Sie waren sogleich zu dem Haus am Hafen zurückgelaufen und hatten erleichtert festgestellt, dass das Pferd zwar von dem Gepäck befreit worden war, jedoch noch immer zusammen mit der Ziege im Hinterhof stand. Als ebendiese Ziege dann am heutigen Morgen von der Haushälterin an der Leine weggeführt worden war, hatten sie sich bestätigt gesehen, dass Elsbeth sie dreist belogen hatte. Es war die Frau des Advocatus gewesen, die am gestrigen Tage in der kleinen Gruppe hier in Worms angekommen war! Und sie hatte sich vermutlich irgendwo im Haus versteckt, als er und sein Kollege sich darin umgesehen hatten. Verlassen hatte sie es seither nicht. Sie brauchten also nur zu warten.

Die Mutter des toten Advocatus und die Tante seiner Witwe wollten heute nach Köln aufbrechen. Und die Wachmänner waren sicher, dass sie eine List benutzen wollten, um Madlen unbemerkt aus der Stadt zu bringen. Doch die Büttel am Stadttor waren darauf eingeschworen, niemanden durchzulassen, bei dem sie nicht sicher waren, dass es sich nicht um Madlen Goldmann handelte. Sie saß in der Falle, auch wenn sie dies noch nicht ahnen konnte. Noch heute würden sie sie dingfest machen. Die Belohnung, die hierfür in Köln auf sie wartete, würde ihnen ein angenehmes Leben sichern.

»Sie machen sich bereit«, sagte nun einer der Wachmänner

und deutete zum Hof hinüber, wo sie sowohl die Hausherrin als auch Elsbeth Goldmann und die Haushälterin ausmachen konnten, die damit begannen, die Pferde zu bepacken. Das eine war das, das gestern zusammen mit der Ziege vor dem Haus gestanden hatte, das andere das, das der Mann soeben gebracht hatte.

»Sie glauben, wir fallen darauf rein, wenn sie den Gaul satteln, der gestern vorm Haus stand.« Der Wachmann grinste schief.

»Ich freue mich jetzt schon auf die Gesichter, wenn sie merken, dass wir ihnen draufgekommen sind«, sagte der andere und schüttelte den Kopf. »Dass die Weiber auch immer so einfältig sind.«

Sie beobachteten die Frauen weiter.

»Sie werden gleich losreiten«, raunte der eine dem anderen zu. »Gewiss glauben sie, wir werden ihnen folgen.«

Der andere lachte freudlos auf. »Da, sie kommen.«

Elsbeth und Agathe waren auf die Pferde gestiegen. Die Wachmänner verließen ihren Posten und traten ihnen entgegen. »Gott zum Gruße. Wir wünschen Euch eine gute Reise nach Köln. Gebt Obacht, dass keine Halunken Euren Weg kreuzen.«

Agathe schmunzelte. »Eigenartig, dass Ihr es erwähnt. Gerade sprachen wir darüber, wem man heute noch trauen kann und wem nicht«, entgegnete sie süffisant.

»Und? Seid Ihr zu einem Ergebnis gekommen?«

»Wir überlegen noch«, gab sie mit einem strahlenden Lächeln zurück. »So gehabt Euch denn wohl, Ihr Männer des Erzbischofs.«

»Einen guten Weg«, entgegnete er. »Ach, wo ist denn eigentlich die Ziege? Sagtet Ihr nicht gestern, dass Ihr sie stets mitnehmt?« Er warf Elsbeth einen arroganten Blick zu.

»Nun, ich habe es mir eben anders überlegt«, erwiderte diese ungerührt. »So sind wir Frauen eben.«

»Wenn Ihr es sagt.« Das Misstrauen in seiner Stimme war unüberhörbar.

»Und? Werdet Ihr uns folgen? Womöglich wollt Ihr in unseren Taschen nachschauen, ob Madlen sich nicht am Ende dort verbirgt?«

»Nein, nein, das wird nicht vonnöten sein. Wir bleiben lieber hier.« Er deutete zum Hauseingang. »Wer weiß, was sich hier noch tun wird.« Er musterte die Frauen genau. Waren sie besorgt über seine Andeutung, so ließen sie es sich zumindest nicht anmerken.

»Wenn Ihr abermals mein Haus durchsuchen wollt, so klopft nur an die Tür. Roswitha kennt Ihr ja bereits. Sie wird Euch öffnen.«

»Als dann«, sagte nun Elsbeth. »Wir sollten losreiten, Agathe. Sonst erreichen wir Köln nicht mehr rechtzeitig, um dem Begräbnis meines Sohnes beizuwohnen. Und darum geht es doch hier.«

Sie nickten den Wachmännern noch einmal zu und trieben dann ihre Pferde in einen langsamen Schritt, um Worms ohne Eile hinter sich zu lassen.

Die Männer warteten noch eine Weile, ob sich am Hauseingang etwas tat. Dann entschlossen sie sich, zu klopfen und die Haushälterin mit ihrem Verdacht zu konfrontieren.

»Ihr schon wieder?« Roswitha schien überrascht. »Was kann ich für Euch tun?«

»Nun, um uns die Arbeit zu ersparen, könntet Ihr Madlen Goldmann bitten, dem Versteckspiel ein Ende zu bereiten und zur Tür zu kommen. Doch das werdet Ihr vermutlich verweigern.«

Roswitha verdrehte die Augen. »Hatten wir das nicht gestern schon einmal?« Sie gab den Eingang frei. »Bitte, tretet ein und seht Euch um. Durchsucht, was Ihr meint, und dann geht wieder.«

Die Wachmänner traten ein. Die offensichtliche Sorglosigkeit der Haushälterin ließ sie kurz stutzen. War diese gestern auf eine bestimmte Art angespannt gewesen, wirkte sie nun, als gäbe es nichts, das ihr Sorgen bereiten könnte.

Ungerührt ging Roswitha zur Stube hinüber, in der noch eine weitere Frau am Tisch saß.

»Wer ist das?«, fragte einer der Wachmänner.

»Eine Bekannte, wenngleich Euch das nicht das Geringste angeht«, erklärte Roswitha.

Die junge Frau nickte ihnen zu.

»In jedem Fall ist sie nicht Madlen Goldmann, wie Ihr unschwer erkennen könnt.«

»Wie ist sie ins Haus gekommen?«, fragte der Wachmann, dem langsam Böses schwante.

»Wie wohl? Durch die Tür. Was denkt Ihr denn?«

»Wann ist sie hergekommen? Sprecht sogleich!«

»Nun ist es aber genug«, schimpfte Roswitha und stemmte die Hände in die Hüften. »Beschuldigt Ihr mich eines Verbrechens, dann lasst mich vorführen. Ansonsten werde ich mich jetzt wieder dort hinsetzen und einen Plausch halten. Einen guten Tag wünsche ich.« Damit ließ sie ihn einfach stehen.

Der Wachmann ging hinter ihr her und betrachtete die junge Frau, die am Tisch saß, genauer.

»Ich erkenne Euch«, sagte er nun. »Ihr seid eine der beiden Frauen, die vorhin die Brote brachten.«

Die junge Frau zuckte ungerührt mit den Schultern und sah ihn an. »Möglich.«

»Verdammt noch mal! Betrügerisches Weiberpack!«

»Was ist?«, fragte sein Kollege, der noch immer nicht verstand, was geschehen war.

»Sie ist weg«, schnauzte der andere. »Direkt vor unseren Augen hat sie das Haus verlassen. Und wir haben es nicht gemerkt.« Er rannte los. »Sie kann noch nicht weit sein. Wir müssen sie aufhalten. Komm schon!«

Der andere folgte ihm, ohne sich recht erklären zu können, was genau sich zugetragen hatte. So schnell sie konnten, holten sie ihre Pferde, stiegen auf und ritten im Galopp und ohne Rücksicht bis zum Stadttor. Elsbeth und Agathe hatten es bereits passiert und ritten in ruhigem Schritt die Handelsstraße entlang.

Einer der Wachmänner galoppierte ihnen hinterher, während der andere die Büttel am Tor befragte, ob eine Frau, auf die Madlens Beschreibung passte, heute schon die Stadt verlassen hatte.

»Die beiden dort«, erklärte der Büttel, »waren heute überhaupt die ersten Frauen, die hier durchgekommen sind. Die ihr sucht, muss noch in Worms sein.«

Der Wachmann, der die Verfolgung der Frauen aufgenommen hatte, erreichte diese. »Wo ist sie?«, brüllte er die beiden an.

»Ich muss doch sehr bitten!«, empörte sich Agathe. »Was erlaubt Ihr Euch, so mit uns zu sprechen!«

»Ihr folgt mir umgehend zurück nach Worms und werdet das Versteck preisgeben.« Er schnaubte vor Wut.

Agathe und Elsbeth ritten ohne jede Hast weiter. »Was auch immer Ihr von uns wollt, haben wir nicht«, stellte Agathe in ungerührtem Ton klar. »Und wir sind auf dem Weg nach Köln, um der Beisetzung eines geliebten Menschen beizuwohnen. Was Euer Auftrag ist und wie Ihr meint, ihn erfüllen zu können, ist uns einerlei. Doch wir werden weder mit Euch kommen noch uns davon abhalten lassen, unseren Weg fortzusetzen.«

»Und wenn ich Euch nicht lasse?«

Agathe zog sanft am Zügel und brachte ihr Pferd so zum Stehen. Ein kleines Stück weiter hielt dann auch Elsbeth an.

»Ich werde Euch jetzt etwas sagen.« Agathe sah dem Wachmann, dessen Nasenflügel sich bei jedem Atemzug vor Wut weiteten, fest in die Augen. »Die Büttel dort am Tor stehen allesamt im Dienste der Stadt Worms. Jeden von ihnen kenne ich mit Namen, ebenso Elsbeth. Sie wissen, welch schweren Gang wir anzutreten haben. Versucht Ihr, eine von uns oder gar uns beide am Weiterreiten zu hindern, werden genau diese Männer Eure Gesichter in den Dreck treten. Ihr sucht Madlen, nun, hier ist sie nicht, wie Ihr unschwer erkennen könnt. Dreht jeden Stein um, und doch werdet Ihr sie nicht finden. Und jetzt werden Elsbeth und ich unseren Weg fortsetzen. Versucht, uns aufzuhalten, und Ihr werdet sehen, wie treu die Büttel der Stadt Worms ihren Bürgern beistehen.« Agathe wartete seine Antwort nicht ab, nahm die Zügel auf und ritt weiter. Als sie mit Elsbeth auf gleicher Höhe war, trieb auch diese ihr Pferd wieder in den Schritt. Für die Frauen fühlte es sich an, als hätten sie einen großen Sieg errungen.

Der Wachmann wendete sein Pferd und kehrte zu seinem Kollegen zurück.

»Und?«, fragte dieser, als der andere näher kam.

»Sie muss noch in Worms sein. Suchen wir sie, und wenn wir jeden Stein umdrehen müssen«, griff er Agathes Worte auf. »Wir werden sie finden.«

Madlens Gefühle waren gespalten, als das Boot ablegte und sie sich weiter und weiter von Worms entfernte. Sie reiste mit wenig Gepäck. Lediglich das Nötigste hatte sie dabei, vor allem die Dinge, die der kleine Johannes brauchte, und natürlich die Ziege, die dafür sorgen würde, dass er keinen Hunger leiden musste. Ihr Geld würde bis Heidelberg reichen und auch noch eine Weile danach. Doch sie würde sich etwas überlegen müssen, um dort den einen oder anderen Groschen zu verdienen.

Wehmütig sah sie den Rhein entlang auf die sich immer weiter entfernenden Häuser der Stadt. In Agathes Haus hatte sie eine glückliche Zeit verlebt, und in Worms hatte sie Johannes kennengelernt. Johannes! Er war die Liebe ihres Lebens gewesen, auch wenn das Ehepaar, was den Umgang mit dem Heilen anging, nicht immer einer Meinung gewesen war. Erst kurz vor seinem Tod hatte Madlen erkannt, dass es ihm stets nur darum gegangen war, sie zu beschützen. Der Gedanke daran tröstete sie nicht. Womöglich wäre sie in ihrer Ehe fortan noch glücklicher gewesen, da sie nun wusste, was hinter seinen Bedenken steckte. Sie schloss kurz die Augen, atmete tief durch. Wie sehr sie Johannes vermisste! Ohne ihn fühlte sie sich, als stünde sie nur auf einem Bein, stets in Gefahr, das Gleichgewicht zu verlieren. Sie konnte den Gedanken kaum ertragen, ihn nie wieder zu sehen, nie wieder mit ihm zu sprechen, nie mehr neben ihm aufzuwachen und seinen Duft zu atmen. Madlen schluckte schwer.

Ob wohl ihre Kinder verständigt worden waren, dass ihr Vater tot war und in fünf Tagen die Beisetzung stattfinden würde? Würden sie ihr je verzeihen können, dass sie nicht dort war, um ihrem geliebten Gatten das letzte Geleit zu geben? Agathe und Elsbeth hatten ihr versprochen, den Kindern eine Nachricht zukommen zu lassen. Zwar würden sie diese im Falle, dass sie noch keine Kenntnis von Johannes' Tod hatten, nicht mehr rechtzeitig erhalten, um dem Begräbnis beizuwohnen. Doch wenigstens wussten die Kinder Bescheid, wenngleich es kaum möglich sein würde, ihnen alles zu erklären, was sich zugetragen hatte. Wie sehr wünschte Madlen sich in diesem Augenblick, ihre Kinder bei sich zu haben, ohne Furcht durch das Stadttor Kölns zu schreiten und Johannes' letzten Weg zu begleiten. Doch sie musste diesen Gedanken aufgeben, schmerzte es sie doch mehr, als sie ertragen konnte.

Am Abend, als sie in Sandhofen angekommen waren, hatte Madlen den kleinen Johannes ein letztes Mal versorgt, sich mit ihm in Decken gerollt und auf dem Boot zusammengekauert.

Am nächsten Morgen ging es gleich nach Sonnenaufgang

weiter. Sie erreichten nach etwa zwei Stunden die Neckarmündung, treidelten von dort aus neckaraufwärts weiter und kamen am Mittag in Feudenheim an. Hier machten sie Rast, fuhren auf der Neckarschleife um Ilvesheim herum und legten dann zur Nacht an.

Am nächsten Morgen schipperten sie weiter, ließen Ladenburg links liegen, machten in Wieblingen eine kurze Mittagsrast und erreichten am späten Nachmittag Heidelberg.

10. Kapitel

Obwohl ihr Bruder Kilian mit seiner Frau Irma und auch ihr Vater Jerg in Heidelberg lebten, führte Madlens erster Weg zum Stadtvogt. Mit ihm zusammen hatte sie einiges durchgestanden. Und waren sie anfangs auf verschiedenen Seiten gewesen, weil er sie eines Verbrechens überführen wollte, das sie nicht begangen hatte, wussten sie inzwischen, wie sehr sie dem jeweils anderen vertrauen konnten. Vor sieben Jahren hatte sie dem Stadtvogt dabei geholfen, Frauen, die von ihren Männern weit über die geltenden Gesetze hinaus gezüchtigt und bestraft wurden, dazu zu bringen, diese Kerle anzuzeigen. Auch wenn Madlen Bedenken gehabt hatte, dass für die Frauen hiernach alles noch schlimmer werden könnte, hatte sie aus den späteren Briefen des Stadtvogts erfahren, dass die Maßnahme ihre Wirkung nicht verfehlt hatte. Zwar schlugen einige Kerle ihre Frauen noch immer, doch das Ausmaß der Gewalt war deutlich geringer geworden, wenngleich die Herren Ehemänner sich nur deshalb zurückhielten, weil in Heidelberg eine Ordnung erlassen worden war, wonach die Besitztümer solcher Männer eingezogen werden konnten und an die Stadt fielen, waren die Beweise für eine fortwährende Misshandlung ihrer Frauen ausreichend.

Madlen hob die Hand und klopfte am Amtshaus des Vogts an. Ein Büttel öffnete. Sie hatte den Mann früher schon einmal gesehen, und sie glaubte, dass auch er sie erkannte.

»Ihr seid die Heilerin … Madlen Goldmann, nicht wahr?«, begrüßte er sie.

»Gott schütze Euch! Ja, die bin ich.«

»Mein Name ist Wendel. Womöglich erinnert Ihr Euch an mich? Ich habe Euch seinerzeit zum Haus der Magdalena Großherr begleitet.«

»Ja, ich erinnere mich«, sagte Madlen. Tatsächlich hatte sie wieder die Bilder vor Augen, wie sie die geprügelte Frau aufgesucht und ihr Schutz angeboten hatten. Sie zögerte, die Frage zu stellen: »Wie geht es Magdalena?« Es klang, als fürchtete sie sich vor der Antwort.

»Ausgezeichnet«, gab Wendel sogleich Auskunft. »Euer Eingreifen und das des Stadtvogts hat damals vieles verändert. Es mag ihrem Gatten Albert nicht gefallen, doch Magdalena hat ihr Lachen wiedergefunden.«

Madlen freute sich von Herzen. »Ach, wie wunderbar! Also war es nicht umsonst.«

»Ganz im Gegenteil. Es heißt allerorts: Schlag dein Weib, wo immer du willst, doch tu es nicht in Heidelberg. Dort herrscht der Vogt mit eiserner Hand.«

»Das sagt man?« Madlen lachte auf. »Dann hat der Stadtvogt erreicht, was er wollte.«

»Das und noch mehr«, bekräftigte der Büttel. »Wünscht Ihr ihn zu sprechen?«

»Ja, wenn er Zeit für mich hat.«

»Ich bin sicher, dass ihm kaum ein Besucher lieber wäre. Bitte entschuldigt mich einen Moment. Ich werde Euch melden.« Er deutete eine Verbeugung an und ging die Stufen zum Amtszimmer des Vogts hinauf.

Die Herzlichkeit, mit der der Büttel sie empfangen hatte,

gab ihr ein warmes Gefühl. Und nur einen Moment später polterte es auf dem oberen Flur, und der Stadtvogt beugte sich über das Geländer. »Ihr seid es wirklich, Madlen Goldmann! Welche Freude! Der Herr beschenkt mich!« Er eilte die Stufen hinunter. Madlen sah, dass er ein wenig an Gewicht zugelegt hatte seit ihrer letzten Begegnung und die Falten in seinem Gesicht ebenfalls mehr geworden waren. Doch das Funkeln in seinen wachen Augen, das sie so sehr an ihm schätzte, war noch immer da.

»Ich freue mich ebenso, Euch zu sehen, Stadtvogt von Heidelberg.«

Er kam mit ausgebreiteten Armen auf sie zu, erblickte das Kind in ihrem Arm. »Madlen, ich gratuliere Euch! Ich wusste nicht, dass Ihr noch ein Kind bekommen habt.«

»Es ist nicht meines. Und deshalb bin ich hier.«

Er hob abwehrend die Hände. »Meines ist es auch nicht, ganz gleich, was jemand behaupten mag«, lachte er.

Madlen stimmte in das vergnügte Lachen ein. »Und dessen seid Ihr sicher, Vogt?« Sie zwinkerte ihm zu. »Nein, nein«, beruhigte sie ihn dann, »keine Sorge! Ich denke, wir können ausschließen, dass Ihr etwas damit zu tun habt.«

»Ach, Madlen, wie lange ist das jetzt her? Fünf Jahre, sechs?«

»Sieben sogar«, stellte sie richtig.

Er sah sie kopfschüttelnd an. »Wo sind nur die Jahre geblieben?« Dann deutete er die Treppe hinauf. »Bitte, gehen wir doch in mein Amtszimmer.« Zu dem Büttel, der ebenfalls wieder heruntergekommen war, sagte er: »Wendel, bring uns Würzwein.« Dann wandte er sich erneut Madlen zu. »Ihr habt gewiss eine Menge zu erzählen.« Er deutete auf den kleinen Johannes. Sie gingen zur Treppe hinüber. »Und wie geht es Eurem Gatten und Euren Kindern? Alle wohlauf, will ich hoffen.«

Sie presste die Lippen aufeinander und sah ihn nur von der

Seite an. Augenblicklich erstarb sein Lächeln.

»Kommt. Gehen wir in mein Amtszimmer. Dort könnt Ihr mir alles erzählen.« Zusammen stiegen sie die Stufen hinauf. Die fröhliche Stimmung, die eben noch geherrscht hatte, war verschwunden.

»Bitte, setzt Euch doch, Madlen.« Er sah sich um, wo sie das Kind ablegen konnte, holte schließlich drei größere Kissen herbei und legte sie neben dem Stuhl, den er ihr anbot, auf den Boden und schob sie zurecht.

»Ich danke Euch.« Sie bettete den kleinen Johannes auf die Kissen. Er hatte seine Augen offen, guckte neugierig zu ihr hinauf. Es war, als beobachtete er, was um ihn herum geschah.

Wendel kam mit einem Krug und zwei Bechern durch die noch immer offene Tür herein. »Der Würzwein, mein Vogt.« Er verneigte sich. »Heilerin«, sagte er zu Madlen und verbeugte sich noch etwas tiefer.

»Habt Dank«, sagte Madlen. Der Stadtvogt und sie warteten, bis der Büttel die Tür von außen geschlossen hatte. Der Vogt schenkte ein und reichte Madlen einen der Becher. »Wohl mag es Euch bekommen. Auch wenn ich ahne, dass die Umstände, unter denen Ihr hergekommen seid, keine einfachen sind, möchte ich doch meiner Freude darüber, dass sie Euch zu mir führten, Ausdruck verleihen. Seid willkommen in Eurer Heimatstadt, seid willkommen in Heidelberg!«

Madlen lächelte und trank einen Schluck. »Es tut gut, wieder hier zu sein. Vor allem, da ich von Euch so herzlich empfangen wurde.«

»Aber ich bitte Euch! Ihr wisst doch, dass Ihr mir immer eine Freude macht, führt Euch der Weg hierher nach Heidelberg.« Er trank ebenfalls einen Schluck. »Darf ich ganz offen sprechen?«

»Aber gewiss.«

»Nun, ich habe schon vor einigen Monaten mit Euch

gerechnet. Gewiss, Ihr habt Euren eigenen Hausstand, und Köln ist weit entfernt. Und bitte glaubt nicht, dass ich Euch einen Vorwurf machen möchte, insbesondere weil es wohl kaum etwas zu regeln gab. Aber dennoch hätte ich erwartet, dass Ihr nach dem Tode Eures Vaters zu Besuch kommt.«

»Was?« Madlen stellte den Becher, den sie soeben an ihren Mund führen wollte, mit Schwung zurück auf den Tisch, sodass etwas von dem Wein auf die Tischplatte schwappte.

Der Stadtvogt sah sie erstaunt an, als wisse er nicht, weshalb sie so reagierte.

Madlen schluckte schwer und sah ihn mit weit aufgerissenen Augen an. »Mein Vater ist tot?«

Er schlug erschrocken die Hand vor den Mund. »Großer Herr, sagt nur nicht, dass Ihr hiervon keine Kenntnis hattet?«

Langsam schüttelte sie den Kopf. »Nein«, antwortete sie leise. »Das habe ich nicht gewusst.«

Er nahm die Hand wieder herunter, legte den Kopf schräg. »Das tut mir so leid, Madlen. Glaubt mir, hätte ich geahnt, dass Euer Bruder Euch nicht benachrichtigt hat, ich hätte es selbst getan. Doch ich ging davon aus ...« Er brach ab.

»Dass mein Bruder mir eine Botschaft zukommen lassen würde, wie es seine Aufgabe gewesen wäre«, vollendete sie den Satz.

Der Stadtvogt nickte. »Lasst mich Euch mein tiefes Bedauern aussprechen. Ich weiß, dass Ihr es nicht immer einfach mit Jerg hattet. Doch gewiss sollte man nicht auf diese Art und Weise vom Tod seines Vaters erfahren.«

»Es ist nicht Eure Schuld, Stadtvogt. Mein Bruder ist derjenige, der es bedauern sollte.« Sie zögerte kurz. »Wie ist mein Vater gestorben?«

Es war dem Stadtvogt anzusehen, dass ihm nicht recht wohl dabei war, die Tochter über die Umstände des Todes ihres Vaters aufklären zu müssen. »Ihr wisst ja, wie er war«, begann er zögerlich. »Er genoss Bier und Schnaps im Übermaß.«

»Ich weiß, dass er ein Säufer war«, erwiderte Madlen ohne jede Gefühlsregung. »Bitte, Stadtvogt, sagt mir ohne Umschweife, wie es geschehen ist.«

»Nun gut. Der alte Jerg hatte in der Schenke reichlich Schnaps getrunken und hatte wieder einmal nicht genug Münzen dabei. Darüber geriet er mit dem Wirt in Streit. Der hatte einige Bänke von Eurem Vater fertigen lassen, die noch in der Zimmerei standen. Also hat der Wirt Euren Vater nach Hause gebracht und angekündigt, die Bänke gleich mitzunehmen, damit er sein Geld für den Schnaps bekam. Jerg hatte wohl, wie es später hieß, nicht nur an diesem Abend, sondern schon etliche Male seine Zeche nicht bezahlt.«

»So unangenehm es sein mag, überrascht es mich doch nicht«, sagte Madlen.

»Nun denn, als der Schenkwirt Euren Vater heimgebracht hatte, ging er in die Zimmerei, um die Bänke zu holen. Er sagte mir, als er Meldung machte, dass er gar nicht mitbekommen habe, dass Jerg sich wieder von seinem Lager erhoben hatte und ihm gefolgt war. Der Wirt dachte wohl auch nicht, dass Jerg hierzu überhaupt noch in der Lage gewesen wäre.« Der Stadtvogt seufzte. »Na, jedenfalls stand Jerg dann auf einmal hinter dem Wirt und hielt einen Hammer in der Hand. Er schnauzte, der Wirt wolle ihn bestehlen und er würde ihm den Kopf einschlagen. Der Wirt, der die Bänke wieder abgestellt hatte, hat versucht, Jerg zu beschwichtigen, und gesagt, dass er am nächsten Tag wiederkäme, um alles zu klären. Doch Jerg wollte sich nicht beruhigen.« Wieder seufzte der Stadtvogt und schüttelte den Kopf. »Er hat mit dem Hammer ausgeholt und ist auf den Wirt losgegangen. Dieser wich zur Seite aus. Er schwor mir bei allem, was ihm heilig ist, Jerg nicht angerührt zu haben. Doch Jerg konnte wohl den Schwung nicht mehr abfangen, ist gestolpert und in die offenen Spitzen eines

Geländers gefallen, das Euer Bruder am gleichen Tag gefertigt hatte und dessen Gegenstück noch fehlte. Aufgespießt hat er sich. Der Wirt wollte ihm noch helfen, doch da war nichts mehr zu machen.«

Madlen nickte mit betretener Miene. Sie hatte immer gewusst, dass der Schnaps ihrem Vater eines Tages zum Verhängnis würde. Doch hatte sie eher gedacht, dass er im Suff einfach irgendwann tot umfallen würde. »Welcher Wirt war es?«, fragte sie.

»Der alte Hannes von der Schenke am Neckar.« Der Stadtvogt musterte Madlen. Würde sie ihm oder dem Wirt Vorhaltungen machen? »Ich glaube Hannes, dass es sich so zugetragen hat und ihn keine Schuld trifft«, stellte er klar.

»Ich auch«, stimmte Madlen zu und sah dem Stadtvogt direkt in die Augen. »Ich kannte Hannes schon als Kind. Er ist ein guter, ehrlicher Mann. Anders, als mein Vater war.«

Der Stadtvogt war erleichtert über ihre Antwort, doch auch bekümmert. Er wusste, welch guter Mensch Madlen war. Von ihr ein derartiges Urteil über ihren eigenen Vater zu hören, verriet, wie sehr sie unter ihm gelitten haben musste.

»Er wurde nahe der Kirche in heiliger Erde begraben«, versuchte er ihr Trost zu spenden.

»Ich werde morgen dorthin gehen und für seine Seele beten.«

»Wenn Ihr erlaubt, begleite ich Euch.«

»Habt Dank, Stadtvogt. Das nehme ich gern an.«

Der Vogt trank einen Schluck. »Doch was führt Euch nun nach Heidelberg, Madlen?«, nutzte er die Gelegenheit, das Thema zu wechseln.

»Es ist viel geschehen«, antwortete sie, und ihr Tonfall verriet ihm, dass es ihr schwerfiel, es auszusprechen.

»Mein Gatte ist tot«, brachte sie stockend hervor und kämpfte gegen die Tränen. »Er wurde feige ermordet.«

Der Stadtvogt sah sie erschrocken an. »Der Advocatus des Erzbischofs? Wer hat das getan?«

Madlen seufzte. Dann erzählte sie ihm alles, was sich in Köln, auf dem Weg nach Worms und dort im Hause Agathes zugetragen hatte. »Und so kam ich nun heute hier an in der Hoffnung, bleiben zu können.«

»Hier seid Ihr sicher«, versicherte ihr der Vogt sogleich. »Madlen, es tut mir so leid. Welch ein Unrecht! Mir fehlen die Worte, um mein Entsetzen zu beschreiben.«

»Ich danke Euch, Stadtvogt. Noch immer weiß ich nicht, warum jemand verhindern will, dass dieses Kind lebt. Und dass nun sogar behauptet wird, ich hätte meinen Gatten getötet, macht mich fassungslos. Ich weiß nicht mehr ein noch aus.«

»Wissen Eure Kinder Bescheid?«

»Ich weiß es nicht. Ich hoffe, von meiner Tante und meiner Schwiegermutter eine Botschaft zu erhalten, nachdem sie der Beisetzung meines Gatten beigewohnt haben. Sie wissen, wo ich bin.«

»In was seid Ihr da nur hineingeraten?« Er schüttelte mit dem Kopf.

»Wisst Ihr eine Unterkunft, in der ich eine Weile bleiben kann?«

»Aber ohne Frage«, antwortete der Stadtvogt sogleich, »werdet Ihr bei mir und meiner Frau unterkommen. Sie wird sich freuen.«

»Haltet Ihr dies für klug? Es könnte Gerede geben.«

»Die Menschen reden immer. Mal über Euch, mal über mich, mal über irgendwen anders. Und das ist auch in Ordnung, da einzig zählt, was man sich aus dem Gerede macht.«

Die Bemerkung rang Madlen ein Lächeln ab. »Ein guter Gedanke. Das werde ich mir merken.«

»Bitte, Madlen, seid mein Gast«, sagte er nun ernst. »Wisst Ihr, auch wenn ich Euch durch den Schreiber mitgeteilt habe, was sich seit Eurem Eingreifen damals ereignet hat, so gaben die wenigen Zeilen doch nicht die Dankbarkeit wieder, die ich und vor allem die betroffenen Frauen für Euch empfinden. Vieles hat sich seither verändert. Ein Mann, der seine Frau ohne Grund prügelt, ist in Heidelberg nicht gern gesehen. Und das hat sich herumgesprochen. Ich gebe zu, ein wenig stolz darauf zu sein, die vom Sachsenspiegel vorgegebene Ordnung so klar umgesetzt zu haben. Und dass die Frauen den ersten Schritt taten, haben wir Euch zu verdanken. Heidelberg ist eine bessere Stadt geworden durch Euch. Lasst uns hierfür unsere Dankbarkeit zeigen.«

Madlen war gerührt. »Es ist von Herzen gern geschehen. Dabei hätte ich kaum zu hoffen gewagt, dass sich so viel ändern könnte. Ich nehme Eure Gastfreundschaft sehr gern an, Stadtvogt. In all den Jahren habe ich nicht einmal Euer Eheweib kennengelernt, weil wir stets so viel Geschäftliches miteinander zu tun hatten. Ich freue mich, dies nun ändern zu können.«

»Sie spricht voller Bewunderung von Euch, genau wie viele andere in der Stadt. Besonders die Frauen. Ihr seid deren Vorbild geworden, Madlen.«

Sie winkte ab. »Das ist zu viel der Ehre«, sagte sie.

Es klopfte, und der Vogt rief: »Herein!«

Wendel öffnete die Tür und verbeugte sich. »Verzeiht mir, doch vor dem Amtshaus ist eine Ziege angebunden, die ohne Unterlass meckert. Gehört sie Euch? Sonst muss ich mich darum kümmern, wer das Tier dort zurückgelassen hat.«

»Sie gehört mir«, stellte Madlen klar.

Der Stadtvogt sah sie überrascht an.

»Dann ist ja alles gut«, sagte Wendel. »Ich bringe die Ziege in den Stall.«

Der Stadtvogt hob die Hand. »Nein, lass nur. Wir wollen ohnehin gleich aufbrechen.« Er sah Madlen an. »Also eine Frau, ein Kind und eine Ziege. Meine Gertrud wird sich wundern, was ich ihr heute alles heimbringe.«

Der Stadtvogt hatte recht behalten. Gertrud, seine Gattin, hatte sich über die Maßen gefreut, Madlen endlich kennenzulernen. So viel Gutes hatte sie über die Jüngere gehört, so voller Bewunderung waren sie und all ihre Bekannten für das, was Madlen durch ihr mutiges Handeln bewirkt hatte. Nicht nur hatte sie vor sieben Jahren den Anstoß gegeben, dass Frauen die ungerechtfertigte Härte ihrer Männer nicht länger zu erdulden hatten. Auch schon Jahre vorher, als Madlen des Mordes angeklagt gewesen war, obwohl sie nichts anderes getan hatte, als einer Frau in Not zu helfen, und damit den Zorn deren gewalttätigen Ehemannes auf sich gezogen hatte, war sie zum Vorbild geworden, auf Recht und Gesetz zu vertrauen und die Willkür Höhergestellter nicht einfach hinzunehmen.

Zwar hatte Madlen dies in ihrer verzweifelten Lage damals anders wahrgenommen, doch das schien für Gertrud und die anderen Frauen nicht mehr zu zählen. Sie bewunderten sie für ihr mutiges Auftreten und zogen hieraus Kraft. Was sollte Madlen also dagegen sagen?

Bevor die Nacht über Heidelberg hereinbrach, ging Madlen noch zu ihrem Bruder in die Zimmerei, an den Ort, an dem ihr Vater dem Bericht des Stadtvogts zufolge den Tod gefunden hatte. Den kleinen Johannes ließ sie bei Gertrud, die sich erfreut gezeigt hatte, sich um das Kind kümmern zu dürfen.

Madlen öffnete die Tür, die quietschend den Eingang freigab. Die Begrüßung fiel nicht gerade herzlich aus, als ihr Bruder sie überraschend im Türrahmen stehen sah. »Was machst du in Heidelberg?«

»Ich freue mich auch, dich zu sehen, Kilian.« Sie ging trotz seiner Schroffheit auf ihn zu und umarmte ihn. »Es ist lange her.«

Kilian zuckte mit den Schultern. »Mag sein. Ein Tag ist wie der andere. Was macht es da für einen Unterschied, wie viele Tage vergangen sind?«

»Was ist mit dir geschehen?«, fragte sie. »Du wirkst verbitterter als je zuvor.«

»Nichts. Was soll schon sein?«

»Wann hattest du vor, mir zu erzählen, dass Vater tot ist?«

Er zuckte mit den Schultern, ging wieder zu dem Holz hinüber, das er gerade bearbeitete, und schliff weiter. »Ich dachte, deine Zeit würde es dir wohl kaum erlauben, hierherzukommen. Und es war auch nichts weiter zu klären. Oder hoffst du darauf, dass er dir etwas hinterlassen hat?«

Madlen wurde wütend. Mit großen Schritten ging sie zu ihm hinüber, riss ihn an der Schulter herum. »Das reicht! Was erlaubst du dir? Und was ist geschehen, dass du dich so verändert hast?«

»Verändert? Ich mich verändert?« Bei jedem seiner Worte schlug ihr ein Schwall von Bier- und Schnapsgestank entgegen. »Ich«, er tippte sich mit dem Finger gegen seine Brust, »bin nicht derjenige, der einen reichen Mann geheiratet, feine hochherrschaftliche Kinder geboren und alle anderen vergessen hat!«, schnauzte er. »Nein. Ich bin hiergeblieben. Hier in dieser muffigen Werkstatt. Hier in Heidelberg, in diesem Drecksloch.«

»Was hat dich gehindert, ebenfalls zu gehen? Doch wohl kaum deine Fürsorge für Vater«, gab sie aufgebracht zurück.

»Du hast ja keine Ahnung, wie das ist! Du musstest nur für den Richtigen die Beine breit machen und dir ein Balg andrehen lassen.«

Sie holte aus und gab ihm eine schallende Ohrfeige.

Er sah sie wütend an. »Du …!«

Weiter kam er nicht, da sie ihm erneut eine Ohrfeige verpasste. »Entschuldige dich sogleich, oder ich werde wieder zuschlagen!«, spie sie ihm entgegen.

Er packte ihre Hand, als sie ihre Worte in die Tat umsetzen wollte. Sie holte aus und schlug nun mit der Linken zu, bis er auch diese packte.

»Ich könnte dich gegen die Wand schleudern, du Weibsbild!«

»Und dann stünde ich wieder auf und würde dich erneut ohrfeigen!«, schrie sie und hielt seinem Blick stand.

Er verharrte einen Moment, dann ließ er sie los. »Ach, es wäre ja doch vergeudet.« Er drehte sich von ihr weg.

Madlen schnaubte. Sie war so wütend, dass sie aus der Haut fahren mochte.

»Was ist aus dem Bruder geworden, den ich einst geliebt habe?« Ihre Stimme brach.

»Er ist tot«, antwortete Kilian nun traurig und stützte sich auf seinen Werktisch.

Madlen wartete, ob er noch etwas sagen würde. Ihr Herz krampfte bei dem Anblick, den er bot. Sie machte einen Schritt auf ihn zu und legte ihm die Hand auf den Rücken. »Was ist nur geschehen?«

Er stützte sich weiter auf, sagte nichts. Dann spürte Madlen, dass seine Schultern zuckten. Tränen tropften auf den Tisch herunter. Kilian schluchzte auf. Sanft zog Madlen ihn an der Schulter zu sich herum und nahm ihn in den Arm. Sie legte ihm beruhigend die Hand auf den Rücken und streichelte ihn, wie sie es früher oft getan hatte, wenn ihr Vater den zwei Jahre Älteren wieder einmal verprügelt und ihm schmerzende Verletzungen beigebracht hatte.

Es dauerte eine Weile, bis Kilian sich beruhigt hatte.

»Komm«, sagte Madlen. »Setzen wir uns.« Sie führte ihn zu den Stühlen hinüber, die an der Wand standen. Gemeinsam nahmen sie Platz. Madlen hielt seine Hände in den ihren. »Was ist geschehen, Kilian?«

Er machte eine Hand frei und wischte sich die Tränen mit dem Handrücken ab. Dann legte er sie in die ihre zurück. »Alles ist sinnlos«, begann er.

Madlen sagte nichts, ließ ihm Zeit.

»Mit Irma ist es nicht besser geworden. Sie weigert sich, bei mir zu liegen, aus Furcht, sie könnte erneut guter Hoffnung werden und das Kind dann doch wieder verlieren.«

»Aber sie hat schon ein gesundes Kind geboren«, widersprach Madlen. »Es ist ein schweres Schicksal, dass es erkrankte und euch wieder genommen wurde. Doch sie kann Kinder bekommen und sie auch austragen.«

Kilian sah sie an. »Die vielen Fehlgeburten danach und die Angst, ein Kind zu gebären und dann doch wieder zu verlieren, haben sie verzweifeln lassen. Sie hat sich verändert, betet ständig und redet nur von Gottes furchtbarer Strafe, die über uns kommen wird. Fast glaube ich, sie hat den Verstand verloren. Und an allem gibt sie mir die Schuld.«

»Weshalb dir?«

Er zuckte mit den Schultern. »Ich weiß es nicht. Doch womöglich stimmt es. Ich biete ihr kein gutes Leben, ehre den Herrn nicht, und«, er deutete mit dem Kopf auf den Haken, an dem ein Trinkschlauch hing, »ich saufe zu viel. Irma sagt, dass der Herr uns straft.« Er sah Madlen an. »Ich wollte weg, immer nur weg von hier. Weg von Heidelberg, hinaus aufs Meer und fremde Länder sehen. Doch was ist aus mir geworden? Ich bin genau wie Vater, arbeite in der Zimmerei, saufe und ergehe mich in Selbstmitleid.«

»Dann ändere es.«

Er sah sie mutlos an. »Und wie?«

»Zuerst einmal: Wirf den Schnaps weg, meide die Schenken!« Sie sah sich um. »Und schaffe Ordnung!«

»Wenn es doch nur so einfach ginge«, wünschte Kilian.

»Es ist an dir, was du aus deinem Leben machst, Kilian.«

»Du hast es gut getroffen«, entgegnete der Bruder. »Dein Mann ist ein angesehener Advocatus, der für den Erzbischof arbeitet, deine Kinder sind gesund, ihr lebt, wie man es sich nur wünschen kann.«

»Johannes ist tot«, sagte sie und senkte den Blick.

»Was?«

Sie nickte bekräftigend mit dem Kopf. »Es ist wahr. Er wurde ermordet, und ich werde beschuldigt, dafür verantwortlich zu sein. Deshalb bin ich geflohen.«

»Beim Herrn!« Er beugte sich vor und zog sie an sich. »Wie konnte das nur geschehen?«

»Es würde jetzt zu lange dauern, alles zu erzählen. Ich werde eine Weile hier in Heidelberg bleiben. Wenn es dir recht ist, komme ich morgen wieder und erzähle dir alles.«

»Es tut mir leid, was ich vorhin sagte.«

»Ist schon gut.« Sie löste sich aus seinen Armen und stand auf. »Wir haben uns voneinander entfernt. Wir sollten das wieder ändern.«

»Das würde mich freuen.« Er erhob sich ebenfalls.

»Ich komme morgen wieder. Dann reden wir in Ruhe.«

»Ich bin froh, dass du wieder da bist«, sagte Kilian. »Auch wenn ich mir andere Umstände gewünscht hätte.«

Die Geschwister umarmten sich zum Abschied, und Madlen ging zurück zum Haus des Stadtvogts. Sie wusste nicht recht, weshalb es so war, doch hatte die Begegnung mit ihrem Bruder ihr Kraft gegeben.

Als sie an die Tür klopfte, öffnete Gertrud ihr sogleich, als hätte sie bereits auf sie gewartet. »Madlen, da seid Ihr ja. Dann können wir gleich essen.« Sie wiegte den kleinen Johannes in ihrem Arm.

»Es ist schön, willkommen zu sein«, erwiderte Madlen.

»Kann ich ihn nehmen?«

»Aber ja. Hier habt Ihr ihn. Er ist ein wahrer Sonnenschein.« Gertrud gab ihr behutsam den kleinen Johannes.

Madlen lächelte glücklich. »Es ist eigenartig. Auch wenn er nicht mein eigenes Kind ist, habe ich mich doch in der kurzen Zeit, die ich ihn nun versorge, so sehr an ihn gewöhnt, dass er mir schmerzlich fehlt, wenn er nicht in meiner Nähe ist.«

Gertrud sah sie fragend an. Offenbar hatte ihr Mann ihr nicht erzählt, unter welchen Umständen Madlen das Kind an sich genommen hatte. »Das verstehe ich nur zu gut«, sagte sie dann. »Sieht man in sein kleines Gesicht, so muss man lächeln, ungeachtet aller Sorgen.« Sie berührte mit dem Finger seine Wange. »Doch nun kommt erst einmal herein und lasst Euch auftragen. Ihr müsst ja ganz ausgehungert sein.«

»Es duftet wunderbar.« Tatsächlich knurrte nun Madlens Magen. Sie hatte seit dem Morgen nichts mehr gegessen. Es war ihr gar nicht aufgefallen, doch jetzt, da Gertrud es ansprach und der gute Essensduft durch das Haus zog, nahm sie es umso mehr wahr.

Gemeinsam gingen sie ins Esszimmer, wo der Stadtvogt sie bereits erwartete.

»Ah, da seid Ihr ja. Und? Hat er sich gefreut, Euch zu sehen?« Zweifel lag in der Stimme des Stadtvogts, als fürchtete er, dass es nicht so gewesen sein könnte. Er deutete auf einen Stuhl, und Madlen setzte sich.

»Am Anfang war er wenig erfreut«, berichtete sie, »doch wir haben uns ausgesprochen.«

»Das freut mich aufrichtig.«

Gertrud kam mit einer Fleischplatte herein und stellte diese auf dem Tisch ab. Dann verschwand sie wieder, brachte noch Gemüse und setzte sich an den Tisch. »Wollt Ihr den Kleinen während des Essens dort drüben hinlegen?«, fragte sie.

Eigentlich hätte Madlen ihn gern bei sich behalten, doch

sie wollte nicht unhöflich wirken. »Gern«, sagte sie, stand auf und legte Johannes auf den Kissenstapel, der offenbar eigens für ihn bereitgelegt worden war. Dann ging sie zurück an den Tisch.

»Ich habe meiner Frau gesagt, dass Ihr für eine Weile hier leben werdet«, begann der Stadtvogt das Gespräch.

Noch bevor Madlen fragen konnte, ob dies auch für Gertrud in Ordnung sei, sagte diese: »Und ich freue mich aufrichtig darüber. Zwar weiß ich nicht, was Euch widerfahren ist und hierhergeführt hat, doch wäre ich dankbar, wenn Ihr die Einladung meines Gatten annehmen würdet.«

»Ihr seid so gute Menschen.« Madlen sah den Vogt an. »Habt Ihr Gertrud denn nicht gesagt, was mich nach Heidelberg führte?«

Gertrud antwortete anstelle ihres Mannes: »Ich habe mich daran gewöhnt, dass mein Gatte mir nur selten etwas davon erzählt, was er in seinem Amt als Vogt dieser Stadt erlebt und welcher Schicksale er gewahr wird. Es macht mir nichts aus, vieles nicht zu wissen. Ich vertraue darauf, dass Albrecht mir sagt, was er für richtig hält.«

»Eine kluge Frau, die ich da habe, nicht wahr?« Der Vogt lächelte seine Gattin an. Madlen lernte den Mann heute von einer Seite kennen, die sie nie zuvor an ihm wahrgenommen hatte.

»Ich danke Euch, Vogt, für Eure Verschwiegenheit. Doch Gertrud darf und soll meine Geschichte erfahren«, sagte Madlen.

»Habt Dank für Euer Vertrauen.« Gertrud lächelte sie an.

Dann begann Madlen abermals zu erzählen, was sich zugetragen hatte. Doch anders als heute Nachmittag beim Vogt oder zuvor bei Agathe und Elsbeth wich die Traurigkeit über alles, was sich ereignet hatte, nun einer unglaublichen Wut. »Der kleine Johannes und ich haben beide den wichtigsten Menschen in unserem Leben verloren«, resümierte Madlen mit Trauer in der Stimme, als sie endete. »Ich werde mich einige Zeit von Köln fernhalten, schon um sicherzugehen, dass Johannes nichts geschieht.«

»Es ist wirklich furchtbar, was Euch widerfahren ist«, sagte Gertrud betroffen. »Und doch wollt Ihr eines Tages dorthin zurück?« Sie klang überrascht.

»Ja.« Madlen nickte. »Wenngleich mir das erst jetzt klar wird, wo ich es Euch sage. Ich will auf keinen Fall, dass Johannes' und Jonatas Tod und auch Ursels und Ottokars Tod ungesühnt bleiben.«

»Was glaubt Ihr, wer dahintersteckt?«, fragte der Vogt und schob sich ein Stück Fleisch in den Mund.

»Ich weiß es wirklich nicht«, antwortete Madlen nachdenklich. »Und ich frage mich auch, ob das mit der versuchten Vergiftung des Erzbischofs zusammenhängt. Andererseits kann ich nicht sehen, dass dies der Fall ist. Doch dass sich zwei Verbrechen rund um den Palast nur kurze Zeit nacheinander ereignen, erscheint mir beunruhigend.«

»Es kann ebenso ein unglücklicher Zufall sein«, wandte der Vogt ein.

»Das ist wahr.« Madlen nahm sich ebenfalls ein Stück Fleisch. Es schmeckte so unglaublich gut. Genüsslich kaute Madlen.

»Wusstet Ihr, dass Euer Schwiegervater hier in Heidelberg ist?«, fragte nun Gertrud.

»Was? Peter ist hier?«

»Aber ja. Er hat …«, sie zögerte, »äh, eine Bekannte hier.«

»Eine Liebschaft, meint Ihr? Sprecht es ruhig aus. Ich weiß, was für ein Mensch Peter ist.« Madlen nahm sich etwas von dem Gemüse.

»Nun ja, es stimmt. Sie ist keine Hübschlerin, nein, das

wohl nicht«, meinte Gertrud. »Doch sie, wie soll ich sagen, nimmt gern Geschenke von Herren an und führt so ein sehr angenehmes Leben. Das heißt, wenn man das, was sie tut, als angenehm bezeichnen mag.«

»Ich verstehe schon«, sagte Madlen. »Wie lange ist er schon hier?«

»Ach, immer einmal wieder, denke ich. So genau kann ich es nicht sagen.« Gertrud sah ihren Mann an. »Weißt du es genauer, Albrecht?«

Der Vogt schluckte den Happen herunter. »Es begann damals, als Ihr zusammen mit Eurer Schwiegermutter, den Kindern und Eurer Tante hier wart«, sagte der Vogt. »Da hat er sie wohl kennengelernt. Euer Schwiegervater ist immer wieder längere Zeit nicht in Heidelberg, kommt aber wieder und lebt dann bei ihr. Wenn Ihr mich fragt, stets so lange, wie sein Geld reicht. Dann geht er wieder, bis er das nächste Mal vorstellig wird.«

»Ehrlich gesagt, möchte ich Peter lieber nicht begegnen«, sagte Madlen. »Ich zürne ihm wegen seines Verhaltens Elsbeth gegenüber. Sie ist eine wunderbare Frau und hat es nicht verdient, so behandelt zu werden. Allerdings ...«, sie sah Gertrud an, »ist es wohl meine Pflicht, ihn vom Tode seines Sohnes in Kenntnis zu setzen, wenn wir schon beide hier in der Stadt sind, nicht wahr?«

»Das könnt nur Ihr entscheiden«, sagte Gertrud. »Euer Gewissen wird Euch die Antwort geben.«

Madlen nickte. »Sagt, Gertrud, ich würde morgen gern noch einmal zu meinem Bruder gehen. Der kleine Johannes wurde seit seiner Geburt so viel hin und her getragen, dass ihm ein wenig Ruhe guttäte. Wäre es Euch recht, wenn ich ihn so lange hierlasse?«

Gertruds Miene erhellte sich. »Ihr würdet mir damit eine große Freude bereiten.« Sie sah zu Johannes hinüber, der auf den Kissen lag und friedlich schlief. »Er ist so ein kleiner Sonnenschein. Lasst ihn hier, wann immer Ihr wollt. Ich werde gut auf ihn achtgeben.«

»Davon bin ich überzeugt. Ich danke Euch.« Madlen genoss die Herzlichkeit, die ihr in diesem Haus entgegengebracht wurde. »Sagt, Vogt«, wandte sie sich nun wieder an ihn, »lebt Medicus Franz von Beyenburg noch hier?«

»Franz von Beyenburg?«, wiederholte der Vogt und überlegte einen Moment. »Ah, jetzt weiß ich, wen Ihr meint. Nein, leider. Etwa ein Jahr nachdem Ihr in der Universität seinen Vorlesungen gelauscht habt, ist er wieder fortgegangen.«

»Schade«, sagte Madlen. »Ich hätte ihn gern wiedergesehen.«

»Soviel ich weiß, ist er nach Salerno zurückgekehrt. Vom Schüler zum Lehrer, wenn man so will. Ich weiß gar nicht mehr, wer es mir erzählt hat, doch soweit ich mich noch erinnere, gibt er nun dort, wo er selbst zum Medicus wurde, sein Wissen weiter.«

»Ja, das klingt nach ihm.« Madlen war enttäuscht, den Medicus hier nicht anzutreffen. Sie hatte sich ihm damals verbunden gefühlt. Seine Leidenschaft für das Heilen, die Neugierde auf den menschlichen Körper und sein Bestreben, alles zu tun, um den Kranken die Gesundheit zurückzubringen, hatten sie tief beeindruckt.

Die drei unterhielten sich noch eine Weile, dann ließ Madlen sich von Gertrud die Kammer zeigen, in der sie und der kleine Johannes nächtigen konnten. Alles war bereits hergerichtet, und die Lagerstatt schien Madlen vom bloßen Ansehen so gemütlich, dass sie sich augenblicklich darauf niederlassen wollte. Sie dankte ihren Gastgebern aufs Herzlichste und zog sich dann mit dem Kleinen zurück. Gertrud hatte ihn bereits versorgt, und für den Fall, dass er des Nachts wach wurde und Milch haben wollte, hatte Madlen einen Trinkschlauch und den Stofftrichter bereitgelegt. Sie kuschelte sich mit dem Kleinen auf das Lager, liebkoste ihn noch einen Moment und schlief dann augenblicklich ein. Nur einmal wurde das Kind in der Nacht wach, ließ sich versorgen und schlummerte alsbald weiter. Madlen öffnete danach ihre Augen erst wieder, als bereits das erste Licht des Tages durch die Ritzen der hölzernen Fensterläden drang.

11. Kapitel

Der Vogt war schon aus dem Haus, als Madlen mit Gertrud im Esszimmer am Tisch saß und das Morgenmahl einnahm. Sie hatte ein schlechtes Gewissen, weil sie den Tagesablauf der Eheleute vermutlich durcheinandergebracht hatte, da sie so spät wach geworden war.

»Ich war so müde und erschöpft, dass ich gar nicht gemerkt habe, dass der Tag bereits begonnen hat«, entschuldigte sie sich.

»Aber Unsinn.« Gertrud winkte ab. »Seit unser Richard aus dem Haus ist, bin ich froh, mich endlich einmal wieder um jemanden kümmern zu können.« Sie wiegte Johannes in ihrem Arm, während Madlen aß. »Es ist so schön, wieder mehr Leben im Haus zu haben.«

»Ich weiß genau, was Ihr meint. Meine Kinder sind erst vor wenigen Wochen in die Lehre gegangen. Seither kam mir unser Haus in Köln unendlich groß und leer vor.«

»Dann könnt Ihr es gut nachempfinden.« Gertrud streichelte mit dem Finger Johannes' Wange. »Er ist aber auch so reizend! Sagt, was habt Ihr heute vor, Madlen?«

»Zunächst einmal werde ich Peter aufsuchen. Könnt Ihr mir beschreiben, wo er lebt?«

»Gewiss, es ist nicht schwer zu finden. Ihr kennt doch die

Schenke ›Zum roten Hahn‹, nicht wahr?«

»Ja.«

»Es ist das letzte Haus in dieser Gasse, das mit dem großen Findling an der Seite.«

»Wie heißt die Frau, bei der Peter lebt?«

»Ihr Name ist Barbara. Sie war früher mit dem Schmied verheiratet. Als er starb, hat sie die Schmiede verkauft und kommt nun eben auf andere Art zurecht.«

»Wer weiß, ob sie es so wünscht oder sich dazu gezwungen sieht.« Madlen zuckte mit den Schultern. Sie hatte genug Frauen und Schicksale in ihrem Leben kennengelernt, um zu wissen, dass diese oft nur taten, was notwendig war, ungeachtet dessen, was andere davon halten mochten.

»Wäre sie eine ehrbare Frau, würde sie sich nicht dafür hergeben und verlangen, dass der Kerl sie heiratet«, urteilte Gertrud streng.

»Gewiss«, erwiderte Madlen, die sich auf keinen Disput einlassen wollte. »Aber ich kann mir kaum vorstellen, dass jemand gern so lebt, wie sie es tut.«

»Das habt ihr wahrscheinlich recht. Aber Ihr seid auch eine ehrbare Frau, Madlen. Deshalb denkt Ihr, dass jemand, der so lebt, gewiss gezwungen wird. Doch glaubt mir, es gibt genug Frauen, die nichts dagegen haben, den Männern für Geschenke gefällig zu sein. Wenn Ihr mich fragt, ist jede Hübschlerin und Dirne ehrlicher als solche.«

Johannes wurde wach und gab Geräusche von sich, wodurch Madlen eine Antwort erspart blieb. Sie legte den Löffel beiseite, mit dem sie ihren Haferbrei gegessen hatte.

»Lasst nur«, sagte Gertrud sogleich. »Ich kümmere mich schon um ihn.«

»Danke.« Madlen ließ sich die Enttäuschung, es nicht selbst machen zu können, nicht anmerken, und stellte ihr Geschirr zusammen.

»Lasst es einfach stehen«, bat Gertrud. »Ich kümmere mich erst um den Kleinen, und dann, wenn er schläft, erledige ich das. Geht Ihr nur und tut, was zu tun ist.«

»Ihr seid zu freundlich. Doch ich fühle mich nicht wohl dabei, wenn Ihr mir alles abnehmt.«

»Es ist schon gut so«, gab Gertrud zurück und wiegte Johannes zufrieden in ihren Armen. »Endlich werde ich wieder gebraucht.«

Obwohl es Madlen widerstrebte, gab sie nach. »Dann danke ich Euch. Ich beeile mich und werde gewiss bald wieder hier sein.«

Gertrud blickte auf. »Lasst Euch nur Zeit. So habe ich den Kleinen noch länger für mich.« Sie lächelte Madlen glücklich an.

»Gott schütze Euch, Gertrud.«

»Und Gott mit Euch, Madlen«, verabschiedete die Hausherrin sich und sah sogleich wieder auf Johannes. »Na, hast du Hunger? Dann werde ich dir jetzt etwas geben, mein Kleiner.«

Madlen zog die Tür hinter sich ins Schloss. Sie musste sich erst orientieren, obwohl sie in Heidelberg aufgewachsen war. Seit ihrem Fortzug hatte sich so viel verändert, dass sie sich alles genau betrachten musste. Es waren neue Häuser gebaut worden, Grundstücke, die vorher brach gelegen hatten, waren nun bebaut und boten einer Vielzahl von Menschen ein Zuhause. Die Gassen schienen Madlen nicht so breit wie früher, was jedoch wohl daran lag, dass ihr hier alles irgendwie beengter vorkam. Womöglich lag es auch daran, dass sie so lange in Köln gelebt hatte, einer Stadt, die sich über die Jahre immer weiter vergrößert hatte. Dagegen war Heidelberg in ihren Augen klein und beschaulich, wenngleich sich auch hier immer mehr Menschen niedergelassen hatten.

Sie schlenderte die Gassen entlang, nickte den Menschen, die ihr entgegenkamen, freundlich zu. Manch ein Blick ruhte einen Moment länger auf ihr, als wollten sich die Menschen vergewissern, dass sie wirklich die war, für die sie sie hielten. Andere wieder hatten offenbar nicht die geringste Ahnung, wer sie war und dass sie einst Seite an Seite mit ihr gelebt hatten.

Sie fand das Haus, das Gertrud ihr beschrieben hatte, auf Anhieb. Zögerlich klopfte sie an die Tür. Erst tat sich nichts, und irgendwie war Madlen erleichtert, war es für sie doch eine Entschuldigung, es versucht, jedoch niemanden angetroffen zu haben. Dann wurde aber doch geöffnet, und was auch immer Madlen erwartet hatte, eine solche Frau war es nicht. Sie wirkte in ihrem Äußeren sehr wohlhabend, hatte die Haare zu einer kunstvollen Frisur gesteckt, das Kleid war aus feinstem Samt. Ihre Ausstrahlung war die einer Patrizierin statt der einer gequälten Seele, wie Madlen erwartet hatte.

»Gott zum Gruße«, sagte Madlen und nickte mit dem Kopf.

»Der Herr mit Euch. Was kann ich für Euch tun?«

»Mein Schwieger…« Madlen brach ab. »Peter Goldmann soll hier zu finden sein.«

»Das ist er.« Ein amüsiertes Schmunzeln umspielte Barbaras Mund. »Bitte tretet ein.«

»Danke.« Madlen betrat das Haus. Der Flur wirkte ein wenig beengt, jedoch keinesfalls ärmlich. Die Hausherrin führte Madlen in die Stube und deutete auf einen Stuhl am Tisch. »Bitte nehmt Platz und wartet hier. Ich werde ihn holen. Kann ich Euch etwas zu trinken anbieten?«

Madlen hob die Hand. »Nein, danke. Macht Euch keine Mühe. Ich werde nicht lange bleiben.«

Barbara nickte gefällig und ging hinaus. Kurze Zeit später trat Peter in die Stube. Verdutzt blieb er stehen. »Als ich hörte, dass mich eine Frau sprechen wollte, habe ich mit so ziemlich jeder gerechnet, doch gewiss nicht mit dir.«

»Ich grüße dich, Peter.«

»Was willst du? Schickt Elsbeth dich, um mir Vorhaltungen zu machen?«

Madlen sah ihn an. Da war kein Gefühl, das sich in ihr regte. »Johannes ist tot. Das wollte ich dir sagen.«

Peter sah sie überrascht an, ganz so, als glaubte er, sie würde sich einen Scherz mit ihm erlauben. Er machte den Mund auf und wieder zu. Dann ging er zum Tisch und setzte sich auf den Stuhl gegenüber von Madlen. »Was ist geschehen?« Seine Stimme klang rau.

»Er wurde ermordet.« Madlen versuchte, die Fassung zu wahren, doch sie spürte, wie Tränen in ihr aufstiegen.

»Ermordet?« Peter saß da wie versteinert. »Weshalb?«

»Weil er eine andere Frau und mich beschützt hat.« Sie erhob sich. »Das wollte ich dir nur mitteilen. Leb wohl, Peter.«

»Was?« Er schien nicht zu verstehen, was er da eben gehört hatte. »Du wirfst mir diese Botschaft hin, stehst auf und willst wieder gehen?«

Madlen setzte sich wieder. »Ich wusste nicht, dass du noch länger meine Gesellschaft wünschst.« Sie sah ihn ruhig an, wartete, was er zu sagen hatte.

»Wann ist die Beisetzung?«

»Schon morgen. Du wirst es nicht mehr rechtzeitig schaffen.«

Peter knetete seine Hände, dann sah er auf. »Weshalb bist du dann hier in Heidelberg und nicht in Köln, wo dein Mann zu Grabe getragen wird?«

Madlen zuckte zusammen. Sie hatte zuvor nicht darüber nachgedacht. Mit der Wahrheit würde sie sich in Peters Hand begeben, was sie auf jeden Fall vermeiden wollte. »Ich habe meine Gründe«, gab sie ausweichend zurück und erhob sich abermals.

»Was für Gründe?« Er fasste sie am Arm.

»Das geht dich nichts an«, erwiderte sie kalt. »So, wie mich nicht angeht, wie du dein Leben führst«, fügte sie noch hinzu. »Leb wohl, Peter.« Damit verließ sie die Stube. Auf dem Flur begegnete sie Barbara, die zur Eingangstür ging und diese öffnete.

»Der Herr schütze Euch«, sagte Barbara.

»Gott mit Euch«, gab Madlen zurück. Dann zog sie den Umhang enger um ihre Schultern und ging davon.

Ihr war auf einmal bitterkalt, und sie überlegte, ob sie Kilian womöglich besser zu späterer Stunde aufsuchen und erst einmal ins Haus des Stadtvogts zurückkehren sollte, um wieder ruhiger zu werden. Doch sie entschied sich dagegen. Wenn sie sogleich zu ihm ginge, müsste sie später nicht noch einmal hinaus und könnte im Haus in der behaglichen Wärme bleiben, die ihr in den Tagen ihrer Flucht so sehr gefehlt hatte. Also schlug sie den Weg zur Zimmerei ein und erreichte diese noch vor der Mittagszeit. Ohne zu klopfen, machte sie die Tür auf.

»Kilian?«

»Ich bin hier hinten«, drang eine Stimme aus dem Nebenraum.

Madlen schloss die Tür hinter sich und ging hinüber in den Raum, aus dem ihr Bruder sich bemerkbar gemacht hatte. Hier hatte ihr Vater früher immer die Sachen abgestellt, die von den Käufern abgeholt werden konnten. Kilian sah sie an, als sie eintrat.

»Grüß dich Gott, Schwester.« Er wirkte seit gestern vollkommen verändert auf sie, öffnete die Arme und gab ihr einen Kuss auf die Wange. So freundlich hatte er seit Ewigkeiten nicht auf sie gewirkt.

Sie sah sich um. »Schaffst du etwa Ordnung?«

»Allerdings. Meine Schwester hat mir dazu geraten, und ich muss sagen, sie hatte recht. Das war schon lange fällig.«

»Das finde ich großartig.« Madlens Begeisterung war aufrichtig. »Also hast du über das nachgedacht, was ich dir gestern sagte?«

»Nachgedacht und für wahr befunden.« Er grinste sie an. »Du kannst mir helfen. Das dort drüben steht zur Abholung bereit. Wir können es auf den Karren laden, und ich werde es noch heute ausliefern. Ich will nicht länger warten, bis die Käufer sich bequemen, die Waren abzuholen. Und das, was dort steht«, er drehte sich zur anderen Seite, »kann verbrannt werden. »Ich wollte es immer mal aufbereiten, doch dazu komme ich nicht. Wichtiger ist, dass ich die Aufträge ausführe, die ich habe. Nur so kommt auch das Geld herein.«

»Ich bin wirklich stolz auf dich«, lobte Madlen.

»Das freut mich. Aber mit anpacken musst du trotzdem«, scherzte Kilian. »Von Stolz allein kriege ich meine Münzen nicht.«

»Du bist ja nicht mehr aufzuhalten. Gut so!«

»Was macht ihr hier?« Irma war unbemerkt in die Werkstatt gekommen und betrat nun den Nebenraum.

»Irma. Es ist lange her. Ich freue mich, dich zu sehen.«

Kilians Frau sah Madlen an, als wisse sie nicht, wen sie da vor sich hatte. »Was tust du hier?«

»Ordnung schaffen!«, antwortete Kilian. »Und du kannst auch gleich mit anpacken.«

Irma wusste offenbar nicht, wie ihr geschah. Kilian wirkte so verändert, so lebendig. Ganz anders als sonst. »Ich werde zurückgehen und für uns alle beten«, gab sie mit träger Miene von sich.

Madlen sah betroffen zu Boden, und Kilian schüttelte nur den Kopf. Dann jedoch veränderte sich seine Miene. »Warte!«, rief er, und Irma hielt augenblicklich inne.

»Was ist?« Sie stand mit hängenden Schultern und leidender Miene da.

»Du kannst später immer noch beten«, stellte er fest. »Ich

bin dein Mann, und ich erlaube nicht, dass du dich der Arbeit, die uns Einkünfte sichert, entziehst.« Er hob einen Stuhl an, machte einen Schritt auf Irma zu und drückte ihn ihr in die Hand. »Hier. Lade den auf den Karren und komm dann wieder. Es gibt noch viel zu tun.«

»Aber ich ...« Sie wirkte vollkommen durcheinander. »Ich fühle mich nicht besonders. Ich bin schwach und kränklich.«

»Dann wird dir ein bisschen Bewegung guttun«, urteilte Kilian und drehte sich wieder um.

Madlen fühlte sich alles andere als wohl in dieser Situation, musste sich jedoch ein Schmunzeln verkneifen. Sie fand es richtig, dass Kilian die Dinge wieder in die Hand nahm. Er hatte alles viel zu lange schleifen lassen. »Gib mir auch einen Stuhl«, sagte sie zu ihrem Bruder. »Ich werde ihn ebenfalls auf den Karren laden.«

Kilian hob das Möbel an und reichte es seiner Schwester. Er zwinkerte, als er es übergab, was sie mit einem Lächeln quittierte. Es war ganz so wie früher, als die Geschwister keine Worte brauchten, um zu wissen, was der jeweils andere dachte.

»Komm, Irma. Du hast deinen Gatten gehört. Wenn er so ist, sollten wir ihm besser nicht widersprechen.« Madlen schob sich mit dem Stuhl an der verdutzten Irma vorbei, die Kilian noch einen fragenden Blick zuwarf, sich dann aber beeilte, Madlen zu folgen.

Es war bereits Nachmittag, als Madlen wieder im Haus des Stadtvogts eintraf. Sie hatte ein schlechtes Gewissen, hatte es doch länger gedauert als gedacht und sie damit die Pflicht, sich um Johannes zu kümmern, entschieden vernachlässigt. Dass ihre Bedenken umsonst gewesen waren, konnte sie gleich sehen, als Gertrud ihr mit dem Kind im Arm die Tür öffnete. Sie legte den Finger an die Lippen.

»Kommt herein. Er ist gerade eingeschlafen«, sagte sie ganz leise.

Madlen sah in das kleine Gesicht und schlich auf Zehenspitzen ins Haus. »Es hat länger gedauert, als ich dachte. Bitte verzeiht«, flüsterte sie Gertrud zu.

Diese machte eine wegwerfende Handbewegung. »Ich hätte ihn noch Stunden beaufsichtigen können.«

Sie gingen ins Esszimmer, wo Gertrud den Kleinen wieder auf den Kissenstapel legte. Dann setzten sie und Madlen sich an den Tisch, und Madlen erzählte, was sich an diesem Tage ereignet hatte. Es war für die Jüngere ein Gefühl des Nachhausekommens, ganz so, wie sie es auch immer bei ihrer Tante Agathe in Worms empfunden hatte. Es tat gut, eine Vertraute, die ihre Mutter – die Madlen nie kennengelernt hatte – hätte sein können, zum Besprechen zu haben, um all das loslassen zu können, was der Tag brachte. Sie fühlte sich so wohl im Hause des Vogts und dessen Frau, dass sie die widrigen Umstände fast vergessen konnte, die sie hierhergeführt hatten.

In den nächsten Tagen wurde es wieder ruhiger in Madlens Leben. Doch mit der Ruhe überkam sie die Trauer wie eine übermächtige Welle, die sie mit sich riss und umherschleuderte. Gerade in der Nacht, wenn im Haus alles still war, auch der kleine Johannes schlief und Madlen mit ihren Gedanken allein war, war es fast unerträglich. Sie weinte bis in die frühen Morgenstunden, versorgte dann das Kind, sobald es wach wurde, und war am nächsten Morgen wie gerädert. Gertrud bot ihr immer wieder an, sie könne sich auch tagsüber hinlegen, um etwas Schlaf zu bekommen, doch Madlen lehnte dankend ab. Zum einen, weil es mehr als unschicklich war, sich während der Tagesstunden auszuruhen, wenn andere ihren Lohn verdienten. Und zum anderen, weil sie hoffte, dass irgendwann auch in der Nacht der Schlaf käme, wenn sie nur erschöpft genug wäre.

Außerdem wollte Madlen sich um Arbeit bemühen, wenngleich der Stadtvogt und dessen Ehefrau es ablehnten, Geld von ihr für Unterkunft und Verpflegung zu nehmen. Einmal war es sogar fast zum Streit gekommen, weil Madlen darauf bestanden hatte, etwas zu zahlen, ansonsten könne sie nicht länger bleiben und würde stattdessen bei ihrem Bruder unterkommen. Ohnehin überlegte Madlen, ob es nicht das Beste wäre, wenn sie dies täte. Andererseits lebte Kilian mit seiner Frau Irma in einer kleinen Kate neben der Zimmerei. Und auch wenn das Häuschen früher für ihren Vater Jerg, Kilian und sie selbst ausreichend gewesen war, fühlte Madlen sich doch nicht ganz wohl dabei, nun dorthin zurückzukehren. Insoweit war sie froh, als der Vogt unter Murren den Gulden nahm, den Madlen auf den Tisch gelegt hatte. Seitdem hatte sie kein so schlechtes Gewissen mehr, doch wusste sie, dass sie alsbald für neues Geld sorgen musste, wollte sie sich mit Johannes ein Leben in Heidelberg aufbauen, bis sie schließlich nach Köln zurückkehren würde. Doch erst einmal wartete sie ab, welche Nachricht sie von Agathe und Elsbeth erhalten würde, sobald diese aus Köln zurück waren und einen Boten sandten.

Sie hoffte inständig, dass sich ihr Verdacht bestätigen würde, dass die beiden Wachmänner, die in Worms aufgetaucht waren, nur vorgegeben hatten, im Auftrag des Erzbischofs gekommen zu sein. Denn wenn dem wirklich so wäre und sie dort wegen Mordes gesucht würde, käme man ihr über kurz oder lang auch in Heidelberg auf die Schliche, und das mochte sie sich nicht ausmalen.

Zehn Tage war sie nun schon in ihrer alten Heimatstadt, und tatsächlich hatte sie durch die Vermittlung des Vogts eine Schneiderin aufgetan, der sie ein wenig zur Hand gehen und sich so ein paar Pfennige verdienen konnte. Viel war es nicht, doch reichte es, Gertrud etwas zu geben, um die Kosten für sie und das Kind zu decken. Außerdem tat es Madlen gut, wieder eine

Aufgabe zu haben, die sie zumindest zeitweise von den Gedanken an Johannes und ihren entsetzlichen Verlust ablenkte. Aber sie wurde immer unruhiger, musste doch der Bote, den Agathe und Elsbeth senden würden, jeden Tag eintreffen und die Nachricht, ob sie ihr Versteckspiel aufgeben konnte oder nicht, mit sich bringen.

Am vorherigen Tag war eine Gruppe von Gauklern in die Stadt gekommen, die am Neckar ihr Lager aufgeschlagen hatten. Mit ihnen hatte eine gewisse Ausgelassenheit in Heidelberg Einzug gehalten, da die kleine Truppe für den Abend eine Darbietung angekündigt hatte, bei der nicht nur die Gaukler, sondern auch die Weinhändler und Schenkwirte auf gute Geschäfte hofften. Es sollte eine der letzten Aufführungen vor der kalten Jahreszeit sein, wenn die Menschen sich in ihre Hütten und Häuser verkrochen und die Gaukler in ihre Winterquartiere zogen, um die dunkle Zeit abzuwarten und auf wärmere Tage zu hoffen.

»Begleitet Ihr mich am Abend zu der Vorstellung der Gaukler, Madlen?«, fragte der Stadtvogt.

Die Angesprochene schien überrascht und sah Gertrud fragend an.

»Ich gehe nie mit«, erklärte Gertrud hierauf. »Ich mag es nicht, wenn so viele Menschen dicht an dicht stehen. Es macht mir Angst. Und für Johannes wäre es zu laut. Er kann bei mir bleiben. So habe ich auch etwas davon.«

»Und für Euch wäre es doch eine schöne Abwechslung«, fügte der Stadtvogt hinzu.

Madlen überlegte kurz. »Ich habe zuletzt Gauklern zugesehen, als meine Kinder noch klein waren.« Sie lächelte bei der Erinnerung an die Gesichter der beiden, wie diese staunend verfolgt hatten, was sich vor ihren Augen abspielte. »Cecilia ließ sich von Johannes hochheben und wurde dann noch von einem der Gaukler auf das Podest geholt. Ich dachte, sie würde Angst bekommen, weinen und sich sträuben. Doch da habe ich mich geirrt. Sie war damals vier oder fünf Jahre alt und wirbelte mit den Gauklern herum, als hätte sie nie etwas anderes gemacht. Ihr Bruder Veit war recht neidisch.« Madlen schüttelte schmunzelnd den Kopf. »Ich habe Tränen gelacht an diesem Tag.«

»Eure Augen leuchten, wenn Ihr von Euren Kindern sprecht.« Gertrud griff über den Tisch und drückte Madlens Hand.

»Sie fehlen mir mehr, als ich sagen kann«, meinte Madlen wehmütig und musste sich die Tränen verkneifen. Sie atmete tief durch. »Doch ich habe meine Erinnerungen, ganz gleich, wie groß sie geworden sind.« Madlen bemühte sich um ein Lächeln.

»Kommt mit mir zu den Gauklern. Ich als Vogt muss mich ohnehin dort sehen lassen, damit niemand auf gar zu dumme Gedanken kommt. Und Ihr habt ein wenig Abwechslung.«

Madlen hob den Kopf. »Ja, ich werde Euch mit Freude begleiten. Habt Dank!«

Was für ein Tumult! Die Gaukler hatten die Pferde mitten auf den Marktplatz geführt und die zwei Wagen so positioniert, dass sie direkt nebeneinander standen und von allen Seiten gut einsehbar waren. Die Pferde waren ausgespannt worden und standen nun ein Stück entfernt auf einer kleinen Grünfläche, während die Wagen, deren rote Vorhänge den Blick auf das Innere verwehrten, mit zwei Stützpfählen gekontert worden waren. Hiervor waren drei breite Holzplanken montiert, die ein Podest bildeten. Ganz Heidelberg schien gekommen zu sein, um nur nicht zu verpassen, welch heitere Vorstellung die kleine Truppe zum Besten geben wollte.

Der Knochenhauer nutzte die Menschenansammlung, um ein am Spieß gebratenes Schwein für gute Münzen zu verkaufen. Und auch wenn die Heidelberger über den hohen Preis schimpften, zahlten sie ihn dennoch, ließ ihnen der Duft des gebratenen Fleisches doch das Wasser im Mund zusammenlaufen. Es gab allein vier Wirte, die reichlich Bier und Wein anboten und trotzdem mit dem Ausschank kaum nachkamen. Der gesamte Marktplatz war voller Leute, und es herrschte eine ausgelassene Stimmung. Alle warteten darauf, dass der Vorhang sich öffnete und ihnen das Schauspiel geboten wurde, auf das sie sich seit gestern freuten.

Jubel brandete auf, als ein kleiner Mann mit dunklen Haaren den Vorhang schwungvoll öffnete und nach vorn trat. Hinter ihm wurde der rote Vorhang sogleich wieder geschlossen, und der Mann verbeugte sich wieder und wieder. Die Heidelberger klatschten, jubelten und lachten. Er warf Küsse in die Menge, verbeugte sich abermals, hob schließlich die Arme und bat sich so Ruhe aus.

»Buona sera, Heidelberg!«, rief er laut und breitete die Arme aus, als wolle er jeden Einzelnen umarmen. »Seid willkommen, seid willkommen! Kommt näher, ganz nah heran und staunt über das, wessen Ihr gewahr werdet! Ich, der große Aldo«, er streckte die Arme hoch, was im Hinblick auf seinen nur kleinen Körper Gelächter auslöste, »werde Euch Unglaubliches, Grandioses und Einzigartiges zeigen. Euren Augen werdet Ihr nicht trauen!« Er warf dramatisch die Arme in die Höhe, und wieder brandete Applaus auf. »Wir kommen von weit her, um Euch mitzunehmen in die Welt des Staunens und der Magie.« Er winkte mit dem Arm. »Kommt näher, noch näher, sonst werdet Ihr nicht glauben, was Ihr erlebt habt.«

Die Menschen drängten sich näher heran.

»Und hier ist er, der Mann, der Feuer schluckt! Nichts anderes gelangt in seinen Schlund. Er isst nicht und trinkt nicht, allein Feuer hält ihn am Leben!«, rief er in verschwörerischem Ton. »Seht her! Hier ist er, der große Duilio!«

Mit einem Ruck teilte sich der Vorhang, und ein Mann in Pluderhosen mit nacktem Oberkörper, gut zwei Köpfe größer als der andere, trat mit einem großen Schritt mit zwei brennenden Fackeln in den Händen heraus. Die Menschen jubelten und klatschten, versuchten zurückzuweichen, als Duilio die Flammen über ihre Köpfe schwenkte. Gefährlich nah kam er manchem, und Madlen fürchtete schon, er würde gar zu viel riskieren und jemanden in Brand stecken.

Sie stand am äußeren Rand des Marktplatzes und war froh darüber, war doch auch von hier genug zu sehen, ohne dem Geschubse und Gedränge der Leute ausgesetzt zu sein.

Der Mann auf dem Podest, Duilio, hielt nun die Fackeln hoch in die Luft und ließ diese dann eine nach der anderen in seinem Mund verschwinden. Die Menschen waren begeistert, doch manche Miene verriet auch Abscheu und Furcht. Dennoch jubelten und klatschten alle, auch der kleine Mann Aldo, der den Feuerschlucker angekündigt hatte.

Der Vorhang öffnete sich wie von Zauberhand, und eine schlanke Frau in einem orientalischen Kostüm mit langen schwarzen Haaren trat mit zwei brennenden Fackeln heraus, die sie Duilio gab und ihm dafür die erloschenen abnahm. Schon verschwand sie wieder, und der Vorhang schloss sich. Duilio schwang erneut die Fackeln über die Leute, warf sie in die Luft und fing sie geschickt wieder auf, drehte sich und ließ sie abermals in seinem Mund verschwinden. Die Heidelberger klatschten und johlten, und erneut trat die dunkelhaarige Schöne mit zwei brennenden Fackeln vor. Ein drittes Mal vollführte Duilio sein Kunststück, dann verbeugte er sich unter dem Beifall der Zuschauer und verschwand hinter dem roten Vorhang. Der kleine Mann, Aldo, sprang fröhlich auf dem Podest herum, als hätte er Duilios Vorstellung zum allerersten Mal gesehen und könne seine Begeisterung kaum zügeln. »Bravo!«, rief er immer wieder, »Bravo!«, und klatschte in die Hände.

»Und nun«, setzte er erneut an, »werdet Ihr den geheimnisvollen Manilo sehen, der Euch in das Reich der Magie führen wird. Alle Länder der Welt hat er bereist und die Menschen zum Staunen gebracht. Niemand kann begreifen, wie er die Magie beherrscht und welche Wunder er vollbringt.« Aldo ging in gebückter Haltung über das Podest, schlich geradezu und duckte sich immer wieder, als fürchte er, jeden Moment von der geheimnisvollen Magie gepackt zu werden. Er legte den Finger an die Lippen, und tatsächlich wurden die Menschen leiser, flüsterten nur noch oder verstummten ganz. »Wir wollen ihm zusehen, wie er die Magie beschwört und uns teilhaben lässt. Aber Obacht«, er hob den Zeigefinger, »dass am Ende keiner von uns mitgezogen wird und nie wieder auftaucht!« Er sah in die Menge. »Seid leise, gebt keinen Laut von Euch, wenn der große Magicus Manilo vor Euch tritt.«

Wieder legte er den Finger an die Lippen. Wie gebannt starrte Aldo auf den Vorhang, als eine leise Melodie erklang. Eine Laute spielte auf, die Klänge drangen von den Wagen herüber. Langsam und behäbig hob sich der rote Vorhang, und ein schlanker Mann mit schwarzen Haaren und rotem Umhang betrat das Podest. Er streckte die rechte Hand nach vorn, sodass die Zuschauer sehen konnten, dass sie leer war, dann die linke. Er ließ die Hände einige Male umeinander kreisen, und wie aus dem Nichts hatte er plötzlich eine Kugel auf seinem rechten Handrücken, die wie von Zauberhand geführt in kreisenden Bewegungen darauf entlanglief. Die Menge staunte, jubelte auf, wurde jedoch sogleich wieder still, als Aldo den Finger an die Lippen legte. Er ging ganz nah an den Magier heran, betrachtete die Kugel, beugte sich hinunter und besah sie von allen Seiten, sprang mit einem Satz um den Magier herum auf die andere Seite. Die Kugel rollte den rechten Arm hinauf und wieder herab.

»Die Musik trägt die Kugel«, verkündete Aldo in verschwörerischem Ton, als der Magier in diesem Moment eine rasche

Bewegung machte und die Kugel von der rechten auf die linke Hand gleiten ließ. Die Menschen machten »Ah« und »Oh«, staunten über das, was sie sahen. Hierbei klang die Laute über den Marktplatz, und es gab keinen mehr, der sich der besonderen Stimmung entziehen konnte. Der Magier Manilo ließ die Kugel noch einige Male von links nach rechts und wieder zurück tanzen, dann seine Hände umeinander kreisen und hob sie mit einer plötzlichen Bewegung in die Luft. Die Kugel war verschwunden. Die Leute staunten, klatschten und johlten.

Manilo verbeugte sich einige Male, stellte sich dann wieder aufrecht hin und stutzte plötzlich. Er hielt seine leeren Hände zum Publikum gestreckt, ließ seinen Blick über die Menge schweifen, senkte die Arme kurz herab und schnellte sie wieder nach oben. In seiner rechten Hand waren nun drei Münzen, die er mit raschen Bewegungen durch seine Finger gleiten ließ. Ein ums andere Mal tauchten sie auf, verschwanden, tauchten wieder auf, und ganz plötzlich, nach einer ruckartigen Bewegung, waren die Münzen wieder verschwunden und seine Hände leer. Abrupt brachen die Klänge der Laute ab. Der Magier sah auf den Boden, suchte offenbar die Münzen. Dann war es, als erkannte er selbst erst jetzt, was geschehen war, griff sich hinter sein rechtes Ohr und holte dort die drei Münzen hervor. Die Menschen jubelten, und der Applaus wollte gar nicht enden.

Die Laute setzte wieder ein, spielte fröhlich auf. Der Magier zog drei dunkle Kugeln hervor, die er mit Leichtigkeit jonglierte. Er sah ins Publikum. »Ihr dort!«, rief er einem Mann zu.

Der Angesprochene blickte zu ihm hinauf. »Meint Ihr mich?« Er zeigte mit dem Finger auf sich.

»Ja, genau Ihr«, rief der Magier, während er mit den Kugeln jonglierte. »Könnt Ihr fangen?«

»Ja!«

»Und werfen?«

»Ja!«

»Gut. Dann fangt!« Der Magier warf ihm eine der Kugeln zu und jonglierte mit den anderen beiden weiter.

»Werft sie mir zurück, wenn ich es Euch sage.«

»Ja!« Der Mann verschaffte sich ein bisschen Platz und hob den Arm, bereit, die Kugel zurückzuwerfen.

»Werft!«, kam der Befehl, und sofort folgte der Mann der Aufforderung, warf die Kugel zurück, und der Magier ließ diese mit den anderen beiden kreisen.

Die Menge johlte und applaudierte. Die Klänge der Laute gingen in den jubelnden Rufen unter.

»Sehr gut«, lobte der Magier. »Gebt acht, gleich werfe ich erneut!«

Der Mann hob die Hände, bereit, die Kugel abermals zu fangen.

Der Magier ließ die Kugeln weiter kreisen. »Fangt!«, rief er, und der Heidelberger tat es. Wieder applaudierten die Menschen.

»Vermögt Ihr, noch eine Kugel zu fangen?«

»Ja«, kam sofort die Antwort.

»Gut, dann fangt!« Der Magier warf die Kugel. »Habt Ihr sie gefangen?«

»Ja, hier ist sie.« Der Mann hielt die Kugel hoch.

»Also habt Ihr eine Kugel?«, fragte der Magier nach.

»Nein, zwei!«

»Das kann nicht sein.« Der Magier jonglierte weiter. »Ich habe hier noch immer zwei Kugeln. Es waren drei. Ihr dürftet nur eine haben.«

»Nein, Magier, ich habe zwei Kugeln«, stellte der Mann klar und hielt beide hoch.

»Eigenartig! Nun, wenn ich rufe, werft Ihr mir eine zurück.«

»Ja, Magier.«

»He, was soll das?«, beschwerte sich der Magier. »Ich sagte, Ihr sollt werfen, wenn ich rufe. Fast hätte ich sie nicht gefangen.«

»Aber ich habe noch gar nicht geworfen«, widersprach der Mann.

Der Magier jonglierte weiter. »Aber ich habe hier drei Kugeln – seht doch!«

Die Menschen sahen genau hin. Tatsächlich jonglierte er wieder mit drei Kugeln.

»Aber ich habe beide noch«, entgegnete der Mann und lachte auf.

»Na gut, so werft mir eine zu, wenn ich es sage!«, gab der Magier mit einem Schmunzeln zurück. »Werft!«, rief er dann, und der Mann ließ die Kugel durch die Luft fliegen.

»Nicht beide auf einmal«, empörte sich der Magier. »Nur eine!«

»Ich habe nur eine geworfen!« Wieder lachte der Mann, genau wie das Publikum, das nicht glauben konnte, was es da sah.

»Doch ich habe jetzt hier fünf Kugeln! Eben waren es noch drei. Ihr habt also zwei geworfen.«

Der Mann hielt die Kugel hoch. »Aber ich habe immer noch eine«, widersprach er.

»Guter Mann, was macht Ihr nur mit mir?«, beschwerte sich der Magier. »Na gut, haltet Euch bereit, und jetzt werft!«

Die Kugel flog durch die Luft, und alle Blicke waren auf sie gerichtet. Der Magier fing sie geschickt auf und ließ sie zusammen mit den anderen Kugeln kreisen. »Habt Ihr schon geworfen?«, rief er dann.

»Ja!«

»Aber da stimmt doch wieder etwas nicht. Nun sind es nur noch drei Kugeln«, erwiderte der Magier.

Das Publikum johlte.

»Habt Ihr womöglich meine Kugel behalten?«, scherzte der Magier.

»Nein, ich habe keine mehr«, gab der Mann zurück.

Der Magier fing die drei Kugeln eine nach der anderen auf, legte sie auf den Boden und sah den Mann prüfend an. Dann sprang er vom Podest, ging zu ihm hin und tastete ihn ab. »Aber hier sind doch meine Kugeln«, rief er aus und hielt die Kugeln hoch. »Mitten in Euren Schuhen. Wie konntet Ihr nur darauf stehen und es nicht bemerken?« Er schüttelte den Kopf, zwinkerte dem Mann zu, der laut loslachte und ihm freundschaftlich auf die Schulter klopfte. Der Jubel kannte keine Grenzen, die Menschen klatschten wie wild und gaben Rufe der Begeisterung von sich. Der Magier erklomm elegant das Podest und verbeugte sich mehrmals.

Aldo, der am Rand gestanden hatte, kam nun ebenfalls klatschend hinzu. »Der große Manilo, der große Manilo!«, rief er wieder und wieder, bis der Magier sich ein letztes Mal verbeugte und schließlich hinter dem Vorhang verschwand.

Die Heidelberger wollten schier nicht mehr aufhören zu applaudieren.

»Und nun seht den Narren und die Schöne! Weit über die Lande bekannt und heute hier im schönen Heidelberg, Flavio und Giana, Flavio und Giana!«, brüllte er aus voller Kehle, und die Frau, die vorhin die Fackeln gebracht hatte, trat heraus. Sie verbeugte sich vor dem Publikum, stellte sich dann gerade hin und bog ihren Rücken nach hinten durch, bis sie auf den Händen landete. In dieser Haltung verweilte sie, bis ein Narr hinter dem Vorhang hervorsprang, sich neben sie stellte und scheinbar verwundert betrachtete. Mehrfach drückte er seinen Finger auf ihren Bauch, als wollte er sehen, ob sie sich regte. Die Schöne krabbelte nun mit den Händen weiter vor und so mit dem Oberkörper unter ihren eigenen Beinen hindurch. Die Menschen staunten, während der Narr erschrocken die Hand vor den Mund hielt. Nun schlug die Frau ihre Beine nach hinten, verblieb kurz in der Hocke, rekelte sich und kam wieder in den Stand. Die Menschen klatschten begeistert, während der

Narr nur danebenstand, verwundert dreinschaute und sich am Kopf kratzte. Die Frau bog abermals ihren Rücken durch und wiederholte, was sie zuvor getan hatte, nur dass der Narr sie an der Taille fasste und versuchte, sie wieder hochzuziehen. Die Menschen lachten und klatschten vergnügt.

Dann bedeutete die Frau dem Narren, in die Hocke zu gehen und seine Hand auszustrecken. Er tat es, und sogleich stieg sie scheinbar mühelos auf sein Knie, die Hand und schließlich auf seine Schultern. Dort stand sie und beschattete mit der Hand die Augen, als wollte sie in die Ferne sehen. Der Narr machte große Augen, taumelte umher. Immer wieder schien er kurz davor, zu stolpern und seine Partnerin mitten in die Menge zu werfen. Erst im letzten Moment fing er sich ab. Aldo kam herbeigelaufen. »Giana!«, schimpfte er. »Was machst du da oben? Komm herunter, komm sogleich herunter!« Er fuchtelte mit der Hand. Der Narr taumelte immer mehr, bis er ganz am linken Rand des Podestes stand, kurz davor, hinunterzustürzen. Plötzlich kippte er in die andere Richtung, und Giana stürzte zusammen mit ihm zu Boden. Im letzten Moment fingen beide sich ab, vollführten zeitgleich eine Rolle und kamen sicher in den Stand.

Die Menge tobte. Der Narr schüttelte verärgert den Kopf, drehte sich um und ging zu Aldo hinüber. Er bückte sich zu dem kleinen Mann herab, sprach mit ihm und beschwerte sich offenbar über die Frau, die in diesem Moment Anlauf nahm, dem Narren auf den Rücken sprang, worauf dieser sich aufrichtete und sie erneut auf seinen Schultern stand. Wieder taumelte der Narr.

Aldo hob die Faust. »Lass den Narren in Ruhe, Giana! Du kommst sogleich wieder herunter! Hörst du mich?«

»Hol mich, wenn du kannst«, gab sie schnippisch zurück.

Der Narr drohte ihr ebenfalls mit der Faust, streckte beide Hände nach oben. Giana ergriff sie und vollführte auf den Händen des Narren einen Handstand. Das Publikum applaudierte begeistert, während der Narr sich vermeintlich wehrte. Nach mehreren Versuchen zog er eine Hand weg, worauf Giana nun seinen Kopf als Stütze nahm.

»Giana, lass das sein!«, rief Aldo verärgert.

Sie ließ die Faust des Narren los, stützte sich nun im Handstand auf dessen Kopf und Schulter. Wieder taumelte er umher, verzog das Gesicht, das durch ihre Hand auch noch heruntergedrückt wurde. Er ging in die Hocke, und Giana ließ sich aus dem Handstand heruntergleiten. Sie nutzte sein Knie, um sich abzufangen, und kam in den Stand. Das Publikum tobte vor Begeisterung. Der Narr packte Giana von hinten an der Taille, um sie scheinbar vom Podest zu schubsen. Sie fasste seine Hände, stützte sich ab und landete im Sitzen wieder auf seinen Schultern, schlang ihre Beine um seinen Hals. Der Narr reckte den Hals, verzog das Gesicht, röchelte und versuchte, sich zu befreien.

»Giana, hör auf! Hör sofort auf!«, schimpfte Aldo.

Sie löste ihre Beine, während der Narr klagend seine Arme zum Himmel hochstreckte. Schnell kletterte sie wieder auf seine Schultern und dann Schritt für Schritt auf seine Arme. Sie ging vor und wieder zurück. Schließlich holte der Narr Schwung und warf sie hoch. Ein paar Menschen schrien auf in der Erwartung, dass die junge Frau schwer stürzen würde. Der Narr streckte abermals die Arme und fing Giana auf, die noch einen Überschlag machte und schließlich neben ihm in den Stand kam. Die beiden fassten sich an den Händen und verbeugten sich tief.

Die Menschen jubelten und applaudierten. Ein kleiner Mann, der genauso angezogen war wie Aldo, kam durch den Vorhang auf das Podest.

»Wenn es Euch gefallen hat, Ihr guten Heidelberger, so zeigt es uns durch ein paar Münzen«, bat Aldo, sprang zusammen mit dem anderen Mann vom Podest und ging mit einem

Töpfchen herum, in das tatsächlich reichlich Münzen geworfen wurden. Die Heidelberger wussten es offenbar zu schätzen, wenn jemand sich Mühe gab, sie zu unterhalten.

Der Stadtvogt klatschte in die Hände und lachte auf. »Na, was sagt Ihr? War es nicht ein guter Gedanke, hierherzukommen?«

»Der beste.« Madlen sah ihn glücklich an. »Ich kann mich nicht erinnern, wann ich zuletzt so ausgelassen war und gelacht habe wie gerade eben.«

Aldo und der andere Mann gingen weiter herum. Viele Zuschauer blieben noch, aßen und tranken etwas, und wenn die beiden Gaukler zu ihnen kamen, legten die meisten zumindest ein oder zwei Pfennige in das Töpfchen.

Als Aldo bei Madlen und dem Stadtvogt ankam, zückte dieser seine Geldkatze. »Ich mache das«, sagte er zu Madlen und zog einen ganzen Groschen hervor. »Ihr versteht Euch fürwahr auf Eure Gaukeleien«, lobte er. »Ich habe schon viele Truppen gesehen, und Ihr gehört zu den besten.«

»Habt Dank, mein Herr!« Aldo verbeugte sich tief.

»Woher kommt Ihr?«

»Aus dem schönen Italia«, gab Aldo schwärmerisch von sich. »Heidelberg ist einer der letzten Orte, wo wir gehalten haben, um eine Vorstellung zu geben, bevor wir dorthin in unser Winterquartier zurückkehren. Gleich morgen früh ziehen wir weiter.«

»Dann können wir uns glücklich schätzen, dass wir Eure Künste noch sehen durften«, sagte der Vogt.

»Erlaubt mir die Frage«, bat Madlen, »gelingt es jedes Mal so gut?«

»Ihr meint, ob Giana noch nie heruntergefallen ist?«

»Ganz recht.«

»Nicht ein einziges Mal.« Er verzog den Mund und schüttelte den Kopf. »Keine ist so gut wie sie.«

Madlen bezweifelte, dass er ihr die Wahrheit sagte. »Dann wünsche ich Euch und ihr, dass es so bleibt«, gab sie von sich.

»Kommt sicher in Eure Heimat zurück«, sagte der Stadtvogt, woraufhin Aldo sich verbeugte und mit seinem Töpfchen weiterging.

»Glaubt Ihr ihm?«, fragte Madlen.

»Dass sie sich noch nie verletzt hat?« Der Stadtvogt hob die Augenbrauen. »Kein Wort.« Er grinste breit.

Sie tranken noch einen Würzwein, dann gingen sie zurück zum Haus des Stadtvogts. Als sie heimkehrten, hatte Gertrud den kleinen Johannes gerade zur Ruhe gebettet. Zu dritt saßen sie noch zusammen, tranken einen weiteren Würzwein und waren guter Laune. Ganz genau erzählten sie Gertrud, welche Kunststücke die Gaukler aufgeführt hatten.

»Dieser Magier würde einen ganz ausgezeichneten Beutelschneider abgeben«, urteilte der Vogt lachend. »Ich habe wirklich versucht, den Kugeln mit meinen Augen zu folgen, doch so schnell, wie sie da waren, verschwanden sie auch wieder und tauchten erneut auf.« Er schüttelte mit dem Kopf. »Wäre er ein Dieb, könnte er ein Vermögen stehlen, ohne dass man es auch nur bemerken würde.«

»Du denkst stets nur Schlechtes von den Menschen«, sagte seine Frau.

Dem Vogt lag eine Erwiderung auf den Lippen, dass vielmehr sie diejenige sei, die stets nur Gutes dachte, und lag sie noch so verkehrt. Doch er schluckte die Bemerkung hinunter. »Gewiss hast du recht«, sagte er stattdessen, fasste sich aber dorthin, wo er seine Geldkatze verwahrte. Beruhigt stellte er fest, dass sie noch da war.

Sie sprachen noch eine Weile miteinander, dann ging Madlen in ihre Kammer, wo Johannes bereits friedlich schlummerte. Sie kroch unter die Decken, zog den Kleinen etwas näher an sich heran und atmete tief seinen Duft ein.

Morgen würde sie früh rausmüssen, weil die Schneiderin, der sie zur Hand ging, ihr ein Kleid zur Fertigung überlassen wollte. Madlen war froh darüber, nahm diese neue Arbeit doch immer mehr Gestalt an und half ihr so, allmählich wieder ein ganz normales Leben zu führen.

Am nächsten Morgen ging Madlen zusammen mit dem Vogt aus dem Haus. Während dieser den Weg zu seiner Amtsstube einschlug, machte Madlen sich zu der Schneiderin auf. Johannes wurde derweil von Gertrud versorgt.

Die Schneiderin erklärte Madlen genau, wie das Kleid aussehen sollte, das diese zu fertigen hatte. Die Kundin, die es in Auftrag gegeben hatte, war eine wohlhabende Patrizierin, reich gar, und offenbar erhoffte sich die Schneiderin weitere gute Geschäfte mit ihr, wenn sie das Kleid mit Madlens Hilfe gut und rasch fertigstellte. Madlen freute sich auf die Arbeit, hatte ihr diese seinerzeit in Worms bei Agathe doch auch immer gut gefallen. Kleider zu nähen und zu heilen, das war das Einzige, was sie konnte und wonach ihr der Sinn stand. Und da das eine unmöglich war, würde sie sich fortan dem Schneidern widmen.

Sie war gerade am Hause des Stadtvogts angekommen und hatte soeben geklopft, als Wendel, der Büttel des Vogts, herbeigerannt kam.

Gertrud, die die Tür geöffnet hatte, erschrak. »Ist etwas mit meinem Mann geschehen?«

Madlen sah den Büttel ebenfalls in Erwartung einer Antwort an.

»Ihr müsst fliehen«, brachte dieser unter heftigem Pusten hervor. »Sogleich! Zwei Wachmänner des Erzbischofs sind heute in aller Frühe gekommen und begehrten vom Stadtvogt zu erfahren, wo Ihr Euch aufhaltet.« Er keuchte immer noch.

Gertrud sah ängstlich die Gasse hinunter. »Kommt herein, rasch!«

Madlen und Wendel betraten das Haus, und Gertrud schlug die Tür zu.

»Euer Schwiegervater«, japste Wendel, »Peter, er hat die beiden begleitet. Sie kamen direkt aus Worms.«

»Woher konnte Peter wissen, dass sie mich dort suchten?«

»Ich weiß es nicht«, sagte Wendel noch immer außer Atem. »Er ist wohl vor einigen Tagen dorthin gereist. Womöglich ist er ihnen zufällig begegnet.«

»Oder hat von Leopold davon erfahren«, sinnierte Madlen.

»Das ist jetzt unwichtig«, urteilte Gertrud. »Ihr müsst Euch verstecken.«

Der Büttel schüttelte den Kopf. »Der Stadtvogt hat getan, als wüsste er nicht, dass man Euch sucht. Er tat schwer empört. Wenn Ihr mich fragt, er wird versuchen, sie hinzuhalten. Er hat darauf bestanden, erst die ganze Geschichte zu hören, bevor er selbst sich mit den Wachmännern auf den Weg zu der Schenke machen würde, in der Ihr angeblich untergekommen seid.«

»Er versucht sie also in die Irre zu führen, um mir etwas Zeit zu verschaffen«, erkannte Madlen.

Wendel nickte. »Deshalb hat er auch so laut gesprochen. Er sagte zu mir, die Tür könne ruhig offen bleiben. Er wollte, dass ich alles höre, und hat wohl darauf gehofft, dass ich herkommen und Euch warnen würde.«

»Habt Dank, dass Ihr mir helft.« Madlen sah sich hektisch um.

»Ihr müsst sofort fliehen. Es wird nicht lange dauern, bis die Wachmänner herausfinden, dass sie an der Nase herumgeführt worden sind.«

»Ich richte Euch ein Bündel mit Essen her«, sagte Gertrud und eilte zur Küche. Madlen rannte die Stufen hinauf, raffte ihre Habseligkeiten zusammen und lief wieder hinunter. Wendel stand noch genau dort, wo sie ihn eben zurückgelassen hatte. »Haltet dies!« Sie drückte ihm die wenigen Sachen, vor allem Windeltücher und zwei Decken, in die Hand und hastete ins Esszimmer, wo sie Johannes vermutete. Tatsächlich lag er friedlich auf dem Kissenstapel und schlief. So vorsichtig wie möglich nahm sie ihn hoch und rannte in den Flur, wo soeben auch Gertrud wieder hinzustieß.

Gertrud öffnete die Haustür und spähte hinaus. Am Ende der Gasse standen zwei Frauen, ansonsten war niemand zu sehen. »Kommt!«

Erst ging Gertrud voraus, dann übernahm Wendel die Führung. Sie liefen die Gassen entlang, hielten vor jeder Ecke, um zunächst Ausschau zu halten, dann rannten sie weiter. Sie überquerten den Marktplatz, erreichten schließlich die Gasse, die zum Stadttor führte.

»Runter!«, befahl Wendel plötzlich, und sofort duckten sie sich hinter einen Mauervorsprung. In einiger Entfernung sahen sie den Stadtvogt, gefolgt von drei Männern, vorbeigehen. Sie warteten noch einen Moment, dann gab Wendel ein Zeichen. »Kommt! Sonst schafft Ihr es nicht mehr aus der Stadt.«

Sie liefen, so rasch sie konnten. Ein Stück vor ihnen steuerte die Gauklertruppe ihre Wagen auf die Brücke zu, die aus der Stadt führte.

»Kommt, geht nah an die Wagen heran, damit man Euch nicht sieht«, sagte Wendel und lief hinüber. Die Frauen folgten ihm auf dem Fuße.

Der Mann, der sich als Aldo vorgestellt hatte, lenkte den ersten Wagen, der Magier Manilo den zweiten. Der vordere Karren war offen. Hier saßen der Feuerschlucker, der Narr und die schöne Giana, eine weitere Frau und der Mann, der zusammen mit Aldo am Ende der Vorstellung das Geld eingesammelt hatte, und unterhielten sich, während der Vorhang am hinteren Wagen zugezogen war. Die Gaukler guckten erstaunt, als Wendel, Gertrud und Madlen mit dem Kind auf dem Arm hinter ihren Wagen Schutz suchten und sich immer wieder furchtsam umblickten.

»Klettert hinein«, sagte Wendel zu Madlen und nahm ihr Johannes ab.

Der Magier drehte sich zu ihnen um, warf ihnen einen ernsten Blick zu. Madlen sah ihn flehend an und legte einen Finger an ihre Lippen. Der Magier reagierte nicht weiter, drehte sich wieder nach vorn und tat, als hätte er nichts mitbekommen.

Gertrud legte das Bündel in den Wagen, nachdem Madlen hineingeklettert war, und warf ihr einen letzten Blick zu. »Lebt wohl!«, hauchte sie.

Wendel reichte ihr den Jungen. »Gott schütze Euch!«, sagte er und zog sogleich den Vorhang wieder zu.

Madlen brachte erst etwas heraus, als der Vorhang schon den Blick auf die beiden versperrte. »Lebt wohl«, sagte sie leise, »und habt Dank für alles, was Ihr für mich getan habt!«

Dann drückte sie Johannes an sich und weinte leise vor sich hin.

12. Kapitel

Es mochte gut eine Stunde vergangen sein, ehe die Wagen anhielten. Madlen war bang zumute. Was würden die Gaukler wohl sagen?

Der Vorhang wurde beiseitegeschoben, und der Magier streckte ihr die Hand entgegen. »Wir sind mittlerweile ein gutes Stück von Heidelberg entfernt. Das dürfte genügen.«

Sie kletterte, so gut sie es mit Johannes im Arm vermochte, nach vorn. Der Magier nahm ihr den Kleinen kurz ab, half ihr herunter und gab ihn ihr zurück. Alle Gaukler hatten sich um sie versammelt, musterten sie interessiert.

»Es tut mir leid, dass ich mich dort hineingeschlichen habe«, sagte sie bedauernd.

»Hineingeschlichen?« Aldo hob die Brauen. »Eine ganze Horde hätte den Wagen leiser bestiegen.«

»Du dürftest außer Gefahr sein«, sagte die Frau, die Madlen während der Vorstellung nicht gesehen hatte. »Mein Name ist Doniya, das ist Aldo, mein Mann, Manilo, unser Magier, Duilio, der Feuer schluckt, Flavio und Giana sowie unser Giacomo.«

Madlen nickte allen zu. »Mein Name ist Madlen, und das«, sie deutete auf das Kind, »ist Johannes.«

»Wohin willst du, Madlen?«

»Möglichst weit weg von Heidelberg.«

»Hast du ein schweres Verbrechen begangen?«, fragte Aldo und bekam hierauf von seiner Frau sogleich einen Hieb in die Seite. »Aldo!«

»Was denn? Ich will nur wissen, in was wir hineingeraten.«

»Ich werde eines Verbrechens beschuldigt, doch begangen habe ich es nicht«, antwortete Madlen.

»Das wusste ich gleich«, sagte Doniya und funkelte ihren Mann wütend an. »Man kann in deinen Augen erkennen, dass du nichts Schlechtes im Sinn hast. Wenn du willst, kannst du mit uns kommen, bis wir den nächsten Ort erreichen.«

»Wohin führt euer Weg?«

»Nun, der Winter kommt rascher, als wir glaubten. Deshalb werden wir nur noch eine Vorstellung in Ulm geben und eine in Innsbruck und dann bis Verona weiterziehen. Doch es liegen genug Orte dazwischen, in denen du bleiben kannst.«

»Stammt ihr alle aus Italien?«

»Ja«, erklärte Doniya.

»Ich wundere mich, weil ihr alle so gut Deutsch sprecht.«

»Das liegt daran, dass wir schon so viele Jahre Vorstellungen hier geben. Also, was ist? Willst du weiter mit uns fahren oder dich doch lieber allein durchschlagen?«

»Ich würde gern mit euch kommen, doch«, sie zögerte, »ich habe kaum Geld.«

»Wie viel hast du denn?«, fragte Aldo und bekam hierfür einen neuerlichen Seitenhieb von seiner Frau.

»Du kannst mitkommen, so weit du möchtest. Du musst nur für dein Essen selbst sorgen. Und wenn auch das nicht geht, wird sich schon etwas finden.«

Madlen überlegte kurz. So freundlich ihr diese Menschen auch erschienen, wusste sie doch nicht, ob sie ihnen trauen konnte. Sie zog die Pfennige hervor, die die Schneiderin ihr als

Lohn für ihre letzte Arbeit gegeben hatte. Diese hatte sie vorhin rasch eingesteckt, damit sie ihre Geldkatze, in der sich noch acht Gulden befanden, nicht hervorzuholen brauchte. »Das hier kann ich euch geben.«

Doniya lächelte. Sie nahm einen Pfennig. »Das genügt. Und nun komm zu uns nach vorn, damit du nicht ganz allein dort hinten hockst.«

»Danke.«

Sie holte noch rasch den Trinkschlauch mit der Ziegenmilch und den Trichter, damit sie die Truppe nicht bitten musste, anzuhalten, sobald Johannes Hunger bekam. Dann hielt Doniya das Kind, als sie auf den vorderen Wagen stieg, und reichte ihr den Kleinen schließlich herauf. Als alle ihre Plätze wieder eingenommen hatten, fuhren sie weiter, plauderten über dies und das. Keiner der Gaukler fragte Madlen nach ihrer Geschichte und weshalb sie hatte fliehen müssen. Diese war überrascht. Menschen vom Schlag dieser Gaukler hatte sie nie zuvor kennengelernt, und je weiter sie vorankamen, desto wohler fühlte sie sich im Kreise der kleinen Gruppe.

Madlen erfuhr, dass Aldo und Doniya schon viele Jahre verheiratet waren und Giana, die Schöne, die sich auf dem Podest so verbogen hatte, ihre Tochter war. Damit hätte Madlen nie gerechnet, konnte sie doch nicht die geringste Ähnlichkeit erkennen, wenngleich Doniyas Gesicht verriet, dass sie früher eine schöne Frau gewesen sein musste. Duilio, der Feuerschlucker, war ebenso lange dabei wie Giacomo, der früher einmal Jongleur gewesen war. Doch seit er vor einigen Jahren krank geworden war, wollte ihm das Jonglieren nicht mehr gelingen. Um dennoch seinen Teil beizutragen, kümmerte er sich um die Pferde und darum, genug Nachschub zu kaufen und die Truppe zu versorgen, wenn sie in einem Ort haltmachten. Flavio, der Narr, war mit Giana verheiratet, und Manilo, der Magier, war erst seit zwei Jahren bei ihnen und hatte sich vorher allein durchgeschlagen. Er sprach nicht viel, sagten die anderen über ihn, war gern für sich.

Sie gönnten sich und den Pferden nur eine Rast, und Madlen teilte das, was Gertrud ihr mitgegeben hatte, mit den anderen. Diese nahmen dankbar an und gaben Madlen ihrerseits etwas von dem, was sie an Vorräten mit sich führten. Am Abend erreichten sie Brackenheim, wo sie ihr Lager aufschlugen. Manilo und Duilio nahmen ihre Decken und legten sich unter die Karren, obwohl Madlen mehrfach sagte, dass sie dies täte, war ihr doch klar, dass sie mit dem kleinen Johannes mindestens einem der Männer den Platz im Wagen wegnahm. Doch keiner der beiden ließ ihren Widerspruch zu, sodass Doniya ihr schließlich anriet, es dabei zu belassen.

Johannes wurde erst in den frühen Morgenstunden wach und ließ sich von Madlen versorgen. So lange hatte sie trotz der Enge in dem Wagen erstaunlich gut geschlafen. Kurz danach standen auch die anderen auf, nahmen ein rasches Morgenmahl ein, und dann machten sie sich wieder auf den Weg.

Am darauffolgenden Tag übernachteten sie in Schorndorf, dann in Geislingen an der Steige und erreichten am dritten schließlich Ulm. Dort stellten sie die Wagen auf dem Marktplatz ab, wie sie es auch in Heidelberg getan hatten, und alle bis auf Manilo und Madlen verteilten sich in der Stadt, um überall zu verkünden, dass die Gaukler da waren und am Abend eine Vorstellung zum Besten gaben.

»Du musst meinetwegen nicht hierbleiben«, begann Madlen etwas zaghaft.

Manilo blickte auf, wirkte ein wenig überrascht. »Du denkst, dass ich deinetwegen nicht mit den anderen mitgegangen bin?« Er schüttelte den Kopf. »Das hat nichts mit dir zu tun.« Es klang abfällig, wie Madlen meinte.

»Ich gehe doch nicht durch die Gegend und rufe heraus, dass das Pack ja kommen und sich ansehen möge, welch große

Wunder der Magier Manilo vollbringt.«

»Du magst die Menschen also nicht, vor denen du auftrittst?« Madlen versuchte, sich nicht anmerken zu lassen, wie sehr ihr seine Einstellung missfiel.

»Ich war Besseres gewohnt«, erklärte er. »Früher einmal. Aber das ist lange her.«

»Was ist damals geschehen?«

Manilo überlegte einen Moment, öffnete den Mund und schloss ihn wieder. »Würde es dir gefallen, wenn ich dich frage, warum sie in Heidelberg hinter dir her waren?«, sagte er dann in schroffem Ton.

Madlen stand auf. »Bitte verzeih. Ich wusste nicht, dass ich mit meiner Frage zu weit gegangen bin.«

Er wollte etwas erwidern, doch da hatte sie schon Johannes genommen und war von dem Wagen heruntergeklettert.

Madlen beschloss, sich ein wenig in Ulm umzusehen. Sie schlenderte mit dem Kind im Arm durch die Gassen, und vieles von dem, was sie sah, erinnerte sie an Heidelberg. Wehmütig dachte sie daran zurück. Sie hatte die Zeit bei Gertrud und dem Vogt so sehr genossen. Wenn es nicht anders gekommen wäre, wer weiß, ob sie je wieder fortgegangen wäre. Gewiss hätte sie sich beizeiten eine andere Unterkunft gesucht. Doch immer schwerer tat sie sich mit dem Gedanken, eines Tages wieder nach Köln zurückzukehren und dort ihr Leben weiterzuführen, selbst wenn alles, was derzeit gegen sie zu sprechen schien, aus der Welt geschafft wäre.

Sie musste an Peter denken und was er getan hatte. Zwar konnte sie nach dem, was der Büttel Wendel heimlich mitgehört hatte, nur mutmaßen, was sich wirklich zugetragen hatte. Doch schien es ihr das Wahrscheinlichste, dass Peter, als er von ihr die Nachricht von Johannes' Tod erhielt, nach Worms zurückgekehrt war. Womöglich sogar in bester Absicht, schließlich hatte Madlen ihm nicht gesagt, dass seine Frau Elsbeth zur Beerdigung gereist war. Er musste also annehmen, dass sie in Worms in ihrem Haus war, und hatte sie vermutlich aufsuchen wollen. Die vermeintlichen Wachmänner des Erzbischofs hatten auch dort nach ihr gefragt, und sie hatte ihre Zweifel, wie Leopold, der Verwalter, hierauf reagiert haben mochte. Er war dem Erzbischof treu ergeben. Wenn er ihnen geglaubt hatte, wäre auch er daran interessiert, Madlen an sie zu übergeben. Und selbst wenn nicht, konnte Peter den Männern dort begegnet sein und einige Münzen dafür bekommen haben, ihnen zu sagen, wo sie zu finden war.

Wie es auch zusammenhängen mochte, sie war diejenige, die abermals auf der Flucht war, während Peter es sich vermutlich bei Barbara gut gehen ließ und sich mit ihr vergnügte. Sie selbst würde auf keinen Fall nach Heidelberg zurückkehren können. Und auch nicht nach Worms, weil die Wachmänner gewiss einige andere angeheuert hatten, die Agathes Haus nicht aus den Augen ließen. Diese müsste längst aus Köln zurück sein und hatte vermutlich bereits einen Boten nach Heidelberg geschickt. Welche Nachricht er wohl mit sich brachte? Sie würde es wohl nie erfahren.

Sie sah sich um und nahm doch nicht wirklich wahr, wie alles aussah. Zu sehr war sie in Gedanken versunken. Immer deutlicher wurde ihr, dass sie an keinen der Orte gehen konnte, die ihr vertraut waren und wo es Menschen gab, die ihr helfen würden. Ein beklemmendes Gefühl stieg in ihr auf. Wo sollte sie hin? Sie blieb stehen, sah sich um. Und wenn sie einfach hierbliebe? Wozu weitergehen? War nicht dieser Ort ebenso gut oder schlecht wie jeder andere in der Fremde?

Kurz überlegte sie, ob sie versuchen sollte, sich bis nach Augsburg durchzuschlagen. Dort war ihr Sohn Veit bei der Familie Fugger in der Lehre, und in der Klosterschule bei Würzburg war Cecilia untergebracht. Sollte sie an einen dieser Orte gehen? Dann hätte sie wenigstens ein vertrautes Gesicht in ihrer Nähe. Doch was sollte dann werden? Auf keinen Fall wollte sie, dass ihre Kinder sich für sie verantwortlich fühlten. Sie sollten ihr eigenes Leben leben und sich nicht so eingeengt fühlen wie sie selbst früher bei ihrem Vater Jerg.

Doch wo sollte sie hin? Und wie lange würde das Geld, das sie mit sich führte, noch reichen? Ein rascher Griff an ihre Hüfte, um zu ertasten, ob die Geldkatze noch da war, beruhigte sie. Damit würde sie eine Zeit lang gut auskommen. Doch was wäre dann? Sie musste Johannes und sich versorgen. Ihre Gedanken kreisten so sehr, dass sie stechende Kopfschmerzen bekam. Fast wäre sie mit jemandem zusammengestoßen.

»Madlen, ist alles in Ordnung?«

Sie zuckte zusammen. Vor ihr standen Giana und Flavio und sahen sie fragend an.

»Oh, bitte verzeiht, ihr beiden. Ich war in Gedanken.«

»Das haben wir gemerkt. Wohin willst du?«, fragte Giana.

»Ich, ich weiß nicht. Ich bin herumgelaufen.«

»Warum bist du nicht bei den Wagen geblieben?«

»Manilo«, sagte Madlen. »Wir haben uns unterhalten, und ich habe wohl etwas Falsches gesagt und ihn verärgert. Da bin ich lieber gegangen.«

»Was hast du gesagt?«

Madlen zuckte mit den Achseln. »Eigentlich nichts.« Der Gedanke, schon zu viel gesagt zu haben, ließ sie nervös werden. Wie sollte sie den beiden erklären, dass er sich abfällig geäußert und damit zum Ausdruck gebracht hatte, sich für etwas Besseres als die anderen Gaukler zu halten? »Ich«, begann sie zögerlich, »ich habe ihn gefragt, was er gemacht hat, bevor er zu euch kam. Darum ging es«, wich sie aus.

Giana nickte. »Der feine Magier hat dir wohl zu verstehen gegeben, dass er ohne uns besser dran war?«

Madlen schüttelte den Kopf. »Nein, ich denke nicht, dass es so war.« Ihr wurde immer mulmiger. Auf keinen Fall wollte sie der Grund dafür sein, dass es Streit innerhalb der Gruppe gab.

Giana winkte ab, und Flavio sagte: »Wir wissen, dass er sich für etwas Besseres hält. Hat er schon immer. Doch ich glaube, er versucht damit nur, darüber hinwegzukommen, was damals geschehen ist.«

»Was ist denn geschehen?«, fragte Madlen.

Die drei gingen zusammen weiter. »Nun«, begann Giana zu erzählen, »er war ziemlich bekannt. Er und seine beiden Brüder waren wohl wirklich gut, wurden zu Festen und besonderen Anlässen bei Grafen und Edelleuten eingeladen. Manilo behauptet auch, schon vor dem König aufgetreten zu sein, doch das glaube ich ihm nicht. Na ja, und eines Tages hatte er sich verletzt und blieb in der Unterkunft, während seine Brüder wie immer ihre Darbietung gaben. Einer soll die Zuschauer abgelenkt haben, während der andere sie angeblich bestohlen hat. Sie haben sie aufgehängt, noch am gleichen Tag.«

»Was?«, rief Madlen entsetzt aus. »Weil sie gestohlen haben sollen?«

»Es ging wohl vor allem darum, wen sie bestohlen haben sollen«, erklärte Flavio. »Muss irgendjemand sehr Wichtiges gewesen sein. Na, jedenfalls hat er wohl versucht, für sie einzustehen, und hatte am Ende noch Glück, dass sie ihn nicht auch aufgeknüpft haben. Das war dann das Ende der drei großen Magier.«

Giana gab ihrem Mann einen Hieb in die Seite, ganz so, wie ihre Mutter es immer bei ihrem Vater machte. »Es ist unnötig, auch noch darüber zu scherzen«, maßregelte sie ihn.

Flavio verdrehte die Augen. »Es ändert doch nichts, ob ich nun mit ihm traure oder spotte.«

»Deshalb wollte er auch nicht daran erinnert werden«, erkannte Madlen jetzt, der es leidtat, einfach gegangen zu sein und vorschnell über ihn geurteilt zu haben. Sie hätte klüger sein sollen. In diesem Moment kam ihr Franz von Beyenburg, der Medicus, in den Sinn. Er hatte sie damals vor den männlichen

Medizinstudenten in Schutz genommen und sich in seiner Lehrstunde allzu rasche Urteile über einen anderen verbeten.

»Ihr sagtet doch, ihr reist nach Italien, um dort den Winter über zu bleiben, nicht wahr?«

»Ganz recht«, bestätigte Giana.

»Wo genau?«

»In Benevento. Dort kommen wir her. Meine Großmutter lebt noch immer da.«

Madlen war überrascht, wollte es aber nicht zeigen. Aldo und Doniya mochten weit über die vierzig, eher an die fünfzig sein. Dass deren Mutter noch lebte, erschien Madlen fast unmöglich.

Giana schien ihre Gedanken zu ahnen. »Meine Großmutter Maria ist schon sehr alt, doch du würdest dich wundern, wie sie noch umherwirbelt.« Sie lächelte. »Sie ist eine wunderbare Frau. Ich hoffe, dass der Herr ihr noch viele gute Jahre schenkt.«

Madlen gab das Lächeln zurück. »Deine Augen strahlen.«

»Ja«, bestätigte Giana. »Ich freue mich schon sehr darauf, nach Hause zurückzukehren. Die kalten Tage sind für mich die schönsten, weil das Umherreisen ein Ende hat.«

»Ich stelle es mir aufregend vor, immer an anderen Orten zu sein und so viel vom Land zu sehen«, sagte Madlen.

»So mag es scheinen, doch mein größtes Glück wäre es, Kinder zu bekommen und in Benevento bei Großmutter Maria zu bleiben.« Sie wirkte bedrückt. »Doch das können wir meinen Eltern nicht antun.«

»Weil ihr dann nicht mehr auftreten könntet?«

»Genau«, antwortete Flavio. »Eines Tages, ja. Doch noch nicht so bald.«

Madlen versuchte die bedrückte Stimmung aufzulockern und vom Thema abzulenken. »Bist du wirklich noch nie heruntergefallen?«, fragte sie.

»Ich?« Giana lachte auf. »Hätte ich nur jedes zehnte Mal

einen Silberling erhalten, wäre meine Schatulle gefüllt wie die eines Königs«, erwiderte sie schmunzelnd. »Weshalb fragst du?«

»Als ich eure Vorstellung in Heidelberg ansah, habe ich deinen Vater gefragt.« Madlen lachte auf. »Und er hat mit stolzgeschwellter Brust gesagt, dass du noch nie heruntergefallen seist. Nicht ein einziges Mal.«

Giana und Flavio stimmten in das Lachen ein. Sie gingen weiter, bis sie den Marktplatz erreichten und die Wagen vor sich hatten. In diesem Moment kam Madlen ein Gedanke.

»Sagt«, bat Madlen, »kennt ihr Salerno?«

»Salerno?«, echote Flavio. »Aber gewiss. Dort gibt es eine bedeutende Universität.«

»Kommt ihr auf dem Weg nach Benevento dort vorbei?«

Giana schüttelte den Kopf. »Nein, das nicht. Aber Salerno liegt nur etwa einen Tag von Benevento entfernt. Weshalb? Kennst du dort jemanden, zu dem du gehen willst?«

Madlen überlegte einen Moment. »Ja«, sagte sie dann entschieden. »Es gibt da jemanden. Und wenn die anderen nichts dagegen haben, werde ich euch begleiten. Ich werde mit euch kommen und nach Salerno gehen.«

13. Kapitel

Über ein Monat war seit ihrer Flucht aus Heidelberg vergangen. In Füssen hatten sie den Rand der Alpen erreicht und mussten von den Wagen steigen und von hinten schieben, weil die Pferde die steilen Hänge sonst nicht geschafft hätten. Hinzu kam, dass es in dieser Zeit fast durchgängig regnete und sie lediglich den kleinen Johannes in den Wagen legten, um ihn vor der Nässe zu schützen, die Erwachsenen jedoch tags wie nachts klamm waren und froren. Erst ab Innsbruck wurde es besser, wenngleich es Tage dauerte, bis ihre Sachen wieder ganz getrocknet waren.

Madlen hatte immer, sobald sie in einen Ort kamen, Ziegenmilch für Johannes gekauft. Seit einigen Tagen hatte sie jedoch den Eindruck gehabt, dass die Reise ihn über die Maßen anstrengte, und war dazu übergegangen, Mehlbrei zu verdünnen und diesen zusammen mit der Milch durch den Trichter zu geben. Es schien ihm zu bekommen, machte er auf Madlen doch schon am nächsten Tag einen besseren Eindruck. Und während er die letzten Nächte kaum einmal mehr als zwei Stunden Ruhe gegeben hatte, hatte er nun durchgeschlafen. Madlen war erleichtert.

Nachdem sie Bozen, Trient und Bardolino hinter sich gelassen hatten, kamen sie ab Verona immer rascher voran. Auch wenn sie noch ein gutes Stück Weg zurückzulegen hatten, wurde die Stimmung doch immer besser, und als sie Rimini passierten, verkündete Aldo, so gut wie zu Hause zu sein, wenngleich sie noch gut eine Woche vor sich hatten.

Je näher sie ihrem Ziel kamen, desto unruhiger wurde Madlen. Wie würde Franz von Beyenburg reagieren, wenn sie so unerwartet auftauchte? Waren sie sich noch ebenso freundschaftlich verbunden wie damals in Heidelberg? Sie hatte den Medicus als einen überaus gütigen, klugen Mann kennengelernt, dem die Leidenschaft für das Heilen über alles ging. Doch das war Jahre her. Was mochte ihn bewogen haben, die Universität von Heidelberg zu verlassen und nach Salerno an die Schola Medica Salernitana zurückzukehren? Und was dachte er wohl über sie? War er enttäuscht von ihr, dass sie das, was er ihre Berufung genannt hatte, aufgegeben und ein angepasstes Leben an der Seite ihres Mannes gewählt hatte? Je länger sie darüber nachdachte, desto nervöser wurde sie.

Als sie nach der langen Reise endlich Benevento erreichten, willigte Madlen ein, wenigstens einen Tag die Gastfreundschaft Marias zu genießen. Giana hatte nicht zu viel gesagt: Maria war so voller Leben, dass sich manch Zwanzigjährige hiervon etwas abschneiden konnte. Wäre ihr Gesicht nicht so runzlig und voller Falten gewesen, hätte Madlen nicht geglaubt, dass diese Frau bereits auf die siebzig zuging. Nie zuvor hatte sie jemanden kennengelernt, der so alt geworden war.

Das ganze Dorf kam zusammen, um die Rückkehr Aldos und seiner Familie zu feiern, wobei auch Duilio, Giacomo und sogar Manilo hinzugezählt wurden, wenngleich diese nicht mit Aldo und somit auch nicht mit Maria verwandt waren. Madlen wurde gleichermaßen herzlich aufgenommen, ohne dass auch nur einer fragte, wer sie war oder woher sie kam. Und Johannes wurde von Arm zu Arm gereicht und liebkost, als wären die anwesenden Frauen seine Großmutter oder Tante.

Madlen war überrascht, hatte sie doch erwartet, dass Aldos Mutter Maria in ärmlichen Verhältnissen lebte. Weshalb sonst sollte ihr Sohn ein Leben als reisender Gaukler gewählt haben? Doch entgegen dessen, was Madlen erwartet hatte, lebte Maria auf einem großen Hof, auf dem drei Steingebäude standen, die im Halbkreis angeordnet waren. Maria lebte in dem ganz rechts, das mittlere gehörte Aldo und dessen Familie, das linke war das neueste und erst vor fünf Jahren, als Giana und Flavio geheiratet hatten, für diese erbaut worden.

Die Dorfbewohner, die zusammengekommen waren, um die Heimkehr Aldos und seiner Truppe gebührend zu feiern, trugen alle möglichen Speisen und Getränke herbei. Es war ein einziges Kommen und Gehen. Die Ankömmlinge wurden von allen umarmt und gedrückt, ganz gleich, ob sie deren Gesichter kannten oder nicht. Für die Menschen in Benevento zählte einzig, dass Marias Familie sicher heimgekehrt war und mit ihr zusammen den Winter verbringen würde.

Madlen saß auf einer der Bänke, trank Wein, versuchte, Johannes nicht aus den Augen zu verlieren, der von den Frauen geherzt und gedrückt wurde, und genoss jeden Augenblick. Was für ein Trubel und Gelächter überall! Doniya holte ihre Laute, auf der sie bei der Vorstellung in Heidelberg hinten auf dem Wagen gespielt hatte. Sie schlug die Laute an und sang dazu, und schon nach wenigen Momenten stimmten viele der Anwesenden mit ein. Fröhlich begannen die Leute zu klatschen und zu tanzen, tranken Wein und feierten das Leben. Das meiste von dem, was gesprochen wurde, verstand Madlen nicht. Doch das machte ihr nichts aus. Sie wiegte ihren Kopf im Rhythmus der Musik.

»Gefällt es dir?«

Madlen sah auf. Sie hatte gar nicht mitbekommen, dass Manilo an ihre Seite getreten war und sie beobachtet hatte.

»Darf ich mich zu dir setzen?«

»Gewiss.« Sie deutete auf den Platz neben sich auf der Bank.

Manilo setzte sich, stellte zwei Becher Wein ab.

»Meiner ist noch nicht einmal leer«, sagte Madlen froh gelaunt.

»Du bist in Italia – hier wird dein Becher nie leer sein.«

Sie tranken zusammen.

»Zürnst du mir noch?«, fragte Manilo und sah sie an.

»Warum denkst du, dass ich dir zürne?«, fragte Madlen, als wisse sie nicht, wovon er sprach.

Manilo durchschaute sie jedoch. »Du weißt genau, was ich meine«, sagte er. »Unsere Unterredung in Ulm.«

»Das ist längst vergessen«, sagte Madlen und betrachtete wieder die fröhlichen Menschen, die zu den Klängen von Doniyas Laute tanzten.

»Ich spreche einfach nicht gern über mein früheres Leben«, versuchte Manilo zu erklären.

Madlen überlegte kurz, ob sie ihm sagen sollte, dass Giana ihr längst erzählt hatte, was ihm und seinen Brüdern widerfahren war. Sie legte ihm in einer versöhnlichen Geste die Hand auf den Unterarm. »Es ist alles gut zwischen uns«, bekräftigte sie. »Ich spreche auch nicht gern über das, was geschehen ist. Belassen wir es dabei und genießen all das hier.« Sie breitete die Arme aus. »Ist es nicht wunderbar? Die Menschen sind so glücklich und froh. Ich könnte noch tagelang hier sitzen und ihnen zusehen.«

»Wann wirst du uns verlassen?«, fragte Manilo. Er wirkte bedrückt.

»Gleich morgen in aller Frühe.«

»Ich könnte dich noch bis Salerno begleiten«, bot er an.

»Weshalb? Hast du dort etwas zu erledigen?«

»Nein. Ich möchte nur sichergehen, dass dir nichts geschieht.«

Madlen fühlte sich geschmeichelt, schüttelte dann aber mit dem Kopf. »Ich danke dir, doch das ist nicht notwendig. Ich habe mich entschlossen, nach Salerno zu gehen, um dort einen alten Freund aufzusuchen. Zumindest hoffe ich, dass wir noch Freunde sind.«

»Ist er der Vater des Kindes?«

»Nein«, lachte sie auf. »Nein, das ist er nicht.« Kurz überlegte sie, ob sie ihm sagen sollte, dass sie auch nicht die Mutter des kleinen Johannes war, doch ein Gefühl mahnte sie, besser zu schweigen. Sie hatte es bisher keinem in der Gruppe erzählt und befand es für klüger, es dabei zu belassen. »Ich habe vor Jahren seinen Vorlesungen an der Universität in Heidelberg lauschen dürfen. Nun ist er in Salerno. Ich wage es kaum zu hoffen, doch tief in mir ist noch immer der Wunsch, selbst eines Tages studieren zu dürfen.«

»Studieren? Was denn?«

»Medizin«, gab Madlen mit einem Funkeln in den Augen zurück.

»Du möchtest Medicus werden?«

»Ja, das ist mein größter Wunsch. Doch ich weiß wirklich nicht, ob es mir je erlaubt sein wird.«

»Weshalb nicht?«

»Nun, im Heiligen Römischen Reich Deutscher Nation ist es anderes als hier bei euch in Italien. Wir Frauen dürfen dort nicht studieren.«

»Nicht?« Manilo schien überrascht. »Weshalb nicht?«

Madlen zuckte mit den Schultern. »Offen gesagt, weiß ich das auch nicht. Es ist eben so.«

»Doch dein Wunsch ist es, Medicus zu werden?«

»Ja.« Sie lächelte in sich hinein. »Schon immer. Ich habe früher einer Wehmutter geholfen. Sie hat mir viel über Kräuter beigebracht und gegen welche Beschwerden sie helfen. Einiges habe ich auch selbst herausgefunden, wenn ich mich mit den Kranken beschäftigte. Doch es gibt so vieles, was ich nicht weiß.« Sie sah Manilo an. »Weißt du, was ich mit eigenen Augen gesehen habe? Franz von Beyenburg – der Medicus, den ich in Salerno anzutreffen hoffe – hat einem Mann, den ich kannte, den Star gestochen. Zuvor war er blind und hilflos, und dann, nach der Behandlung, konnte er wieder ein ganz normales Leben führen.« Madlen schluckte den bitteren Gedanken hinunter, dass der Mann, von dem sie hier sprach, ihr Schwiegervater Peter war, der Mann, der sie in Heidelberg so schändlich hintergangen hatte.

»Ich habe schon davon gehört, dass so etwas möglich sein soll, doch offen gesagt, dachte ich immer, dass es nur Geschichten sind.«

»Nein«, versicherte Madlen, »es ist wahr. Die Kunst des Heilens beruht vor allem auf einem weiten Wissen über Krankheiten, vor allem jedoch über den Menschen selbst. An der Schola Medica Salernitana wird dieses Wissen gelehrt, doch ob ich es je erwerben darf?« Sie zuckte mit den Schultern.

»Wenn du es dir so von Herzen wünschst, wird es sich auch erfüllen«, sprach Manilo ihr Mut zu.

»Denkst du wirklich?«

»Ja, das denke ich.«

»He, warum so traurig?« Aldo war zu ihnen getreten und zog Madlen von der Bank. »Komm, Madlen, du musst tanzen, tanzen!«

Sie hob abwehrend die Hände. »Nein, Aldo, bitte nicht. Ich kann nicht tanzen.«

»Eine bella donna wie du kann nicht tanzen?« Er stemmte die Hände in die Hüften. »Das glaube ich nicht.« Er fasste ihre Hand und zog sie einfach mit sich.

Hilfe suchend sah sie sich zu Manilo um, der jedoch nur lachte.

Aldo fasste sie an beiden Händen und wirbelte sie herum.

Madlen fühlte sich anfangs nicht recht wohl, bekam aber mit jeder Drehung mehr Freude und sprang schon bald genau wie die anderen fröhlich von einem Bein auf das andere. Sie lachte, wirbelte umher und bewegte sich heiter zur Musik. Als die Klänge der Laute verstummten, fielen sich die Menschen glücklich und lachend in die Arme, und Aldo drückte Madlen überschwänglich einen Kuss auf die Wange. »Bella donna!«, rief er aus, wirbelte sie noch einmal herum und brachte sie dann zu ihrem Platz zurück.

Madlen ließ sich auf die Bank fallen. So unbeschwert und heiter hatte sie sich seit Ewigkeiten nicht gefühlt. War sie es überhaupt je gewesen?

Eine der Frauen kam mit Johannes auf dem Arm zu ihr und reichte ihn ihr zurück, hielt sich mit zwei Fingern die Nase zu. Madlen lachte auf. »Na, sieh einer an. Kaum dass er sich erleichtert hat, ist mein Kleiner nicht mehr so beliebt«, scherzte sie, entschuldigte sich bei Manilo und ging mit Johannes ins Haus. Sie war bei Giana und Flavio untergekommen, wo sie ihr Bündel in einer eigenen Kammer abgelegt hatte. Sie entfernte den verschmutzen Stoff, reinigte und wickelte den Kleinen. Dann ging sie wieder hinaus zu den anderen und blieb dort, bis auch die letzten Gäste nach Hause gegangen waren. Madlen wusste nicht, ob sie sich jemals zuvor in ihrem Leben so leicht und unbeschwert gefühlt hatte. Sie spürte nur, dass Italien ein Land war, in dem sie glücklich werden konnte.

Der Abschied von den Gauklern war Madlen schwergefallen, und es schien ihr, als ginge es ihnen nicht anders. Ob sie sie wiedersehen würde? Vermutlich nicht. Und tatsächlich zögerte sie, als Aldo und Doniya ihr anboten, noch eine Weile zu bleiben. Doch Madlen wusste, dass es ihr den Abschied nicht erleichtern würde und sie ihren eigenen Weg finden musste. Also ließ sie sich genau beschreiben, wohin sie gehen und worauf sie achten musste, umarmte noch einmal jeden von ihnen und machte sich sodann auf den Weg nach Salerno.

Als sie am frühen Abend vor der Schola Medica Salernitana stand, musste sie all ihren Mut zusammennehmen, um nicht im letzten Moment noch umzukehren. Sie legte den Kopf in den Nacken, um das gewaltige Bauwerk zu betrachten. Es war um einiges größer als die Universität in Heidelberg, jedoch in ähnlicher Art gebaut. Ob der Medicus Franz von Beyenburg wirklich hier war?

Sie ging zum Tor und klopfte. Als sie einen Moment gewartet hatte und sich nichts tat, klopfte sie erneut, diesmal fester. Doch wieder schien sich dahinter nichts zu regen. Madlen verlagerte das Gewicht des kleinen Johannes auf ihrem Arm und drückte die Klinke herunter. Sofort ging das Tor auf. Vorsichtig trat sie in den Innenhof, der, anders als der in Heidelberg, mit großen Steinen gepflastert war. Alles erschien Madlen so neu, so besonders, dass sie erst einmal nur staunte.

Ein junger Mann, nicht älter als zwanzig, kam auf sie zu und sprach sie an. Obwohl sie bei der Gauklertruppe immer einmal wieder etwas aufgeschnappt hatte, verstand sie kein Wort.

»Es tut mir leid.« Sie zuckte mit den Schultern. »Leider verstehe ich Euch nicht.« Sie sprach langsam, doch offenbar verstand ihr Gegenüber sie genauso wenig wie sie ihn.

»Franz von Beyenburg?«, fragte Madlen in der Hoffnung, dass ihm der Name bekannt war.

Er winkte mit der Hand.

Madlen verstand, dass sie mitkommen sollte. Sie lächelte und ging ihm nach, folgte ihm durch mehrere Gänge, bis er vor einer Tür stehen blieb und anklopfte. Als aus dem Innern ein Ruf kam, trat er ein und linste um die Tür herum. »Scusi«, hörte sie ihn sagen, und das einzige Wort, das sie verstand, war

»signora«. Dann machte er einen Schritt rückwärts und gab die Tür frei. Madlen trat vor, sah um die Tür herum. Franz von Beyenburg saß hinter einem klobigen hölzernen Arbeitstisch und studierte einige Unterlagen.

Das Erstaunen, das sich auf seinem Gesicht widerspiegelte, hätte größer nicht sein können. »Madlen?« Es war, als wollte der Medicus seinen Augen nicht trauen. Er stand auf und kam um den Tisch herum. »Das glaube ich nicht. Madlen?«

Der junge Mann, der sie hergebracht hatte, verabschiedete sich und schloss die Tür von außen.

»Medicus von Beyenburg. Wie sehr ich gehofft hatte, Euch wirklich hier zu finden.« Sie trat ihm entgegen.

»Madlen Goldmann?« Er machte einen weiteren Schritt auf sie zu. »Das gibt es doch nicht. Das kann doch nicht sein.« Er schüttelte den Kopf.

»Doch, ich bin es«, sicherte sie zu, noch immer abwartend, ob sich sogleich Freude oder doch Zurückhaltung in seinem Gesicht zeigen würde.

Sein Blick fiel auf Johannes, was ihn vollends durcheinanderbrachte. Er schüttelte erneut den Kopf, trat noch näher an sie heran und umarmte sie vorsichtig, um Johannes nicht zu drücken. »Ich glaube es noch immer nicht, auch wenn ich Euch mit meinen eigenen Augen hier vor mir sehe.« Er machte einen Schritt zurück, hielt sie aber noch an den Schultern. »Ich hatte stets gehofft, dass wir uns eines Tages wiedersehen, doch geglaubt habe ich es nicht.«

»Es ist lange her, Medicus. Ich bin glücklich, Euch gefunden zu haben.«

»Ihr habt nach mir gesucht?«, fragte er überrascht und deutete mit der Hand auf einen der Stühle vor seinem Arbeitstisch.

»Nun, ›gesucht‹ ist wohl zu viel gesagt.« Madlen setzte sich. »Aber nachdem ich erfahren habe, dass Ihr hier seid, wollte ich Euch unbedingt aufsuchen.«

»Ach ja?«

»Erinnert Ihr Euch? Ihr sagtet seinerzeit zu mir, dass ich das Heilen nicht aufgeben solle, weil es mir im Blut liegt.«

»Ja, ich erinnere mich.«

»Ich weiß, es ist lange her, doch sagt mir, Medicus, wenn ich noch immer Medizin studieren wollte, hätte ich dann hier die Möglichkeit dazu?« Madlen war nicht ganz wohl dabei, so mit der Tür ins Haus zu fallen, nachdem sie sich so viele Jahre nicht gesehen hatten. Doch seit sie den Entschluss gefasst hatte hierherzukommen, trieb sie nichts anderes mehr um.

Der Medicus sah sie überrascht an. »Ihr wollt studieren? Hier in Salerno?«

»Ja.«

Er ließ sich auf seinen Stuhl sinken. »Ich muss gestehen, damit hätte ich nicht gerechnet. Was sagt Euer Gatte dazu?«

Madlen presste die Lippen aufeinander. »Er ist tot«, sagte sie dann leise und senkte den Kopf.

»Nein!« Franz schlug erschrocken die Hand vor den Mund. »Wie ist das geschehen?«

»Das ist eine lange Geschichte.« Sie wollte gerade zu erzählen beginnen, da hob er die Hand. »Haltet ein«, bat er. »Wir sollten unser Wiedersehen nicht ohne einen Wein begehen, wie es in Italien üblich ist.«

Er stand auf und ging zu einem kleinen Schränkchen, auf dem neben einem Krug zwei Gläser standen. Eines stellte er vor Madlen hin, das andere daneben und schenkte in beide Wein ein. Madlen hob ihr Glas an und besah es sich von allen Seiten. »Feinstes Glas aus Murano«, erklärte der Medicus. »Ja, wir werden gut behandelt hier in der Universität.«

»So etwas habe ich noch nie gesehen«, staunte Madlen.

Franz hob das Glas. »Ich trinke darauf, dass Ihr den Weg hierher gefunden habt. Und bevor Ihr mir Eure Geschichte erzählt und wie es Euch ergangen ist, lasst mich Euch eines sagen: Gleich morgen werde ich mit dem Vorstand sprechen und mich für Euch verbürgen. Ihr werdet studieren, Madlen Goldmann. Ihr werdet endlich Eurer Berufung folgen, und ich kann Euch gar nicht sagen, wie sehr ich mich darüber freue!« Er hob das Glas und trank einen großen Schluck.

Madlen sah ihn an, führte ihr Glas an ihre Lippen, ließ es aber sogleich wieder sinken. »Wirklich?«

»So wahr ich hier stehe. Ich verspreche es Euch!«

Salerno im Jahre des Herrn 1406

14. Kapitel

Vier Jahre waren seit dem Tag vergangen, an dem Madlen mit dem kleinen Johannes im Arm durch das Tor zur Schola Medica Salernitana getreten war. Vier Jahre, in denen sich alles, vor allem aber Madlen selbst, verändert hatte. Sie war nicht mehr die gleiche Frau, die damals gekommen war. Durch die ersten drei Jahre, in denen Logik unterrichtet worden war, hatte sie sich bisweilen hindurchquälen müssen, wenngleich das Wissen, das den Studenten vermittelt wurde, für sie einen Schatz bedeutete. Erst seit gut einem Jahr, seit sie sich ausschließlich der Medizin und der Anatomie widmen durfte, fühlte sie sich ganz und gar angekommen.

Seither arbeitete sie wie eine Besessene, schlief wenig und vergaß so manches Mal das Essen. Einzig wenn sie in das nahe gelegene Kloster ging, um Johannes zu besuchen, der dort von den Ordensschwestern aufgenommen worden war, unterbrach sie für kurze Zeit ihre Arbeit. Madlen hatte es für besser gehalten, ihn dort unterzubringen. Nicht nur, weil sie sich nicht ausreichend um ihn kümmern konnte. Sie fürchtete noch immer, dass eines Tages jemand vor dem Tor stehen könnte, der ihr und vor allem Johannes nach dem Leben trachtete. Es wäre vermutlich möglich, sie zu finden, wenn man um ihre Leidenschaft für das Heilen wusste oder durch einen Zufall auf die kleine Gauklertruppe stieß, der sie sich damals angeschlossen hatte. Johannes in dem Kloster auszumachen, war jedoch so gut wie ausgeschlossen.

Vor einigen Monaten hatte Madlen zum ersten Mal bei chirurgischen Eingriffen zugegen sein dürfen. Dies war ein Bereich, der sie über die Maßen faszinierte. Darüber hinaus hatten sie und die anderen Studenten, die entgegen ihrer früheren Hoffnungen ausschließlich aus Männern bestanden, einen Einblick in die Leichenschau erhalten. Für manch einen ihrer männlichen Kollegen war dies nichts gewesen, womit diese gut umgehen konnten. Während bei kranken Menschen das Helfen im Vordergrund stand, ging es bei der Leichenschau ausschließlich um das Erforschen des Körpers, um daraus zu lernen.

Doch wurde dies, wie Madlen fand, nur unzureichend unterrichtet, da sie gerade mal bei zwei Leichenschauen hatten dabei sein dürfen und sich der Unterricht ansonsten auf den theoretischen Teil bezog. Und mit dieser Meinung stand sie nicht allein da. Neben Franz von Beyenburg, mit dem sie seit etwa einem Jahr mehr verband als nur Freundschaft, waren auch Abondio de Ferrara und Nael Djadi dieser Ansicht, sodass die vier sich auf ein gewagtes Unterfangen eingelassen hatten: Sie kauften Leichen an, um an diesen in Erfahrung zu bringen, was ihnen bisher an Wissen über den menschlichen Körper fehlte. Keiner von ihnen mochte sich ausmalen, was geschehen würde, sollte man ihnen auf die Schliche kommen. Doch für die vier war es der einzig mögliche Weg, zu verstehen, was ein Mensch vor seinem Tod erlebt und was letztendlich zu seinem Ableben geführt hatte.

Und nicht nur Krankheiten waren es, die ihnen hierbei unterkamen. In einem Fall, als sie den Leichnam eines Mannes Mitte dreißig kauften und untersuchten, der angeblich eines natürlichen Todes gestorben war, weil es keine sichtbaren Wunden gab, stellten sie fest, dass diesem der Länge nach ein Messer in den Anus geschoben worden war, man ihn dann hatte ausbluten lassen und in sein Bett gelegt, sodass es für die Haushälterin aussah, als sei er des Nachts im Schlaf gestorben. Das Messer, das vollständig in seinem Innern versenkt worden war, war auf den ersten Blick nicht zu sehen. Die Verblüffung der vier hätte größer nicht sein können, als sie das Skalpell anlegten und auf das Messer stießen.

Sie hatten dem Vogt daraufhin einen Hinweis gegeben, dass der Tod des Mannes noch einmal zu untersuchen sei. Doch letztendlich waren die Bemühungen im Sande verlaufen, konnten sie ja schlecht auf weiteren Nachforschungen bestehen, da der Körper offiziell nie in ihren Händen gewesen war. Nicht nur Madlen fragte sich nach diesem Abend, wie viele Menschen womöglich durch heimtückische Verbrechen zu Tode kamen, ohne dass dies je jemand ahnte.

Auch wenn es letztendlich als Beweis der Leichenschändung gegen sie dienen konnte, schrieben die vier die bei ihren heimlichen Leichenschauen gewonnenen Erkenntnisse allesamt nieder in der Hoffnung, dass sich eines Tages die Gesetze ändern würden und ihre Beobachtungen dann helfen könnten.

In der letzten Zeit lag Madlen immer öfter wach in den wenigen Stunden, die ihr nach den Leichenöffnungen bis zum nächsten Morgen blieben, um ein wenig Schlaf zu finden. Sie musste an ihre Kinder denken. Veit war mit seinen achtzehn Jahren inzwischen erwachsen, und auch die zwei Jahre jüngere Cecilia musste zu einer Frau herangereift sein. Wie gern hätte Madlen sie wiedergesehen! Was die beiden wohl von ihrer Mutter dachten? Glaubten sie, dass Madlen noch am Leben war, oder hielten sie sie für tot? Oder hatten sie sie gar längst vergessen, nachdem man ihnen eingeredet hatte, ihre eigene Mutter hätte ihren Vater ermordet? Sie mochte sich nicht ausmalen, dass es so sein könnte.

Oft fragte sie sich, ob sie eines Tages nach Köln zurückkehren würde. Womöglich in fünf Jahren, wenn ihr Studium abgeschlossen war und sie den Titel Magister tragen durfte. Doch was, wenn sie dort tatsächlich immer noch als die Mörderin ihres Mannes galt? Dann würde man sie hängen, ganz gleich, wie lange sie fort gewesen war.

Und war es nicht auch ihre Pflicht, Johannes nach Köln zurückzubringen und seinen Vater mit dem Anblick des Jungen zu konfrontieren? Denn wessen Sohn er war, das meinte Madlen inzwischen zu wissen, war Johannes ihm doch wie aus dem Gesicht geschnitten.

»Kannst du wieder nicht schlafen?« Franz zog sie an sich. Sie lebten inzwischen fast wie Mann und Frau zusammen, nur dass sie tagsüber in der Universität stets einen gewissen Abstand voneinander hielten. Niemand durfte erfahren, dass sie in gar gotteslästerlicher Art miteinander lebten. Franz hatte Madlen sogar gebeten, seine Frau zu werden, doch sie hatte abgelehnt. Erst wenn alles, was sie hatte zurücklassen müssen, geklärt und in Ordnung gebracht war, sie ihre Kinder wiedersehen durfte und sie endlich wusste, was Agathe und Elsbeth bei ihrem damaligen Besuch anlässlich des Begräbnisses in Erfahrung gebracht hatten, wäre sie bereit, die Vergangenheit hinter sich zu lassen und mit Franz ein neues Leben zu beginnen. Oft fragte sie sich, wie es Agathe und Elsbeth wohl ging. Lebten sie überhaupt noch?

Sie hatte Franz noch am selben Abend, als sie in Salerno angekommen war, die ganze Geschichte ihrer Flucht und der Ereignisse rund um den kleinen Johannes erzählt. Gemeinsam waren sie zu der Erkenntnis gelangt, dass es besser war, etwas Zeit vergehen zu lassen, um eines Tages, wenn sich die Situation beruhigt hatte, nach Worms zu gehen und dort mit Agathe und Elsbeth zu sprechen. Dadurch würde sich womöglich vieles aufklären, doch noch war die Zeit nicht gekommen.

Noch ging es für Madlen darum, das zu werden, was sie

immer hatte werden wollen: ein Medicus. Doch konnte sie nicht verhindern, dass ihre Gedanken immer wieder abschweiften, vor allem des Nachts, wenn der Trubel der Universität abgeklungen war und sie nicht mehr unter der Anspannung stand, womöglich bei einer heimlichen Leichenschau entdeckt zu werden.

»Ich musste an Veit und Cecilia denken.«

»Damit quälst du dich nur«, sagte Franz. »Der Tag wird kommen, an dem du deine Kinder wiedersiehst. Doch noch ist er nicht da.«

»Ja, ich weiß. Dennoch kann ich es nicht ändern.«

»Das stimmt nicht«, widersprach er. »Es sind deine Gedanken – und du bist der Kapitän auf diesem Schiff. Du kannst sie steuern, wohin auch immer du willst, wenn du es nur fest genug willst.«

Madlen seufzte. Es gab Momente, da wäre ihr ein weniger belehrender Mann an ihrer Seite lieber gewesen. »Gewiss hast du recht«, erwiderte sie. »Lass uns noch ein wenig schlafen. Nicht mehr lange, dann ist der Morgen da.«

Franz küsste sie auf die Stirn, und sie schmiegte sich an ihn. Während sein Atem schon nach wenigen Momenten gleichmäßiger wurde, lag sie weiterhin wach und dachte nach. Sie versuchte, dem Rat ihres Geliebten zu folgen und ganz bewusst an etwas anderes als ihre Kinder zu denken, doch es fiel ihr schwer. Erst in den frühen Morgenstunden fand sie Schlaf und war todmüde, als es an der Zeit war, das Bett zu verlassen und den Alltag zu begehen.

»Hast du es schon gehört?« Nael Djadi war neben sie getreten, als sie auf dem Weg zum Auditorium war.

»Wovon sprichst du?«

»Abondio«, sagte dieser. »Er wurde zum Vorstand gerufen.«

»Wirklich? Wann?«

»Heute in aller Frühe.« Er senkte die Stimme noch mehr. »Denkst du, es hat mit dem zu tun … du weißt schon?«

Der Mann, der aus dem Orient stammte und über Umwege nach Salerno gekommen war, sah sie ängstlich an.

Madlen wurde unruhig, wollte es sich aber nicht anmerken lassen. »Hat dich auch jemand aufgesucht?«, fragte Madlen.

»Nein, das nicht. Womöglich wollen sie zuerst Abondio aushorchen und dann uns, einen nach dem anderen.«

»Abondio wird nichts sagen, ebenso wenig wie du, ich oder auch Franz.« Madlen versuchte, überzeugend zu klingen, wenngleich ihr selbst nicht wohl zumute war.

»Was wirst du sagen, wenn sie dich befragen?«, hakte Nael nach.

»Das, was du auch sagen wirst«, schimpfte sie leise. »Dass ich gar nicht weiß, wovon die Rede ist.«

»Und wenn sie die Aussage des Mannes haben, der uns die Leichen beschafft?«

»Nael, du musst dich beruhigen«, mahnte sie. »Ich werde mit Franz sprechen, doch nicht jetzt. Wir müssen zur Vorlesung.«

»Du willst einfach so der Vorlesung lauschen, während sie womöglich schon auf uns warten, um uns zu verhaften und in den Kerker zu sperren?«

»Nicht so laut, Nael!«, zischte sie. »Wir müssen zur Vorlesung, ja. Es muss den Anschein haben, als hätten wir nichts zu verbergen.«

»Bis sie uns holen kommen.«

»Nael, du wusstest, worauf du dich einlässt.«

»Ja, aber ich will nicht dafür büßen müssen. Ich sammle das Wissen, um den Menschen zu helfen. Ich denke, dass es nicht falsch ist, was ich tue. Es hat immer mutige Menschen geben müssen, um voranzukommen.«

»Dann sei jetzt genau das. Sei mutig, klug und vor allem besonnen.« Sie hakte ihn unter. »Und jetzt komm mit in die Vorlesung und warte ab, was Abondio nachher zu erzählen hat. Na, komm.« Sie zog ihn ein wenig, dann ging er von selbst mit.

In ihrer heutigen Lehrstunde drehte sich alles um den Urin eines Menschen. War er dünn- oder dickflüssig, befand sich Eiter oder Blut darin, wonach roch er? Wie viel schied der Kranke aus? Der unterrichtende Medicus hatte insgesamt sechs jeweils zur Hälfte gefüllte gläserne Gefäße auf das Pult gestellt, die er nacheinander anhob. Er erklärte, auf welche Krankheiten die jeweilige Farbe und der Geruch hinwiesen. Dann reichte er die Gefäße durch die Reihen und forderte die Studenten auf, hieran zu riechen, die Farbe zu überprüfen und diese Erkenntnisse mit den Krankheiten abzugleichen, die der Magister ihnen soeben aufgezeigt hatte.

Immer wieder sah Madlen währenddessen zur Tür hinüber. Abondio sollte jetzt ebenfalls dieser Vorlesung lauschen. Weshalb hatte man ihn wohl zum Vorstand gerufen? Sie konnte sich kaum vorstellen, dass sie wirklich von jemandem beobachtet worden waren, wenn sie sich in den Nächten durch die Gänge bis zu den Gewölben geschlichen hatten, wo der Leichengräber die Toten für sie abgelegt hatte, damit sie ihre Arbeit an ihnen verrichten konnten.

Als die Tür aufging und Abondio den Saal betrat, zuckte Madlen zusammen. Sie versuchte in seinem Blick zu lesen, ob Sorge darin stand oder es mit dem, was sie fürchteten, nichts zu tun hatte. Abondio sah sie an, lächelte kaum merklich und schloss einmal kurz die Augen, als wolle er ihr bedeuten, dass alles in Ordnung sei. Dann entschuldigte er sich bei dem Magister für sein spätes Erscheinen. Der Magister nickte nur und sagte ihm, dass er in Kenntnis gesetzt worden sei, dass Abondio noch einer Pflicht beim Vorstand nachzukommen hatte. Dann setzte der Student sich und folgte aufmerksam der Vorlesung.

»Was wollte der Vorstand denn von dir?«, fragte Nael, kaum dass sie den Saal verlassen hatten. Madlen ging rechts von Abondio, Nael links.

»Nicht das, was ihr fürchtet«, beschwichtigte Abondio sie sogleich. »Ich wurde ausgewählt, einige Behandlungen vorzunehmen, die in nächster Zeit anstehen.« Der Stolz in seiner Stimme war unüberhörbar.

»Was für Behandlungen?«, fragte Madlen. Bisher hatten die Studenten nur sehr selten Kranke behandeln dürfen. Sie waren als stille Beobachter mitgegangen, hatten gelernt und Vorschläge zur Behandlung unterbreitet, jedoch nur kaum selbst Hand angelegt.

»Es wird einige Bestrafungen geben. Mir obliegt die anschließende Wundversorgung.« Abondio schien zufrieden mit der Aufgabe, die vor ihm lag.

»Das ist nicht der Grund, warum auch nur ein einziger von uns Medicus werden sollte«, sagte Madlen, der die Vorstellung zuwider war, den Stumpen einer abgeschlagenen Hand oder den aufgeplatzten Rücken eines Ausgepeitschten zu versorgen.

Abondio schien diese Bedenken nicht zu teilen. »Sie sind verwundet und brauchen Hilfe, oder nicht?«

»Ja, aber warum sind sie verwundet?«, hielt Madlen ihm entgegen. »Weil sie bestraft werden und andere sie hierbei schwer verletzen.«

»Weil sie gegen das Gesetz verstoßen haben«, mischte sich nun Nael ein. »Bei uns im Orient sind die Strafen um ein Vielfaches härter als bei euch. Wenn jemand beispielsweise lästerlich über unseren Herrscher spricht, wird ihm die Zunge herausgerissen. Oft kann die Blutung dann nicht mehr gestillt werden. Oder wenn jemand ...«

Madlen hob die Hand und brachte ihn damit zum Schweigen. »Bitte, Nael, ich will das nicht hören. Gesetz oder nicht – ich halte es für falsch, Menschen auf diese Art zu foltern.«

Die beiden Männer tauschten einen Blick, als verstünden sie nicht, was Madlen damit meinte.

»Was willst du sonst tun, um die zu bestrafen, die andere bestehlen, Ehebruch begehen oder gar einem anderen das Leben nehmen?«, fragte Abondio.

Madlen zuckte mit den Schultern. »Ich weiß ja, dass ich auch keine Antwort hierauf habe. Und gewiss muss es Strafen geben. Doch abgeschlagene Hände, aufgeschlitzte Bäuche, gekochte Glieder und herausgerissene Zungen?«

Die Männer waren ungerührt. »Es werden ja nur die bestraft, die es verdient haben«, wandte Nael ein.

Madlen lachte bitter auf. »Nein, das ist nicht wahr. Ich hatte einmal eine Freundin, die eines Verbrechens beschuldigt wurde, das sie nicht begangen hatte. Der Tod hätte sie erwartet, wäre sie nicht an einen guten Advocatus geraten, der das Hohe Gericht von ihrer Unschuld überzeugen konnte«, erzählte sie, ohne dass Abondio oder Nael ahnen konnten, dass sie über sich selbst sprach.

»Da siehst du es doch. Am Ende wurde sie nicht bestraft. Es ist gerecht, was geschieht«, befand Abondio.

»Ich fürchte, du machst es dir ein wenig zu leicht«, gab Madlen zu bedenken. »Was sind es denn für Wunden, die den Verurteilten beigebracht werden, die du versorgen sollst?«, kam sie wieder auf den Ausgangspunkt zurück.

Abondio zuckte mit den Achseln. »Ich weiß noch nicht. Ich werde mein Bestes geben, und wenn es nicht gelingt, so hat mir der Vorstand zugesagt, ist es nicht weiter schlimm. Es wird eine gute Lehrstunde für mich sein.«

Madlen verdrehte die Augen bei den Worten ihres Mitstudenten und fragte sich, ob es klug war, mit einem Mann, der eine solche Einstellung zum Heilen von Kranken hatte, ein Geheimnis zu teilen.

»Seht doch«, sagte Nael plötzlich. »Dort.« Er deutete mit

der ausgestreckten Hand auf den Mann, der auf einer kleinen Mauer im Arkadengang saß und offenbar auf jemanden wartete.

»Was will er hier?«, fragte Madlen besorgt.

»Wer weiß das schon?« Abondio sprach den Mann an, mit dem sie sich zuvor stets nur außerhalb des Universitätsgebäudes getroffen hatten und der ihnen seit einigen Wochen Leichen besorgte.

»Was willst du hier?«

»Ich? Ich soll eine Leiche herbringen. Der Vorstand hat mich herbeordert. Es soll wohl eine Leichenschau geben.«

Die drei atmeten erleichtert aus. »Was ist das für ein Leichnam? Woran ist der Tote gestorben?«, fragte Nael.

Der Totengräber grinste schief. »Das sollt ihr doch herausfinden.« Er lachte kehlig auf. »Aber für euch hätte ich auch noch was«, kündigte er an.

»Was hast du für uns?«, wollte Abondio wissen, und Madlen fragte sich, ob es Vorfreude war, die sie in seinen Augen aufblitzen sah.

»Eine Frau, nicht mehr jung, aber auch noch nicht ganz alt. So wie du.« Er deutete auf Madlen.

Sie wollte etwas erwidern, ließ es aber sein. Warum sollte sie sich über einen Totengräber ärgern?

»Ist seit gestern Abend da. Keiner weiß, woran sie gestorben ist. Eine Nachbarin hat sie gefunden, weil das Kind ohne Unterlass geschrien hat. Muss schon eine Weile her sein, dass sie gestorben ist. Das Kind, ein kleines Mädchen, hat danebengesessen und gejault wie ein Köter. Wollte wohl nicht weg von ihrer Mutter. Also ist sie sitzen geblieben.«

»Ihre Tochter hat die ganze Zeit neben der toten Mutter ausgeharrt?« Madlen war entsetzt. »Das ist ja schrecklich!«

Der Totengräber zuckte mit den Achseln. »Na ja, jedenfalls weiß keiner, woran die Frau gestorben ist. Doch es scheint auch keiner wissen zu wollen. Sie soll unter die Erde und aus. Also könnt ihr sie auch ebenso gut vorher haben und euch das Ganze mal ansehen.«

Madlen bekam eine Gänsehaut. Die verächtliche Art, wie der Totengräber über ein Menschenleben und das Schicksal des kleinen Mädchens sprach, ließ sie schaudern.

Abondio sah die beiden anderen an, als wolle er sich vergewissern, dass sie zustimmten. »In Ordnung«, sagte er dann. »Bring sie nachher zur gewohnten Stelle. Wir werden das Geld bereithalten.«

»Da ist aber ein bisschen mehr fällig«, versuchte der Totengräber zu feilschen. »Schließlich könnte ein großes Geheimnis dahinterstecken.«

Abondio wollte gerade antworten, als Madlen das Wort ergriff: »Du bekommst nicht einen dreckigen Heller mehr als sonst. Bring die Frau, und du bekommst die Münzen, oder vergrab sie in der Erde und geh leer aus. Es ist deine Entscheidung.«

»Ist ja schon gut. Immer die Weiber«, schimpfte der Totengräber.

»Wir sollten weitergehen, bevor noch jemand Verdacht schöpft«, mahnte Nael.

»Er hat recht. Gehen wir. Heute Abend also. Wir werden dich erwarten«, sagte Abondio, dann gingen die drei davon.

Der Totengräber wartete bereits auf sie, als Abondio, Nael und Madlen, kaum dass die Dunkelheit über Salerno hereingebrochen war, die alten Katakomben erreichten, die man nur dann fand, wenn man den Weg dorthin genau kannte. Franz von Beyenburg hatte noch in der Universität zu tun und Madlen gesagt, dass er später nachkommen werde.

Der Raum, der sich am Ende eines der Gänge befand, war

nichts weiter als eine runde Ausbuchtung mit einem steinernen Tisch. Die Talgleuchten spendeten nur mäßig Licht, sodass jeder der drei zwei weitere Leuchten mitgebracht hatte, um während der Leichenschau besser sehen zu können. Der Tisch war nur ein kleines Stückchen vor der Mauer dort hingebaut worden. Von wem, wusste wohl niemand mehr zu sagen. Der Abstand zwischen Tisch und Mauerwerk war zu eng, als dass ein erwachsener Mensch dort hätte stehen können. Aus diesem Grund mussten sich stets alle auf einer Seite neben dem Leichnam aufstellen, was die Arbeit neben dem schlechten Licht weiter erschwerte.

Kaum dass der Totengräber sein Geld bekommen hatte, verabschiedete er sich und war auch schon wieder verschwunden.

»Wollen wir auf Franz warten oder fangen wir schon an?«, fragte Nael.

»Wir fangen an«, entschied Madlen. »Die Unterredung mit dem Vorstand kann sich hinziehen.«

»Du kannst es wohl gar nicht mehr abwarten, sie endlich aufzuschneiden, was?« Abondio grinste schief.

»Weißt du, dass du immer unangenehmer wirst?«, gab Madlen scharf zurück.

»Fangen wir einfach an«, ging Nael dazwischen.

Der Totengräber hatte die Frau auf den steinernen Tisch gelegt. Nael schlug das Tuch, in das der Leichnam gewickelt war, auf und gab so den Blick auf den nackten Körper frei. Beißender Gestank schlug ihm entgegen. Die Frau war definitiv länger tot als nur ein oder zwei Tage.

Madlen war noch immer wütend über Abondios Äußerungen, schluckte ihren Ärger jedoch hinunter. Sie klappte das lederne Mäppchen auf, in dem sich fünf unterschiedliche Skalpelle befanden und das Franz ihr vor einem Jahr geschenkt hatte. Für sie war es eines der schönsten Geschenke, die sie je bekommen hatte. Sie nahm ein Skalpell heraus und beugte sich über den Leichnam. Sie setzte die Klinge an und zog sie von einem Beckenknochen zum anderen oberhalb der Scham. Einen gleichen Schnitt führte sie oberhalb der Brust, dann einen Längsschnitt, sodass sie den Körper weit öffnen konnte. Gerade wollte sie die Hälften greifen und umklappen, als sie ein Geräusch hörte. Erschrocken zuckte sie zusammen und sah beunruhigt zu Abondio und Nael.

Nael riss die Augen auf. »Da ist jemand«, flüsterte er.

»Bestimmt Franz«, sagte Abondio leise.

Madlen lauschte. Es klang für sie nicht so, als näherte sich jemand mit festen Schritten. Vielmehr schien sich derjenige anzuschleichen. Panik stieg in ihr auf. Wenn man die drei hier mit der Leiche fand, würden sie alles verlieren. Sie würden eingesperrt und schwer bestraft werden und, was für Madlen noch schlimmer war, ihr Studium nicht fortsetzen können.

»Helft mir«, zischte sie und schlug rasch das Tuch wieder über die tote Frau.

»Wir sitzen in der Falle«, gab Nael panisch von sich. »Wir können die Leiche nirgendwo hinbringen. Sie werden uns kriegen, diesmal kriegen sie uns.«

Madlen sah sich hektisch um. Es gab nichts, wo sie sich oder die Leiche verstecken konnten. Außerdem standen überall Talgleuchten, die den Eindringling direkt zu ihnen führen würden. Beherzt packte sie zu und rollte den Leichnam vom Steintisch herunter. »Nael, komm! Du musst dich darauflegen. Und gib keinen Laut von dir!«

»Auf die Leiche?« Naels Stimme klang schrill.

»Nun mach schon! Sonst sind wir alle verloren.«

Nael sah sie an, rührte sich nicht. Er löste sich erst aus seiner Starre, als Madlen die Schnüre ihres Kleides öffnete und so einen Blick auf ihre Brüste preisgab.

Er war vollkommen durcheinander, und es widerte ihn an,

sich auf den Leichnam legen zu müssen. Dennoch tat er es.

»Abondio, komm her, rasch!« Madlen setzte sich auf den Steintisch und hob ihre Röcke. Abondio war verwirrt, wusste nicht, was Madlen vorhatte. Sie fasste den Stoff seines Hemdes, zerrte es aus der Hose und zog Abondio zu sich heran. Als sie die Schritte im Gang näher kommen hörte, küsste sie ihn heftig. Sie sah aus dem Augenwinkel, dass eine Fackel ihr flackerndes Licht in den Raum warf.

»Beim Herrn! Was geht hier vor?« Magister Ignazio starrte wie gebannt auf die beiden, die sich voller Leidenschaft wanden.

Madlen schrie auf, stieß Abondio weg und bedeckte ihre Blöße, so rasch sie konnte.

»Magister Ignazio«, stammelte Abondio. »Bitte, bitte. Wir haben uns gehen lassen. Bitte meldet uns nicht.«

Der Magister wandte sich verlegen ab. »Ihr solltet Euch schämen! Magister sanitatis Salernitanum wollt Ihr werden und benehmt Euch wie die Tiere? Kommt sogleich mit mir! Ich werde Euch dem Vorstand melden. Und nur dass Ihr es wisst, Madlen, von Euch bin ich besonders enttäuscht. Eine Frau Eures Alters, die sich einen Studenten nimmt, der fast ein Dutzend Jahre jünger ist! War es nicht immer Euer innigster Wunsch, Euch Medicus nennen zu dürfen? Euch nun so zu sehen, lässt mein Herz bluten.«

Madlen zog die Schnüre ihres Kleides fest, glitt von dem Tisch herunter. Mit gesenktem Kopf ging sie auf Magister Ignazio zu und knickste tief. »Bitte, Magister, ich schwöre Euch bei allem, was mir heilig ist, dass es nie wieder geschehen wird. Wir haben uns vergessen.«

»Ha!«, rief der Magister aus. »Man hat Euch gesehen, mehrere Male. Mir wurde gemeldet, dass Ihr des Öfteren hier unten verschwunden seid. Doch ich wollte es nicht glauben. Ihr wart eine so vielversprechende Hoffnung und ein Vorbild für die Frauen, die ebenfalls nach dem Magisteramt streben.«

»Ich verstehe Eure Enttäuschung, Magister.« Madlen nahm eine Talgleuchte und trat aus dem Raum heraus in den Gang. »Ich bin bereit, die Strafe für meine Verdorbenheit zu empfangen.«

»Und Ihr ebenso!«, schnauzte Ignazio Abondio an. »Glaubt nur nicht, dass Ihr so davonkommt!«

»Ja, Magister. Wir beide haben Strafe verdient.« Abondio machte nacheinander die Talgleuchten aus, sodass es rasch dunkler wurde.

Madlen mochte sich nicht vorstellen, was Nael auf der Leiche dort unten auszuhalten hatte. Sie ging weiter in den Gang hinein in der Hoffnung, dass Magister Ignazio ihr folgen würde. Kaum dass das letzte Licht erloschen war und Abondio noch eine Talgleuchte ergriffen hatte, setzte sich der Magister in Bewegung, und die drei gingen gemeinsam den Gang der Katakomben entlang.

In dem Raum war es stockdunkel. Madlen wusste nicht, ob sie es im Hinblick auf die bevorstehende Strafe oder Nael auf der Leiche schlechter getroffen hatte.

15. Kapitel

Trotz seines beschämenden Verhaltens, so befand der Vorstand, durfte Abondio die Versorgung der Verurteilten übernehmen, da dies bereits mit den Stadtoberen sowie dem Henker, dem die Vollstreckung der Strafen oblag, besprochen war. Letzterer hatte Abondio schon mitgeteilt, bei welchen Bestrafungen die schlimmsten Wunden zu erwarten sein würden. Abondio hatte aufmerksam zugehört, schließlich verfügte der Henker in diesen Dingen über eine beachtliche Erfahrung.

Am darauffolgenden Samstag war der für Abondio so wichtige Tag gekommen, und er fieberte den späteren Stunden entgegen, in denen er das Erlernte eindrucksvoll unter Beweis stellen konnte. Die Vollstreckung der Strafen wurde nicht, wie beispielsweise bei Morden, vor der Stadt auf dem freien Felde, sondern mitten auf dem Marktplatz vollzogen. Hiervon versprachen sich die Stadtoberen die größtmögliche Abschreckung und gleichzeitig eine vortreffliche Unterhaltung der Zuschauer.

Ganz Salerno war auf den Beinen, um dem Schauspiel, denn als nichts anderes konnte man dieses Spektakel bezeichnen, beizuwohnen. Die Wirte und Weinhändler witterten ein gutes Geschäft, wusste doch jeder, dass der Anblick sich vor Schmerzen windender Menschen durstig machte und ein guter

Grund war, die Becher darauf zu erheben, nicht selbst eines dieser armen Schweine zu sein.

An diesem Tage war vorgesehen, drei Diebe auf unterschiedliche Art zu bestrafen. Dem einen sollte die Hand, dem anderen das Ohr und dem dritten die Nase abgehackt werden. Zur besonderen Belustigung sollte das Volk durch lautes Rufen entscheiden können, wem von den dreien welche Strafe zugefügt wurde. Außerdem würde eine Frau wegen Gotteslästerung bestraft werden, indem ihr die Zunge herausgeschnitten werden sollte.

Madlen wurde übel, wenn sie an all das nur dachte. Der Magister, der Wundchirurgie lehrte, bestand jedoch darauf, dass alle Studenten an diesem Abend zugegen sein sollten, um zu disputieren, welche Art der Behandlung die größte Wahrscheinlichkeit in sich barg, das Leben des Delinquenten zu erhalten. Also schleppte sich Madlen zusammen mit Franz von Beyenburg zum Marktplatz, um ihrer Pflicht nachzukommen.

Nach dem Abend in den Katakomben, infolge dessen Madlen und Abondio dem Vorstand vorgeführt worden waren und diesen reumütig um Verzeihung für ihr Fehlverhalten baten, hatten Franz, Madlen, Abondio und Nael beschlossen, die heimlichen Leichenschauen aufzugeben. Es war einfach zu gefährlich geworden.

Wegen ihrer vermeintlichen Verfehlung in den Katakomben waren Madlen und Abondio lediglich verwarnt worden und hatten eine Woche lang niedere Dienste zu leisten. Madlen war es einerlei, wäre doch die Strafe für die Tat, die sie eigentlich begangen hatten, wesentlich härter ausgefallen. Fast wunderte sie sich, dass es der Vorstand bei einer so milden Bestrafung belassen hatte.

Magister Ignazio hatte seither kaum ein Wort mit Madlen gewechselt und ging ihr aus dem Weg. Begegneten sie einander in den Arkadengängen, machte er einen großen Bogen um sie und grüßte sie auch nicht. Bei den Vorlesungen beschränkte er den Austausch mit ihr auf das Allernötigste. Darüber hinaus mied er sie, als hätte sie eine ansteckende Krankheit.

An jenem Abend hatte sie Franz sogleich in Kenntnis gesetzt, was wirklich vorgefallen war. Hierauf war er in die Katakomben gegangen, um nach Nael und vor allem auch nach der Leiche zu sehen. Doch von beiden fehlte jede Spur.

Erst am nächsten Tag berichtete ihnen Nael, dass er, nachdem Madlen, Abondio und Magister Ignazio gegangen waren, zunächst die Flucht ergriffen hatte. Jedoch war ihm klar gewesen, dass die Tote in jedem Fall noch am gleichen Abend fortgeschafft werden musste, da selbst ein so gutgläubiger Mensch wie Magister Ignazio beim Auffinden der Leiche durch jemand anders, der hiervon Meldung machte, die Zusammenhänge unweigerlich erkennen und Madlen und Abondio des Verbrechens, das sie begangen hatten, anklagen würde. So war Nael in seiner Verzweiflung zum Totengräber gelaufen, zusammen mit diesem in die Katakomben zurückgekehrt und hatte die Tote fortgeschafft. Selbst als er Madlen und Abondio am nächsten Tag davon berichtete, zitterte er noch am ganzen Körper und machte daraufhin deutlich, dass er nie wieder in so etwas verwickelt werden wolle. Seither sonderte er sich immer ein wenig ab, ganz so, als wollte er nicht in Versuchung geraten, abermals gegen die Regeln zu verstoßen.

Überall herrschte ein reges Treiben, als Madlen zusammen mit Franz von Beyenburg zum Marktplatz ging, um den Vollstreckungen auf Geheiß des Chirurgen beizuwohnen. Sie hatte es Franz freigestellt, sie zu begleiten, trug er doch selbst den Titel Magister sanitatis Salernitanum und war somit den Weisungen eines anderen Magisters nicht unterworfen. Aber für Franz stellte sich nicht einmal die Frage, ob er Madlen allein zu den Vollstreckungen gehen ließ. Zwar achteten sie darauf, keine Berührungen auszutauschen, sodass kein Beobachter erkennen konnte, welche Verbindung zwischen ihnen bestand. Doch Franz wich nicht von Madlens Seite, wusste er doch, wie sehr sie verabscheute, was sie sogleich mit ansehen musste.

Madlen hatte Abondio geraten, Sandelholz und Rosenwasser gegen den Wundbrand mitzunehmen. Er dankte ihr für diesen Rat, deckte sich außerdem mit so vielen Tüchern ein, wie er tragen konnte, und vertraute ansonsten darauf, auf alles vorbereitet zu sein, was an diesem Tage von ihm erwartet wurde. Immerhin ging es so oder so gut für ihn aus. Er würde sich redlich bemühen, die Wunden der Delinquenten zu versorgen. Und wenn am Ende doch einer seinen Verletzungen erlag, war es nicht seine Schuld, schließlich hatte diesen ja niemand gezwungen, die Verfehlungen zu begehen.

Madlen widerte sein Denken an. Noch mehr ließ sie jedoch der Umstand verzweifeln, dass die Frau, der wegen Gotteslästerung die Zunge herausgeschnitten werden sollte, offenbar geisteskrank war. Madlen hatte sie nur kurz zu Gesicht bekommen, als sie im Sünderkarren und zum Gespött des Volkes vorgefahren worden war. Doch der Blick der Frau verriet keine Angst vor dem, was ihr bevorstand, nicht einmal Zorn darüber, von den Menschen beschimpft zu werden. Sie blickte nur dumm drein, legte den Kopf schief und lächelte ein ums andere Mal, als vermute sie hinter dem Menschenauflauf eine Gaukelei. Als sie dann ein paar Worte sagte, waren diese geprägt von Langsamkeit und ohne jeden Sinn. Offenbar sprach sie einfach nur die Worte nach, die sie irgendwo gehört hatte. Manches Mal nahm sie hierbei den Namen Gottes in den Mund, dann wieder brabbelte sie von Flüssen und Tälern. Für Madlen stand fest, dass die Frau weder schlechte Absichten hatte noch gotteslästerliche Gedanken zum Ausdruck brachte. Sie war einfach nur krank im Kopf und würde hierfür gleich ihre Zunge verlieren.

Madlen sprach Franz von Beyenburg darauf an, der ihre Auffassung teilte, ihr jedoch überdeutlich zuredete, sich herauszuhalten. Ja, er verbot ihr sogar, etwas zu sagen und hiermit die Aufmerksamkeit und gleichermaßen den Zorn der Stadtoberen auf sich zu ziehen. In Madlen brodelte es, doch sah sie ein, dass sie durch ebendiese Art sich einzumischen schon eine Menge Ärger in ihrem Leben gehabt hatte. Und ändern würde es an dem, was gleich geschehen würde, ohnehin nichts, wollte das Volk doch Blut sehen und die Stadtoberen waren geneigt, es ihnen zu zeigen.

Die geisteskranke Frau war gleich als Erste dran. Von zwei Bütteln wurde sie untergehakt und auf das Podest geführt. Freudig ging sie in der Mitte, bestieg mit Schwung die hölzerne Konstruktion. Das Volk jubelte und die Frau lachte ihnen erfreut entgegen. Madlen bezweifelte, dass niemand außer ihr und Franz erkannte, welch schändliches Spiel dort mit dieser armen Seele getrieben wurde.

Der Stadtschreiber trat vor, entrollte ein Pergament und verlas, welcher Tat die Frau für schuldig befunden war und welche Strafe sie hierfür erhalten werde. Dann forderte er den Vollstrecker auf, seines Amtes zu walten. Der Mann, ein wahrer Hüne mit so breiten Schultern, dass einen der bloße Anblick erstarren ließ, trat vor. Die Büttel standen noch immer rechts und links von der Verurteilten. Der Henker sah die Frau an, neigte sich zu ihr hinunter und streckte die Zunge heraus. Er tippte mehrfach auf seine eigene Zunge, was sie als Aufforderung ansah, es ihm gleichzutun.

Ein absurd anzusehendes Spiel begann. Der Henker streckte die Zunge raus und zog sie wieder zurück, die Frau streckte die Zunge raus und zog sie wieder zurück. So ging es einige Male hin und her, sehr zur Freude des Publikums, das sich vortrefflich über den Spott, der der Frau angetan wurde, amüsierte. Schließlich zog der Henker eine Klinge hervor, hielt sie hoch, sodass jeder sie gut sehen konnte, und fuhr mit dem Finger an der Schneide entlang. Nur ganz leicht, doch es genügte, um sogleich einen feinen Schnitt in seinen Finger zu treiben und eine blutige Spur zu hinterlassen. Einige schauderten, andere klatschten, freuten sich auf das, was gleich geschehen würde. Der Henker trieb das Spiel mit der Frau weiter. Er öffnete seinen Mund, streckte die Zunge heraus und tippte sich mit der Klinge hierauf. Sie beobachtete es, streckte ihrerseits die Zunge heraus und ließ zu, dass der Henker sie leicht berührte. Madlen konnte gar nicht hinsehen und schloss für einen kurzen Moment die Augen. Dann öffnete sie sie wieder und sah, dass der Henker die Klinge wieder und wieder zwischen den Mündern hin und her tanzen ließ. Das Publikum johlte vor Vergnügen, und auch die arme Seele von Frau lachte. Nicht einen Augenblick sah sie kommen, was dann geschah. Ganz plötzlich veränderte sich die Miene des Henkers. Mit einem raschen Kopfnicken bedeutete er den Bütteln, die Frau fester zu packen, griff ihre Zunge und zog sie so weit heraus, dass die Frau zu röcheln begann. Mit einer blitzschnellen Bewegung schnitt er ihr die Zunge ab und hielt sie mit gestrecktem Arm hoch. Der Schrei, den die Frau ließ, hatte nichts Menschliches mehr. Es war ein tierischer, gequälter Laut voller Entsetzen, der ihrer Kehle entwich. Sie spuckte Blut aus, taumelte und musste von den Bütteln gestützt werden.

Auf das Zeichen eines Stadtoberen betrat nun Abondio mit ernster Miene das Podest, und die Art und Weise, wie er sich in der Rolle des Medicus gefiel, ließ Madlen übel werden. Wie konnte er sich nur so benehmen? Das Volk jubelte ihm zu, und fast schien er zu vergessen, dass die Frau der Hilfe bedurfte, so sehr genoss er den Applaus und die jubelnden Rufe der Menschen. Schließlich zog er in großer Geste eines seiner Tücher hervor, durchtränkte es mit einer Flüssigkeit, die Madlen von ihrer Position aus nicht genau erkennen konnte, drückte den Stoff ein wenig zusammen und stopfte der Frau das Tuch in den Mund. Ihre gequälten Laute klangen nur noch dumpf. Ihr Kopf fiel nach hinten und wurde augenblicklich von Abondio wieder nach vorn gekippt, damit sie nicht erstickte.

Dann zog er das Tuch wieder heraus, das nun von Blut durchtränkt war, und drückte ihr stattdessen ein trockenes in den Mund, das um einiges kleiner war. Schnell war auch dieses komplett rot, doch Abondio strahlte aus, dass alles genau richtig verliefe. Er tränkte abermals ein Tuch, zog das andere heraus, legte ihr das neue in den Mund und wartete kurz. Wer ihn nicht näher kannte, hätte nicht gesehen, dass sich Erleichterung in seinem Gesicht abzeichnete, als er bemerkte, dass die Blutung weniger wurde. Er tupfte noch ein wenig nach, wechselte zum letzten Mal das Tuch und präsentierte es dann stolz dem Volk, das ihm laut zujubelte. Fürsorglich wischte er noch um den Mund der Frau herum. Zwar lief noch immer etwas Blut heraus, doch so wenig, dass es kaum mehr auffiel. Wie es im Mundinnenraum aussehen mochte, wollte Madlen sich lieber nicht vorstellen. Abondio gab den Bütteln ein Zeichen, verbeugte sich vor dem Henker, als würdige er dessen Leistung, und verließ hinter den Bütteln mit ihrer traurigen Fracht, die sie mehr schleppten, als sie ging, das Podest.

Als Nächstes waren die drei Diebe an der Reihe, die anders als ihre Vorgängerin sehr genau wussten, was ihnen blühte. Sie zappelten und wehrten sich, als sie von jeweils zwei Bütteln auf das Podest gezerrt wurden. Mehrmals erhielten sie Schläge, weil sie zu fliehen versuchten, bis sie schließlich wimmernd vor dem johlenden Publikum standen.

Der Stadtschreiber betrat das Podest mit einer Schriftrolle und verlas, wessen die Diebe für schuldig befunden worden waren. Hierbei erklärte er noch einmal, dass das Abtrennen einer Hand, eines Ohrs und einer Nase als Bestrafung ausgesprochen worden war, es jedoch dem Volk oblag, zu entscheiden, wer welche Strafe erhielt. Sofort wurden Rufe laut, und ein wildes Durcheinander begann, bis schließlich der Henker vortrat und damit den Stadtschreiber aus seiner Pflicht entließ. Er hob die

Hände, um sich Ruhe auszubitten, und sofort verstummten die Menschen. »Ihr müsst entscheiden!«, rief der Henker laut. »Ich werde einen nach dem anderen nach vorn holen. Und das, was Ihr am lautesten ruft, wird ihm abgehackt werden!«

Das Volk jubelte, und der Bursche ganz links, der von allen der Jüngste zu sein schien, brach in Tränen aus. »Dein Geheule nützt dir jetzt auch nichts mehr, räudiger Dieb!«, rief ein Mann zu ihm herauf, was das Schluchzen des Burschen noch verstärkte.

»Dann wollen wir mit dir beginnen«, verkündete der Henker und gab den Bütteln ein Zeichen, ihn weiter nach vorn zu bringen.

»Hackt ihm die Nase ab!«, hörte man jemanden rufen.

»Das Ohr, das Ohr!«, brüllte jemand anders. Jeder schien eine Meinung zu haben und sich in fröhlichem Gebrüll daran beteiligen zu wollen, was dem Burschen sogleich genommen würde.

Madlen sah Franz fassungslos an. »Und das sind die gleichen Menschen, die jammern und uns um Hilfe anflehen, wenn sie ein Leiden haben?«

»Die Menschen sind so«, gab Franz mit Resignation in seiner Stimme zurück. »Sie sind es nicht wert, dass wir ihnen helfen, und doch tun wir es.«

»Nicht meine Nase, nur nicht die Nase«, jammerte der Bursche nun.

»Ohr?«, rief der Henker laut. »Wollt Ihr sein Ohr?«

Die Zuschauer lachten und brüllten, bejahten, dass der Henker ihm das Ohr abschlagen sollte.

»Also das Ohr.«

»Nein«, rief einer der beiden anderen. »Nehmt mir das Ohr!«

»Das Volk hat entschieden«, verkündete der Henker. »Halt lieber still. Sonst ist am Ende dein halber Kopf weg.« Er lachte abfällig.

Die Büttel zwangen den Burschen in die Knie. Er zitterte am ganzen Leib und sank in sich zusammen.

»Richte dich auf«, befahl der Henker. »Ich werde zuschlagen, so oder so. Wenn am Ende mehr weg ist als nur das Ohr, liegt es nicht an mir.« Wieder lachte er laut, und die Zuschauer stimmten cin.

Der Bursche hob zitternd den Kopf. Madlen sah, dass sich auf seiner Hose zwischen den Beinen ein dunkler Fleck abzeichnete, der langsam größer wurde.

»Er hat in die Hosen gepisst!«, rief jemand, als in diesem Moment die Klinge des Henkers heruntersauste und das Ohr mit einem sauberen Schnitt vom Kopf trennte und klatschend auf das Podest fiel. Erneut brandete Beifall auf.

Abondio bekam seinen neuerlichen Auftritt. Noch rascher als zuvor bei der Frau gelang es ihm, die Blutung einzudämmen. Der Schnitt des Henkers war so rasch und so präzise ausgeführt worden, dass ein Ausbrennen der Wunde nicht notwendig war. Der Bursche, der soeben sein Ohr hatte lassen müssen, wurde vom Podest heruntergeführt, während der Henker das Ohr nahm, »fangt!« rief und es in die Menge warf.

Eine kleine Rangelei entbrannte nun auf dem Podest, weil es den Verurteilten wohl jeweils besser erschien, eine Hand zu verlieren als die Nase. Es war absurd, wie die beiden versuchten, um die Gunst des Publikums zu buhlen. Schließlich fiel die Entscheidung wie schon zuvor, und der Henker zog den, der die Nase verlieren sollte, zu sich heran.

»Hör gut zu. Ich bin ein geschickter Mann, doch bei einer Nase kann immer mal etwas schiefgehen.«

»Bitte, tut es nicht, tut es nicht«, flehte der Dieb.

»Du hast es gehört. Sie wollen deine Nase haben.« Der Henker lachte und deutete mit der Hand auf die Zuschauer. »Also, stütz dein Kinn auf diesen Pflock.« Er zog ihn näher heran, wenngleich der Dieb zappelte. Die beiden Büttel, die ihn hielten, packten noch fester zu. »Das Kinn auf den Pflock, habe ich gesagt«, befahl der Henker nun verärgert und drückte ihm den Kopf herunter. Der Dieb wimmerte in sich hinein, schloss die Augen. Die Büttel traten ein wenig beiseite, um dem Henker Platz zu machen.

Der Henker holte aus. Der Dieb wollte die Gelegenheit jedoch offenbar zur Flucht nutzen und sprang auf. In diesem Moment sauste die Klinge des Henkers aber bereits auf ihn herab. Durch die Vorwärtsbewegung des Diebes schlug sie in seinem Hinterkopf ein, schnitt am Schädel entlang und blieb schließlich in der Mitte des Nackens stecken. Die Menschen schrien auf.

Der Dieb japste, brach zusammen, fiel mit seinem Gewicht auf den Pflock und rutschte seitlich herab auf den Boden.

»Medicus!«, rief der Henker ungehalten. »Kommt herbei!«

Abondio war das Lachen ebenso wie allen anderen vergangen, als er den Dieb am Boden liegen sah. Die Klinge steckte noch immer in seinem Nacken, war jedoch durch den Fall auf den Boden noch tiefer eingedrungen.

Abondio blickte auf ihn hinunter, wusste offenbar nicht, was er tun sollte.

»Helft ihm!«, forderte der Henker.

»Sein halber Kopf ist ja ab«, gab Abondio entrüstet zurück. »Kein Medicus der Welt könnte ihm noch helfen.«

»Da hat er leider recht«, raunte Franz Madlen zu.

Wieder zuckte der Dieb, was bei jedem, der es mit ansehen musste, ein Schaudern auslöste.

Schließlich fasste sich der Henker ein Herz, zog die Klinge aus dem Nacken des Diebes, drehte ihn auf den Rücken und stach ihm mitten ins Herz. Augenblicklich wich jedes Leben aus seinem Körper, und er lag ganz still. Den Zuschauern war nun nicht mehr danach, zu johlen oder zu applaudieren. Einen Moment lang herrschte vollkommene Stille. Dann trat einer der

Stadtoberen auf das Podest, ließ seinen Blick über die Menge schweifen und rief schließlich laut vernehmlich: »Das sollte jedem hier eine Lehre sein.« Er drehte sich zu dem dritten Dieb um, der wie versteinert zwischen den zwei Bütteln stand. »Für heute ist es genug. Sieh hin, was aus Dieben wird!« Er gab den Bütteln ein Zeichen. »Lasst ihn laufen.« Die Büttel ließen ihn los, und der Dieb sank auf die Knie.

»Und nun geht nach Hause!«, rief er in die Menge. Kurz wartete er, ob jemand gegen seine Entscheidung protestierte, doch das war nicht der Fall. Nach dem eben Erlebten war dem sonst so blutrünstigen Pöbel nicht mehr danach, die Sache fortzusetzen.

»Bitte«, sagte Madlen zu Franz, »bring mich von hier weg.«

»Ja, komm«, erwiderte er, und sie machten sich schweigend auf den Rückweg.

Als sie in ihrer Unterkunft ankamen, sagte Franz zu Madlen: »Ich muss mit dir sprechen.«

»Worüber?« Madlen sah ihn fragend an.

»Ich muss für eine Weile fort. Mit dem Vorstand ist alles besprochen. Dein Studiengeld ist bezahlt, und du wirst hierbleiben. Ich komme zurück, sobald ich kann.«

»Wohin gehst du?« Madlens Herz krampfte.

»Das kann ich dir nicht sagen. Noch nicht«, fügte er rasch hinzu. »Doch eines Tages werde ich es. Ich verspreche es dir.«

Und schon am nächsten Morgen brach Franz auf. Bis zum Schluss sagte er Madlen nicht, wohin sein Weg ihn führen würde, und sie war traurig und wütend zugleich.

16. Kapitel

Während der ersten Wochen stürzte Madlen sich ganz und gar in die Arbeit und weigerte sich, Franz zu vermissen. Sie fühlte sich von ihm verraten, verlassen, auf eine gewisse Art sogar hintergangen. Sie wusste nicht, wohin er gegangen war. Warum hatte er das getan? Zürnte er ihr wegen des Vorfalls mit Abondio? Das konnte doch nicht sein. Schließlich hatte sie ihm erklärt, dass sie den Studenten nur an sich gezogen hatte, um den Eindruck einer Liebschaft zu erwecken. Dies hatte mit der Wahrheit nicht das Geringste zu tun. Auch wenn sie es ihm in all den Jahren nicht gesagt hatte, sie liebte Franz von Herzen. Dennoch plagte sie das Gefühl, Johannes zu betrügen. Obgleich er tot war, konnte sie es nicht abstellen. Nicht, solange die Verbindung mit Franz heimlich geschah und sie sich in den Morgenstunden fortschlich wie eine Katze, um nur nicht mit ihm gesehen zu werden.

Sie verbrachte jeden freien Augenblick mit Johannes, über dessen Fortkommen sie sich langsam, aber sicher sorgte. Zwar war er bei den Ordensschwestern in guten Händen und bekam alles, was er brauchte. Doch wie sollte es mit ihm weitergehen? Madlen würde noch fünf Jahre brauchen, um ihr Studium abzuschließen. Erst dann wäre sie ein richtiger Medicus, der den Titel Magister tragen durfte. Johannes wäre dann neun und fast schon in dem Alter, in dem er in die Lehre geschickt würde. Dann hätte er während seiner Kindheit nichts als das Klosterleben kennengelernt. Eine Vorstellung, die Madlen frösteln ließ. Tat sie das Richtige? Hatte sie in den vergangenen Jahren nicht vor allem eines gemacht: sich vor der Welt zu verstecken? So viele Fragen gingen ihr durch den Kopf, auf die sie keine Antwort hatte.

Im ersten Monat nach Franz' Fortgang lernte sie neue chirurgische Eingriffe, die sie dann selbst an Schweinen ausprobieren durfte. Außerdem las sie viel, vor allem die Schriften des Matthaeus Silvaticus, wenngleich sie bei manch lateinischem Begriff an ihre Grenzen stieß und sich Hilfe suchen musste. Sosehr sie gehofft hatte, im Studium ein Wissen vermittelt zu bekommen, das so umfassend war, dass es sie jeden Tag aufs Neue zum Staunen brachte, stellte sie doch fest, dass sie durch ihre damalige Arbeit mit Clara schon vieles von dem wusste, was in der Kräuterkunde als überaus wichtig angesehen wurde. Es gab ihr ein gutes Gefühl, als sie merkte, dass ihr bereits vorhandenes Wissen von beträchtlichem Umfang war, wenngleich Matthaeus Silvaticus' Werk »Opus pandectarum medicinae« ihr bis dahin vollkommen unbekannte Kräuter offenbarte und für jedes noch so schwere Leiden eine Behandlung möglich zu sein schien.

Im zweiten Monat gab sie den Widerstand auf und gestand sich ein, Franz von Beyenburg schmerzlich zu vermissen. Wo war er nur? War ihm etwas zugestoßen, das ihn daran hinderte, nach Salerno zurückzukehren? Oder war er gar ihretwegen weggegangen? Er wusste, wie wichtig ihr das Studium war. War er fortgegangen, weil er ihren Anblick nicht mehr ertrug, jedoch ein zu guter Mensch war, als dass er ihr die Möglichkeit nehmen wollte, ein Medicus zu werden? Allein die Vorstellung, dass dies der wahre Grund sein könnte, ließ sie schaudern. Hatte sie ihn so sehr enttäuscht? Oder war er ihrer einfach überdrüssig geworden und gegangen, um ihr älter werdendes Antlitz nicht länger sehen zu müssen? Manche Nacht weinte sie sich vor Sehnsucht nach ihm in den Schlaf. Vor allem die bange Ungewissheit, weshalb und wohin er gegangen war, und die mit jedem Tag, der verging, weiter schwindende Hoffnung, dass er je zurückkehrte, ließ sie den Mut verlieren.

Mehr als zwei Monate waren vergangen, als ein Gedanke sich allmählich einen Weg in Madlens Bewusstsein bahnte. Ohne Franz von Beyenburg gab es nicht viel, was sie in Salerno hielt. Sie wusste, dass sie, wenn sie jetzt abbrach, kein zweites Mal die Gelegenheit bekäme, ein anerkannter Medicus mit dem Titel Magister zu werden. Doch schien ihr das nun ohne Bedeutung. Sie machte sich nichts vor. Inzwischen war sie über sechsunddreißig Jahre alt. Fünf weitere Jahre Studium würden bedeuten, dass sie fast eine alte Frau war, wenn sie Salerno wieder verließe. Dennoch wäre ihre Zukunft danach keineswegs gesichert. Gewiss, sie würde überall ihrer Arbeit nachgehen und den Menschen helfen können, wie es immer ihr Wunsch gewesen war. Doch ein Zuhause hätte sie nicht. Sie wünschte sich sehnlichst die Zeit zurück, als sie mit Johannes und den Kindern, die damals noch klein gewesen waren, in dem wunderschönen Stadthaus in Köln gelebt, Ursel das Essen gekocht und sie sich um die Kinder gekümmert hatte.

Sie musste an den kleinen Johannes denken. Vier Jahre war er alt und hatte so etwas wie ein Familienleben nie kennengelernt. Sie war der einzige Mensch auf der Welt, den er hatte, und ihre Zugewandtheit und Liebe zu dem Jungen stand der zu ihren leiblichen Kindern in nichts nach. Diese Gedanken quälten Madlen bei jedem Besuch, wenn die Zeit gekommen war, ihn wieder zu verlassen. Und auch der Kleine hielt sie oftmals mit Tränen in den Augen fest und bettelte, dass sie nicht gehen möge.

Madlen war so zerrissen wie schon lange nicht mehr. Früher war da dieser unbedingte Wunsch des Heilens. Sie wollte mehr sein als nur eine Mutter, wollte die Fähigkeiten, die Gott ihr geschenkt hatte, nutzen und sie noch erweitern, um die Menschen heilen zu können und ihnen ein Leben zurückzugeben, von dem sie glaubten, dass es bereits vorbei war. Sie wollte sich nicht verstecken müssen, weil sie um die geeigneten Kräuter wusste, die halfen, wurde man von Schmerzen gepeinigt. Und sie wollte Anerkennung dafür erfahren, wenngleich dieser Stolz und die damit verbundene Eitelkeit etwas war, für das sie sich vor Gott schämte.

Als bereits die Hälfte des dritten Monats nach Franz' Aufbruch vergangen war, fasste Madlen einen Entschluss: Sie würde die Schola Medica Salernitana verlassen und in ihr Heimatland, das Heilige Römische Reich Deutscher Nation, zurückkehren.

»Komm einmal zu mir, Johannes«, sagte sie bei ihrem nächsten Besuch im Kloster und nahm den Vierjährigen auf ihren Schoß. »Was würdest du davon halten, wenn wir von hier fortgingen?«

»Wohin?«

»In das Land, aus dem wir kommen, du und ich.«

»Kommen wir denn nicht von hier?«

»Nein, in Italien leben wir seit einigen Jahren, doch wir beide kommen aus dem Heiligen Römischen Reich Deutscher Nation.«

Der Junge gab einen erstaunten Laut von sich, wenngleich ihm der Name des Landes ebenso viel oder wenig sagen mochte wie der jedes anderen.

»Ist das Kloster dort schön?«

Sie lächelte. »Du würdest dort nicht in einem Kloster leben, sondern bei mir.«

Johannes' Augen wurden groß. »Bei dir?«

»Ja, bei mir. Würde dir das gefallen?«

Er umarmte sie freudestrahlend. »Ja«, rief er aus. »Ja!«

»Ich muss noch mit dem Vorstand sprechen und ihm meine Entscheidung mitteilen.« Sie überlegte, ob sie Johannes sagen sollte, dass sie in der Heimat womöglich nicht nur Gutes erleben und willkommen geheißen würden, brachte es aber nicht über das Herz, ihm die Freude des Moments zu verderben. Er sah so glücklich aus, überglücklich. Sie konnte nur hoffen, ihm nicht zu viel zu versprechen, wenn sie ihm sagte, dass er fortan bei ihr leben würde. Schließlich hatte sie nicht einmal ein Heim und kein Dach über dem Kopf, das sie ihm bieten konnte. Ganz abgesehen davon, dass der Vorwurf des Mordes noch immer über ihr schwebte. Würde man sie und was sich vor vier Jahren ereignet hatte inzwischen vergessen haben? Oder würde man ihrer sogleich habhaft werden wollen, sobald sie Worms betrat?

Denn dorthin würde sie mit Johannes gehen, nach Worms, um mit ihm bei Agathe zu leben. Sie vermisste die Tante schmerzlich, ebenso wie ihre Schwiegermutter Elsbeth. Hoffentlich waren beide noch am Leben und wohlauf! Dann würde Madlen auch endlich erfahren, was sich nach der Beisetzung ihres Mannes ereignet hatte. Endlich bekäme sie Antworten auf all die Fragen, die sie seit Jahren quälten.

Sie zog Johannes zärtlich an sich. In diesem Augenblick konnte sie den Aufbruch kaum mehr erwarten.

»Seid Ihr sicher, dass Ihr das wollt?«, fragte der Vorstand, als Madlen am nächsten Tag zu ihm gegangen war und ihm von ihrem Vorhaben berichtet hatte.

Sie sah ihn fest an. »Ja, Magister, das bin ich.«

»Ihr würdet vermutlich niemals ein echter Medicus, wenngleich ich Euch eine Rückkehr nicht verwehren würde, solltet Ihr es Euch anders überlegen.«

Sie legte den Kopf schief. »Wisst Ihr, mir laufen die Jahre

davon. In meiner Heimat habe ich zwei Kinder, die inzwischen erwachsen sind. Die Sehnsucht nach ihnen quält mich einen jeden Tag mehr, und ich spüre, nicht weitere fünf Jahre hierbleiben zu können. Das würde ich nicht ertragen.«

»Nun, auch wenn ich selbst kein Weib habe und all das hier«, er hob die Hände und deutete auf den Raum, »mein Zuhause nennen würde, kann ich Euch doch gut verstehen. Eine Sehnsucht, die einen quält, ist stärker, als ohne Wasser und Brot auskommen zu müssen.«

»Habt Dank für Euer Verständnis.«

Er lächelte milde. »Obwohl ich zugeben muss, dass mich Euer Fortgang mit Trauer erfüllt, habe ich Euch doch stets als eine der Strebsamsten hier gehalten.«

»Ich danke Euch von Herzen für Eure Worte.«

»Sagt, Madlen, dürfte ich eine Bitte aussprechen?«

»Aber gewiss, Magister.«

»Darf ich Euch bitten, mir Abschriften von Euren Aufzeichnungen über die Leichenschauen fertigen und zukommen zu lassen? Es wäre eine Bereicherung, Eure Erkenntnisse studieren zu können.«

Madlen wurde blass. »Was sagt Ihr da?« Sie schluckte schwer. »Ihr habt davon gewusst?«

Der Vorstand schmunzelte. »Aber gewiss. Schon eine ganze Weile. Oder glaubt Ihr wirklich, ich hätte Euch die Liebschaft mit Abondio abgekauft?« Er sah sie überrascht an. »Abondio! Ich bitte Euch! Magister Ignazio mag so gutgläubig sein, aber ich nicht.«

»Und doch habt Ihr mich nicht bestraft?«

»Weshalb hätte ich das tun sollen? Ich würde es nicht zugeben, dies gesagt zu haben, doch in meinen Augen ist nichts Falsches an dem, was ihr da unten in den Katakomben getan habt. Es waren immer Männer und Frauen Eures Schlags, die die Menschheit vorangebracht haben.« Er schüttelte den Kopf.

»Ihr und Abondio? Wie hätte ich das glauben können!« Ein Lächeln umspielte seine Lippen. »Vor allem, wo doch Euer Herz für Magister von Beyenburg schlägt.«

Madlen fühlte sich ertappt, musste jedoch ebenfalls schmunzeln. »Euch scheint nichts von dem zu entgehen, was hier geschieht.«

»Selbstverständlich nicht. Ich halte es wie viele kluge Männer vor mir. Ich beobachte und höre zu. Der dumme Mann redet und redet und kann doch nur das wiedergeben, was er schon weiß. Der kluge jedoch«, er hob den Zeigefinger, »lauscht und lernt dabei. Nur so kann er Neues erfahren.«

»Und Ihr erfahrt offenbar alles.«

»Alles womöglich nicht, aber vieles. Sagt, Madlen, wohin werdet Ihr gehen? Ihr müsst es mir nicht sagen, doch wird Franz von Beyenburg nach seiner Rückkehr gewiss danach fragen.«

»Wenn er denn überhaupt je zurückkommt«, bemerkte sie traurig. »Wisst Ihr, wohin er gegangen ist?«

»Leider nicht, nein. Er sagte mir nur, dass er Dringendes zu erledigen habe und daher eine Zeit lang nicht als Magister unterrichten könnte. Ich ging davon aus, dass Ihr wüsstet, wo er ist.«

»Nein, leider nicht. Er hat es mir nicht gesagt.«

»Das ist betrüblich, überaus betrüblich«, stellte der Vorstand fest und kratzte sich am Kinn.

Madlen erhob sich. »Habt Dank für alles, Magister. Salerno wird mir stets in bester Erinnerung bleiben. Ich werde meine Tage hier zeitlebens nicht vergessen.«

»Und Ihr werdet uns in Erinnerung bleiben. Nun, Magister Ignazio wird vermutlich nicht dazugehören.« Er schmunzelte. »Aber wir anderen schon.« Er begleitete Madlen noch zur Tür seines Arbeitszimmers.

»Ach, eines noch«, bat er dann. »Der Junge im Kloster. Werdet Ihr ihn mit zurücknehmen oder wird er dort bleiben, bis er alt genug ist, seinen eigenen Weg zu gehen?«

»Von ihm wisst Ihr auch?«

Er zuckte vielsagend mit den Schultern.

Madlen lächelte. »Ja, ich werde ihn mit mir nehmen.«

»Euer Lächeln verrät mir, dass Ihr die richtige Entscheidung für Euch getroffen habt. Lebt wohl und Gottes Segen!«

»Möge der Herr Euch schützen ein Leben lang«, gab sie zurück, verkniff sich die aufsteigende Traurigkeit und ging hinaus.

Sie packte gerade ihre Habseligkeiten, als es an der Tür zu ihrer Kammer klopfte. »Wer ist da?«, rief sie.

»Franz!«

Madlen ließ das Kleid fallen, das sie soeben zusammengelegt hatte, und stürzte zur Tür. Ihr Geliebter sah sie an, doch statt sie zu umarmen, trat er beiseite und gab den Blick auf einen anderen Mann frei. »Ich habe dir jemanden mitgebracht.«

Madlen taumelte zurück, schlug erschrocken die Hand vor den Mund. Es war, als stünde Johannes in jungen Jahren vor ihr.

»Mutter«, sagte der Mann mit tiefer Stimme.

Madlen schluchzte heftig auf, die Tränen liefen ihr über die Wangen. Sie breitete die Arme aus, ging auf ihren Sohn zu, der seinerseits einen Schritt nach vorn machte und sie an sich zog. Sie umklammerten sich wie Ertrinkende, hielten einander fest und weinten. Als sie sich nach einer Weile wieder voneinander lösten, konnten sie fast nichts mehr sehen, so sehr trübten die Tränen ihren Blick.

»Veit«, brachte Madlen atemlos hervor und begann erneut, heftig zu schluchzen.

»Na, na, ich wollte dir eine Freude machen und nicht, dass du unglücklich wirst«, scherzte Franz.

Madlen sah ihn an. »Danke.« Sie umarmte den Geliebten.

»Ich danke dir so sehr!«, schluchzte sie.

Sie standen noch immer in der geöffneten Tür.

»Lass uns erst einmal hineingehen«, sagte Franz besonnen. Sein Blick fiel auf das Lager, auf dem Madlen ihre Habseligkeiten zusammengetragen hatte. »Was hast du vor?«

»Ich wollte fort, weil ich dachte, dass du nicht zurückkämst.«

Franz schüttelte mit dem Kopf. »Veit, Veit, wir haben es nicht einfach mit deiner Mutter.«

Sie setzten sich an den Tisch, und Madlen ergriff Veits Hände. »Wie ist es dir ergangen, mein Sohn? Ich habe dich so sehr vermisst!«

»Ich dich auch. Und ich bin erleichtert, dich wohlbehalten anzutreffen. Über all die Jahre hatte ich die Sorge, dass du womöglich nicht mehr am Leben sein könntest.«

»Es tut mir so leid, so unendlich leid, mein Sohn. Ich wusste damals nicht, was ich tun sollte. Ich ...«

Veit hob die Hand. »Franz hat mir alles erzählt. Was hast du nur durchzustehen gehabt!« Er sah die Mutter voller Mitleid an.

»Ich weiß nicht, was dir gesagt wurde, doch bitte glaub mir, ich habe nichts mit dem Tod deines Vaters zu tun.«

Veit schüttelte den Kopf. »Aber das hat auch nie jemand behauptet. Die Botschaft von seinem Tod traf zu spät bei Cecilia und mir ein, als dass wir es noch rechtzeitig zu seinem Begräbnis geschafft hätten. Doch sind wir nach Köln gereist, um zu erfahren, was geschehen war.«

»Geht es deiner Schwester gut?«, fragte Madlen dazwischen.

»Ja, Mutter, es geht ihr gut. Sie ist damals nach Worms gegangen und lebt seither bei Agathe. Wir wussten ja nicht, wo du warst. Und nachdem die Männer des Erzbischofs dich während all der Zeit nicht finden konnten, hatten wir schon fast die Hoffnung aufgegeben, dich je wiederzusehen.«

»Die Männer des Erzbischofs? Also hatte doch er sie

geschickt, um mich des Mordes an Johannes zu beschuldigen?«

»Aber nein.« Veit schüttelte erneut heftig den Kopf. »Der Erzbischof selbst hat Cecilia und mir gesagt, dass es eine gemeine Verschwörung gegeben haben musste. Er war in Sorge um dich und hat alles versucht, dich zu finden. Doch du warst nirgendwo.«

Madlen musste das, was sie soeben gehört hatte, erst einmal ordnen. »Veit, das ist alles so verwirrend. Bitte erzähl mir der Reihe nach, was geschehen ist, nachdem ihr vom Tod eures Vaters erfahren habt.«

Veit atmete einmal tief durch. Dann berichtete er, dass ein Bote des Erzbischofs nach Augsburg ins Haus seines Lehrherrn gekommen war, um ihn vom Tod seines Vaters zu unterrichten. Sein Lehrherr, der Patrizier Fugger, gab ihm die Erlaubnis, sich sofort auf den Weg zu machen, woraufhin Veit zusammen mit dem Boten zu der Klosterschule in der Nähe von Würzburg reiste, um Cecilia dort aufzusuchen und ebenfalls zu informieren. Gemeinsam waren die drei dann nach Köln geritten, wo der Erzbischof sie sogleich empfangen hatte.

»Agathe und Elsbeth waren ebenfalls noch in Köln. Die Beisetzung Vaters war gerade mal zwei Tage her. Und als der Erzbischof ihnen mitteilte, dass er einen Boten zu mir gesandt hatte, hielten sie es für das Beste, dort auf Cecilia und mich zu warten.«

»Diese Umsicht steht den beiden gut zu Gesicht«, warf Madlen voller Dankbarkeit ein.

»Der Erzbischof sagte uns dann, was in den Tagen vor Vaters Ermordung und deinem Verschwinden geschehen war. Dass versucht worden war, ihn zu vergiften, und du ihm das Leben gerettet und auch dafür gesorgt hast, dass sein Essen künftig vorgekostet wurde. Einer der Männer hat es nicht überlebt.«

»Anderlin oder Georg?«

»Das weiß ich leider nicht, Mutter.«

»Wie solltest du auch?« Sie streichelte ihm zärtlich über die Hand. »Sprich weiter.«

»Agathe und Elsbeth hatten dem Erzbischof berichtet, dass zwei Männer nach Worms gekommen waren, die behauptet hatten, in seinem Auftrag zu handeln. Doch das war gelogen. Vor allem tat er es als absurd ab, behauptete jemand, dass du für den Tod Vaters verantwortlich seist. Die Männer mussten von jemand anders geschickt worden sein, doch von wem, das wusste der Erzbischof nicht.«

Franz von Beyenburg schüttelte den Kopf. »Was für ein schändliches Spiel, das da mit dir getrieben wurde, Madlen!«

Sie warf ihm einen dankbaren Blick zu. »Was ist dann geschehen?«, fragte sie an Veit gewandt.

»Der Erzbischof hat ein Dutzend Männer nach Heidelberg geschickt, da Agathe und Elsbeth berichtet hatten, dass du dich dorthin auf den Weg gemacht hattest. Doch sie konnten dich nicht finden. Der dortige Vogt hatte ihnen berichtet, dass du dort aufhältig gewesen warst, jedoch einige Tage zuvor fliehen musstest, nachdem die Männer, die dich schon in Worms gesucht hatten, dort vorstellig geworden waren. Zwei Dutzend Männer schickte der Erzbischof danach aus, um nach dir zu suchen, doch ohne Erfolg. Wir blieben fast vier Monate in Köln, Elsbeth, Agathe, Cecilia und ich, in der Hoffnung, dass die Männer des Erzbischofs dich finden würden. Dann kehrte ich zu den Fuggern zurück, um meine Lehre fortzusetzen, und Cecilia ging mit Elsbeth und Agathe nach Worms, um dort zu sein, solltest du eines Tages wiederkommen.«

Die Tränen liefen Madlens Wangen herab. »Ich hätte also die ganze Zeit heimkehren können«, erkannte sie.

»Manche Nacht, wenn ich wach lag und an dich dachte, sah ich vor mir, wie die Kerle dich doch gefunden und getötet hatten«, sagte Veit mit Verzweiflung in der Stimme. »Ich konnte es kaum fassen, als Franz vor der Tür stand und mir sagte, dass du hier in Salerno bist.«

»Warum hast du mir nicht gesagt, was du vorhattest?«, fragte Madlen an Franz gewandt.

»Zum einen, weil du sogleich hättest mitkommen wollen«, erklärte der Medicus ruhig. »Und ich wollte dich nicht in Gefahr bringen, wusste doch niemand, was dich in deiner Heimat erwartete. Und zum anderen, nun ja,«, er zögerte, »hätte es ebenso gut sein können, dass deinen Kindern schändliche Lügen über dich erzählt worden wären und sie diese geglaubt hätten. Was, wenn sie dich womöglich sogar beschimpft hätten oder nicht hätten sehen wollen? Das hättest du nicht auch noch ertragen können. Also behielt ich es für mich und tat, was ich für richtig hielt.«

»Und hast dich auf den Weg nach Köln gemacht!«

»Nein«, korrigierte Franz, »nach Augsburg. Hätte ich Veit nicht gefunden, wäre ich zunächst zu der Klosterschule bei Würzburg und dann nach Worms gereist. Köln wäre erst meine letzte Anlaufstelle, schien mir die Wahrscheinlichkeit doch größer, Veit oder Cecilia oder zumindest Agathe und Elsbeth in einer der anderen Städte zu finden.«

»Du hast viel auf dich genommen, um das für mich zu tun«, sagte Madlen liebevoll.

»Sag mir, Mutter, was ist in der Nacht geschehen, als Vater starb? Der Erzbischof und seine Leute wussten es nicht genau. Und auch Franz konnte mir nicht alle meine Fragen beantworten.«

Madlen schluckte schwer. Wie oft hatte sie in Gedanken diese furchtbare Nacht durchlebt. Nun daran zurückzudenken, fiel ihr schwer. »Es begann alles einige Tage zuvor«, begann sie zu erzählen, »als dein Vater und ich beim Abendessen saßen. Ihr beide wart erst wenige Wochen zuvor weggegangen, Cecilia in die Klosterschule und du in die Lehre.« Die Erinnerungen schmerzten Madlen. »Da hat es an unsere Tür geklopft.« Tonlos erzählte sie ein weiteres Mal die Geschehnisse um die Geburt des kleinen Johannes, den Tod seiner Schwester und des Burschen, die Treffen im Palast, als sie die Vergiftung des Erzbischofs feststellte, und schließlich das, was mit Johannes' und Jonatas Tod, mit Ursels und Ottokars Tod und mit ihrer Flucht endete.

»Und der Junge?«, fragte Veit. »Was ist aus ihm geworden?«

»Er lebt hier im nahe gelegenen Kloster und wird von den Ordensschwestern aufgezogen. Ich habe den Entschluss gefasst, mein Medizinstudium aufzugeben und nach Hause zurückzukehren. Johannes, so heißt der Junge, werde ich mitnehmen.«

»Du willst dein Studium aufgeben?«, wunderte sich Veit. »Weshalb? War es nicht immer dein Traum, eines Tages Medicus zu werden?«

»Deine Mutter hat erkannt, dass sie vieles von dem, was hier gelehrt wird, schon weiß«, erkannte Franz und Madlen sah ihn verblüfft an, hatten sie doch nie darüber gesprochen.

»Woher weißt du das?«, fragte sie überrascht.

»Die Kräuter kennst du besser als jede andere, ebenso konntest du schon, bevor du herkamst, aus den Säften des Menschen erkennen, was ihnen fehlt. Du hast viel in der Chirurgie gelernt, ja. Doch glaube ich kaum, dass du gewillt bist, dich dieser wirklich zu widmen. Du möchtest den Menschen helfen, ihnen ihr Leben zurückgeben. Ich habe dich beobachtet. Die Leidenschaft für das Heilen nahm bei dir immer ein bisschen weiter ab, weil du einfach nicht dafür gemacht bist, nur darüber zu sprechen. Und dir reicht es nicht, an Schweinen zu üben. Du gibst den Kranken durch deine Ruhe, deine liebreizende Art und deinen unerschütterlichen Glauben, ihnen helfen zu können, Kraft und Zuversicht. Dies zusammen mit deinem Wissen über die Kräuter macht dich zu einem Medicus, zu einem guten Medicus, auch wenn du dich nicht Magister nennen darfst.«

Madlen sah ihn nachdenklich an. Wie gut er sie kannte – besser als sie sich selbst! In diesen wenigen Sätzen hatte er ihr gesamtes Denken und Fühlen zusammengefasst. Fast glaubte sie, für ihn ebenso gläsern zu sein wie die Gefäße aus Murano, aus denen er seinen Wein trank.

»Das klingt nach einem großen Bewunderer«, bemerkte Veit.

»Dem größten«, bestätigte Franz. »Doch nützt es nichts, der größte Bewunderer deiner Mutter zu sein, wenn sie mich nicht in ihr Herz lässt.«

»Warum sagst du das? Du weißt, was ich für dich empfinde!«, empörte sie sich und warf einen unsicheren Blick auf Veit. War ihr Ausbruch richtig gewesen vor ihrem Sohn, womit sie zugab, für einen weiteren Mann als seinen Vater Gefühle zu hegen?

»In Gedanken gehörst du noch immer Johannes«, erwiderte Franz traurig. »Und genau deshalb wollte ich alles tun, um dich wieder mit deinen Kindern zu vereinen. Zwar dachte ich nicht, dass dein Entschluss, das Studium aufzugeben, so rasch fallen würde. Doch dass du es eines Tages tätest, war mir schon lange bewusst. Du musst in deine Heimat zurückkehren, Madlen, zu deinen Kindern. Dorthin, wo immer dein Zuhause war und sein wird.«

»Und was ist mit dir?«, fragte sie und schluckte schwer.

»Was soll mit mir sein?«

Madlen war wie erstarrt. »Du willst also in Salerno bleiben? Ohne mich?«

Franz lächelte gutmütig. »Ich habe schon hier gelebt, bevor du gekommen bist.« Er stand von dem Tisch auf, lehnte sich an die Tür. Täuschte sich Madlen, oder wurden seine Augen glasig?

Veit sah zwischen den beiden hin und her, dann erhob er sich ebenfalls. »Ich werde mir ein wenig die Beine vertreten, während ihr eure Unterredung weiterführt.«

»Danke«, sagte Madlen knapp.

Franz trat von der Tür weg und ließ Veit hinausgehen. »Ein prächtiger junger Mann«, sagte Franz. »Ich habe Johannes nie kennengelernt, doch gewiss hat er viel Ähnlichkeit mit seinem Vater.«

»Er sieht genauso aus wie er«, gab Madlen nachdenklich zurück. »Die Größe, das blonde Haar, das Gesicht. Vorhin glaubte ich im ersten Moment, Johannes vor mir zu haben.«

»Und was hättest du dann getan?«

»Was meinst du?«

»Ach, nichts.« Der Medicus schüttelte den Kopf. »Das war eine dumme Frage.«

»Was ist mit dir?« Madlen ging auf ihn zu, umarmte ihn, trat dann einen Schritt zurück und sah ihm in die Augen. »Was ist geschehen, dass du nicht mehr mit mir zusammen sein willst?«

Franz rieb sich die Augen. »Ach, Madlen.« Er ging mit schweren Schritten zum Tisch und setzte sich wieder auf seinen Stuhl. »Madlen, Madlen«, murmelte er.

Sie ging ebenfalls hinüber, setzte sich ihm gegenüber hin. Er hatte den Kopf auf die Hände gestützt, sodass sein Blick nach unten gerichtet war. Dann rieb er sich abermals die Augen und sah sie an. »In all den Jahren habe ich dir etwas nie gesagt.«

»Was?«

»Damals, als ich dich das erste Mal sah, im Hause dieser unglaublich viel redenden Frau ... wie hieß sie noch?«

Auch Madlen überlegte. Erst fiel es ihr nicht ein, doch dann sagte sie: »Otilia! Otilia Ravensberger!«

»Du erinnerst dich noch an ihren Namen?«

»Ich erinnere mich vor allem an ihre Tochter Reni. Sie war eine Zeit lang sehr krank. Ich war froh, dass ich helfen konnte. Doch wir schweifen ab. Du wolltest mir etwas erzählen.«

»Ja, das stimmt.« Er atmete tief durch. »Damals im Hause

Otilias, als ich dich das erste Mal sah, habe ich mich in dich verliebt, Madlen. Ich sah dich, und ich wusste es.«

»Wirklich?«

»Ja, es stimmt«, bekräftigte er. »Ich hatte keine Absichten, das nicht. Ich wusste, dass du verheiratet warst und den Vater deiner Kinder aufrichtig liebtest. Und doch konnte ich an meinen Gefühlen für dich nichts ändern. Ich habe dich geliebt vom ersten Augenblick an. Nur hätte ich niemals gedacht, dich eines Tages an meiner Seite liegen zu haben.« Er seufzte. »Dann standest du auf einmal da, an dem Abend, als du nach Salerno kamst. Einfach so, wie aus dem Nichts, kamst du in mein Arbeitszimmer und sagtest mir, dein Gatte sei verstorben und du wolltest studieren. Ich konnte es nicht glauben, und manchmal kann ich es heute noch nicht. Als wir einander dann näherkamen, war es für mich wie ein Traum. Ich konnte mein Glück nicht fassen, von Gott so reich beschenkt worden zu sein. Doch war da auch immer dieses Gefühl ...« Er presste die Lippen aufeinander.

»Welches Gefühl?«, fragte Madlen.

»Dass du noch immer Johannes liebst, nicht mich.«

»Johannes ist tot.«

»Das ist es ja, ich kann nicht gewinnen. Er wird stets der Held sein, der dich beschützt und dafür sein Leben gegeben hat. Ihr habt Kinder. Uns beide jedoch verbindet nichts als die Leidenschaft zur Medizin.«

Madlen lächelte und suchte seinen Blick. »Das und unsere Liebe füreinander.«

Franz sah sie an. Seine Augen waren mit Tränen gefüllt. »Unsere Liebe?«, wiederholte er und betonte das erste Wort.

»Aber weißt du das denn nicht? Ich liebe dich, Franz von Beyenburg. Nicht den Magister oder den Medicus, nicht den Gelehrten. Nein, dich, Franz, dein Herz, deine Seele, dich.«

Er schluckte schwer. »Und Johannes?«

Madlen befeuchtete ihre Lippen. »Ja, ich habe meinen Gatten geliebt und werde es immer tun. Ich hatte wunderbare Jahre mit ihm und den Kindern und möchte nicht einen einzigen Tag davon missen.« Sie fasste seine Hand. »Doch das ist Vergangenheit. Nichts wünsche ich mir sehnlicher, als meine Kinder sehen und womöglich in ihrer Nähe leben zu können. Doch am Abend einschlafen und am Morgen aufwachen möchte ich mit dir an meiner Seite. Mit dir, Franz, möchte ich den Rest meines Lebens verbringen.« Sie drückte seine Hand.

Franz stand auf, zog sie ebenfalls hoch und nahm sie in den Arm. Er drückte sie so fest an sich, dass er ihr fast die Luft nahm. Dann küsste er sie leidenschaftlich, drückte sie abermals an sich.

»Bedeutet das, du kommst mit mir, wenn ich Salerno verlasse?«, fragte sie schließlich.

Er schob sie ein Stück von sich. »Erst musst du mir eine Frage beantworten. Wenn du nun heimkehren kannst und die Zeit des Bangens und Hoffens ein Ende findet – wirst du dann meine Frau?«

Madlen sah hoch und tat, als müsse sie überlegen. »Madlen von Beyenburg«, sagte sie schließlich. »Ja, daran könnte ich mich gewöhnen.«

Er umfasste sie und hob sie hoch. »Du wirst wirklich meine Frau!«

Sie lachte glücklich. »Natürlich nur, wenn Abondio nichts dagegen hat.«

Franz umarmte sie, küsste sie, wollte sie gar nicht mehr aus seinen Armen lassen.

»Nur eines noch«, bat Madlen und wurde ernst.

»Was?«

»Der kleine Johannes. Ich möchte ihn mitnehmen und wünsche mir, dass er bei uns lebt.«

Franz' Gesicht entspannte sich. »Und ich dachte schon, es

gäbe noch irgendetwas, das gegen unsere Verbindung spricht.« Erneut zog er sie an sich. »Er wird bei uns wohnen, der kleine Johannes. Und ich werde für ihn sorgen, als wäre ich sein Vater.«

Madlen sagte nichts. Sie wollte den Moment nicht zerstören. Denn dass Johannes' leiblicher Vater schon bald mit dessen Antlitz konfrontiert werden würde, konnte dieser nicht ahnen. Doch damit würde sie sich erst später befassen. Jetzt und hier war nur eines wichtig: Sie würde gemeinsam mit ihrem Geliebten und zukünftigen Ehemann, ihrem Sohn Veit und ihrem Ziehsohn Johannes in ihre Heimat zurückkehren. Sie würde Cecilia wiedersehen und Agathe und Elsbeth. Sie würde das Leben führen können, das sie sich wünschte. Ja, alles würde gut werden, dessen war sie sicher. Madlen war überglücklich.

17. Kapitel

Bereits einen Tag später war der Moment des Abschieds gekommen, und Madlen fiel es schwer, so vielen, die ihr ans Herz gewachsen waren, Lebewohl zu sagen. Franz schien es anders zu gehen. Er fand die richtigen Worte für jeden, wirkte leicht und froh. Erst als sie durch das Tor der Schola schritten und dies von innen wieder geschlossen wurde, musste Franz kurz schlucken. Doch auch dieser Moment war rasch vorbei, und als sie das nahe gelegene Kloster erreichten, war von einer bedrückten Stimmung nichts mehr zu spüren.

Veit und Johannes saßen auf den Stühlen im Korridor und warteten, während Madlen und Franz im Arbeitszimmer der Mutter Oberin waren und alles mit ihr klärten. Die Ordensfrau versicherte ihnen, wie schwer es allen Schwestern fiele, den kleinen Johannes gehen zu lassen. Zu sehr war er ihnen in den Jahren ans Herz gewachsen, wenngleich es besser für ihn war, in ein Leben außerhalb der Klostermauern zu treten.

Johannes konnte noch nicht recht verstehen, wie sehr sein Leben sich ab diesem Tage ändern würde. Er sah zu Veit, der neben ihm saß und mit ihm wartete. »Wer bist du?«, fragte er auf Deutsch, wie er es von Madlen gelernt hatte, doch konnte man deutlich einen italienischen Einschlag heraushören.

»Mein Name ist Veit. Madlen ist meine Mutter.«

»Deine Mutter?«, echote der Kleine.

»Ja, genau. Wir werden zusammen reisen. Wenn du willst, kannst du bei mir auf meinem Pferd sitzen.«

»Ja«, antwortete Johannes, wenngleich er mit der Vorstellung nicht wirklich etwas anfangen konnte. Er hatte noch nie auf einem Pferd gesessen. »Deine Mutter«, gab er dann nachdenklich von sich. »Ist sie auch meine Mutter?« Er sah Veit mit großen Augen an. »Ich nannte sie stets Madlen. Denkst du, ich dürfte sie auch Mutter nennen?«

Dieser war von der Frage im ersten Moment überrumpelt. Da er jedoch wusste, dass Madlen und Franz vorhatten, den Kleinen bei sich leben zu lassen, antwortete er: »Ja, sie ist auch deine Mutter.« Alles andere, so fand er, konnten Madlen und Franz ihm sagen, wenn er groß war. Oder auch nicht. Ganz, wie sie es für richtig hielten.

»Das gefällt mir«, urteilte Johannes.

Die Tür wurde geöffnet, und Madlen und Franz traten heraus. Die Ordensschwester verabschiedete sich von den beiden, ging dann mit feuchten Augen zu Johannes hinüber, drückte ihn an sich und begleitete die vier hinaus. Draußen standen drei Pferde bereit.

»Johannes reitet bei mir mit«, erklärte Veit.

»Ach ja?« Madlen schmunzelte.

»Gewiss. Immerhin muss ich ja meinen Bruder auch mal kennenlernen können.«

Madlen stutzte.

»Deinen Bruder?«, fragte Johannes.

»Ja«, erklärte Veit. »Madlen ist meine Mutter, und sie ist auch deine Mutter. Somit sind wir Brüder.«

Madlen war gerührt. Sie strich Veit zärtlich über den Arm, worauf dieser ihr zuzwinkerte. Dann stiegen sie auf die Pferde und ritten los.

Am Nachmittag erreichten sie Benevento, den Ort, in dem sie vor Jahren mit den Gauklern zusammen das Fest gefeiert hatte. Madlen hoffte, dass sie auch jetzt wieder dort unterkommen könnten, war sie doch nicht sicher, ob es sonst in dem kleinen Ort eine Gelegenheit hierzu gab. Aber würde man sich dort überhaupt noch an sie erinnern?

Sie fand den Hof auf Anhieb. Als sie zuletzt hier gewesen war, hatte der Winter wenige Wochen danach Einzug gehalten. Jetzt, im Frühjahr, wo alles nach und nach grün wurde, wirkte es ganz anders.

Madlen sah sich um. War überhaupt jemand hier? Die Gauklerwagen waren nirgendwo zu sehen. Vermutlich hatten sie, nachdem der Winter an Kraft verloren hatte, die Pferde eingespannt und zogen nun wieder über die Lande. Sie ging zum rechten Gebäude hinüber, wo seinerzeit Maria gewohnt hatte, klopfte und rief mehrere Male deren Namen. Im Innern tat sich nichts, doch am Gebäude ganz links wurde die Tür geöffnet, und Giana trat heraus. »Kann ich Euch …?« Ein Schrei entfuhr ihr. »Madlen!«

»Giana!«

Die Frauen liefen aufeinander zu und fielen sich in die Arme. Wieder und wieder herzten sie sich.

»Das glaube ich nicht. Es ist so schön, dich zu sehen!« Giana blickte zu Madlens Begleitern und winkte sie herüber. »Seid willkommen!«

Die Frauen sahen sich an, umarmten einander nochmals.

»Ich hatte gehofft, dass ihr hier seid und noch nicht wieder unterwegs.«

»Komm«, sagte Giana und führte Madlen ins Haus, während Franz von seinem Pferd stieg, Veit ihm Johannes herunterhob und dann selbst heruntersprang.

»Ich fahre nicht mehr mit den Gauklern«, sagte sie glücklich und führte Madlen zu der Kammer hinüber, in der beim letzten Mal noch sie selbst untergekommen war. Sie deutete auf die Lagerstatt.

»Siehst du, dort.«

»Du hast ein Kind?« Madlen konnte nicht anders, als Giana abermals zu umarmen.

»Seit zwei Monaten. Flavio und ich werden wenigstens in diesem Jahr nicht mitfahren. Was im nächsten Jahr ist, wissen wir noch nicht.«

»Das hast du dir doch so sehr gewünscht. Ach, Giana, ich freue mich von Herzen für dich!«

Franz, der mit den anderen soeben über die Schwelle getreten war, räusperte sich.

»Giana, das ist mein Mann Franz, das ist Veit, mein Sohn, und diesen jungen Mann hier hast du schon einmal gesehen.«

Giana machte große Augen. »Sag mir nicht, dass dieser stattliche junge Mann Johannes ist?«

»Genau der.«

Sie bückte sich zu ihm herunter. »Ich habe dich umhergetragen, als du noch kleiner warst als mein Sohn dort drüben.«

»Wirklich?«, staunte Johannes.

Giana nickte.

»Wir hatten gehofft, auf unserem Weg eine Nacht bei euch unterkommen zu können?«, fragte Madlen zaghaft.

»Nur eine Nacht?« Giana verzog den Mund. »Das reicht ja nie, um alles zu erzählen, was sich in den letzten Jahren ereignet hat.« Sie lachte auf, doch dann wurde sie für einen Moment ernst. »Du hast an Marias Haustür geklopft«, sagte sie. »Nach einem so langen Leben hat der Herr sie im Winter zu sich geholt.« Sie seufzte, lächelte aber dabei. »Es war ihr nicht mehr vergönnt, meinen kleinen Luca zu sehen. Aber sie ist friedlich eingeschlafen, und das ganze Dorf war dabei, als wir sie zu Grabe getragen haben.«

»Das tut mir leid«, sagte Madlen. »Doch ich bin dankbar,

sie damals kennengelernt zu haben. Sie war eine wunderbare Frau, so voller Kraft und Leben.«

»Und so war sie bis zum Schluss. Nicht einen Tag war sie krank gewesen.«

»Das ist ein großes Geschenk Gottes.«

»Ja«, pflichtete Giana ihr bei. »Das ist es.«

»Was sind das für Pferde auf dem Hof?«, drang es plötzlich auf Italienisch von draußen. Flavio betrat das Gebäude, sah in Franz' und Veits fremde Gesichter. Dann blickte er zu Giana und Madlen hinüber und wollte offenbar seinen Augen nicht trauen. »Madlen?«

»Ja, ich bin es!«

Sie umarmten sich ebenso herzlich wie zuvor die Frauen, dann machte Madlen Flavio mit ihren Begleitern bekannt.

Es wurde ein fröhlicher Abend mit zu viel Wein, der ihnen am nächsten Morgen Schwierigkeiten bereitete, sich von ihren Lagern zu erheben. Die Gäste hatten in Aldos und Doniyas Haus geschlafen und nahmen noch ein reichhaltiges Morgenmahl bei Giana und Flavio ein, bevor sie ihren Weg fortsetzten.

»Wo werdet ihr leben, wenn ihr wieder in eurer Heimat seid?«, fragte Giana. »Wenn wir wieder mit den anderen reisen, kommen wir durch viele Städte. Es wäre schön, euch dort besuchen zu können.«

»In Worms oder Köln«, antwortete Madlen, die sich soeben von ihren Gastgebern verabschiedet hatte und nun auf ihr Pferd stieg. »Genau wissen wir es noch nicht. Doch wenn ihr in einer der beiden Städte seid, fragt einfach jeden, den ihr seht, ob sie uns kennen. Und sobald wir erfahren, dass Gaukler im Ort sind, werden wir die Ersten sein, die kommen und nachsehen, ob ihr es seid.«

Sie wünschten Gottes Segen, winkten noch einmal und ritten dann los.

Madlen drehte sich immer wieder um und winkte Giana,

die es genauso machte. Erst als sie hinter dem Hügel verschwunden waren, setzte Madlen sich gerade hin. »Es sind wunderbare Menschen«, sagte sie und lächelte in sich hinein. »Ich hoffe von Herzen, sie eines Tages wiederzusehen.«

In den darauffolgenden Tagen machten sie in Campobasso, Vasto und Pescara halt. In Ancona blieben sie einen ganzen Tag und noch eine Nacht, weil Johannes so erschöpft war. Dann ritten sie weiter durch Rimini und Ravenna und waren fast zwei Wochen unterwegs, als sie den Gardasee hinter sich ließen. Eine weitere Woche brauchten sie bis Innsbruck, wo sie drei Tage blieben, um sich ein wenig von den Strapazen zu erholen.

Weitere Rasten legten sie in Mittenwald ein, danach in Oberammergau, Schongau und verweilten einen Tag in Landsberg am Lech. Zwei Tage später – nachdem sie fast einen Monat lang unterwegs gewesen waren – erreichten sie Augsburg.

Madlen war überrascht, wie gastfreundlich die Familie Fugger sich zeigte. Eigentlich hatten sie vorgehabt, in einer Schenke zu übernachten, doch Hans Fugger hatte darauf bestanden, sie in seinem Hause zu beherbergen.

Es wurde ein angenehmer Abend, an dem Fugger ausgiebig die besonderen Fähigkeiten Veits lobte, den er als einen ebenso zuverlässigen wie fleißigen Lehrjungen kennengelernt hatte. Schon vor vier Jahren, nach dem Tode des Vaters und dem Verschwinden der Mutter, hatte Fugger nicht, wie es sein Recht gewesen wäre, auf die Einhaltung der Arbeit bestanden, um die Lehre nicht zu gefährden. Vielmehr hatte er den damals Vierzehnjährigen nach Köln reisen lassen, um die Angelegenheiten der Familie zu klären, und ihm auch keine Vorhaltungen gemacht, als er seinen Dienst erst nach mehreren Monaten wieder aufnahm.

Madlen dankte Fugger hierfür aufs Herzlichste, der als Gegenleistung lediglich von dieser zu erfahren wünschte, wo sie über so viele Jahre gewesen war. Er staunte nicht schlecht, als sie ihm von ihrem Medizinstudium in Salerno berichtete. Scherzhaft bot sie ihm an, ihn jederzeit zu versorgen, sollten Krankheiten ihn plagen, als Ausgleich dafür, dass er so gut zu ihrem Sohn gewesen war.

»Vor über dreißig Jahren bin ich hierher nach Augsburg gekommen«, sagte Fugger, »und nicht einen einzigen Tag habe ich gekränkelt.« Er hob den Zeigefinger. »Einen Medicus brauchen nur die anderen Menschen, ich jedoch nicht.«

»Ich wünsche Euch von Herzen, dass dies so bleiben möge«, gab Madlen freundlich zurück.

Am nächsten Morgen brachen sie in aller Frühe auf und erreichten gegen Abend Lauingen, wo sie die Nacht verbrachten. Tags darauf kamen sie in einer Schenke in Heubach unter, während sie am darauffolgenden Abend in Sulzbach an der Murr mit einer alten Scheune vorliebnehmen mussten. Nach fast einer Woche kamen sie schließlich in Worms an.

Madlen lief ein kalter Schauer über den Rücken, als sie durch das Stadttor von Worms ritten. Gleich würde sie Agathe wiedersehen und auch Cecilia, ihre Tochter, die sie beide so schmerzlich vermisst hatte. Sobald sie ankamen, würde sie Roswitha bitten, zu Elsbeth zu gehen, um diese zu benachrichtigen, wer heimgekehrt war.

In ruhigem Schritt ritten sie bis zu Agathes Haus am Hafen und stiegen dort von den Pferden. Madlen atmete noch einmal tief durch, bevor sie die Hand hob und klopfte.

»Ich gehe schon«, hörte sie fröhliches Rufen im Innern. Sie erkannte die Stimme ihrer Tochter sofort. Die Tür wurde mit Schwung geöffnet, und Cecilia stand da wie vom Donner gerührt. »Mutter«, flüsterte sie.

Madlen nickte. Ihr standen Tränen in den Augen. »Ja, Cecilia, ich bin es.« Sie breitete die Arme aus, doch es dauerte noch einen Moment, bis die Sechzehnjährige sich aus ihrer Starre gelöst hatte. Dann fiel sie der Mutter in die Arme, lachte, weinte, schluchzte heftig auf. Madlen hielt sie, wie sie es getan hatte, wenn Cecilia als kleines Mädchen hingefallen war und sich verletzt hatte. Beiden liefen Tränen über die Wangen, sie konnten und wollten sich nicht mehr loslassen. Erst als Veit sich räusperte, sah Cecilia auf. »Veit!« Wieder schluchzte sie heftig auf, wurde von Tränenkrämpfen geschüttelt. Der Bruder, der die Frauen um fast zwei Köpfe überragte, nahm beide gleichzeitig in den Arm. Franz rührte es, zu sehen, wie sehr die Familie das Wiedersehen ergriff.

»Wer ist es denn, Cecilia?«, hörten sie nun eine Stimme aus dem Haus, dann Schritte, die abrupt stehen blieben. Die drei lösten ihre Umarmung, und Madlen sah an ihrer Tochter vorbei in den Flur. »Agathe!«

Die Tante stützte sich an der Wand ab, legte die Hand auf ihr Herz und musste erst einmal tief Luft holen. Madlen eilte zu ihr hinüber. »Ich bin wieder daheim, Agathe! Ich bin da.«

Agathe blickte in das Gesicht ihrer Nichte, von der sie nicht geglaubt hatte, sie je wiederzusehen. Zärtlich strich sie ihr über die Wange, ganz so, als müsse sie Madlen berühren, um sich zu vergewissern, dass diese wirklich vor ihr stand. Die Frauen umarmten und hielten sich.

»Ich habe befürchtet, dich nie wiederzusehen«, flüsterte Agathe ihr ins Ohr.

»Jetzt bin ich hier. Und ich bleibe, Agathe. Ich bleibe!«

Agathe mühte sich, die Tränen zurückzuhalten. »Du bist wirklich hier. Ich hatte die Hoffnung schon fast aufgegeben.«

»Es ist viel geschehen.«

»Wo bist du nur gewesen? Der Erzbischof hat überall nach dir suchen lassen.«

»Ich weiß«, sagte Madlen. »Veit hat es mir erzählt.«

»Wie hat er dich gefunden?«

»Franz«, sagte Madlen. »Franz von Beyenburg, erinnerst du dich an ihn?«

»Der Medicus, der damals in Heidelberg an der Universität gelehrt hat?«

»Ebendieser. Ich war bei ihm in Salerno, habe studiert.«

»Du hast was?« Agathe schüttelte den Kopf, konnte nicht verstehen, wie all das zusammenhängen sollte.

»Ich erzähle es dir später in Ruhe. Dir und auch Cecilia.«

Agathe stützte sich noch immer an der Wand ab, richtete sich nun aber auf. Sie sah zum Eingang hinüber. Cecilia und Veit standen dort, im Hintergrund konnte sie Franz von Beyenburg ausmachen. Sie stutzte, als ein kleiner Junge sich an Cecilia und Veit vorbeischob und in den Flur trat. »Und wer bist du?«, fragte sie den Kleinen.

»Johannes«, verkündete dieser und sah sich um.

»Johannes?« Agathe blickte zu Madlen. »Der Johannes? Der kleine Johannes, mit dem du dich damals oben in meiner Kammer versteckt hast?«

»Ja, das ist er.« Madlen lächelte.

Agathe winkte Franz mit der Hand heran. »Kommt herein, kommt alle herein! Und beim Herrn, ich brauche jetzt erst einmal einen Schnaps.«

Jeder hatte etwas zu erzählen, als sie an diesem Abend in Agathes Esszimmer zusammensaßen, um das Wiedersehen zu feiern. Auch Elsbeth war gekommen, und Roswitha gesellte sich ebenfalls zu ihnen, nachdem sie aufgetragen hatte. Sie war für Agathe schon seit vielen Jahren mehr als nur eine Haushälterin und hatte ihr stets beigestanden, ganz gleich, was geschehen war. Madlen brachte Johannes früh ins Bett. Der Kleine konnte seine Augen, nachdem er etwas gegessen und getrunken hatte, kaum mehr offen halten. Danach ging sie wieder ins Esszimmer zu den anderen, und jeder von ihnen trug etwas dazu bei, all die Geschehnisse, die sich in den letzten Jahren ereignet hatten, zusammenzutragen. Elsbeth zeigte sich entsetzt darüber, dass es Peter, ihr eigener Mann und Johannes' Vater, gewesen war, der Madlen so schrecklich verraten hatte.

»Es war damals nur eine kurze Zeit besser mit ihm, als du ihm den Star gestochen hast«, sagte Elsbeth zu Franz. »Doch schon bald war er wieder ganz der Alte. Es begann bereits, als wir in Heidelberg waren: erst nur ein Schnaps, dann zwei … Und dann war er wieder hinter den Frauen her.« Sie seufzte. »Und die kosten nun einmal Geld.«

»Gräm dich nicht mehr, er ist es nicht wert«, sagte Madlen. »Er wird sich nie ändern.«

»Er hat sich schon geändert«, sagte Elsbeth ohne jede Gefühlsregung. »Er ist tot, schon seit zwei Jahren.«

»Wie ist das geschehen?«

»So genau weiß ich das eigentlich nicht.« Elsbeth zuckte mit den Schultern. »Er war gerade mal wieder hier in Worms, hatte sich Geld aus dem Kontor geholt und trieb sich in einer Schenke herum. Ob er gestürzt ist oder geschubst wurde – wer weiß das schon? Am Ende lag er tot am Boden, und sie haben seinen Leichnam zu unserem Haus getragen. Bischof Eckard von Dersch hat seinerzeit noch gelebt. Er hat ihm ein gutes Begräbnis gegeben.«

»Darf ich dich fragen, ob du traurig über seinen Tod warst?«, fragte Madlen nachdenklich. »Wir sind hier unter Freunden«, fügte sie hinzu. »Niemand wird dich verurteilen.«

»Peter ist für mich schon lange vor seinem Tod gestorben«, sagte Elsbeth. »Am Ende haben wir nur noch seinen Körper der Erde übergeben.«

So hart die Worte waren, konnte Madlen diese doch nur allzu gut verstehen.

»Sag, Madlen, was hast du jetzt vor?«, fragte nun Agathe.

»Zunächst einmal«, antwortete Madlen, »werden Franz und ich uns die Ehe versprechen.« Sie blickte ein wenig unsicher zu Cecilia, um zu sehen, wie diese die Nachricht aufnahm.

»Wirklich?«, erwiderte die Tochter. »Das freut mich von Herzen. Nach all dem, was du durchgemacht hast, verdienst du, endlich dein Glück zu finden.«

»Ich bin so erleichtert, dass du das sagst!«

»Und was wird aus Johannes?«, wollte Agathe wissen und blickte von Madlen zu Franz. »Was wird aus dem Jungen?«

»Wir werden ihn aufziehen«, erklärte Franz, »als wäre er unser eigenes Kind. Es wird ihm an nichts fehlen.«

Einen Moment sagte niemand etwas, dann bemerkte Madlen nachdenklich, als sage sie es zu sich selbst: »Ich weiß, wer sein Vater ist.«

Aller Augen richteten sich auf sie.

»Du weißt es?«, hakte Veit nach.

»Ja. Johannes' Aussehen, sein rotes Haar, die hellblauen Augen – sein Vater ist Martin, der Neffe des Erzbischofs.«

»Bist du dir sicher?«

»Ja. Und ich glaube auch, den Grund zu kennen, weshalb Martin verhindern wollte, dass die Zwillinge am Leben bleiben.«

»Weshalb?«, fragte Agathe.

»Weil er die Nachfolge des Erzbischofs antreten wollte, aber fürchtete, dessen Gunst zu verlieren, wenn jemand von seiner Liebschaft mit Jonata und von den Kindern erführe.«

»Hm«, machte Veit. »Das glaube ich nicht.«

»Weshalb?«

»Weil des Erzbischofs Neffe selbst ermordet wurde, nur wenige Monate nachdem Vater zu Tode kam. Soweit ich weiß, konnte der Mörder nicht gefasst werden.«

»Dennoch könnte er die Ermordung der Kinder in Auftrag gegeben haben«, hielt Madlen an ihrem Gedanken fest.

»Das wohl, doch weshalb?«, fragte Veit.

Madlen überlegte. Es war etwas in ihrem Hinterkopf, etwas, das ihr zu sagen versuchte, was sich in Wahrheit ereignet hatte. Doch sie konnte den Gedanken nicht greifen.

»Aber Martin ist oder besser war der Vater, das weiß ich genau. Die Ähnlichkeit des Jungen mit ihm. Es ist ganz wie bei dir, Veit. Du bist das Ebenbild deines Vaters.«

»Das kann ich bestätigen«, sagte Elsbeth. »Du siehst genau aus wie er, als er in deinem Alter war.«

»Dann lasst es uns durchdenken«, schlug Franz vor. »Nehmen wir an, Madlen hat recht und Martin ist der Vater. Welchen Grund hätte er haben sollen, die Zwillinge töten zu lassen?«

»Damit niemand von ihrer Existenz erfährt«, erwiderte Cecilia.

»Mag sein, doch dann wäre es ihm ein Leichtes gewesen, die Mutter schon vor der Geburt töten zu lassen oder es sogar selbst zu tun, damit es keine Zeugen gab«, widersprach Franz. »Weiter«, sagte er und forderte so die Anwesenden auf, es weiter zu durchdenken.

»Erzähl es noch einmal, Mutter«, sagte Veit. »Wie war das? Der Bursche hat Vater und dich geholt und euch zu dieser Jonata geführt.«

»Ganz recht«, bestätigte Madlen und dachte nach. »Ich weiß noch genau, dass Jonata sich wunderte, als ich ihr sagte, dass er mir Bescheid gegeben hatte. Sie hatte die Magd gesandt.«

»Was ist mit dieser Magd geschehen? Kam sie am Abend noch hinzu, womöglich mit der Nachricht, die andere Wehmutter nicht angetroffen zu haben?«, fragte Veit.

»Nein.« Madlen schüttelte den Kopf. »Ich weiß nicht, was mit ihr geschehen ist.«

»Gut, woran erinnerst du dich noch?«, fragte Veit weiter nach.

Madlen lächelte. »Du erinnerst mich immer mehr an deinen Vater, weißt du das? Er ist die Dinge auch stets so angegangen.«

Veit gab das Lächeln zurück. »Dann hoffe ich, dass mein Denken ebenso klar ist wie seines, um die Verbrechen, die geschehen sind, klären zu können.«

Madlen versuchte sich zu erinnern. »Wir gingen in das Haus. Johannes befahl dem Burschen, vorauszugehen, weil er einen Hinterhalt vermutete.«

»Weshalb?«, fragte Franz.

»Weshalb was?« Madlen legte den Kopf schief.

»Weshalb vermutete Johannes einen Hinterhalt?«

Madlen überlegte. »Er sagte, dass der Erzbischof ihn schickte, doch er führte uns in dieses abgelegene Haus. Johannes wurde unruhig. Ich denke, weil der Bursche uns nicht zum Palast geführt hat.«

»Könnte es noch einen anderen Grund gegeben haben?«, hakte Franz nach.

Sie schüttelte den Kopf. »Ich weiß es nicht. Wenn es so war, hat er es mir nicht gesagt.«

»Nun gut. Ihr seid also in das Haus gegangen, der Bursche vorweg. Was ist dann geschehen?«

»Sie schrie. Jonata schrie vor Schmerzen. Das Mädchen, das erste Kind, es lag nicht richtig. Ich musste es drehen.«

»Wo war Vater, während du ihr geholfen hast? War er auch in der Kammer?«, fragte nun Veit.

»Nein, er holte Tücher und Wasser. Und eine Kerze«, fügte sie hinzu. »Dann ging er hinaus.«

»Wo war währenddessen der Bursche?«

»Draußen. Wo genau, weiß ich nicht. Ich konnte ihn nicht sehen.«

»Wann kam Johannes wieder herein?«, fragte Franz.

»Erst als ich ihn zu Hilfe rief.«

»Hilfe wobei?«

»Der Bursche ...« Madlen lief ein Schauer über den Rücken bei der Erinnerung daran, was sich nach der Geburt des Mädchens zugetragen hatte. »Nachdem das Mädchen den ersten Schrei gelassen hatte, stürmte der Bursche herein und entriss mir das Kind. Es war furchtbar! Ich rief nach Johannes. Nur Momente später kam er herein und stellte den Burschen.«

»Was ist dann geschehen?«, fragte Veit.

»Ganz plötzlich kamen diese Männer hereingestürmt. Sie entrissen dem Burschen das Kind und töteten ihn. Dann liefen sie davon, Johannes verfolgte sie. Er erzählte mir später, das Mädchen tot auf dem Flur gefunden zu haben. Die Männer hatten ihr mitten ins Herz gestochen.«

»Beim Herrn, was sind das für Menschen, die zu so etwas fähig sind?«, brachte sich nun Agathe ein.

Madlen blickte von Franz zu Veit. »Ist einem von euch ein Gedanke gekommen, der uns weiterhilft?«

Die Männer sahen einander ratlos an. »Nein«, antwortete dann Franz.

Madlen hob den Kopf. »Eines ist mir gerade noch eingefallen – das, was der Bursche zu den Männern sagte, als sie ihm das Kind entrissen. Er sagte so etwas wie, dass er ihm das Kind doch bringen werde. Ich weiß noch, dass sich auch Johannes über diese Bemerkung gewundert hat.«

Veit und Franz tauschten abermals einen Blick.

»Das ist es!«, rief Veit dann aus.

»Was meinst du?«, fragte nun Cecilia.

»Diese Bemerkung. Ich denke, sie verrät uns, dass es zwei Auftraggeber gab, nicht nur einen«, erklärte Veit. »Der Bursche war eingespannt worden, weil Vater ihn kannte und dieser sonst nicht mitgegangen wäre. Warum wurdest ausgerechnet du ausgesucht, der Frau bei den Geburten zu helfen, Mutter?«

Sie zuckte mit den Schultern. »Ich denke, weil vielfach bekannt ist, dass ich dies früher gemacht habe.«

»Nein«, erkannte nun auch Franz. »Ich verstehe, worauf Veit hinauswill. Es ging dabei nicht um dich, sondern um deinen Mann. Er stand im Dienst des Erzbischofs und war diesem zur Treue verpflichtet. Der Bursche behauptete euch gegenüber, vom Erzbischof geschickt worden zu sein. Entweder hatte er den Auftrag tatsächlich von diesem selbst erhalten oder aber von jemandem, der in dessen Dienst stand. Womöglich hat der Bursche wirklich geglaubt, im Auftrag des Erzbischofs zu handeln.«

»Er hatte den Auftrag«, spann Veit den Gedanken weiter, »das Kind zu holen, sobald es geboren war, und zu dem Auftraggeber zu bringen.«

»Zum Erzbischof?«, fragte Agathe.

»Entweder zu ihm oder zu dem Mann, der vorgegeben hatte, diesen Auftrag im Namen des Erzbischofs zu erteilen«, erklärte Veit.

»Aber weshalb?«, fragte Madlen. »Weshalb sollte man einer Mutter nach der Geburt das Kind stehlen?«

Hierauf wusste zunächst keiner von ihnen eine Antwort.

»Doch dann kamen die anderen Männer«, fuhr Veit fort. »Der Bursche hat die Männer, die in die Kammer stürzten, erkannt. Er hat wohl geglaubt, dass sie für denselben Mann arbeiteten wie er selbst, weil er nicht verstand, weshalb sie ihm das Kind entrissen. Sonst hätte er ihnen nicht gesagt, dass er ihm«, er betonte das letzte Wort, »das Kind bringen werde.«

»Der Verantwortliche für all das hat den Burschen geschickt, um das Kind zu holen, die anderen beiden jedoch, um es zu töten? Das verstehe ich nicht«, sagte Elsbeth verwirrt.

»Weil es nicht nur einen, sondern zwei Auftraggeber gegeben hat«, folgerte Franz.

»So könnte es wirklich gewesen sein«, stimmte Veit ihm zu.

»Aber wer? Und warum?« Madlen sah jeden an, sah jedoch nur in ratlose Gesichter.

»Ich glaube nicht, dass wir heute noch darauf kommen werden«, sagte Agathe. »Wir sollten schlafen gehen und uns morgen weiter besprechen. Ihr müsst doch vollkommen erschöpft sein!«

»Agathe hat recht«, sagte Elsbeth. »Ich werde jetzt nach Hause gehen. Morgen ist auch noch ein Tag.«

Sie verabschiedeten sich von Elsbeth, die kurz danach aufbrach. Dann gingen sie in ihre Kammern, und nicht einmal eine Stunde später war es so ruhig im Haus, dass man kaum glauben konnte, dass sich so viele Menschen darin befanden.

18. Kapitel

Die nächste Zeit lebten sie alle zusammen in Agathes Haus, wenngleich es für sechs Erwachsene und ein Kind etwas beengt war. Elsbeth hatte zwar gesagt, dass ihr Haus groß genug sei, um sie dort unterzubringen, doch wollte Madlen nicht, dass sie so bald wieder getrennt wären, und sei es auch nur in verschiedenen Häusern. Cecilia wohnte schon lange bei Agathe und wäre daher nicht mitgegangen. Deshalb lehnte Madlen Elsbeths Angebot dankend ab. Sie genoss die Tage, wenn sie mit Agathe und Elsbeth, Cecilia und dem kleinen Johannes die Stadt erkundete. Sie zeigten dem Jungen das Ufer des Rheins und die Gassen der Stadt, überredeten die Büttel, dass er einen Blick in die Wachtürme an der Stadtmauer werfen durfte, und tollten mit ihm über die Wiesen, die von Tag zu Tag ein satteres Grün zeigten.

Veit und Franz kümmerten sich derweil um die Reparaturen, die an Agathes Haus überfällig waren, und verbrachten auch viel Zeit mit Leopold, dem Verwalter des goldmannschen Handelsgeschäfts, der seinerzeit vom Erzbischof eingesetzt worden war, um das überschuldete Kontor wieder zur Blüte zu führen. Veit hing an Leopolds Lippen, wenn dieser von den Geschäften berichtete, die er Tag für Tag tätigte, und von den Möglichkeiten, die es gab, um ein Kontor wachsen zu lassen und Rückschläge zu vermeiden. Veit hatte auch schon bei den Fuggern viel lernen können und gab dieses Wissen mit Freude an Leopold weiter. Franz lobte Veit für seinen Fleiß und den klaren Verstand, den er an den Tag legte.

Das Kontor war nun schon seit Jahren schuldenfrei und wieder gut aufgestellt, dennoch hatte Leopold den Erzbischof damals darum gebeten, die Geschäfte weiterführen zu dürfen, bis die Nachfolge geklärt sei. Der Erzbischof hatte zugestimmt, weil Johannes in seinem Dienst gestanden hatte und ihm als Advocatus zu wertvoll war, als dass dieser als Kaufmann das Familienkontor weiterführte, um seine Mutter und auch diesen Säufer von einem Vater zu ernähren. Später dann, nach Johannes' Tod, war Leopold auf die nächsten Jahre hin der Einzige, der überhaupt für die Aufgabe infrage kam, war doch Veit noch zu jung gewesen und darüber hinaus in der Lehre in Augsburg. Dass Leopold auch wegen Helene, der Haushälterin der Goldmanns, nicht nach Köln zurückkehren, sondern in Worms bleiben wollte, hatte er dem Erzbischof gegenüber unerwähnt gelassen.

»Eines Tages«, sagte Leopold nun zu Veit, »wird es an dir sein, das Kontor zu führen. Du wirst die Stelle einzunehmen haben, die sonst deinem Vater zugefallen wäre.«

»Ja«, sagte Veit entschlossen. »Und ich werde es mit Freude tun. Was denkst du, Leopold, wann ist ein Mann alt genug, ein solches Kontor zu führen?«

»Von dieser Größe?« Leopold zuckte mit den Schultern. »Ich weiß nicht. Die Last der Verantwortung wiegt schwer.«

»Womöglich wäre es das Beste, sich viele Jahre lang einen Verwalter zu bewahren, der einem bei einer solchen Aufgabe helfen kann«, schlug Franz vor.

Leopold warf ihm einen dankbaren Blick zu.

»Sag, Leopold, wäre der Erzbischof von einer solchen Regelung zu überzeugen?«, fragte Veit.

»Dass ich Verwalter bleibe, auch wenn du das Kontor übernimmst?« Leopold kratzte sich am Kinn. »Womöglich schon, wenn man es ihm gut vorträgt.«

»Dann sag mir zunächst, wärst du dazu bereit?«, hakte Veit nach.

»Für dich hier im Kontor den Verwalter zu geben und damit in deinem Dienst zu stehen?« Leopold atmete laut vernehmlich aus.

»So wäre es nicht«, erklärte Veit rasch. »Zum einen würde der Erzbischof, sofern er einer solchen Regelung zustimmt, auch immer einen Anteil am Kontor halten können, um ihn zu entlohnen, dich in Köln entbehren zu müssen. Zum anderen liegt es mir fern, dir Anweisungen zu geben, als wäre ich dein Herr.« Veit lachte freudlos auf. »Ich habe gesehen, was ein Herr ist, ein echter Herr. Hans Fugger, mein Lehrmeister, das ist ein Herr. Seine Söhne hingegen sind faul und dumm dazu, geben das Geld rascher aus, als es verdient ist. Sie benehmen sich wie die Wilden, wenn Hans es gerade nicht sieht. Das sind keine Herren und werden es niemals sein. Doch ich«, er wirkte nachdenklich, »ich möchte ein echter Herr werden. Ein kluger und gütiger Herr, der den Respekt des Gesindes verdient. Deiner jedoch würde ich nie sein wollen, sondern vielmehr von dir lernen.«

Franz klopfte ihm auf die Schulter. »Ich habe deinen Vater nie kennengelernt, Veit, doch ich glaube sagen zu können, dass er sehr stolz auf dich wäre, könnte er dich sprechen hören.«

»Danke, Franz. Es bedeutet mir viel, dass du das sagst.«

Leopold klopfte sich mit dem Finger gegen die Lippen. »Darf ich einen Vorschlag machen?«, fragte er dann. »Er ist verwegen, in der Tat, doch ich fühle mich hier unter Freunden und glaube, mich so weit vorwagen zu können.«

»Sprich nur frei aus, was du denkst«, bat Veit.

»Ich stehe seit so vielen Jahren im Dienst des Erzbischofs,

doch im Palast war ich zuletzt vor … lasst mich nachdenken … vor über zehn Jahren. Ich habe dieses Kontor mit dem Geld des Erzbischofs aus dem Sumpf gezogen, als es tiefer nicht hätte sinken können, und er hat Münzen um Münzen als Gewinn hieraus gezogen. Schon seit vielen Jahren sind die Schulden zurückgezahlt, und das Kontor ist dem Erzbischof gegenüber nicht weiter verpflichtet.« Er tippte sich gegen die Brust. »Nur noch meinetwegen, weil ich nach wie vor in seinem Dienst stehe, jedoch nichts anderes tue, als mich um die Geschäfte dieses Hauses zu kümmern.«

»Ich glaube, ich weiß, worauf du hinauswillst. Doch wird es dem Erzbischof gefallen, wenn du den Dienst bei ihm aufgeben möchtest?«, fragte Franz.

»Der Erzbischof ist ein klar denkender Mann, der es gern sieht, wenn mehr Münzen reinkommen als rausgehen. Wenn ihm ein gutes Geschäft angeboten wird und sich sein Gegenüber ehrlich und ihm treu zeigt, weiß er dies zu schätzen.«

»Du willst dich aus dem Dienst des Erzbischofs verabschieden und hier arbeiten?«, fragte Veit, der nicht sicher war, die Absichten Leopolds richtig verstanden zu haben.

»Ganz recht. Dann könnte ich hier in Worms bleiben und müsste nicht stets darauf gefasst sein, eines Tages nach Köln zurückkehren zu müssen.«

»Was hält dich in Worms?«, fragte Franz, und ein Schmunzeln umspielte seine Lippen.

»Helene«, antwortete Veit an seiner Stelle.

Leopold sah ihn erschrocken an. »Was redest du da? Wer behauptet so etwas?«

»Meine Großmutter Elsbeth. Und ich glaube nicht, dass sie es sagen würde, wenn es nicht so wäre.« Veit zuckte mit den Schultern. »Was ist so schlimm daran? Helene ist eine schöne Frau und ein herzensguter Mensch, soweit ich das beurteilen kann. Weshalb solltest du sie nicht mögen?«

Leopold wusste hierauf nichts zu erwidern.

»Meine Mutter gedenkt, in Kürze nach Köln zu reisen«, fuhr Veit fort. »Ich habe ohnehin vor, sie zu begleiten. Ich könnte die Gelegenheit nutzen und mit dem Erzbischof sprechen, wenn du es wünschst.«

»Um ihm was zu sagen?«

»Dass es für mich an der Zeit ist, das Kontor meiner Familie zu übernehmen, doch ich die Unterstützung eines erfahrenen Mannes hierbei benötige. Ich werde ihn bitten, dich aus seinem Dienst zu entlassen, damit du künftig für mich arbeiten kannst.«

»Für wie viel?«

»Für einen Anteil an jedem Geschäft, das wir machen. Ich kann dir nicht die Hälfte des Kontors zusprechen, weil ich meine Großmutter und womöglich auch meine Mutter als die Witwe meines Vaters mitzuversorgen habe.«

»Mach dir wegen Madlen keine Gedanken. Ich werde für sie sorgen«, versprach Franz.

»Das macht es leichter«, stellte Veit dankbar fest. »Wie hoch wäre der Anteil, den du forderst?«, fragte er an Leopold gewandt.

»Ein Drittel«, kam die sofortige Antwort.

Veit verzog das Gesicht. »Das Haus, in dem sich das Kontor befindet, gehört meiner Familie. Meine Großmutter, Helene als Hauswirtschafterin und auch die drei Knechte müssen bezahlt werden. Ich biete dir ein Viertel aller Gewinne, sobald die Waren jeweils verkauft sind und auch die Kosten für die Schiffer, die Burschen am Hafen, die beim Abladen helfen, und auch die Zölle bezahlt sind.«

Leopold grinste. »Du hast viel beim alten Fugger gelernt. Nicht übel, für einen Burschen von gerade mal achtzehn Jahren.«

Veit streckte ihm die Hand entgegen. »Dann sind wir uns einig?«

Leopold schlug beherzt ein. »Wir sind uns einig.«

Veit war zufrieden, als er mit Franz zu Agathes Haus zurückschlenderte.

»Hattest du das schon vor, als wir dorthin gegangen sind, oder kam dir der Einfall erst da?«, fragte Franz.

»Das eine wie das andere«, erklärte Veit. »Ich war mir schon seit vielen Jahren sicher, nicht Jurist wie mein Vater werden, sondern mich voll und ganz dem Handel und damit dem Kontor widmen zu wollen. Hätte der Erzbischof damals, als das Kontor vor dem Ruin stand, nicht eingegriffen, wäre es an meinem Vater gewesen, sich darum zu kümmern. Doch ich glaube, er war ganz froh, dass ihm die Aufgabe abgenommen wurde.«

»Denkst du?«

Veit nickte. »Nach allen Geschichten, die ich über ihn gehört habe, waren es vor allem die juristischen Winkelzüge, die ihm lagen. Er ging darin auf, sich immer weitere Wege und Möglichkeiten zu überlegen, das Bestmögliche zu verhandeln. Nicht umsonst war er der Erste Advocatus des Erzbischofs.«

»Das ist wohl wahr«, stimmte Franz zu. »Einen solchen Posten bekleidet niemand, der nicht Besonderes zu leisten vermag.«

»Vor allem nicht über so viele Jahre«, fügte Veit noch hinzu. »Ich habe meinen Vater immer sehr bewundert. Ein Kontor zu führen, hätte ihn wohl nicht erfüllt.«

»Und dich erfüllt es, denkst du?«

»Ja, ich kann mir nichts Besseres vorstellen.« Er stieß einen Stein vor sich her, der auf der Gasse gelegen hatte, und sah deshalb die ganze Zeit zu Boden. »Doch noch bin ich nicht so weit«, sagte Veit.

»Nun, meiner Erfahrung nach ist ein Mensch, der dies von sich selbst behauptet und damit seine Überzeugung preisgibt, immer noch weiter lernen zu wollen, genau richtig in dem, was er tut.«

»Denkst du?« Veit stieß erneut gegen den Stein. »Womöglich, doch noch traue ich es mir nicht zu. Aber mit Leopold an meiner Seite ist das etwas anderes.«

»Was wird geschehen, wenn der Tag kommt, an dem du ihn nicht mehr brauchst?«

»Leopold? Einen Mann wie ihn, mit einer ebenso großen Leidenschaft für die Bücher wie den Handel, kann jedes Kontor brauchen. Und ich habe ihm ein Viertel zugestanden, du warst dabei.« Er sah zu Franz hinüber. »Ich breche mein Wort nicht, und wenn er einen Tag, nachdem wir angefangen haben, vom Schlag getroffen wird und nur noch sitzen kann. Wer eine Vereinbarung mit Veit Goldmann hat, wird niemals enttäuscht werden.« Er trat noch einmal gegen den Stein, der nun mit Schwung zur Seite schoss.

»Fürwahr, Veit, ich wiederhole gern, was ich schon sagte: Dein Vater wäre stolz auf dich. Und deine Mutter ist es auch, das weiß ich sicher.«

»Ich bin froh, sie wieder in meinem Leben zu haben«, sagte Veit nachdenklich. »Und dass sie dich hat. Du machst sie glücklich, das kann ich sehen.«

»Und du? Hattest du ein Mädchen in Augsburg?«

»Ja und nein. Kein besonderes. Das kann warten. An erster Stelle steht für mich das Kontor. Um alles andere werde ich mich später kümmern.«

»Wohl gesprochen. Doch wenn ich dir einen Rat geben darf: Wenn sie vor dir steht und du spürst, dass sie die Richtige ist, dann zögere nicht.«

»Das klingt, als sprichst du aus Erfahrung?«

Franz wollte gerade antworten, als ein fürchterlicher Knall die Erde erbeben ließ. Erschrocken blieben die beiden stehen.

»Was war das?« Veit sah sich nach allen Seiten um.

Das Schreien von Menschen war zu hören.

»Dort!« Franz deutete zum Bischofspalast hinüber. »Das Gerüst!«

Veit folgte dem Fingerzeig. Das Holzgerüst vor dem Palast, über das Franz und er auf dem Weg zum Kontor gesprochen hatten, war eingestürzt und hatte mehrere Arbeiter mit sich gerissen. Einer hielt sich noch an einem Fenstersims im zweiten Stock fest. Gleichzeitig rannten Franz und Veit los. Menschen strömten von allen Seiten herbei, um den Verunglückten zu helfen.

»Helft ihm!«, rief Franz, als Veit und er die Unglücksstelle erreichten, und sah mit besorgtem Blick nach oben, wo der Mann am Sims hing und nach Halt suchte. Verzweifelt strampelte er mit den Beinen. »Haltet Euch fest!«, rief Franz. »Wir holen Euch!« Doch genau in diesem Moment konnte dieser sich nicht mehr halten und stürzte in die Tiefe. Entsetzte Schreie waren zu hören, Menschen rannten aufgeregt durcheinander.

»Obacht!«, rief Franz laut, als sich einige daranmachten, die Holzbalken wegzuzerren, die herabgestürzt waren und die Arbeiter unter sich begraben hatten.

»Veit, hol die Leute da weg!«, befahl Franz, als er sah, dass mehrere von ihnen auf die Bretter hinaufstiegen, um die eingeklemmten Arbeiter zu befreien, jedoch offenbar nicht daran dachten, damit den Druck auf die Verunglückten zu erhöhen und die Verletzungen, die diese erlitten hatten, noch zu verschlimmern.

»Nicht dort hinaufsteigen, nicht!«, fuhr Veit die Leute an. »Ihr zerdrückt sie! Kommt herunter, rasch!«

Franz versuchte, sich einen Überblick zu verschaffen. Er konnte fünf Männer erkennen, die unter den Trümmern des Gerüsts eingeklemmt waren. Hinzu kam der soeben abgestürzte, der regungslos auf den Holztrümmern lag.

»Ihr dort«, er deutete auf zwei Männer, »Ihr fasst den langen Balken und tragt ihn beiseite. Doch steigt nicht auf die anderen Hölzer hinauf, sondern geht seitlich. Ihr dort«, sagte er zu einem jüngeren Mann, »holt etwas, worauf wir die Verwundeten in den Palast tragen können.« Er nickte zwei Frauen zu. »Ihr zieht vorsichtig den Querbalken beiseite.«

Franz hatte das Kommando übernommen, teilte die Helfer

ein, und sie legten Holz für Holz die verunglückten Arbeiter frei. Er packte selbst mit an, als die Verletzten jeweils auf ein breites Brett, das als Trage diente, gelegt und dann von vier Männern in den Palast getragen wurden.

»Veit, lauf zu Agathes Haus und hol deine Mutter! Sag ihr, was geschehen ist. Sie soll die Tasche mit den Skalpellen und die Wundflüssigkeiten mitbringen. Beeil dich!«

Veit nickte und lief los.

Nach und nach befreiten sie die Männer und schafften sie ins Innere des Palasts, wo ein Diener sie eilig in einen Raum hatte bringen lassen, der nahe dem Eingang war, damit sie nur nicht so weit getragen werden mussten. Für einen der Arbeiter kam jede Hilfe zu spät, und man musste kein Mediziner sein, um das auf den ersten Blick zu erkennen. Er lag mit verrenkten Gliedern da, die so schief abstanden, dass man glauben konnte, sie würden nicht zu seinem Körper gehören. Sein Kopf war so weit abgeknickt, dass es fast aussah, als würde er mit seinem Ohr am eigenen Bauch lauschen. Das Offensichtlichste war jedoch, dass ein abgebrochenes Holzstück von der Größe eines Unterarms seinen Unterleib durchbohrt hatte und nun steil nach oben ragte. Einige schrien entsetzt auf, als sie die Hölzer so weit entfernt hatten, dass der Blick auf ihn freigegeben war.

Als alle Verletzten in den Palast getragen worden waren, überließ Franz es den anderen, die Leiche und auch das Holz fortzuschaffen. Sein Platz war jetzt bei den Verletzten.

»Lasst mich durch! Ich bin Medicus. Geht beiseite!«, schimpfte Franz sich einen Weg durch die Leute, die neugierig in den Palast gefolgt waren, um zu sehen, ob noch etwas zu retten war.

»Hinfort!«, empörte sich nun ein dickwanstiger Mann und stieß einige der Leute grob an. »Verlasst den Palast! Wachen! Wachen!«

Franz blickte nur kurz zu ihm hinüber, und obwohl er

Eckard von Dersch nie zuvor gesehen hatte, ahnte er sofort, dass er den Bischof von Worms vor sich hatte.

»Welch ein Unglück!« Der Bischof schlug die Hände gegen seine Wangen. »Ich hörte, dass Ihr sagtet, Ihr seid ein Medicus. Fürwahr, Euch schickt der Herr. Vermögt Ihr, ihnen zu helfen?«

»Ich werde mein Möglichstes tun«, gab Franz knapp zurück, ging zu dem Mann, der ihm am nächsten lag, und hob den blutverschmierten Stoff der Hose des Verletzten an, wodurch er den Blick auf dessen zertrümmertes Bein freigab. Er konnte nur hoffen, dass Madlen neben Sandelholz und Rosenwasser auch die zerstoßenen schwarzen Mohnsamen mitbrachte, die den Verwundeten während der Behandlung den Schmerz nehmen und bei größerer Menge zum Verlust des Bewusstseins führen würden. Den Verletzten hier war Letzteres zu wünschen, sofern sie die kommenden Stunden überhaupt überlebten.

Der Mann jaulte auf, als Franz ihn bewegte, um zu sehen, wo er sonst noch verletzt war. »Ich werde Euch helfen. Ganz ruhig. Wo wurdet Ihr verwundet, könnt Ihr das sagen? Wo ist der Schmerz am größten?«

Der Mann japste, versuchte offenbar festzustellen, wo er verletzt worden war. Er öffnete den Mund, brachte jedoch nichts als ein Stöhnen hervor.

»Helft mir«, quetschte der Mann neben ihm durch die Lippen.

Franz sah von einem zum anderen, dann zu den drei anderen, die stöhnend und halb bewusstlos vor Schmerz Geräusche von sich gaben. Franz ging zu jedem von ihnen, verschaffte sich einen ersten Überblick. Knochenbrüche hatte jeder von ihnen erlitten. Einer hatte sich massive Verletzungen im Gesicht zugezogen. Auch wenn Franz eine gute Behandlung gelänge, würde seine Frau ihn wenigstens einige Wochen kaum mehr wiedererkennen.

»Kann ich Euch helfen, Herr?«, fragte ein Diener des Palasts.

»Ja. Sucht nach blutenden Verletzungen, die von Holzstücken herrühren.«

»Wie soll man das erkennen können?«, mischte sich der Bischof ein. »Sie sind über und über mit Blut beschmiert.«

Ungeachtet der Bemerkung seines Dienstherrn begann der Mann, Franz' Vorgabe zu folgen, ging zu dem Verletzten, der ganz links hingelegt worden war, und besah dessen Körper.

»Medicus«, sagte er. »Ich fürchte, er hat viele Holzstücke in seinem Körper stecken. Und die Glieder sind verdreht.«

»In Ordnung. Doch rührt das Holz ja nicht an. Zieht es unter keinen Umständen heraus«, beschwor Franz ihn eindringlich. »Wie heißt Ihr?«, fragte Franz den Diener.

»Adalbert, Herr.«

»Adalbert, wir brauchen Decken, Wasser und Tücher.«

»Ja, Herr. Ich werde mich darum kümmern.« Der Diener verschwand im Eilschritt aus dem Raum, während der Bischof nur dastand und nicht wusste, was er tun sollte. Ein anderer Diener kam herein, der offenbar von Adalbert instruiert worden war, denn er hatte mehrere Decken auf dem Arm. »Soll ich sie einfach darüberlegen?«

»Noch nicht. Legt sie erst einmal dort ab«, entgegnete Franz und sah zu Eckard von Dersch. »Mit Verlaub, Bischof, ich glaube kaum, dass Ihr helfen wollt, die Verletzten zu entkleiden und zu waschen. Ich danke Euch dafür, sie hier versorgen zu dürfen. Doch bitte verlasst nun den Raum. Ich habe alle Hände voll zu tun.«

Der Bischof war offenbar einen Moment unschlüssig, ob er empört sein sollte, aus einem Raum seines eigenen Palasts verwiesen zu werden. Doch er entschloss sich wohl dagegen. »Gebt mir Bescheid, wenn ich Euch Hilfe zu leisten vermag«, sagte er stattdessen und ging hinaus.

»Die Decken werden nicht reichen. Holt noch einmal so viele zusammen«, sagte Franz.

»Ja, Herr.« Der Diener beeilte sich, ebenfalls das Zimmer zu verlassen.

Adalbert kam mit drei ineinandergestapelten Waschschalen und einer Kanne Wasser wieder herein.

»Gleich wird noch mehr Wasser gebracht«, kündigte er an. »Was soll ich jetzt tun, Medicus?«

»Zerreißt seine Kleidung und legt den Körper frei«, sagte Franz und machte es ihm an dem Verwundeten vor, vor dem er stand. »Dann feuchtet ein Tuch an und reinigt seinen Körper, damit wir sehen können, wo die Verwundungen sind.«

Die Verletzten stöhnten und schrien vor Schmerz. Allein das war für den Diener schwer zu ertragen. Er wollte helfen, fürchtete jedoch, der Situation nicht gewachsen zu sein.

Als er zur Tür blickte, rief er aufgebracht: »Ihr könnt hier nicht rein! Wachen! Schafft die Frau hinaus.«

»Sie gehört zu mir«, entgegnete Franz, als er aufsah und Madlen erblickte. »Sie ist ein Medicus genau wie ich.«

Madlen quittierte die Auszeichnung, die Franz ihr mit seiner Vorstellung verliehen hatte, mit einem kurzen Lächeln. Dann eilte sie zu einem der Verwundeten.

»Was hast du gegen die Schmerzen mitgebracht?«, fragte Franz.

»Die schwarzen Mohnsamen«, antwortete sie, was ihn über die Maßen erleichterte.

»Was ist nur geschehen?« Sie zog ein Beutelchen hervor. »Reicht mir die Tücher«, wies sie den Diener an, der sofort Folge leistete.

»Das Gerüst ist eingestürzt. Soweit ich es auf den ersten Blick sehen konnte, haben alle Knochenbrüche erlitten. Der dort drüben hat überall Holzsplitter, die Organe verletzt haben könnten. Wir müssen sie entfernen und hoffen, dass er uns nicht verblutet.«

Madlen legte das Tuch auf einen Stuhl, streute die zermahlenen schwarzen Mohnsamen darauf, während sie Franz' Bericht lauschte. »Das Wasser«, bat sie, und der Diener reichte ihr den Krug. Er sah, wie sie es über die Mohnsamen träufelte und das Tuch sich verfärbte. Der Samensaft zog in den Stoff ein.

»Was tut Ihr?«, fragte der Diener.

»Nehmt dieses Tuch und haltet es ihm auf Mund und Nase. Das wird die Schmerzen lindern und ihn betäuben.«

Der Diener sah Franz fragend an. »Tut, was der Medicus Euch sagt«, forderte dieser schroff. Ganz bewusst hatte Franz die männliche Anredeform verwendet.

»Ja, verzeiht!« Der Diener nahm das Tuch, das Madlen ihm reichte, ging zu dem Verwundeten und drückte es ihm auf Mund und Nase. Der Mann wehrte sich dagegen, versuchte, das Tuch wegzuschieben.

»Nicht so fest«, schimpfte Madlen. »Er soll es nur einatmen, nicht ersticken!«

Der Diener lockerte den Griff, und der Verwundete gab nach kurzer Zeit den Widerstand auf. Die Anspannung in seinem Körper ließ nach, und er atmete tief und gleichmäßig.

»Lasst es noch einen Moment liegen, dann nehmt es herunter.« Madlen bestreute ein weiteres Tuch mit schwarzem Mohn und durchtränkte es. »Hier. Zum Nächsten.«

Der Diener nahm ihr das Tuch ab und ging damit zu dem Verletzten, der immer wieder vor Schmerzen aufschrie. Er legte ihm das Tuch auf Mund und Nase wie schon zuvor bei dem anderen. Sofort riss dieser es herunter, schlug nach Adalbert.

»Ich brauche hier Hilfe.«

Franz ließ von dem Mann, dessen Oberkörper er freigelegt hatte und mit einem Tuch reinigte, ab und eilte herbei. Er packte die Arme des Mannes, hielt sie fest, sodass der Diener ihm erneut das Tuch auflegen konnte. Eine Weile spürte Franz noch den Druck in dessen Armen. Dann wurden sie schlaff, und er legte sie rechts und links von dessen Körper ab. »Nehmt nun das Tuch vom Gesicht des anderen Mannes«, wies Franz Adalbert an. »Es ist nicht gut, wenn er zu viel einatmet.«

Madlen hatte ein weiteres Tuch vorbereitet, und sie betäubten die fünf einen nach dem anderen. Für Adalbert war es eine Wohltat, als endlich die Schreie der Verletzten aufhörten.

Zu dritt entkleideten sie die Männer. Adalbert stutzte kurz, als Madlen ganz selbstverständlich die Blöße eines der Männer freilegte, was diese jedoch gar nicht zu bemerken schien.

»Der hier ist voller Holzsplitter. Wir brauchen mehr Licht, sonst werden wir unmöglich alle finden.«

Franz besah die nackten Körper. »Adalbert, decke die anderen zu, damit sie nicht zu kalt werden. Wir werden uns um einen nach dem anderen kümmern. Madlen, du ziehst die Splitter heraus. Ich werde die Wunden ausreinigen und verschließen.«

Madlen holte Rosenwasser aus der Tasche. »Wir brauchen außerdem Alkohol, am besten starken Schnaps«, sagte sie zu Adalbert.

Er nickte und eilte davon.

»Doch zuerst«, fuhr Franz fort, »richten wir seine Glieder.«

Madlen sah an dem Mann herab. Der Schaden an seinen Beinen war erheblich. Sie waren mehrfach gebrochen, der Knochen des Unterschenkels stand schräg ab und hatte das Fleisch durchbohrt. Glücklicherweise hatte die Blutung bereits aufgehört, doch würde es ein hohes Maß an Geschicklichkeit erfordern, die Knochen wieder in die Position zu bringen, in die sie gehörten.

»Willst du es machen?«, fragte Franz.

Madlen schüttelte den Kopf. »Ich habe bisher nur die Brüche an Schweinen richten dürfen«, gab Madlen ein wenig missmutig zurück. »Und die waren tot.«

»Es ist nichts anderes. Ich helfe dir.« Franz sah zu dem Holztisch hinüber, an dem unter normalen Umständen gut zehn Leute Platz fanden. »Legen wir ihn dort hinauf. Dann können wir ihn besser halten.«

In diesem Moment kam Adalbert mit dem Schnaps zurück.

»Adalbert, hilf mir«, forderte Franz. »Fass ihn an den Armen. Wir legen ihn auf den Tisch dort.«

»Auf den guten Tisch?« Der Diener machte große Augen. »Ich weiß nicht, ob dem Bischof das recht wäre.«

»Mit Verlaub, das ist mir gleich. Fasst die Arme, ich hebe ihn unten an.«

Adalbert zögerte kurz, tat dann aber, wie ihm geheißen, und packte zu. Madlen legte eine Decke auf den Tisch, während Franz ihn unterhalb der Hüften griff, da die Beine in diesem Zustand nicht genug Halt geben würden, ihn anhob und zusammen mit dem Diener hinaufwuchtete. Madlen nahm eine weitere Decke, klappte sie ein und legte sie über seine Brust und Schultern, um ihn etwas zu wärmen. Sie warf Franz einen unsicheren Blick zu, der daraufhin fast unmerklich nickte und ihr so bedeutete, dass es an ihr war, den Bruch zu richten.

»Adalbert«, sagte nun Madlen. »Haltet ihn an den Schultern fest. Ich werde sein Bein ziehen müssen, um es wieder gerade zu stellen.« Wieder sah sie Franz an. »Und du komm hierher und zu mir und fasse seinen Oberschenkel.«

Franz tat es, ohne ein Wort zu sagen. Er wusste, wie wichtig es war, Madlen jetzt nicht zu widersprechen. Er war der Magister, der erfahrene Mann, der solche Verletzungen schon Hunderte Male behandelt hatte. Nun war es an ihr, ihre eigenen Erfahrungen zu machen, und er konnte ihr dabei helfen, wenn er sie ganz und gar die Entscheidungen treffen ließ.

»Ich bin so weit«, sagte Franz, der mit dem Gesicht zu Madlen stand und Adalbert den Rücken zudrehte, der die Schultern des Mannes so fest hielt, wie er nur konnte.

»Bereit, Adalbert?«, fragte Madlen.

»Ja, Medicus«, erwiderte dieser.

»Dann haltet jetzt gegen.« Sie zog die Wade am Fuß zu sich heran. Das Fleisch gab ein schmatzendes Geräusch von sich. Der Knochen wies einen geraden Bruch auf, zum Glück ohne Splitterung, wie Madlen feststellte. Nur hatte er gänzlich das Fleisch durchbohrt und die darum liegenden Muskeln schwer beschädigt. Wenn alles gut ging, der Knochen wieder zusammenwuchs und alles heilte, würde der Mann womöglich wieder gehen können. Womöglich. Doch würde er das Bein gewiss nicht ebenso wie das andere einsetzen können. Aber daran durfte Madlen jetzt nicht denken. Sie musste die Knochenstücke so weit auseinanderziehen, dass sie sie wieder zusammenführen, die Wunde verschließen und mit zwei stabilen Holzstücken schienen konnte. Das war es, was sie tun konnte. Alles andere lag in Gottes Hand. Madlen drehte den Fuß nach rechts und zog ihn dabei weiter zu sich heran. Die Knochenstücke veränderten ihre Position, bewegten sich zwischen dem Fleisch weiter aufeinander zu.

Franz bemerkte, dass Madlen Schwierigkeiten hatte, den Druck aufrechtzuerhalten. Er wusste, wie viel Kraft eine solche Operation erforderte und wie sehr sie einen Medicus anstrengte. Er war in Versuchung, seine Hilfe anzubieten. Doch ein Gefühl mahnte ihn, sich zurückzuhalten. Sie musste es selbst schaffen, oder sie würde es sich nie mehr trauen.

Madlen atmete laut vernehmlich aus, hielt mit der Linken weiter den Fuß, während sie sich mit dem Handrücken der Rechten die Schweißperlen von der Stirn wischte. Sie sah zu Franz, dessen Miene reglos blieb. Dann packte sie auch mit der Rechten wieder zu, drehte den Fuß noch ein Stückchen weiter und zog dabei, so fest sie konnte. Die Knochen bewegten sich am Bruch nah aneinander heran, boten nun im Fleisch genügend Platz, um zusammengefügt zu werden. Madlen fasste in die offene Wunde und brachte den Knochen wieder in seine ursprüngliche Position.

»Ihr könnt jetzt loslassen«, sagte sie zu den beiden, die daraufhin ihren Griff lockerten.

»Was ist mit dem anderen Bein?«, fragte Franz.

»Soweit ich es erkennen kann, ist es nicht gebrochen. Doch ich werde es gleich noch einmal abtasten.« Sie deutete mit dem Kopf nach oben. »Aber der Arm sieht nicht gut aus. Ich brauche jetzt den Schnaps und das Rosenwasser«, ordnete Madlen an, und Adalbert beeilte sich, das Gewünschte zu holen. »Kannst du die Wunde ausreinigen, während ich mir sein anderes Bein und den Arm ansehe?«

»Ja.« Franz nickte. Wäre Adalbert in diesem Moment nicht mit im Raum gewesen, er hätte Madlen gesagt, wie stolz er auf sie war.

Der Diener, der vorhin schon Decken gebracht hatte, kam mit einem weiteren Stapel herein. »Das waren alle, die ich finden konnte.«

»Legt sie ihnen über«, sagte Madlen.

Während Franz das gerichtete Bein mit Schnaps und Rosenwasser ausreinigte, die Wunde verschloss, einen Verband anlegte und die beiden Diener anwies, etliche gerade Holzstücke zum Schienen der Brüche zu holen, tastete Madlen das andere Bein ab. »Soweit ich es feststellen kann, ist es nicht gebrochen. Ich werde mich jetzt um den Arm kümmern.«

»Verzeiht!«, unterbrach Adalbert. »Ich habe ein paar Diener losgeschickt, um die Schienen zu besorgen. Doch am Eingang ist eine junge Frau, die behauptet, Eure Tochter zu sein, und die helfen möchte.« Er sah Madlen an. »Und wenn ich in Euer Gesicht blicke, weiß ich, dass sie die Wahrheit sagt. Sie sieht fast genauso aus wie Ihr.«

»Lasst sie herein!«, bat Madlen, und ohne ein Wort wandte Adalbert sich um und verschwand wieder. Kurz darauf betrat Cecilia den Raum.

»Mutter, Franz, ich habe von Veit gehört, was geschehen ist. Was kann ich tun?«

»Fühlst du dich stark genug, so schlimme Verletzungen zu sehen?«, fragte Madlen und es schmerzte sie in diesem Moment, dass sie ihre Tochter nicht so gut kannte, um sich die Frage selbst beantworten zu können.

»Ja«, antwortete Cecilia sofort. »Ich will einfach helfen. Es macht mir nichts aus.«

»Gut«, sagte Franz. »Dann komm hier herüber, nimm dir eine Pinzette und zieh alle Splitter heraus, die du finden kannst, die großen wie die kleinen. Und dann reinige die Wunden mit diesem Rosenwasser.«

»Ist gut.« Cecilia griff in das kleine Ledermäppchen, das Madlen vorhin aufgeschlagen und bereitgelegt hatte. Neben den Skalpellen in unterschiedlichen Formen und mit verschiedenen Klingen befanden sich auch Pinzetten in drei verschiedenen Größen darin. Zielgerichtet nahm Cecilia sich eine Pinzette, die ihr von der Größe als geeignet erschien. »Ich glaube, er wird wach«, stellte sie fest, als sie den Verletzten betrachtete.

»Ja, und den anderen wird es bald ebenso gehen. Der schwarze Mohnsamen und die untergemischte Alraune lässt eine kurze Weile ihre Sinne schwinden. Das zusammen mit dem Schock über die Verwundung hält jedoch nicht an, und eine zu hohe Dosis dieser Kräuter kann zum Tode führen«, erklärte Madlen. »Dieser hier hat das Schlimmste hinter sich. Zieh ihm die Splitter heraus, ich werde seinen Arm richten und Franz wird ihm das Bein verbinden und schienen. Dann mag man ihn zu den Seinen bringen, auf dass er ruhen möge. Und es wäre gut, ihm einen nicht zu kleinen Becher Schnaps einzuflößen. Schon bald wird der Schmerz zurückkommen, dann sollte er nicht bei klarem Verstand sein.«

»Ich wüsste gern so viel wie du über das Heilen«, erwiderte Cecilia voller Bewunderung.

Madlen erschrak. »Geh nur nicht meinen Weg.« Sie sah die Tochter ernst an. »Du bist klug und stammst aus gutem Hause.

Nutze dies. Geh nur nicht meinen Weg«, wiederholte sie. »Tu das nicht.«

Es dauerte Stunden, bis Madlen, Franz und Cecilia, die sich bemerkenswert geschickt im Umgang mit den Verletzten und bei deren Behandlung anstellte, alle versorgt und auch das letzte Bein gerichtet hatten. Danach waren sie vollkommen erschöpft und wollten nur noch nach Hause. Gerade war der letzte der Männer von den Wachen des Bischofs zu dessen eigener Unterkunft gebracht worden. Nur einer von ihnen, der in Worms keine Familie hatte und auch sonst niemanden, zu dem er hätte gehen können, durfte im Palast bleiben. Er wurde in einer Kammer untergebracht, wo immer wieder einmal jemand nach ihm sah.

»Ihr habt wahre Wunder vollbracht, wie meine Diener mir erzählten«, lobte der Bischof, der die Stufen herunterkam, gerade als Madlen, Franz und Cecilia gehen wollten.

»Wir haben unser Möglichstes getan«, sagte Franz. »Nun ist es an Gott, sie vollends gesunden zu lassen.«

»Verzeiht meine Neugierde«, sagte der Bischof. »Mein Diener berichtete mir, dass nicht nur Ihr«, er deutete auf Franz, »sondern auch Ihr ein Medicus seid.« Er sah Madlen an. »Wie ist denn das möglich?«

»Wir haben beide an der Schola Medica Salernitana studiert«, antwortete Franz, weil er nicht wollte, dass Madlen zu viel sagte und womöglich erklärte, ihr Studium nicht beendet zu haben. Sonst würde sie sich künftig vermutlich immer dazu verpflichtet fühlen. Sie durfte sich Medicus nennen, nur nicht Magister. Und je öfter sie selbst sich so bezeichnete, desto mehr, so hoffte Franz, würde es ihr in Fleisch und Blut übergehen.

»An der Schola Medica Salernitana?«, fragte der Bischof nach.

»Ganz recht«, sagte nun Madlen, »an der Medizinschule

von Salerno, wo es solch alberne und veraltete Regeln, dass eine Frau nicht studieren darf, nicht gibt.«

Der Bischof gab einen Laut der Verwunderung von sich. »Wirklich? Das wusste ich nicht. Doch ich bin froh, dass der Herr Euch heute durch die Straßen von Worms hat schlendern lassen. Womöglich hätte sonst keiner dieser braven Arbeiter überlebt.« Er zog ein Geldsäckchen hervor. »Es ist direkt vor meinem Palast geschehen, und ich möchte meine Dankbarkeit zeigen, dass Ihr so vortrefflich geholfen habt. Nehmt dies als Euren Lohn.« Er wollte das Säckchen soeben an Franz reichen, zog es dann aber zurück. »Sagt, Medicus, seid Ihr überhaupt verbunden? Ich meine, seid Ihr Eheleute?«

»Nein, das sind wir nicht«, antwortete Franz, wenngleich ihm die Erwiderung auf den Lippen lag, dass sich dies jedoch hoffentlich bald ändern würde.

»Und Ihr?«, fragte er an Cecilia gewandt.

»Ich bin ihre Tochter.« Sie streichelte über Madlens Arm.

»Ich verstehe. Nun, dann hätte ich fast einen Fehler gemacht. Bitte wartet einen Moment.« Der Bischof ging über den Flur und verschwand in einem Raum, vermutlich seinem Arbeitszimmer. Kurz danach kam er mit zwei Geldsäckchen in der Hand wieder heraus. Er gab eines an Franz, das andere an Madlen. »Wenn die Menschen in Salerno nicht zwischen einem Mann und einer Frau als Medicus unterscheiden, dann sollte ich es auch nicht tun. Ganz abgesehen davon, dass Ihr Eure Arbeit gleichermaßen vortrefflich versehen habt.«

»Habt Dank, Bischof.« Madlen knickste.

Franz deutete eine Verbeugung an. »Gehabt Euch wohl, Bischof. Und wenn Ihr wieder unsere Hilfe benötigt, dann lasst nach uns schicken. Wir werden noch einige Tage in Worms bleiben, schon um nach den Verletzten zu sehen, ob ihre Wunden auch heilen.«

»Ich nehme Euch beim Wort. Wo finde ich Euch?«

»Lasst uns von einem Eurer Wachmänner begleiten. Wir zeigen ihm das Haus, in dem wir untergekommen sind.«

»Ein vortrefflicher Gedanke.« Der Bischof legte den Finger an die Lippen. »Aber sagt, warum nur einige Tage? Weshalb bleibt Ihr nicht in Worms? Zwei wie Euch könnten wir hier in der Stadt gut gebrauchen. Der Medicus, der hier heilt, nun ja, ohne zu viel sagen zu wollen … ich bin sicher, dass er das, was Ihr heute vollbracht habt, nicht geschafft hätte.«

»Das ehrt uns, Bischof. Wir werden darüber nachdenken. Gott schütze Euch!«

»Und Gott mit Euch!«, gab der Bischof zurück und befahl einem der Wachmänner, die drei zu begleiten und sich das Haus zu merken, in dem sie während ihrer Tage in Worms lebten.

Auf dem gesamten Rückweg sprachen sie nicht miteinander, jeder hing seinen eigenen Gedanken nach. Franz wollte Madlen nicht vor Cecilia fragen, was sie so nachdenklich machte und umtrieb. Deshalb hielt er sie kurz zurück, als sie das Haus Agathes erreichten und die Tür öffneten. »Was ist mit dir? Du bist so ruhig.«

»Ruhig, ja, aber glücklich.« Sie lächelte ihn an. »Ich habe die Männer selbst operiert, ihre Brüche gerichtet, ganz ohne Furcht und als Medicus.« Sie hob das Geldsäckchen. »Und hierfür habe ich einen Lohn erhalten. Das ist mehr, als ich je zu hoffen gewagt hatte!«

»Was ist? Kommt ihr?«, fragte Cecilia, die die Tür noch immer aufhielt.

»Ja, wir kommen.« Madlen nahm Franz an die Hand und zog ihn ins Haus.

19. Kapitel

Nach diesem Erlebnis blieben sie noch volle zehn Tage in Worms. Für Madlen und Franz war es auf eine gewisse Art ein ganz wunderbares Ereignis gewesen, wenn man von dem Schmerz und Leid der Verletzten einmal absah. Sie hatten zusammen ihrer Berufung folgen können und Hand in Hand geheilt. Auch wenn sie nie zuvor darüber gesprochen hatten oder dies in irgendeiner Form in Erwägung gezogen, war seither doch etwas verändert. Noch in der Nacht hatten sie darüber gesprochen, wie es wohl wäre, wenn Franz nicht versuchen würde, an einer medizinischen Universität eine Anstellung zu finden, wie sie es besprochen hatten, sondern die beiden stattdessen gemeinsam Kranke behandeln würden. Genug Geld war auch hiermit zu verdienen, wahrscheinlich sogar mehr als an einer Universität. Und das nicht, wenn sie wie manch andere ihres Berufsstandes, den Kranken das Geld aus der Tasche zogen, sondern ehrlich ihre Arbeit verrichteten. Sie waren sich darüber einig, zusammen viel Gutes tun zu können.

Doch erst einmal, das wussten beide, mussten sie die Angelegenheit in Köln klären und beim Erzbischof vorstellig werden. Zwar wussten sie noch immer nicht um die Zusammenhänge, die letztendlich zu Jonatas und auch Johannes' Tod geführt hatten, und womöglich lag Madlen mit ihrem Gedanken, dass alles zusammenhing, auch falsch. Und auch wenn ihr Besuch beim Erzbischof nichts zutage bringen sollte, wodurch die Verbrechen aufgeklärt und der Schuldige nach den vielen Jahren noch hierfür bestraft würde, so wusste Madlen doch, dass sie diesen Weg gehen musste, wollte sie jemals ihren Frieden finden. Sie war es Johannes schuldig, nichts unversucht zu lassen, um denjenigen zu überführen, der sie ihres gemeinsamen Lebens beraubt und ihren Kindern den Vater genommen hatte. Im umgekehrten Fall hätte Johannes dasselbe getan, dessen war sie sicher.

Sie waren in den letzten zehn Tagen mehrmals bei den Verletzten gewesen, um nach ihnen zu sehen und sich nach ihrem Gesundheitszustand zu erkundigen. Madlen war nicht nur stolz darauf, dass sie deren Leben gerettet hatten, sondern auch, weil sie bei der Versorgung und dem Verbandwechsel feststellte, dass die Wunden erstaunlich gut heilten. Womöglich würden sie sich eines Tages wieder normal bewegen können, ganz so wie vor dem furchtbaren Unglück. Die Familien der Männer zeigten sich Madlen und Franz gegenüber so dankbar, dass diese selbst mit der tatkräftigen Unterstützung von Veit, Cecilia, Agathe, Roswitha und auch Elsbeth gar nicht so viel essen konnten, wie sie für sie kochten und backten. Es war ihre Art, ihre Dankbarkeit zu beweisen, und Madlen genoss es, diese Menschen so glücklich zu sehen.

In Salerno war während des Studiums immer wieder die Rede davon gewesen, dass der Beruf des Medicus auch deshalb kein einfacher war, weil man stets nur mit Kranken oder sogar sterbenden Menschen beschäftigt war, die sich allesamt nur um sich selbst scherten und darum, wieder gesund zu werden. Darüber hatte Madlen in den vergangenen Tagen viel nachgedacht und war zu einem ganz anderen Schluss gekommen: Ihr war es vergönnt, sich um Menschen zu kümmern und diese bei der Gesundung zu beobachten. Sie durfte mit ansehen, wie diese immer mehr ihre Kraft zurückgewannen und dankbarer denn je waren für das, was sie hatten. Ein Eheweib sah ihren Mann mit anderen Augen, wenn eine Krankheit ihn ihr fast entrissen hätte. Für einen Vater verloren die Münzen, die er verdienen konnte, an Bedeutung, wenn nicht sein Kind wieder gesund wurde. Und einem Verunglückten, der plötzlich von einem Moment auf den anderen nicht mehr darauf hoffen durfte, weiterzuleben, konnte sie helfen und neuen Mut und Zuversicht geben. Was für ein Geschenk!

Sie hatte viel mit Franz und auch Agathe über diese Gefühle gesprochen, sich jedoch zurückgehalten, wenn Cecilia in der Nähe war. Madlen konnte es nicht genau beschreiben, doch der Gedanke, dass Cecilia womöglich genau wie sie ein Medicus werden wollte, ängstigte sie über die Maßen. Und sie hatte das Funkeln in den Augen ihrer Tochter gesehen, als diese die Männer versorgte und gemeinsam mit Madlen und Franz Hand in Hand arbeitete. Cecilia war drauf und dran, sich genau wie ihre Mutter der Medizin zu verschreiben. Doch das war etwas, das Madlen auf keinen Fall wollte. Was hatte sie selbst über all die Jahre gelitten, welche Zerrissenheit hatte sie ertragen müssen, weil sie stets dieses Gefühl hatte, nicht das tun zu können, was ihr im Blut lag und ihr vom Herrn gegeben war. Ja, es war alles andere als leicht gewesen. Und ebendeshalb wollte, nein musste Madlen ihre geliebte Tochter vor diesem Weg bewahren.

Madlen hatte Cecilia einen ganzen Gulden von dem Geld gegeben, das der Bischof ihr im Palast für die Behandlung der Verunglückten überreicht hatte. Auch wenn Madlen nicht wusste, was eine Sechzehnjährige mit dermaßen viel Geld anfangen sollte, fand sie es nur gerecht, da Cecilia mit ihrem selbstlosen Einsatz in großem Maß zur Versorgung der Verletzten beigetragen hatte. Madlen war stolz auf ihre Tochter gewesen und darauf, wie geschickt diese sich angestellt hatte. Doch mehr konnte und wollte sie nicht zulassen. Cecilia standen alle Möglichkeiten offen, einen guten Mann für sich zu gewinnen, der sie versorgte, ganz so, wie es sein sollte. Und mehr hatte sie zu diesem Thema auch nicht zu sagen.

Veit und Cecilia hatten beschlossen, Madlen, Franz und den kleinen Johannes zu begleiten, wenn diese nach Köln reisten. So machten sie sich schließlich auf, dorthin zurückzukehren, wo alles begonnen hatte. Madlens Gefühle hätten gespaltener nicht sein können.

Sie ritten die gleiche Strecke, die Madlen damals mit dem kleinen Johannes auf dem Arm und der Ziege neben dem Pferd zurückgelegt hatte. Lange Zeit waren die Erinnerungen schmerzhaft für sie gewesen, jetzt jedoch schmunzelte sie, wenn sie daran zurückdachte.

Sie hatten keine Hast, Köln zu erreichen, und machten oft Rast, damit es vor allem für Johannes nicht zu anstrengend wurde. Deshalb brauchten sie fünf Tage, ehe sie so weit gekommen waren, dass sie Köln noch vor dem Abend erreichen würden. Zuvor machten sie jedoch an einer ganz bestimmten Kate halt, in der Madlen einen großen Schinken, den sie eigens beim Knochenhauer erstanden hatte, als Geschenk übergeben wollte.

Ihr Herz pochte heftig, als sie vom Pferd abstieg, Franz die Zügel übergab und zur Tür ging. Sie atmete noch einmal tief durch, ehe sie anklopfte. Würden sie sie wiedererkennen?

Die Tür wurde geöffnet, und Irmgard lugte heraus. Sie sah Madlen erwartungsvoll an, doch nur einen kleinen Moment. Dann leuchtete Erkennen in ihrem Gesicht auf. Irmgard schlug die Hand vor den Mund. »Das gibt es doch nicht«, hauchte sie und rief gleich darauf nach hinten: »Gunter, komm! Komm her und sieh, wer da ist.«

»Irmgard, ich bin so froh, dich zu sehen!«, sagte Madlen.

Irmgard trat heraus und umarmte Madlen. »Es ist so schön, das erleben zu dürfen! Ich hatte gehofft, dass du eines Tages wieder vor unserer Tür stehen würdest.« Sie schob Madlen etwas von sich weg und betrachtete sie. »Doch ich hatte nicht zu hoffen gewagt, dass du so wunderbar aussehen würdest.«

Da trat Gunter heraus. »Welche Freude!«, sagte er und schloss sie in seine Arme. Sogleich erblickte er die anderen, die noch immer auf den Pferden saßen und das Wiedersehen beobachteten. Irmgard folgte seinem Blick, und nun drehte sich auch Madlen um. »Darf ich euch meine Begleiter vorstellen?« Sie deutete mit der Hand. »Franz von Beyenburg, der Mann, den ich heiraten werde. Meine Tochter Cecilia und mein Sohn Veit. Und den jungen Mann dort hattest du schon einmal auf dem Arm, Irmgard.«

»Nein, das glaube ich nicht«, erwiderte diese. »Das kann unmöglich der kleine Johannes sein! Das gibt es doch nicht. Es scheint erst gestern gewesen zu sein .«

»Oh doch, er ist es«, bekräftigte Madlen.

Sie begrüßten einander. »Kommt doch herein!«

»Wir müssen gleich weiter, wenn wir Köln noch erreichen wollen, bevor die Stadttore geschlossen werden«, erwiderte Madlen bedauernd. »Ich habe etwas für euch.« Sie ging zu ihrem Pferd und holte den Schinken hervor. »Ich hoffe, euch hiermit eine Freude bereiten zu können. Ich wollte auf keinen Fall hier vorbeireiten, ohne euch wenigstens kurz gesehen zu haben.« Sie übergab Gunter den Schinken.

»Aber das ist doch nicht nötig«, widersprach er.

»Ihr habt mir geholfen, ohne zu fragen, und mir neuen Mut gegeben. Nun, mehr als vier Jahre danach stehe ich wieder hier – mit meinem Mann, meiner Tochter und meinen Söhnen –, und es geht mir gut. Ohne euch wäre ich damals gestorben, dessen bin ich sicher. Ihr habt mir gezeigt, was Güte und Großherzigkeit ist, und dafür danke ich euch.«

Irmgard lächelte, während es Gunter offenbar peinlich war.

»Es ist gut möglich, dass wir uns künftig häufiger treffen. Ich werde wieder in Köln leben. Gewiss werden sich Gelegenheiten ergeben, uns von Zeit zu Zeit zu sehen. So weit entfernt ist es nicht.«

»Das würde mich so sehr freuen!«, stimmte Irmgard zu.

»Uns«, korrigierte Gunter. »Uns beide würde es freuen.«

Madlen bedauerte, nicht länger bleiben zu können, doch der Gedanke, diese lieben Menschen bald wiederzusehen, tröstete sie.

Nachdem sie ein Stück weitergeritten waren, sagte Veit: »Du verstehst es, Menschen für dich zu gewinnen, Mutter.«

»Wie meinst du das?«

»Nun, ich denke an die Gaukler oder eben auch Irmgard und Gunter. Wo immer man dich wiedersieht, freuen die Menschen sich.«

»Und ich freue mich, wenn ich sie sehe. Es ist schon eigenartig ... Auch wenn ich nur kurze Zeit mit Irmgard und Gunter verbracht habe, sind sie mir ans Herz gewachsen. Mit den Gauklern habe ich viele Wochen verbracht und sie deshalb besser kennengelernt. Und gewiss war mir vor allem Giana sehr nah. Doch ich muss sagen, dass ich in jedem dieser Menschen das Gute sehen konnte. Ich hatte wohl Glück, dass der Herr mich stets an Orte führte, an denen solche Menschen waren.« Nach einer kurzen Pause fügte sie hinzu: »Ich weiß ja, dass es auch andere gibt. Doch ich kann sicher sagen, dass ich in all den Jahren mehr gute als schlechte Menschen getroffen habe.« Sie lächelte. »Ich wurde beschenkt.«

»Für jemanden, der so viel Verrat und Niedertracht erfahren musste, ist es erstaunlich, so etwas zu sagen«, bemerkte Veit.

»Ich finde es wunderbar, wenn man das Licht sehen kann, auch wenn es von noch so viel Dunkelheit umgeben ist«, sagte Cecilia.

»So habe ich das noch nie betrachtet«, gab Madlen nachdenklich von sich. »Aber es stimmt. Ich sehe eher das Gute als das Schlechte.«

»Und genau das macht dich so besonders«, sagte Franz.

Dies war das letzte Stück ihrer Reise, die sie in die Vergangenheit und die Zukunft zugleich führte.

Es war noch mitten am Nachmittag, als sie das Stadttor Kölns passierten. Madlen wurde von den Erinnerungen an die Zeit mit Johannes, aber auch von dem Gefühl der Angst und Verzweiflung, mit dem sie damals geflohen war, übermannt.

Sie und ihre Begleiter begrüßten die Stadtwachen ebenso höflich wie diese sie, doch meinte Madlen nicht, auch nur einen der Männer jemals gesehen zu haben.

»Wie ist es für euch, in die Stadt zurückzukommen, in der wir so lange mit Vater gelebt haben und glücklich waren?«, fragte Madlen ihre Kinder und sah, dass Cecilia Tränen in den Augen hatte, was ihr Antwort genug war.

»Köln war immer mein Zuhause«, erklärte Veit. »Doch heute bin ich mir nicht mehr sicher.«

»Nicht? Wo ist es dann?«

»Nun, Augsburg sicher nicht, auch wenn ich mich bei den Fuggern sehr wohlgefühlt habe.« Er überlegte, während die Pferde sie im ruhigen Schritt weitertrugen. »Ich denke, dass Worms wirklich mein Zuhause werden könnte.«

»Worms? Aber du warst doch bisher kaum dort«, wandte Cecilia ein.

»Ich weiß, aber in Worms leben Agathe und Elsbeth, die mir, seit das mit Vater geschehen ist, viel Halt gegeben haben und mir Familie waren. Und dort ist das Kontor, das ich künftig führen will.«

»Hast du schon in Ruhe mit Elsbeth darüber gesprochen?«, fragte Franz.

»Ja, das habe ich. Gleich an jenem Tag, nachdem wir bei Leopold waren«, erklärte Veit.

»Ihr wart bei Leopold? Weshalb?«, wollte nun Madlen wissen.

»Um mit ihm zu vereinbaren, dass er das Kontor weiterführt, ich jedoch das Erbe meines Vaters antreten werde. Wir werden teilen.«

»Und das erfahre ich zwischen Stadttor und Bischofspalast?«, empörte sich Madlen.

»Dein Mann hat's gewusst«, gab Veit leichthin zurück.

»Sieh an. Wir sind noch nicht einmal verheiratet, und schon erfahre ich auch von dir nichts mehr.« Sie lachte auf. »Das wird ja eine wunderbare Ehe!«

»Davon bin ich auch überzeugt«, konterte Franz.

»Wir sind gleich da«, sagte Cecilia, die sich an dem kleinen Geplänkel nicht beteiligen mochte. Die bange Anspannung war ihr deutlich ins Gesicht geschrieben.

Sie ritten weiter und kamen dem Haus, in dem sie einst gelebt hatten, immer näher. Mit jedem Schritt ihres Pferdes nahm auch Madlens Anspannung zu. Sie würde versuchen, tapfer zu sein. Doch ihr Magen krampfte. Welche Gefühle würden in ihr hochkommen, wenn sie vor ihrem Stadthaus stand? So viele glückliche Jahre hatte sie hier verbracht, das Lachen Veits und Cecilias durch die Wände schallen hören, an Johannes' Seite gelebt und ihn geliebt. Ihr wurde immer mulmiger.

Franz schien ihre Gedanken zu ahnen, sah er doch, wie sich ihre Miene allmählich versteinerte, je näher sie kamen. »Wir können auch erst zum Palast reiten«, schlug er vor.

»Nein. Es ist alles gut«, sagte Madlen entschieden, wenngleich das Zittern in ihrer Stimme etwas anderes verriet.

»Wohin reiten wir denn?«, fragte nun der kleine Johannes, der zwar die Anspannung spürte, jedoch nicht wusste, woher sie rührte.

»Wir reiten zu dem Haus, in dem wir früher gelebt haben«, erklärte Madlen.

»Ich auch?«, fragte Johannes nach.

»Nein.« Madlen betrachtete ihn, wie er vor Veit auf dem

Pferd saß und unbeschwert in die Gegend blickte. Der Kleine war in seinem Leben schon so viel umhergezerrt worden. Es war an der Zeit, dass er ein gutes Zuhause bekam. »Dich gab es damals noch nicht«, fügte sie hinzu.

»Werden wir künftig dort zusammen wohnen?«, wollte er dann wissen.

Madlen sah Franz an. Dieser zuckte mit den Schultern. »Das wissen wir noch nicht. Es wäre möglich.«

»Ich möchte mit Veit in seiner Kammer schlafen«, stellte Johannes klar, was Veit zum Schmunzeln brachte.

»Das sehen wir noch«, erwiderte Franz, wenngleich jedem der Erwachsenen klar war, dass das, was Johannes sich wünschte, nicht in Erfüllung gehen würde.

Sie bogen um die nächste Ecke. Von hier war das Haus bereits zu sehen. Langsam ritten sie weiter darauf zu und stiegen schließlich ab, als sie es erreichten. Madlen besah verwundert die Haustür. Diese war mit mehreren massiven Brettern, die an den Rahmen geschlagen worden waren, blockiert.

»War das auch schon so, als ihr das letzte Mal hier wart?«, fragte Madlen ihre Kinder.

»Nein«, antwortete Veit. »Da konnte man hineingehen.«

»Der Erzbischof wird es veranlasst haben, um sicherzustellen, dass kein Unbefugter das Haus betritt«, vermutete Franz.

»Ich wäre gern hineingegangen«, sagte Madlen. »Ob es hinten auch so ist?«

»Ich gehe nachsehen«, erbot sich Veit und stieg vom Pferd. »Und du gibst acht, dass der Zossen nicht davonläuft, in Ordnung?«

»In Ordnung«, bekräftigte Johannes.

Veit zog den Zügel über den Kopf des Tieres und reichte ihn Franz.

»Ich könnte es auch ganz allein«, beschwerte Johannes sich.

»Ja, aber so ist es mir lieber«, gab Veit zurück und lief dann im Eilschritt durch den schmalen Gang, der zur Rückseite des Gebäudes führte. Kurz darauf kam er kopfschüttelnd zurück. »Alles verrammelt und verriegelt. Da kommt man nur hinein, wenn man die Bretter wegreißt.«

»Hm«, machte Madlen. »Dann sollten wir zum Palast reiten und beim Erzbischof vorstellig werden. Wir können nur hoffen, dass er derzeit in der Stadt weilt.«

Veit ließ sich den Zügel zurückgeben, reichte ihn dem kleinen Johannes und schwang sich wieder hinter ihn auf das Pferd. Dann wendeten sie die Tiere und schlugen den Weg zum Palast ein.

Madlen war ganz in Gedanken. In kurz aufblitzenden Bildern sah sie wieder vor sich, wie sie zuletzt diesen Weg gegangen war. Ihr Gatte Johannes war an ihrer Seite gewesen, hatte sie an die Hand genommen.

An der nächsten Ecke mussten sie absteigen, weil in der Gasse zu viele Menschen unterwegs waren, als dass sie unbesorgt hätten hindurchreiten können. Einzig der kleine Johannes konnte sitzen bleiben, während Veit das Pferd führte.

Madlen blickte in die Gesichter der entgegenkommenden Menschen. Erkannte sie jemanden? Sie hatte viele Jahre in Köln gelebt, mehr als dreimal so lange, wie sie fortgewesen war. Doch gab es kein Gesicht in der Menge, das sie zu kennen glaubte. Sie sah die Häuserfront entlang. Hier war alles unverändert, wie es schien. Fast so, als wäre es erst gestern gewesen, dass sie mit dem Säugling im Arm die Stadt hinter sich gelassen hatte und in die Dunkelheit und Kälte geflohen war.

Sie gingen weiter, und Madlen musste sich bemühen, nicht die Fassung zu verlieren, als sie in die nächste Gasse einbogen. Hier war es gewesen, wo die Mörder Jonata eingeholt hatten. Dort, an dieser Stelle, auf die sie nun zuschritten, hatte sie tot am Boden gelegen. Madlen schauderte.

»Ist alles in Ordnung?«, fragte Franz, der sie offenbar beobachtet hatte.

»Ja, ich danke dir. Ich musste nur gerade an etwas denken.«

»Es ist ja nicht mehr weit«, sagte Veit, dem die Gemütserregung seiner Mutter ebenfalls nicht entgangen war.

Madlen nahm sich zusammen, hob den Kopf und atmete tief durch. Sie wandte den Blick ab. Jonata war tot, viele Jahre schon, und Madlen bedauerte einmal mehr aus tiefstem Herzen, dass diese nicht hatte erleben dürfen, wie wunderbar sich ihr Sohn entwickelt hatte. Für Jonata wollte Madlen stark sein, für sie wollte sie die Mörder finden, die diese der Möglichkeit beraubt hatten, ihren Sohn aufwachsen zu sehen.

Ruhigen Schrittes gingen sie weiter, bis sie den Bischofspalast erreichten. Zwei Wachmänner standen vor dem verschlossenen Tor.

»Gott zum Gruße«, sagte Madlen, als sie auf die Männer zuschritten. Auch diese Männer meinte sie, nie zuvor gesehen zu haben. Gab es denn in ganz Köln wirklich keine Seele mehr, die sie kannte? »Ich bin die Witwe des Johannes Goldmann, des früheren Advocatus des Erzbischofs, und bitte, mir und meinen Begleitern Einlass zu gewähren.«

Die Wachmänner tauschten einen Blick. Der Jüngere von beiden, er mochte ein oder zwei Jahre älter als Veit sein, sah sie erstaunt an. »Madlen Goldmann?«, vergewisserte er sich. »Seid Ihr Madlen Goldmann?«

Der andere tippte sich in seinem Gesicht an die Stelle, wo Madlen einen Leberfleck hatte. »Sieh nur«, sagte er zu seinem Kollegen, »sie ist es wirklich.«

»Aber ja, jetzt erkenne ich sie.«

Madlen begriff, dass die Männer offenbar eine Beschreibung von ihr erhalten hatten. Doch niemand konnte ahnen, dass Madlen in diesen Tagen zum Palast kommen würde.

»Ihr kennt mich?«, fragte sie deshalb nach.

»Wir gehörten zu denen, die ausgeschickt worden waren, um nach Euch zu suchen«, erklärte der Jüngere von beiden.

»Der Leberfleck in Eurem Gesicht, Eure dunklen Haare und blauen Augen. Wieder und wieder haben wir Euch beschrieben und in den Orten, in die wir kamen, die Menschen nach Euch gefragt. Und nun, da Ihr vor uns steht, müsst Ihr erst Euren Namen nennen, damit wir wissen, wer Ihr seid!« Er schüttelte den Kopf. »Es tut uns leid, dass wir Euch nicht gleich erkannt haben.«

»Ihr konntet ja nicht ahnen, dass ich plötzlich hier am Tor vor Euch stehen würde«, gab Madlen in versöhnlichem Ton zurück. »Ihr habt also nach mir gesucht?«

»Ja, viele Monate lang. Im gesamten Heiligen Römischen Reich Deutscher Nation hat der Erzbischof nach Euch suchen lassen, doch ohne Erfolg. Wir fürchteten schon ...«, er sah kurz zu Boden, bevor er den Blick wieder hob, »dass Ihr womöglich tot sein könntet.«

»Habt Dank dafür, dass Ihr mich gesucht habt und heimbringen wolltet«, erwiderte Madlen lächelnd. »Darf ich nun zum Erzbischof?«

»Aber gewiss, bitte verzeiht!«, besann der Wachmann sich und klopfte gegen das Tor. »Öffnet und gewährt Madlen Goldmann und ihren Begleitern Eintritt«, rief er mit voller Stimme.

Das Tor wurde geöffnet, und zwei weitere Posten begrüßten Madlen und ihre Begleiter, als sie passierten. Sie gingen den Weg entlang bis zur Eingangstür, wo ebenfalls zwei Männer Wache standen. »Ich kann mich daran erinnern, dass früher das Haupttor dort vorn meist offen war«, sagte Madlen nachdenklich.

Einer der Wachmänner klopfte, damit die Eingangstür geöffnet wurde, als die kleine Gruppe sie erreichte.

»Madlen Goldmann und Begleiter für den Erzbischof«, sagte Madlen. Auch diese Männer machten erstaunte Gesichter, als sie den Namen hörten. Sie sagten aber nichts zu ihr, meldeten die Besucher, nahmen ihnen die Pferde ab und ließen sie in den Palast eintreten. Dort sah Madlen das erste bekannte Gesicht.

»Anderlin?«, rief sie erfreut.

»Madlen Goldmann, Ihr seid es wirklich.« Der Wachmann verbeugte sich vor ihr. »Wenn Ihr wüsstet, wie lange nach Euch gesucht wurde! Wo wart Ihr nur all die Jahre?«

»In Italien«, antwortete sie freundlich. »Doch sagt mir, Anderlin, wie ist es Euch ergangen? Als ich Euch zuletzt sah, oblag es Euch, die Speisen des Erzbischofs vorzukosten.«

»Ja, das ist lange her. Es war an Georg und mir, das Leben des Erzbischofs zu schützen.« Er blickte traurig drein. »Und Georg hat es mit dem seinigen bezahlt. Das Gift, es war im Wein, nicht im Essen. In dem Wein, der dem Erzbischof vorbehalten ist.«

»Es tut mir sehr leid um Georg. Ich weiß, dass mein Gatte ihn als Getreuen geschätzt hat. Und Euch ebenso.«

»Der Erzbischof wird erfreut sein, Euch wohlauf zu sehen«, sagte Anderlin, als wollte er nicht mehr über den Tod seines Kollegen nachsinnen. »Kommt mit mir. Ich werde Euch und Eure Begleiter zu ihm führen.« Der Wachmann nickte Franz zu, dann Veit und Cecilia. »Ihr seid das Ebenbild Eures Vaters«, sagte er zu Veit, »und Ihr ein ebensolches Eurer Mutter«, fügte er an Cecilia gewandt hinzu. Dann fiel sein Blick auf Johannes, den er offenbar nicht einzuordnen wusste. Er sah ihn noch einen Moment lang an, dann führte er die Besucher zu seinem Dienstherrn. Madlen fragte sich, ob auch Anderlin die Ähnlichkeit des kleinen Johannes mit Martin erkannt hatte.

»Sagt mir, Anderlin, wart Ihr zugegen, als Martin, der Neffe des Erzbischofs, ums Leben kam?«, fragte Madlen, während sie neben ihm herging. Sofort glitt sein Blick zu Johannes. Er hatte die Ähnlichkeit also bemerkt, stellte Madlen fest.

»Ja, ich war hier. Wenn Ihr es wünscht, kann ich Euch später davon berichten.« Sie erreichten die Wendeltreppe und stiegen sie hinauf. Vor der Amtsstube des Erzbischofs standen zwei weitere Posten. Anderlin nickte ihnen zu und klopfte. Als er die Stimme des Erzbischofs vernahm, öffnete er die Tür. »Mein Erzbischof, hier sind Besucher für Euch.«

»Wer?«, kam es schroff zurück.

Anderlin schob die Tür ein Stück weiter auf. »Madlen Goldmann und Begleiter.«

»Madlen Goldmann?« Es klang, als ob der Erzbischof meinte, sich verhört zu haben. »Lass sie ein, Anderlin. Sogleich!«

Anderlin drehte sich um und lächelte. »Bitte, kommt. Und wenn Ihr mich später zu sprechen wünscht, gebt mir Bescheid. Wenn ich mir erlauben darf, das zu sagen: Ich bin glücklich, Euch so wohlbehalten hier vor mir stehen zu sehen.«

Madlen nickte ihm dankbar zu, bedeutete den anderen, ihr zu folgen, und trat ein.

»Mein Erzbischof.« Sie knickste.

Er war aufgestanden und um seinen Arbeitstisch herumgekommen. »Kann ich meinen Augen trauen? Beim Herrn – Ihr seid es wirklich! Madlen Goldmann, ich hätte nicht gedacht, Euch je wiederzusehen. Ich kann meine Freude kaum in Worte fassen.«

»Es ist auch schön, Euch zu sehen, mein Erzbischof.« Sie lächelte ihm zu. »Darf ich Euch meine Begleiter vorstellen: Magister Franz von Beyenburg, meine Kinder Veit und Cecilia, die Ihr ja bereits kennt, und diesen jungen Mann nennt man Johannes.«

Der Erzbischof begrüßte einen nach dem anderen. An Johannes blieb sein Blick haften. »Dieses Kind …« Er sah Madlen an. »Ist es Eures?«

Sie wollte keine direkte Antwort geben, die Johannes hören konnte, deshalb stellte sie eine Gegenfrage: »Erinnert Ihr Euch an die Geschehnisse in den Tagen, bevor mein Gatte zu Tode kam? Wir berichteten Euch von einer Geburt, einem Überfall. Und wir alle hatten damals den Verdacht, dass der Vater der neugeborenen Kinder, von denen eines ermordet wurde, etwas damit zu tun haben könnte. Wisst Ihr noch?«

»Ja, ich erinnere mich«, sagte der Erzbischof und sah Johannes unverwandt an, der interessiert zwischen dem Erzbischof und Madlen hin- und herblickte. Er verstand nicht, dass sich ihr Gespräch um ihn drehte.

»Seht ihn Euch an, mein Erzbischof. An wen erinnert er Euch?«

»Beim Herrn! Schon bei Eurem Eintreten dachte ich, dass er mir bekannt vorkommt. Ich kannte meinen Neffen Martin, als er im gleichen Alter war. Er ist sein Ebenbild.«

»Genau diese Erkenntnis kam auch mir«, pflichtete Madlen ihm bei.

Der Erzbischof überlegte und schüttelte kurz den Kopf, als versuche er, seine Gedanken zu ordnen. »Diener«, rief er dann laut, und sogleich wurde die Tür geöffnet. »Bring uns Wein und ...«, er sah zu Johannes, »etwas, das Kinder seines Alters trinken.«

Madlen schmunzelte, dass ein so mächtiger und kluger Mann wie er, der Ländereien und Bistümer zu lenken und beherrschen vermochte, nicht wusste, was ein Kind trank.

Der Diener nickte und verschwand.

»Bitte, setzt Euch«, bot der Erzbischof den Besuchern Platz an dem Tisch an, um den herum acht Stühle standen. »Es gibt so vieles zu erzählen. So vieles«, bekräftigte er noch mal.

Sie gingen hinüber zum Tisch, nahmen ihre Plätze ein.

»Sagt, mein Erzbischof, wäre es zu viel verlangt, einen Eurer Wachmänner oder Diener zu bitten, Johannes den Palast zu zeigen?« Sie sah ihn eindringlich an. Es war offensichtlich, dass sie nicht wollte, dass er etwas hörte, was nicht für seine Ohren bestimmt war. »Es würde ihm gewiss gefallen, hat er doch nie zuvor ein so großes Gebäude gesehen.«

Johannes sah den Erzbischof fragend an.

»Gewiss wäre es meinem Diener eine Freude, dir alles zu zeigen. Würde dir das gefallen?«

Johannes nickte eifrig. »Ja, Herr. Ich danke Euch.«

Madlen war stolz darauf, wie gut der Kleine sich zu benehmen wusste.

Der Diener trat mit einem Tablett ein, auf dem sechs tönerne Becher standen, gefolgt von einem anderen, der drei Krüge hereintrug.

»Stellt es einfach ab. Der kleine Johannes ist ein bedeutender Gast in diesem Hause. Zeigt ihm den Palast und auch die Stallungen, führt ihn überall herum. Und gebt gut auf ihn acht!«

»Ja, Herr.« Der Diener streckte die Hand aus, und Johannes rutschte bereitwillig von seinem Stuhl herunter. Er winkte den anderen noch einmal zu, bevor er mit dem Diener hinausging.

Der Erzbischof selbst schenkte die Becher voll und reichte sie seinen Gästen. Dies war eine besondere Ehre, die er nicht jedem angedeihen ließ. »Madlen Goldmann«, er hob den Becher, »ich trinke darauf und danke dem Herrn, dass er Euch sicher heimgeführt hat.«

Madlen nickte ihm lächelnd zu, erhob zusammen mit den anderen den Becher und nahm ebenfalls einen Schluck. Sie fühlte sich von einem Augenblick auf den anderen entsetzlich müde. Alles schien von ihr abzufallen, die ganze Anspannung der letzten Tage und Wochen, womöglich sogar der letzten Jahre.

»Nun sagt mir, was damals geschehen ist«, bat der Erzbischof.

»Johannes und ich waren erschöpft, als wir den Palast verließen.« Madlen begann mit ihrer Schilderung an der Stelle, als sie den Erzbischof zuletzt gesehen hatte.

»Ich erinnere mich genau an den Tag«, sagte dieser. »Ihr habt mir das Leben gerettet.« Er wandte sich Franz, Veit und Cecilia zu. »Madlen erkannte, dass jemand über einen längeren Zeitraum versucht hatte, mich mit Gift zu Tode zu bringen.«

»Mit was für einem Gift?«, hakte Franz nach.

Der Erzbischof sah zu Madlen hinüber, als wollte er sie bitten, diese Frage zu beantworten.

»Ich weiß es leider nicht«, sagte Madlen. »Es könnte einiges gewesen sein, das man im Essen oder Wein nicht schmeckt. Vor allem wird es in nicht allzu großen Dosen verabreicht worden sein. Wahrscheinlich war derjenige, der dafür verantwortlich war, darum bemüht, es nach einem langsamen Sterben aussehen zu lassen, um keinen Verdacht zu erregen.« Sie blickte Franz an. »Der Erzbischof hatte mit Übelkeit zu kämpfen, Krämpfe im Magen und Unterleib.«

»Tollkirsche oder Bilsenkraut«, sagte Franz nachdenklich.

»Das kann gut sein«, bekräftigte Madlen.

»Hattet Ihr übermäßigen Durst?«, fragte Franz an den Erzbischof gewandt.

»Ja«, bestätigte dieser. »Mein Hals war trocken, und ich konnte gar nicht so viel in mich hineinschütten, um meinen Durst zu stillen. Dabei hatte ich Schwierigkeiten, überhaupt zu schlucken.«

Franz wandte sich wieder Madlen zu. »Wie sahen seine Augen aus?«

»Verändert«, sagte sie. »Größer.«

»Deshalb konnte ich auch nicht richtig sehen. Ich nahm alles verschwommen wahr, doch womöglich lag es auch an dem hohen Fieber«, ergänzte der Erzbischof.

»Es war die Tollkirsche«, urteilte Franz. »In kleinen Mengen Tag für Tag gegeben, hätte sie Euch alsbald dahingerafft.«

»Dem Herrn sei Dank, dass er Euch schickte«, sagte der Erzbischof an Madlen gewandt.

»Sagt mir, Erzbischof, wenn es im Wein war, wie mir Anderlin vorhin anvertraute, ist es möglich, dass damals auch noch andere davon getrunken haben?«

»Soweit ich weiß, nur einmal. Es war während einer Besprechung.«

»Mit wem?« Sie hob die Hand. »Nein, wartet. Antwortet mir nicht. Es waren mein Gatte Johannes, der Stadtvogt und Martin, Euer Neffe, nicht wahr?«

»Ganz recht. Woher wisst Ihr das? Hat Euch Euer Gatte davon erzählt?«

»Nein, doch es erklärt sich einiges hierdurch. Auch der Stadtvogt klagte seinerzeit darüber, dass ihm nicht gut sei, genau wie Martin. Ebenso war Johannes nicht wohl, doch er wollte es sich nicht anmerken lassen. Aber das erklärt, weshalb er an jenem Abend, ganz entgegen seiner sonst so ruhigen Art, aufgebracht war und unruhig. Ich hätte es damals schon begreifen müssen, doch wird es mir erst jetzt klar.«

»Weil du nun die Zusammenhänge erkennen kannst«, sagte Franz.

Madlen dachte nach. »Doch wisst Ihr, was mich verwundert? Wenn Martin ebenfalls unbesorgt von dem Wein getrunken hat, schließt es ihn als denjenigen, der dafür verantwortlich gewesen sein könnte, aus. Womöglich täusche ich mich also doch, dass die versuchte Vergiftung an Euch«, sie sah den Erzbischof an, »und die Geschehnisse um die Geburt der Zwillinge in Verbindung stehen.« Schon wieder kreisten die Gedanken in Madlens Kopf.

»Du begannst vorhin zu erzählen, Mutter, was geschah, nachdem du und Vater den Bischofspalast verlassen hattet«, versuchte nun Veit die Ereignisse zu ordnen. »Was ist dann geschehen?«

»Wir kehrten nach Hause zurück, und zu später Stunde schlichen wir uns hinaus, um zu Jonata zu gehen und ihr Essen zu bringen. Als wir dann in ihrem Haus waren, hörte Johannes, dass sich jemand an der Tür zu schaffen machte.« Sie seufzte schwer und erzählte dann abermals, was sich in jener Nacht ereignet hatte und wie Johannes zu Tode gekommen war, dass sie Jonata leblos auf der Straße gefunden hatte, ebenso wie Ursel, ihre Haushälterin, und Ottokar, den Knecht. »So viele gute Menschen mussten in dieser Nacht ihr Leben lassen«, endete sie.

»Als ich die Botschaft erhielt, dass mein Advocatus tot aufgefunden worden war, konnte ich es kaum fassen«, schilderte nun der Erzbischof das Geschehen aus seiner Sicht. »Keiner konnte mir sagen, was sich wirklich ereignet hatte. Nur, dass eine tote Frau mitten in einer Gasse gefunden worden war und im Hause des Advocatus ebenfalls Leichen lagen. Von Euch fehlte jede Spur.«

»Ich bin mit dem Kind geflohen und konnte mich bis Worms durchschlagen, wo jedoch schon Männer, die behaupteten, von Euch geschickt worden zu sein, auf mich warteten.«

»Ich habe Männer ausgeschickt, das stimmt«, gab der Erzbischof ihr recht.

»Auch solche, die behaupteten, dass ich meinen Gatten getötet hätte?« Es klang spöttisch.

»Nein«, erwiderte der Erzbischof sogleich, »die kamen gewiss nicht von mir.«

Madlen erzählte, wie sie sich im Haus ihrer Tante versteckt hatte und diese zusammen mit Elsbeth schließlich geholfen hatte, sie aus Worms fortzuschaffen.

»Warum seid Ihr nicht nach Köln zurückgekehrt? Habt Ihr wirklich geglaubt, ich könnte annehmen, Ihr hättet etwas mit dem Tod Eures Gatten zu tun?« Der Erzbischof schüttelte den Kopf. »So viele Jahre kennen wir uns. Ihr hättet doch wissen müssen, dass allein die Vorstellung völlig absurd war.«

»Ich hatte wohl einfach Angst«, gestand Madlen ein.

»Was ich an all dem nicht verstehe«, meldete sich nun erstmals Cecilia zu Wort. »Woher wussten diese Kerle, die sich als Männer des Erzbischofs ausgaben, wo sie dich finden konnten?«

Madlen überlegte. »Derjenige, der sie geschickt hat, muss jemand sein, der mich und meine Familie kennt. Schon als ich geholt wurde, um Jonata zu entbinden, muss er von meinen Fähigkeiten als Wehmutter gewusst haben. Dann waren die Kerle noch vor mir in Worms. Gewiss, sie hatten Pferde, während ich ein gutes Stück zu Fuß gegangen war. Doch können sie nicht lange nachgedacht haben. Sie wurden ganz gezielt nach Worms geschickt und wussten, dass meine Tante und meine Schwiegermutter dort leben. Wer sie geschickt hat, kennt mich und die Meinen.«

»Und ich bin so jemand, der all das wusste«, gab der Erzbischof nachdenklich von sich. »Es wundert mich nicht, dass Ihr nicht mehr wusstet, ob Ihr mir trauen könnt.«

»Ich bitte Euch um Verzeihung hierfür«, sagte Madlen, worauf der Erzbischof mit einer wegwerfenden Handbewegung reagierte, als sei die Entschuldigung vollkommen überflüssig.

Madlen erzählte weiter, wie sie dann nach Heidelberg kam, erneut fliehen musste und schließlich mit den Gauklern nach Italien ging, um sodann ihr Medizinstudium an der Schule von Salerno aufzunehmen.

Der Erzbischof lachte auf. »Eine wie Euch gibt es kein zweites Mal! Ihr habt also tatsächlich studiert?«

»Ich habe es nicht beendet, aber ja, ich habe studiert.«

»Sie ist weit genug vorangekommen, um sich Medicus nennen zu dürfen«, stellte Franz klar.

»Ich bedauere aufrichtig, dass die Umstände es Euch nicht erlaubten, der Beisetzung Eures Gatten beizuwohnen«, sagte der Erzbischof. »Ich selbst habe die Worte des Herrn gesprochen. Er ist in heiliger Erde begraben und hat alle Ehren eines bedeutenden Mannes empfangen.«

Madlen lächelte dankbar. »Nichts anderes hätte ich von Euch erwartet, Erzbischof. Mein Gatte war Euch treu ergeben, und ich weiß, dass auch Ihr ihn über die Maßen geschätzt habt.«

»Das ist wohl wahr«, bestätigte der Kirchenmann.

»Was denkt Ihr, wer Euch damals nach dem Leben trachtete?«, fragte Veit an den Erzbischof gewandt.

Dieser seufzte. »In einem Amt wie meinem«, erklärte er, »hat man ebenso viele Verbündete wie Feinde. Das ist nicht ungewöhnlich. Doch dass mir einer wirklich nach dem Leben trachtete«, wiederholte er Veits Worte, »kann ich mir kaum vorstellen.«

»Dass es so war«, wandte Franz ein, »wissen wir nun. Es passt alles zusammen. Doch wer? Bitte, Erzbischof, denkt nach. Wer hätte etwas von Eurem Tod gehabt? Ein Gegner, gegen den Ihr geurteilt habt? Ein früherer Verbündeter, der sich von Euch im Stich gelassen fühlte? Rache und Geldgier treibt die Menschen häufig um.«

Der Kirchenmann schüttelte den Kopf, als wisse er darauf beim besten Willen keine Antwort. »Bei meinem Ableben wären das Amt und die Besitztümer vermutlich an Martin übergegangen, meinen Neffen.«

»Was wäre gewesen, wenn Ihr davon erfahren hättet, dass er Kinder gezeugt hat?«

Der Erzbischof brauchte nicht lange zu überlegen. »Als mein ältester Neffe hätte er vor allem meine weltlichen Güter erhalten. Ins Amt hätte er gewählt werden müssen. Und die Zeugung war weit davor. Ich glaube kaum, dass ihm die Kinder im Weg gestanden hätten. Sie wären im Palast groß geworden und wären als die seinen akzeptiert worden.«

»Er hätte also den größten Nutzen von Eurem Tod gehabt«, resümierte nun Veit, »vor allem, wenn es danach ausgesehen hätte, als wäre Eure Zeit einfach gekommen.«

»Ja«, erkannte der Erzbischof, »das ist wahr.«

Ein Gedanke bahnte sich einen Weg in Madlens Kopf: Martin hatte die Kinder gezeugt, und Jonata hatte seinen Namen bis zu ihrem Tod nicht preisgegeben, hatte daran geglaubt, dass er sie versorgen würde. Womöglich war er davon ausgegangen, schon bald ein mächtiger und noch reicherer Mann zu sein, wenn er das Erbe seines Onkels antreten würde.

»Was, wenn Martin davon ausging, dass Ihr, mein Erzbischof, zu dem Zeitpunkt, da er Vater würde, schon nicht mehr am Leben wärt?«, fragte sie nachdenklich.

»Aber wenn er ihn vergiftet hätte, wäre er nicht so dumm gewesen, selbst von dem Wein zu trinken«, wandte Cecilia ein.

»Das ist wahr«, musste Madlen eingestehen. »Sagt, Erzbischof, wie ist er zu Tode gekommen?«

»Das hat uns alle überrascht«, erklärte dieser. »Es war nur wenige Wochen nach all diesen Ereignissen. Martin war auf sein Lehen in der Nähe von Kleve zurückgekehrt, das ich ihm vor Jahren zugesprochen hatte. Ein sehr einträgliches Lehen, das ihm guten Gewinn brachte. Er ist vom Pferd gestürzt, so wurde mir berichtet, obwohl er ein wirklich guter Reiter war. Sein Kopf wies eine gewaltige Wunde auf. Als sie ihn fanden, stand der Zossen noch neben ihm, während er mit dem Hinterkopf auf dem Stein lag, auf den er gefallen sein musste. Es war tragisch. Sein Bruder Engelhard hat sich um alles gekümmert und mir viel Arbeit abgenommen. Nun ja, als sein Erbe war es auch seine Pflicht. Es wird für Engelhard nicht einfach sein, jetzt, wo wir alle von Johannes wissen.«

»Weshalb?«, fragte Madlen. Ihre Atmung beschleunigte sich. Was hatte sie eben gehört, das sie so in Aufregung versetzte? Sie wollte den Gedanken greifen.

»Na, Engelhard hat das gesamte Lehen von Martin geerbt. Zuvor hatte er selbst ein kleines Lehen, das auch noch immer das seine ist. Doch durch Martins Tod ist ein beträchtliches Vermögen hinzugekommen.«

Madlen befeuchtete ihre Lippen und wollte gerade etwas sagen, als Veit ihr zuvorkam.

»Was hast du vorhin gesagt, Mutter?«, sprach ihr Sohn sie nun an. »Du fragtest den Erzbischof, was gewesen wäre, wenn Martin davon ausging, dass der Erzbischof zu dem Zeitpunkt, da er Vater würde, schon nicht mehr am Leben wäre.«

»Ja«, sagte Madlen. »Das war mein Gedanke. Was meinst du?«

Veit sah erst zu Madlen, dann zum Erzbischof, schließlich zu Franz. »Du hast die richtige Frage gestellt, jedoch an den falschen Mann gedacht«, sagte er zu seiner Mutter. Er hob den Daumen. »Der Erzbischof erfreute sich trotz fortgeschrittener Jahre bester Gesundheit. Doch was, wenn er körperliche Beschwerden bekam? Es war ohnehin an der Zeit, öffentlich einen möglichen Nachfolger zu benennen. Würde der Erzbischof nun spüren, dass mit seinem Körper etwas nicht stimmte, würde er die Frage der Nachfolge vermutlich vorziehen. Es war allgemein bekannt, dass Martin hierfür infrage kam. War es nicht so?«

»Er oder Wilhelm von Berg«, stimmte der Erzbischof zu.

»Und selbst wenn er nicht die Nachfolge im Amt angetreten hätte, so wolltet Ihr ihm doch die Güter vermachen, nicht wahr?«

»Das ist richtig«, bestätigte der Erzbischof.

»Und was diese Güter angeht, so stellen sie ein gar unglaubliches Vermögen dar.« Veit fuhr mit der anderen Hand über den Daumen, dann hob er auch den Zeigefinger, als zählte er ab. »Der Erzbischof, verzeiht mir«, er nickte zu ihm hinüber, »stirbt also, und Martin erhält dessen Vermögen. Was wäre aber, wenn schon kurze Zeit danach auch Martin stirbt?« Wieder schlug er gegen die Finger und hob nun zusätzlich den Mittelfinger. »Erbe all dessen wäre dann sein Bruder Engelhard, der, wie man hört, oft mit chronischer Geldnot zu kämpfen hat.«

»Ich bedauere, dass dies öffentlich bekannt ist«, gab der Erzbischof verdrossen von sich. »Es ist mit ihm in den Jahren nicht besser geworden.«

»Und dann geschieht etwas, das Engelhard nicht bedenken konnte, weil er gar nichts davon wusste: Martin hat mit einer Frau ein Kind gezeugt.«

»Das das Erbe des Vaters antritt, sobald er das Kind anerkennt«, ergänzte Franz.

»Genau. Also muss Engelhard dafür sorgen, dass es nicht so weit kommt. Er ruft einen der Wachmänner zu sich und gaukelt ihm möglicherweise vor, ihn mit einem Auftrag des Erzbischofs zu betrauen, den er aber unbedingt für sich behalten muss. Er soll ein Kind direkt nach der Geburt holen und zu ihm bringen.«

»Weshalb gibt er ihm nicht gleich den Auftrag, es zu töten? Am besten auch gleich dessen Mutter?«

»Vermutlich hat Martin seinem Bruder von der Liebschaft mit der Frau erzählt und ihm anvertraut, bald Vater zu werden. Martin berichtet Engelhard, dass er das Kind anerkennen und sich öffentlich bekennen wolle. Und das, nachdem Engelhard gerade erst gewahr wurde, dass Ihr, Erzbischof, seinen Bruder als Euren Nachfolger in Erwägung zieht. Engelhard wähnt sich bereits als Erbe des Bruders im Palast, nachdem Ihr zuvor nach kurzer Krankheit verschieden wärt. Doch auf einmal ist da diese Frau, die ein Kind von Martin bekommt. Engelhard muss handeln. Er beschließt, das Kind zu töten, sobald es auf der Welt ist.«

»Warum hat er nicht einfach die Mutter getötet und so die Nachkommenschaft verhindert?«, wandte Cecilia ein.

»Womöglich hat er es versucht, und es ist misslungen. Es durfte keinesfalls zu offensichtlich sein, damit sein Bruder nicht am Ende draufgekommen wäre, dass Engelhard hinter all dem steckte. Schließlich hätte er nach dem Tod des Erzbischofs immer noch eigene Verfügungen treffen können, sobald er vermutet hätte, dass Engelhard dahintersteckte.«

»Veit könnte wirklich recht haben«, urteilte Franz. »So ergibt alles einen Sinn. Doch warum hat Martin nichts gesagt, als Jonata nach der Geburt überfallen worden war und sogar eines der Kinder getötet wurde?«

»Vermutlich hat Engelhard ihn beschworen, den Mund zu halten, um so aus der Deckung heraus demjenigen auf die Schliche zu kommen, der dafür verantwortlich war«, schlug Cecilia vor.

»Und schließlich musste Engelhard sein Vorhaben aufgeben, als Mutter die Vergiftung des Erzbischofs erkannte und damit verhinderte, dass dieser langsam starb«, folgerte Veit. »Wahrscheinlich saßen ihm seine Gläubiger im Nacken, sodass er nicht noch Jahre Zeit hatte, sein Vorhaben abermals von Neuem zu beginnen. Also hat er seinem Bruder einige Wochen später den Garaus gemacht, ihn beerbt und sich fürs Erste damit zufriedengegeben.«

»Ich stand neben ihm, habe die Worte des Herrn gesprochen, als man Martin zu Grabe getragen hat«, spie der Erzbischof wütend aus. »Tränen standen in Engelhards Augen. Und nun möchte ich sie ihm herausreißen lassen.«

»Doch wir haben nichts, um ihn all dessen zu überführen«, beklagte Cecilia.

»Es darf nicht sein, dass er Martins Güter behalten kann und ein sorgloses Leben führt.« Der Erzbischof ballte die Faust. »Es muss zutage gebracht werden, was er damals getan hat.«

Einen Moment schwiegen alle betreten.

»Nein, das muss es nicht«, nahm Madlen dann die letzte Bemerkung des Erzbischofs wieder auf.

»Was sagt Ihr da?«

Madlen lächelte. »Ich habe lange genug mit meinem Mann

gelebt, um zu wissen, dass nicht immer Recht gesprochen wird, was recht ist.«

»Deine Augen funkeln, Madlen«, sagte Franz. »Was führst du im Schilde?«

»Wenn Engelhard einen neuerlichen Mordversuch unternehmen würde, könnte man ihm seine Güter entziehen und ihn verurteilen. Außerdem«, sie sah einen nach dem anderen an, »hat Martin einen Erben, dem dessen Güter zustehen. Und ich werde bezeugen, dass Jonata mir den Namen des Vaters genannt hat. Ich war bei der Geburt dabei. Wer sollte beweisen, dass es nicht so war?«

20. Kapitel

»Engelhard!« Der Erzbischof breitete die Arme aus, um seinen Neffen zu begrüßen. »Hab Dank für dein Kommen.«

»Ich habe mich gleich auf den Weg gemacht, als dein Bote mich erreicht hatte.«

»Wie ist es dir ergangen, Neffe? Vermochtest du, das Vermögen zu vermehren, das dir obliegt?«

Engelhard seufzte. »Es sind schwere Zeiten, mein Onkel. Die Bauern jammern über die schlechten Ernten und zahlen ihr Zehntel immer später. So gerecht ich auch mit ihnen sein will, möchte ich doch manchmal aus der Haut fahren.«

»Aber ich erinnere mich genau, dass Martin, als er das Lehen innehatte, die Untergebenen stets fleißig und strebsam fand. Ich weiß noch, dass er einmal sagte, ich hätte ihm kein besseres Lehen geben können.«

Engelhard winkte ab. »Ach, Onkel, das ist lange her. Die Menschen haben sich geändert.«

»Nun, dann wird es dich freuen, zu hören, dass dir ein Teil der Last bald abgenommen werden wird.«

»Wie meinst du das?« Engelhards Ton wurde scharf, seine Lippen schmal.

Der Erzbischof nahm hinter seinem Arbeitstisch Platz und

deutete auf einen der Besucherstühle. »Bitte, setz dich. Dann können wir uns in Ruhe besprechen.« Es fiel ihm schwer, den verbindlichen Tonfall beizubehalten, sah er sich doch dem Mann gegenüber, der versucht hatte, ihn zu töten. »Martin hatte ein Kind, wusstest du das?«

»Was?« Engelhard riss die Augen auf.

»Es ist wahr.« Der Erzbischof blickte Engelhard direkt an, hoffte auf einen Ausbruch. »Erinnerst du dich noch daran, als jemand versucht hat, mich zu vergiften?«

Engelhard schluckte. »Nur schwach. Es ist lange her.«

»Das stimmt. Seinerzeit gab es noch ein weiteres Ereignis, mehrere sogar. Der Advocatus kam damals mit seinem Weib in den Palast, und sie berichteten davon, einer Geburt beigewohnt zu haben.«

»Ja, ich erinnere mich«, murmelte Engelhard.

Der Erzbischof betrachtete ihn und erkannte, dass dem Neffen der Schweiß ausbrach. Wie gern hätte er ihm in diesem Moment all das an den Kopf geworfen, was er wusste oder zumindest zu wissen glaubte. »Nun, die Frau ist damals aus Köln verschwunden.«

»Ja, ich weiß. Hatte sie nicht zuvor ihren Mann getötet?«, fragte Engelhard scheinheilig. »So hörte ich.«

Der Erzbischof machte eine Handbewegung, als wollte er ein lästiges Insekt vertreiben. »Ach, wer sagt denn so was? Nein, gewiss nicht. Sie ist aus Köln geflohen, um das Kind in Sicherheit zu bringen.«

Engelhard war blass geworden. »Welches Kind?«

»Den Sohn deines Bruders Martin.«

Engelhard sprang auf. »So ein Unsinn!«, schnauzte er. »Martin hatte keinen Sohn!«

»Aber, aber. Ich dachte, du freust dich, wenn du erfährst, dass du einen Neffen hast, der sich bester Gesundheit erfreut.«

»Hätte Martin einen Sohn gehabt, hätte ich es gewusst«,

entgegnete Engelhard und setzte sich wieder auf seinen Stuhl.

Der Erzbischof konnte sehen, wie sehr es in ihm brodelte.

»Außerdem hieß es damals, dass die Frau den Namen des Vaters nicht nennen wollte«, fügte Engelhard hinzu.

»Dass du das noch so genau weißt.« In der Stimme des Erzbischofs lag etwas Gefährliches. »Nun, offenbar hatte sie ihn Madlen gegenüber genannt, doch wollte diese, dass Martin sich aus freien Stücken zu erkennen gab. Irgendetwas muss ihn davon abgehalten haben.«

»Oder es ist alles eine Lüge! Und er hat nichts gesagt, weil es nicht stimmte.«

»Nein«, sagte der Erzbischof entschieden. »Das ist nicht der Grund. Ich habe den Jungen gesehen. Er ist Martin wie aus dem Gesicht geschnitten.«

Engelhard biss sich auf die Lippen, wusste hierauf nichts zu sagen.

»Deshalb habe ich dich kommen lassen, Engelhard. Ich wünsche, dass das Kind das Erbe Martins antritt.«

»Mit vier Jahren?«, rief Engelhard aufgebracht.

»An seine Stelle wird ein Verwalter gesetzt, der dafür Sorge tragen wird, das Vermögen weiter zu vermehren.«

»Es ist längst nicht so viel Vermögen, wie du denken magst, Onkel.«

»Das ist nicht entscheidend«, beschied ihn der Kirchenmann. »Wenngleich ich erwarte, eine genaue Aufstellung von dir zu erhalten, wie du die Güter verwaltet hast, seit du sie von deinem Bruder übernommen hast.«

Sämtliche Farbe war aus Engelhards Gesicht gewichen. Er machte den Mund auf und wieder zu.

»Gut, das ist also geklärt.« Der Erzbischof stand auf. »Wenn du deinen Neffen einmal sehen möchtest, lasse ich ein Treffen vereinbaren.«

Engelhard blieb noch einen Moment sitzen, war wie

gelähmt. Dann ging ein Ruck durch ihn hindurch. »Wo ist er?«

»Johannes, so heißt dein Neffe, lebt derzeit bei der Witwe des Advocatus in deren Haus. Erst wenn er alt genug ist, allein zu leben, wird er nach Kleve ziehen.«

Engelhard befeuchtete die Lippen, schluckte schwer.

»Und vergiss nicht, mir so rasch wie nur möglich die Aufstellung zukommen zu lassen. Es soll uns keiner nachsagen können, dass wir das Kind um sein Erbe betrügen wollen.«

Engelhard nickte, sagte aber kein Wort. Wie ein geprügelter Köter ging er zur Tür.

»Gott mit dir, Engelhard!«, verabschiedete sich der Erzbischof, worauf von dem Neffen nur ein Murmeln zurückkam. Ohne sich noch einmal umzudrehen, schlich dieser hinaus.

»Engelhard? Fast hätte ich Euch nicht erkannt. Es ist lange her.«

»Gott zum Gruße«, gab dieser zurück. »Ich bin gekommen, um meinen Neffen zu sehen.«

»Ach, hättet Ihr doch einen Boten gesandt. Johannes ist nicht da«, erwiderte Madlen bedauernd. »Doch gewiss wird er bald heimgebracht werden. Wollt Ihr hereinkommen und auf ihn warten?«

»Danke.« Engelhard betrat das Haus.

»Bitte, nehmt dort im Esszimmer Platz. Ich hole uns etwas zu trinken«, bot Madlen an und wies auf einen der Stühle am Tisch. Dann holte sie einen Krug Würzwein, füllte zwei Becher und setzte sich an den Tisch. »Wie ist es Euch ergangen, Engelhard? Ich hörte erst vor wenigen Wochen vom Tod Eures Bruders und möchte Euch mein Beileid aussprechen. Wie ist das geschehen?«

»Er ist vom Pferd gestürzt«, gab Engelhard tonlos zurück. »Sagt mir, wie könnt Ihr sicher sein, dass das Kind Martins Sohn ist?«

Madlen lächelte. »Ach, sobald Ihr ihn zu Gesicht bekommt, werdet Ihr es sehen. Und ich weiß es überdies von Jonata, seiner Mutter. Sie hat es mir anvertraut in jener Nacht, als sie ihn gebar. Ihn und seine Schwester, das kleine Mädchen, das auf so fürchterliche Weise zu Tode kam.«

»Und weshalb habt Ihr es damals nicht gesagt?«, fragte Engelhard misstrauisch.

»Aus Rücksicht auf Euren Bruder. Ich wollte ihm die Gelegenheit geben, sich zu erklären.«

»Doch das tat er nicht.«

»Nein, leider nicht. Und dann überschlugen sich die Ereignisse, und es kam nicht mehr dazu.«

»Was habt Ihr mit dem Jungen vor?«

»Ich?« Sie hob überrascht die Augenbrauen. »Ich biete ihm ein Heim, bis er alt genug ist, sein Lehen in Kleve zu übernehmen.«

»Und bis dahin bekommt Ihr vom Erzbischof eine hübsche Summe dafür, dass Ihr Euch um den Kleinen kümmert?«

»Aber nein. Engelhard, weshalb fragt Ihr das? Ich habe Johannes bis jetzt versorgt und werde es weiterhin tun. Ich bekomme kein Geld dafür.«

»Weshalb seid Ihr jetzt zurückgekehrt?«, fragte er argwöhnisch.

»Es war an der Zeit, Johannes eine schöne Kindheit zu geben. Ich war viele Jahre in Italien, habe Medizin studiert und Johannes derweil im Kloster untergebracht. Doch das ist kein Leben für ein Kind.«

»Und jetzt lebt Ihr hier mit ihm in diesem Haus?«

»Ganz recht. Es gibt nur uns beide. Gerade ist er mit einem Wachmann des Palasts unterwegs. Es ist rührend, wie sehr der Erzbischof sich bemüht, dem Kleinen Annehmlichkeiten zu gewähren. Nun ja, er ist der Sohn seines Neffen. Wer könnte es ihm verdenken?«

»Annehmlichkeiten oder Münzen?«

»Ihr seid ein misstrauischer Mann geworden. Weshalb sollte ein vierjähriges Kind Geld wollen?«

»Womöglich nicht das Kind, sondern Ihr?«

»Ich?« Sie lachte schallend. »Ach, Engelhard. Wisst Ihr, ich bin inzwischen ein Medicus, und meine Fähigkeiten sind gefragt. Außerdem habe ich Anspruch auf das Erbe meines Mannes. Ich möchte nicht zu viel sagen, aber man könnte mich durchaus als vermögende Frau bezeichnen.«

Es klopfte.

»Das werden sie sein«, sagte Madlen, stand auf und ging zur Tür. »Da seid ihr ja. Habt ihr etwas Schönes erlebt?«

»Wir waren bei den Pferden«, sprudelte es aus Johannes heraus.

»Ich habe Besuch«, sagte Madlen und sah Anderlin, der mit Johannes unterwegs gewesen war, in die Augen. »Komm kurz mit ins Esszimmer, Johannes, bevor ich dich nach oben bringe.« Sie nahm den Kleinen an die Hand.

»Engelhard, seht, wer nach Hause gekommen ist. Darf ich Euch Johannes vorstellen?«

Engelhard war aufgestanden, sah das Kind hasserfüllt an. Ihm war, als blicke er in das Gesicht seines Bruders. »Gott zum Gruße, Johannes.«

Der Kleine verbeugte sich. »Gott zum Gruße, Herr«, gab er zurück.

Engelhard verharrte noch einen Moment, dann machte er einen Schritt auf die beiden zu. Madlen musste sich zusammennehmen, um nicht zurückzuweichen.

»Ich werde gehen«, erklärte Engelhard, verließ den Raum und durchquerte den Flur. Er zog die Haustür hinter sich ins Schloss, ohne noch einmal zu grüßen. Zu sehr war er offenbar in seinen Gedanken gefangen.

Es vergingen zwei Tage, in denen Madlen morgens zusammen mit ihrem Ziehsohn das Haus verließ, auf den Markt ging, im Palast einen Besuch abstattete und wieder nach Hause zurückkehrte. Zwei Tage, während derer sie stets das Gleiche tat. Am Abend dann, wenn sie die Talgleuchte der Schlafkammer im oberen Stock entzündete, flackerte das schwache Licht und schien durch das Butzenfenster.

Madlen zog Johannes dicht an sich heran, schlug zärtlich die Decke über ihn. Es war vollkommen ruhig im Haus. Der Herzschlag des Kindes war das Einzige, was sie hörte, bis ein Geräusch sie aufschreckte. Vorsichtig zog sie ihren Arm unter Johannes' Kopf hervor, stand auf und deckte ihn wieder zu.

Sie lauschte. Abermals hörte sie etwas. Waren es Schritte? Wieder lauschte sie und war kurz darauf sicher, dass jemand die Stufen hinaufstieg, die leise knarrend unter seinem Gewicht nachgaben. Madlen wagte kaum zu atmen. Sie schlich zur Tür und prüfte, ob der Stuhl, der unter der Klinke klemmte, auch wirklich fest stand. Wieder lauschte sie.

Eine Weile geschah nichts, bis plötzlich ein lautes Poltern zu vernehmen war. Madlens Herz schlug schneller. Schreie, ein Krachen, irgendetwas schlug schwer auf dem Boden auf. Schritte, die sich ihrer Tür näherten. Jemand klopfte an.

»Ihr könnt herauskommen«, hörte sie Anderlins Stimme. »Wir haben ihn!«

Der Prozess gegen Engelhard dauerte nicht einmal einen ganzen Tag. Der Erzbischof selbst führte den Vorsitz, und entgegen dessen, wie sonst Gerichtstage abgehalten wurden, hatte er in der Stadt verkünden lassen, dass das einfache Volk in dem großen Saal dabei sein dürfe, um Zeuge zu werden, dass auch innerhalb der bischöflichen Familie niemand gegen geltendes Recht verstoßen durfte.

Madlen wurde als Zeugin aufgerufen und berichtete von dem Tag, da Engelhard sie aufgesucht hatte mit dem Wunsch, seinen Neffen zu sehen. All das, was vor vier Jahren geschehen war, erwähnte sie mit keiner Silbe. Sie erklärte lediglich mit ruhigen Worten, dass sie die letzten Jahre über mit Johannes in Italien gelebt hatte, es in ihren Augen nun jedoch an der Zeit gewesen sei, dass dieser in seiner Heimat leben sollte.

»Sagt mir, Medicus Goldmann«, sprach sie der Ankläger an, den der Erzbischof persönlich für diese Aufgabe ausgewählt hatte, »weshalb habt Ihr Euch an den Erzbischof gewandt und ihn um Schutz gebeten?«

Madlen legte die flache Hand auf ihre Brust. »Es war so ein Gefühl ganz tief in mir drin. Die Mütter hier im Saal werden es kennen. Es war, als fürchtete ich, meinem Ziehsohn könnte ein Unheil widerfahren.« Sie sah in die Zuschauermenge, und etliche Frauen nickten zustimmend, als wollten sie ihr bedeuten, zu wissen, wovon Madlen sprach.

»Es hatte schon einmal einen Überfall in unserem Haus gegeben. Das ist bereits Jahre her, doch die Haushälterin und ein Knecht kamen dabei ums Leben. Selbst mein Gatte fiel einem feigen Überfall zum Opfer. So etwas vergisst man niemals. Außerdem glaubte ich zuweilen, ich würde von jemandem verfolgt, wenn ich mit Johannes aus dem Haus ging. Nie wäre ich auf den Gedanken gekommen, dass es sein eigener Onkel sein könnte.«

»Das muss schrecklich für Euch gewesen sein. Was ist geschehen, nachdem Ihr Euch an den Erzbischof gewandt habt?«

»Nun, ich bin ihm von Herzen dankbar, dass er meine Sorgen ernst nahm. Er stellte Wachmänner ab, die fortan auf mein Haus achtgaben und auch während der Nacht dort waren.«

»Wie viele?«

»Vier insgesamt.«

»Und was geschah an dem Abend, als der Beschuldigte in Euer Haus eindrang?«

»Ich fühlte mich nicht ganz wohl an diesem Abend«, log Madlen. »Mein Magen.« Sie fasste sich an den Bauch. »Deshalb habe ich mit Johannes in einer Kammer im Gesindetrakt geschlafen. Sie ist näher am Abort, wenn Ihr versteht.«

»Wir verstehen.«

»Spätabends, wir haben längst geschlafen, hörte ich ein Geräusch. Mir war, als schliche jemand die Treppe zum oberen Flur hinauf. Kurz darauf wurde es laut. Ich hörte Schreie, und es polterte einige Male. Dann teilte mir einer der Wachmänner – sein Name ist Anderlin – mit, dass ein Mann ins Haus eingedrungen sei, ein Messer gezückt habe und in die Kammer gegangen sei, in der wir sonst immer schlafen«, berichtete Madlen, wenngleich sie keine der letzten Nächte dort oben verbracht, sondern nur eine Talgleuchte aufgestellt hatte, deren Schein man von der Gasse aus sehen konnte.

Mit trauriger Miene blickte sie erst die Zuschauer, dann den Erzbischof an. »Ich habe die Decke gesehen«, fuhr sie mit Tränen in den Augen fort. »Die Decke, unter der Johannes und ich unter normalen Umständen gelegen hätten. Wieder und wieder war sie mit einem Messer durchstochen worden. Er wollte uns töten. Es war schrecklich!« Sie tupfte ihre Augen.

»Könnt Ihr Euch irgendeinen Grund vorstellen, weshalb der Angeklagte Euch tot sehen wollte?«

Sie zuckte mit den Schultern. »Johannes ist der Sohn seines Bruders, dessen Erbe er bisher verwaltet hat. Mehr weiß ich nicht. Doch kann ich fast nicht glauben, dass das der Grund gewesen sein mag. Glaubt Ihr, dass ein Mensch ein Kind töten will, nur um das diesem zustehende Vermögen zu bekommen?« Madlen war bewusst, dass diese naive Rede auch die Herzen derer erreichte, die bisher nicht von der Schuld des Mannes überzeugt waren.

»Ich danke Euch, Medicus Goldmann. Ich kann mir vorstellen, dass es Euch schwergefallen ist, hier auszusagen.« Damit entließ er sie.

Nach ihr machten Anderlin und die anderen drei Wachmänner ihre Aussage. Außerdem hatte der Erzbischof eigens fünf Bauern von Kleve nach Köln schaffen lassen, die berichteten, wie schlecht Engelhard sie und ihresgleichen behandelte. Die weiteren Zeugen waren Männer, denen Engelhard während der letzten Jahre Geld geschuldet hatte und die erklärten, dass dieser für Geld einfach alles tun würde.

Engelhard hörte teilnahmslos zu. Er hatte jeden Widerstand aufgegeben, wusste er doch, welches Urteil über ihn gesprochen werden würde. Nur die Art, wie er zu Tode kommen würde, interessierte ihn noch. Mit allem anderen hatte er längst abgeschlossen.

Der Erzbischof bot Engelhard vor der Urteilsverkündung an, dass dieser für sein Seelenheil Worte der Reue an Madlen richten könne. Engelhards einzige Reaktion war, dass er ihren Blick suchte und verächtlich auf den Boden spuckte. Madlen nahm es mit einem Schulterzucken hin, während sich die Zuschauer entsetzt zeigten.

Als dann das Todesurteil über Engelhard gesprochen wurde, war keiner der Anwesenden überrascht. Dass jedoch selbst ein Angehöriger des Bischofs im Sünderkarren vorgefahren werden und auf das Rad gebunden werden sollte, damit hatte wohl keiner gerechnet. Aber schon in drei Tagen sollte es so weit sein, und die Menschen sahen dem Schauspiel, das ihnen hiermit versprochen wurde, mit Vorfreude entgegen.

»Was denkst du?«, fragte Franz. »Wirst du nun deinen Frieden finden?«

»Ja, das werde ich«, antwortete Madlen aus tiefster Überzeugung. »In dem Moment, wo dieser Mann den letzten Atemzug macht, beginnt mein neues Leben.«

»Der Auflauf ist doch überall gleich, wenn die Menschen Blut sehen wollen«, urteilte Franz und besah sich das Treiben auf dem Marktplatz Kölns. Es herrschte eine ausgelassene Stimmung, die Menschen unterhielten sich fröhlich miteinander. Manche waren schon seit Stunden hier, um nur nichts von dem Leid und der Pein zu verpassen, die dem Neffen des Erzbischofs zugefügt werden sollte.

Madlen hatte Johannes bei Cecilia gelassen, die mit ihm im Hause der Goldmanns wartete. In den Tagen, nachdem Engelhard in Köln aufgetaucht war, hatten Cecilia und Veit eine Unterkunft im Palast bekommen. Franz war dies ebenfalls angeboten worden, doch hatte er sich geweigert, Madlen allein zu lassen. Um nicht gesehen zu werden, hatte er sich die ganze Zeit im Gesindetrakt aufgehalten und das Haus nicht verlassen. In der Nacht, als Engelhard sich schließlich Zugang verschafft und den Mordanschlag verübt hatte, war er in der Kammer neben Madlens gewesen, da er, solange die Wachmänner nachts im Haus waren, darauf verzichtet hatte, neben ihr zu liegen.

Veit stand zusammen mit seiner Mutter und Franz in der Mitte des Marktplatzes, von wo aus sie einen ausgezeichneten Blick auf das Podest hatten. Er wollte dabei sein, wenn der Mann hingerichtet wurde, der den Tod seines Vaters zu verantworten hatte, wenngleich er hierfür nicht angeklagt worden war.

Stimmen wurden laut, Rufe, es kam Bewegung auf. Madlen reckte den Hals. Sie sah in einiger Entfernung den Sünderkarren, der von einem Pferd gezogen wurde. Engelhard konnte sie von dort, wo sie stand, nicht ausmachen. Erst als der Karren in ihrer unmittelbaren Nähe vorbeikam, sah sie den jämmerlichen Haufen Mensch, der darin zusammengekauert am Boden saß und versuchte, mit dem Arm sein Gesicht zu schützen vor den Menschen, die ihn bespuckten und mit Abfällen bewarfen.

Der Büttel führte das Pferd, das den Sünderkarren zog, in

großen Bogen über den gesamten Marktplatz und brachte es schließlich direkt neben dem Podest zum Stehen.

Engelhard wurde beschimpft und bespuckt, Verwünschungen wurden gerufen. Die Menschen verstummten erst, als der Erzbischof die Stufen zum Podest hinaufging und die Arme hob zum Zeichen, dass er sich Ruhe ausbat.

»Ihr braven Kölner«, rief er ihnen zu. »Jeder von Euch kann ahnen, wie schwer mein Herz an diesem Tage ist. Einer aus meiner Familie, von meinem Blut, wird sogleich dem Henker übergeben, weil seine Tat schändlicher nicht hätte sein können. Eine hilflose Frau und ein unschuldiges Kind wollte er morden aus Gier, aus Gier nach Münzen!«

Die Leute schimpften und brüllten Engelhard an, der noch immer zusammengekauert am Boden des Sünderkarrens saß, beide Arme über seinem Kopf verschränkt. Er wippte unruhig hin und her.

»Ihr braven Kölner! Jeder von uns untersteht dem Urteil unseres Gottes. Keiner ist besser als der Einfachste, ein jeder hat für seine Taten geradezustehen. Deshalb, Henker«, er deutete mit dem ausgestreckten Arm, »walte nun deines Amtes und führe diese schändliche Seele ihrer gerechten Strafe zu.« Abrupt drehte der Erzbischof sich um und ging unter dem tosenden Beifall der Zuschauer vom Podest herunter.

Ein Büttel öffnete die vergitterte Tür des Sünderkarrens, ein Kollege zog an Engelhard, der sich jedoch heftig wehrte. Er trat nach dem Büttel und hielt sich an den Stäben fest. Der andere packte mit an, und gemeinsam versuchten sie, ihn herauszuzerren, doch Engelhard klammerte sich weiter an die Stäbe. Schließlich schlug einer der Zuschauer ihm von außen mit Wucht auf die Hände, sodass er losließ und die Büttel ihn aus dem Karren ziehen konnten. Engelhard plumpste auf den matschigen Boden, wurde erneut von den Bütteln gepackt und hochgehievt. Sie zerrten ihn zum Podest hinüber, doch noch immer trat Engelhard um sich, zappelte und versuchte, sich aus der Umklammerung zu winden. Zwei weitere Büttel kamen herbei, packten dessen Beine, und zu viert brachten sie ihn schließlich hinauf.

Der Henker hatte einen breiten Baumstumpf bereitgestellt und bedeutete den Bütteln, Engelhard daneben auf den Boden zu setzen und seinen rechten Arm über den Baumstumpf zu legen. Wieder wehrte sich Engelhard nach Kräften, doch gegen die vier Büttel konnte er nichts ausrichten. Einer fasste seinen Arm und legte ihn auf den Baumstumpf, und zwei drückten ihn an den Schultern herunter, damit er auf dem Boden sitzen blieb. Der vierte stand kampfbereit an der Seite, um jederzeit eingreifen zu können, sollte der Verurteilte noch etwas versuchen.

Der Henker hob einen Hammer an, wie Madlen noch keinen dieser Größe gesehen hatte, und schwang ihn hoch über seinen Kopf. Dort hielt er ihn und suchte den Blick des Erzbischofs, der ihm zunickte. Sogleich rauschte der Hammer mit Schwung auf den Arm Engelhards herab, der einen gar unmenschlichen, nicht enden wollenden Schrei losließ. Engelhard brüllte, dass es unerträglich war. Der Henker hob den Hammer abermals an und schlug zu, dann noch ein weiteres Mal. Daraufhin zerrten die Büttel an Engelhard und legten nun dessen linken Arm auf den Baumstumpf. Wieder schlug der Henker dreimal zu. Engelhard hatte seinen Widerstand längst aufgegeben und wurde ohnmächtig, als die Büttel ihn auf den Rücken drehten und sein linkes Bein auf den Baumstumpf legten. Für jedes Bein brauchte der Henker fünf Schläge, die unter den angewiderten Schreien der Zuschauer ausgeführt wurden. Engelhard kam kurz zu sich, als die Büttel ihn hochhievten, vom Podest herunterzerrten und zu dem Rad hinüberschleiften, das dort eigens in einer Halterung angebracht worden war, damit man das Leiden Engelhards in aufrechter Position bestaunen konnte. Sein Körper sah aus wie eine einzige knochenlose

Masse. Als der Henker herüberkam, seine Glieder packte und auf das Rad flocht, kam Engelhard wieder zu sich und brüllte ohne Unterlass. Doch nicht lange, denn dann verlor er erneut das Bewusstsein.

Nach und nach löste die Menge sich auf, da es nichts mehr zu sehen gab. Die Menschen warfen noch einen kurzen Blick auf den absurd verdrehten Körper, der an dem Rad hing und ein gar jämmerliches Bild bot. Dann gingen sie nach Hause.

Madlen, Veit und Franz traten vor, und Madlen betrachtete Engelhard. Sie wusste nicht, ob er sie noch wahrnahm.

»Ist es jetzt für dich überstanden?«, fragte Franz.

Sie griff seine Hand ebenso wie Veits. »Es ist überstanden«, sagte sie mit Erleichterung, aber ohne Freude in der Stimme. »Gehen wir nach Hause, wo das Leben auf uns wartet.«

21. Kapitel

Fast zwei Jahre lebten sie nun schon in Worms, und Madlen hätte glücklicher nicht sein können. Franz und sie hatten geheiratet, und tatsächlich war es ihr gelungen, die Geschehnisse der vergangenen Jahre mit der Hinrichtung Engelhards hinter sich zu lassen. Der Erzbischof hatte sie überreden wollen, in Köln zu bleiben, doch Franz und Madlen waren rasch zu der Überzeugung gelangt, dass dies ein Ort der Vergangenheit für sie war. Ihr zukünftiges, gemeinsames Leben wollten sie jedoch nicht dort verbringen.

Es war Madlen schwergefallen, ihr Kölner Stadthaus zu verkaufen, da sie dort so glückliche Tage mit ihrer Familie verbracht hatte und über jeden Raum eine Geschichte zu erzählen wusste. Dennoch hatte sie darauf bestanden, es den Käufern selbst zu übergeben. Sie hatte ihnen alles Gute gewünscht, sich vom Erzbischof verabschiedet und war zusammen mit Franz, Cecilia, Veit und Johannes aufgebrochen in ihr neues Leben, das in Worms stattfinden sollte.

Dort war Veit in das Haus der Goldmanns gezogen und setzte sein Vorhaben in die Tat um, das Kontor künftig gemeinsam mit Leopold zu führen. Veit hatte den Erzbischof eindringlich gebeten, Leopold aus seinen Diensten zu entlassen. Der

Erzbischof hatte sich hiervon nicht gerade begeistert gezeigt, stimmte aber zu, als Veit ihn darauf hinwies, lediglich den Platz einnehmen zu wollen, der eigentlich seinem Vater gehört hätte. Doch wisse er nicht, ob er die Bemühungen Leopolds, das Kontor wieder zur Blüte zu führen, nicht binnen weniger Monate zunichtemachen würde, da er noch nicht über genügend Erfahrung verfügte. Seine Worte verfehlten ihre Wirkung nicht, denn der Erzbischof willigte schließlich ein und gab Veit ein Schreiben mit, in dem er Leopold aus seinem Dienst entließ. Außerdem gab er Veit ein gut gefülltes Geldsäckchen für Leopold mit – als Dank für die vielen Jahre, in denen Leopold ihm überragende Dienste geleistet hatte.

Madlen, Franz, Cecilia und Johannes waren nach ihrer Rückkehr zunächst bei Agathe untergekommen, bis sie etwas Eigenes gefunden hatten. Sie nahmen das Geld vom Verkauf des Kölner Hauses und das, was Franz in den Jahren angespart hatte, und schufen sich ihr eigenes, wunderbares Heim. Früher hatte eine Kaufmannsfamilie dort gewohnt, die ein großes Kontor geführt hatte. Madlen und Franz schienen die angrenzenden Räume genau richtig, um darin eine Krankenstation mit sechs Lagern einzurichten. Es war eine Neuheit in Worms, die es so noch nicht gegeben hatte, und schnell sprach es sich herum, dass zwei der besten Heiler des ganzen Landes ein kleines Hospital in Worms eingerichtet hatten, in dem sie selbst den verzweifeltsten Kranken zu helfen vermochten.

Nach nicht einmal einem halben Jahr erweiterten sie es auf insgesamt ein Dutzend Betten und stellten zwei Frauen und einen Mann an, die ihnen bei der Versorgung der Kranken halfen. Und obwohl sie so rasch arbeiteten, wie sie nur konnten, reichte auch dies bald nicht mehr aus, sodass sie ihren Nachbarn ein großzügiges Angebot machten und auch deren Haus kauften, um dort weitere Krankenräume einzurichten.

Vor einem halben Jahr war ein reisender Bader mit guten

Kenntnissen bei ihnen vorstellig geworden, der sie um eine Anstellung bat. Franz war überrascht, wie rasch der Mann lernte und welch feinfühlige Art er hatte, mit den Kranken umzugehen. Also blieb der Bader und war Madlen und Franz fortan eine vortreffliche Hilfe. Eine Woche später stellten sie noch eine Frau ein, die sich nur um die Versorgung der Kranken kümmerte, ihnen Essen und Trinken gab und ihnen zuhörte, wenn sie über die Angst davor, die Krankheit nicht besiegen zu können, und den Tod sprachen.

Schon bald diente das frühere Kontor im hinteren Teil ihres Hauses vor allem dazu, diejenigen Kranken unterzubringen, die etwas Ansteckendes hatten und somit von den anderen zu trennen waren.

Außerdem stand Madlen und Franz noch eine große Aufgabe bevor, auf die sie die letzten Wochen hingearbeitet hatten. Für volle drei Monate würden sie die Leitung des Hauses dem Bader übergeben und eigens für diese Zeit zwei weitere Gehilfen einstellen, die ihn während ihrer Abwesenheit unterstützen sollten.

Viele Male hatten sie des Nachts wach gelegen und waren zu der Überzeugung gelangt, ihr Vorhaben unmöglich durchführen zu können. Doch es nicht zu tun, wäre falsch gewesen sodass sie sich trotz aller Bedenken dazu durchrangen, das zu tun, was richtig war.

Zu dritt waren sie mehr als vier Wochen unterwegs, bis sie endlich den Ort erreichten, der für Madlen und Franz mit so vielen Erinnerungen verbunden war. Johannes hatten sie in Veits Obhut gegeben, wenngleich dieser zunächst heftig widersprochen hatte, als Madlen ihm sagte, dass er noch zu jung sei und die Reise ihn über die Maßen anstrengen würde. Er hatte gezetert, dass er den Weg schließlich schon einmal zurückgelegt hatte und dass sie aufhören sollten, ihn wie einen kleinen Jungen zu behandeln. Letztendlich hatte er sich dann aber doch beruhigt, vor allem wohl deshalb, weil er die Zeit mit Veit stets genoss. Und Madlen konnte sich gut vorstellen, wie ausgelassen die nächsten Monate für die beiden werden würden.

»Dort«, sagte Franz und deutete zu dem kleinen Torbogen, der ein versteckter Eingang zu den Gängen der Katakomben war. »Erinnerst du dich?«

Madlen lachte auf. »Beim Herrn, was haben wir für Ängste ausgestanden!«

»Ängste weshalb?«, fragte Cecilia nach.

»Das werden wir dir lieber nicht verraten«, erwiderte Madlen schmunzelnd.

Cecilia zog eine Schnute. »Weshalb denn nicht?«

»Sagen wir mal, damit du nicht auf dumme Gedanken kommst«, antwortete Madlen.

Cecilia sah die Mutter fordernd an.

Franz war es, der schließlich antwortete: »Weil wir dort heimliche Leichenschauen durchgeführt haben.«

»Das stimmt nicht!« Cecilia sah von Franz zu Madlen. »Das gibt es ja nicht. Ihr habt wirklich?«

»Lass dir ja nicht einfallen, auch so etwas zu tun!«, mahnte Madlen und ließ sich vom Pferd heruntergleiten, als sie das Eingangstor erreichten. Franz und Cecilia stiegen ebenfalls ab. Madlen klopfte an das Tor und musste schmunzeln, als sich nichts regte. Entschlossen griff sie die Klinke und drückte sie herunter. »Es ist noch alles genau wie damals.«

Ein junger Mann kam herbei, als sie in den Innenhof traten. »Kann ich Euch helfen?«, fragte er auf Italienisch. Dann huschte ein Erkennen über sein Gesicht. »Magister?«, staunte er.

Franz grüßte den Mann, den er zwar vom Aussehen kannte, dessen Name ihm jedoch entfallen war, und begehrte, den Vorstand zu sprechen. Der junge Mann beeilte sich, die drei zu ihm zu bringen.

Als er sie angemeldet hatte und sie das Arbeitszimmer des

Vorstands betraten, begrüßte dieser sie aufs Herzlichste. Madlen übersetzte für Cecilia.

»Wir können uns in Eurer Sprache unterhalten«, bot der Vorstand an. »Welch eine Freude, Euch so glücklich vereint und gesund hier zu sehen! Ich hatte nicht zu hoffen gewagt, Euch je wieder zu treffen.«

»Wir freuen uns ebenso«, sagte Franz. »Wir möchten Euch Cecilia vorstellen, Madlens Tochter. Es ist ihr Wunsch, hier bei Euch Medizin zu studieren, genau wie wir es damals taten.«

Der Vorstand lachte herzlich auf. »Die Dritte im Bunde? Gibt es denn in Eurer Familie niemanden, der etwas anderes macht, als sich dem Heilen zu verschreiben?«

»Mein Sohn führt ein Kontor, wenn das zählt«, erwiderte Madlen lachend.

»Oh, gut.« Er stutzte. »Aber doch wohl nicht der kleine Junge, der damals hier im Kloster war?«

Wieder lachte Madlen auf, und Franz und Cecilia stimmten mit ein. »Nein.« Madlen schüttelte den Kopf. »Johannes ist sechs Jahre alt. Er mag ein aufgeweckter kleiner Junge sein, doch um ein Kontor zu führen, ist es noch zu früh. Ich sprach von meinem anderen Sohn, Veit. Ihr habt ihn damals kennengelernt, kurz bevor ich in mein Heimatland zurückgekehrt bin.«

»Dann bin ich ja beruhigt«, scherzte der Vorstand. »Und Ihr?« Er wandte sich Cecilia zu. »Was hat Euch bewogen, Medicus werden zu wollen?«

»Nun«, sagte diese, »ich sehe es jeden Tag in Worms. Meine Eltern«, sie lächelte Franz an, »haben dort ein Spital errichtet und helfen so vielen Menschen.«

»Ein Spital?«, staunte der Magister.

»Ja. Und ich glaube, es war schon immer in mir. Ich habe schon immer helfen wollen, solange ich denken kann.«

»Dann liegt es wirklich in Eurer Familie«, urteilte der Magister.

»Madlen und ich wären glücklich, wenn Ihr Cecilia aufnehmen würdet«, erklärte Franz. »Anfangs sträubte sich meine Frau, doch wie hätte sie sich dagegen aussprechen können?«

Der Magister lächelte gutmütig. Am Ende des Gesprächs willigte er ein, Cecilia an der Schola Medica Salernitana aufzunehmen, wo sie ihrer Meinung nach auch hingehörte. Sie unterhielten sich noch eine Weile, dann führte der Magister selbst sie herum, um Cecilia alles zu zeigen, aber auch Madlen und Franz wissen zu lassen, was sich mittlerweile verändert hatte.

»Seit längerer Zeit schon«, begann der Magister, während sie langsam durch die Gänge schritten, »werden Leichenschauen bei uns durchgeführt. Einige von den Magistern – ich war einer von ihnen – hatten das Gefühl, dass hier an der Schola ein wenig Nachholbedarf war.«

Madlen und Franz schmunzelten, sagten aber nichts. Cecilia ahnte, dass der Magister auf das anspielte, was ihre Mutter und Franz vorhin erwähnt hatten.

Sie bekam eine Kammer zugewiesen, die sie sich mit einer anderen jungen Frau teilte, die ebenfalls Medizin studierte. Ein Umstand, der Madlen glücklich machte. Zum einen, weil Cecilia so vom ersten Tag an eine Vertraute hatte, zum anderen, weil dies ihr Hoffnung gab, dass irgendwann auch in ihrer Heimat Frauen Medizin studieren würden. Es musste nur genug Frauen geben, die nicht mehr bereit waren, dies den Männern zu überlassen.

Madlen und Franz blieben noch drei volle Tage, dann brachen sie wieder auf. Auf dem Rückweg machten sie in Benevento halt, doch die Gebäude, in denen sie beim letzten Mal so fröhliche Stunden verlebt hatten, waren leer. Eine Dorfbewohnerin erzählte ihnen, dass Giana und Flavio zusammen mit ihrem Sohn wieder mit den Gauklern auf Reisen seien und vor dem Winter wohl nicht heimkehren würden. Madlen war einerseits traurig, sie nicht zu sehen, andererseits hatte sie das

Gefühl, dass es für die beiden so richtig war und sie ihr Glück gefunden hatten. Sie hoffte von Herzen, dass die Gaukler eines Tages in Worms haltmachen und durch die Gassen ziehen würden, um ihre Vorstellung anzukündigen. Tief im Innern wusste sie, dass sie Giana wiedersehen würde, auch wenn es noch einige Zeit dauern mochte.

Auf der Rückreise ließen sich Madlen und Franz Zeit, war es doch in all den Jahren das erste Mal, dass sie nur für sich waren. Madlen genoss jeden Augenblick, denn sie wusste, dass sie beide, sobald sie wieder in Worms waren, kaum einen Moment für sich haben würden. Es machte ihr nichts aus, sie freute sich auf Worms, auf Veit und Agathe, Elsbeth und natürlich den kleinen Johannes. Und sie freute sich auf das Hospital, ihr gemeinsames Hospital, das sie aus dem Nichts geschaffen hatten und in dem nun so viele Menschen Hilfe fanden.

Madlen war glücklich und zufrieden mit ihrem Leben, konnte sie doch ihrer Berufung nachgehen und Menschen heilen. Sie fühlte sich endlich angekommen. Angekommen bei ihren Kindern, angekommen bei Franz. Vor allem aber war sie angekommen bei sich selbst. Und hierfür dankte sie Gott.

26807479R00207

Printed in Poland
by Amazon Fulfillment
Poland Sp. z o.o., Wrocł